大鱼

有爱的青春陪伴者

君约 ／ 著

十九日

贵州出版集团
贵州人民出版社

图书在版编目（ＣＩＰ）数据

十九日 / 君约著. — 贵阳：贵州人民出版社，
2023.10
ISBN 978-7-221-17735-3

Ⅰ．①十… Ⅱ．①君… Ⅲ．①长篇小说－中国－当代
Ⅳ．①I247.5

中国国家版本馆CIP数据核字(2023)第135921号

十九日
SHIJIU RI

君约 著

出 版 人：朱文迅
责 任 编 辑：杨雅云
特 约 编 辑：雪　人
装 帧 设 计：Insect　孙欣瑞
封 面 绘 制：E.Pcat

出版发行：贵州出版集团　贵州人民出版社
地　　址：贵阳市观山湖区长岭北路贵阳国际会议展览中心D区D1栋
印　　刷：长沙鸿发印务实业有限公司
版　　次：2023年10月第1版
印　　次：2023年10月第1次印刷
开　　本：880毫米×1230毫米　1/32
印　　张：10.5
字　　数：400千字
书　　号：ISBN 978-7-221-17735-3
定　　价：45.80元

目录

目
录

第一章 /
许惟回来了

空气窒闷一天，晚饭过后，暴雨兜头泼来。

散步的大爷大妈挤进凉亭，门口的小保安奔回屋，抹掉脸上的雨滴，探头一看，外头雨幕糊住天地，视野里乌沉混沌，活像个囫囵黑袋子倒扣在头顶。

"这鬼天气！"

小保安拿毛巾擦完脸，瞥见雨中跑来一个身影。那人瘦瘦的，身上那件墨绿色棉裙湿得很彻底，几乎是裹着她的。

他记性奇好，不等人跑到屋檐下就认出来了："许小姐，这么大雨您没带伞？"

"嗯。"

雨声遮掉敷衍的回应声。

小保安从储物柜里摸出伞打算借给她："雨太大了，这伞您先……哎，许小姐？"

屋檐下没了人。

小保安探出身子，黑蒙蒙的雨雾里，那女人已经跑进九栋的单元门。

天边乍然落下一道雷，轰隆隆一声。

小保安猛地缩回脑袋，嘟囔："这许小姐越发古怪哩……"算了算，她自从一周前回来就没开过车，出门都靠走的。

奇怪了，她那车坏了？

夏天的雨任性又无能，来得快，走得急，半小时准歇了。

浴室的水声也停了。

许惟裸着身体走出来，头发湿漉漉地散在肩上。她捏起梳理台上的毛巾擦干脖颈，肩膀半转，半身镜里照出白皙干净的肩背。

屋里安静，石英钟孤零零地在走，嘀嗒嘀嗒，均匀单调的节奏几乎将人催眠。

忽然，铃声突兀地响了起来。

许惟回过神，过去拾起沙发上的手机，来电是一串数字，本地号码。

许惟接通电话。

"亲爱的！"说话人声音嘹亮，中气十足。

许惟没应声。

那头吕嘉兀自说起来："我说许大记者……哦不，许大作家，还在老家陪母上？你不是说后天出发？"

许惟平静地说："我已经在江城了。"

"那怎么没动静？微信也不回，自从上次出差回来我就没见过你。"

许惟揉着手里的毛巾，思考要怎么讲。

吕嘉"啊啊"两声，说："对了，你是不是把普云区那房子卖了？杨英说上个月在房管局碰到你了，出什么事了，你急着用钱？"

许惟果断放弃思考。

吕嘉说："哎，在听吗？"

许惟："对，有点事。"

"什么事？"吕嘉小报记者出身，改不掉刨根问底的毛病，"你不会真卖房卖车，到禺溪永久定居吧？江城虽然不比首都，但也是省会，大城市，住得舒服，那乡下地方有什么吸引你？"

许惟斟酌着："风景好？"

"少来，我做你编辑两年，那套老说辞该换换了。"吕嘉压根儿不信，采风去哪儿都成，没必要每年跑一趟，那小县城曾是本省著名的贫困县，即使现在是生态旅游区也不值得如此流连，何况近几年搞开发，小旮旯鱼龙混杂，乱得很，省内新闻都上了几次。

吕嘉说："你老实讲，那地儿有男人勾着你的魂了？"

"……"

实在没法交流。

许惟弯腰擦腿："有事说事，无事'退朝'。"

"喊。"吕嘉被迫绕回正题，"我原本打算把颜昕领给你见见，挺机灵的姑娘，活泼得很，就适合给你做伴。不过明天没时间了，我把你电话给她，让她后天直接找你。"

"随你安排。"许惟开始擦头发。

"那行吧，保持电联，月底交稿，你可别遁了。"

放下电话，吕嘉感觉到些许不对劲儿，想了想，发现自己问的问题许惟一个都没回答。

七点半，落地窗外灯火朦胧。

许惟在穿衣镜前试衣服。衣柜里的夏装都试过一遍，最后留下一件T恤，一条棉麻热裤和身上这件棉裙，其余的都放回去。

7月13号，大晴天，午后热得骇人。

许惟和颜昕在火车站碰头。

颜昕短头发，个子不高，长一张娃娃脸，是吕嘉刚收下的实习摄影师，要去禺溪拍照片。她先认出许惟，挥舞着手臂跑过去，行李箱一路拖出绵长的轰轰声。

颜昕的自我介绍十分正式，年龄、籍贯、学历、专业一一报上，最后表示很高兴能跟随许老师采风学习。她讲话快，笑起来眼睛眯成缝，脸庞又圆了几个度，导致年龄直线锐减，许惟不得不问一句："你真有二十四了？"

"许老师，真的。"

许惟摆摆手："别这么叫我，同个路而已，随意点儿。"

颜昕一听，立刻开启自来熟模式，改口喊她"许惟姐"。

上车后，两人聊天。颜昕的确活泼，但没有聒噪到令人讨厌，她很懂分寸。

车厢里并不安静，后座的乘客带了小孩，一对双胞胎，五六岁，在过道里玩得起劲儿。

许惟看了他们一眼，两男孩长得几乎一样，分不清谁大谁小。

颜昕问了句什么，许惟没听清："嗯？"

"就是……那时候，你为什么突然不做新闻了？"

"哦，讲起来有点复杂……"尾音拖了两秒，许惟没找着理由，索性皱眉，露出为难的神情。

颜昕一看，识趣地岔开话题。

下午五点，火车到达丰州火车站。

丰州是省内最南的地级市，很小，辖一区两县，禺溪与丰州接壤，距离丰州市区不到两百公里，前年成为县级市后，也改归丰州代管。

这地方比江城热得多。出站后，一股热气扑上身，人人挥汗如雨。

颜昕匆忙地找厕所，许惟待在阴凉地等她。对面是新建起的建材城，一排楼房，墙面上浓墨重彩地刷着各式瓷砖、卫浴产品的广告，风格十分夸张。再往后是几排新建的公寓楼和别墅区。

视野更远的地方，山的轮廓隐约连绵。

许惟站了一会儿，摸出手机，翻出何砚早上发来的信息，里头有一个号码，"138"打头。她正要拨，突然进来一条短信——

火车站外有公交站，在那儿等。

　　很简洁，没署名，来自那个"138"打头的号。

　　何砚只给了她号码，连对方姓名都没说。

　　等颜昕上好厕所，许惟领她去了公交站。

　　颜昕以为要搭公交车，没想到等来一辆银灰色小货车，双排座，后头拉着一货箱五金配件。

　　车窗降下，一个瘦精的年轻小伙探出脑袋，左右看看，目光落在她们身上："嘿，你们是江城来的吧？有没有一位许小姐？"

　　颜昕疑惑："对啊。你是谁啊？"

　　"我来接你们的。"他笑时露一口白牙，随即开车门跳下来，"我们小老板没空，差遣我过来接人。这天儿热的，你们赶紧上车吧。"

　　他手脚利索，说话间已经把她们腿边的两个行李箱放到了后头货厢，再打开后排车门，动作麻溜地坐回驾驶室。

　　颜昕惊诧得很："许惟姐，你朋友啊？"

　　许惟打量着那小伙子，没解释，顺势点了点头："嗯。"

　　小货车从火车站开进市里。

　　开车的小伙子叫石耘，二十一岁，人很开朗，在车上就给她们说后面的安排——待会儿他要先去接小老板，然后再送她们去旅馆。

　　过了大约半小时，车拐进旧城区，七弯八绕，在东街口停下。这是一条没改造过的老街，巷子窄，两旁有人摆地摊叫卖新摘的甜瓜，摇扇子的老年人蹲着挑挑拣拣，路被挡掉大半，小货车没法开进去。

　　石耘拨了个电话，没人接。

　　"咋回事儿……"他把手机揣兜里，跳下车说，"姐，你们等会儿，我叫一下我们小老板。"

　　他沿着地摊走进老街。

　　颜昕稀奇地看着窗外，各种品种的西瓜摆了一条街，看得人嘴馋。她扭头说："姐，你渴吗？我去买点西瓜汁。"

　　许惟说："我去买吧。"

　　颜昕当然不好意思："还是我去吧，你坐会儿。"

　　"我正好还要买点别的，你别下去了。"许惟拿包下车。

　　她记得这条街上有一家奶茶店，走几分钟，到了地方，却发现店面改造过，现在是个卖头饰的店，几个背书包的女学生正挤在门口挑选发带。

　　许惟有点失望地站了半晌，转身走进对面的杂货店。

"有薄荷糖卖吗？"她问。

坐在货架旁的中年男人抬起头，眼睛从手机屏幕上移开，伸手拿了一条糖丢过去："三块五。"

许惟付了钱，剥一颗放嘴里，清凉的甜味儿在口腔里散开。她往回走，经过路边的水果车，顺便买了西瓜汁。

车里，颜昕抬头看见那叫石耘的小伙子已经回来了，他身旁还跟着个男的——人高马大，起码高出石耘一个头。穿黑色T恤，背着背包，下头套一件骚包蓝的五分短裤，长度到膝盖上头，露出笔直劲壮的小腿，这个距离看过去，那腿上卷曲的体毛十分旺盛。

石耘边走边指："哥，车就在那儿。"

到了边上，他紧走几步凑近车窗："姐，我们小老板来了……哎，还有个人呢？"

颜昕："买喝的去啦。"

"哦。"石耘拉开车门，介绍道，"这是颜小姐。"

"别叫颜小姐了。"颜昕探头出来，同那高个子男人打招呼，"嗨，你好，我是颜昕，你们叫我名字就行。"

"钟恒。"男人声音低厚，人却站在车头那儿没动，视线笔直地落在颜昕的身上，明显有审视的意味。他眼睛黑，目光冷淡，眉形过于锋利，给人的感觉自然却不柔和。

只要观察三秒就能得出结论，这不是个好相处的人。不过，长得倒很好，颜昕想。

石耘对钟恒说："许小姐买东西去了。"

颜昕说："许惟姐应该快回来了，等等吧。"

石耘笑笑："行，那等会儿吧，待会儿我们……"

"许什么？"钟恒蓦地开口。

颜昕的视线越过他们，看到后头的人："咭，回来了！"

两个男人同时转身。

视野里冷不丁蹦出个硕大的狗头，颜昕瞠目结舌，定睛一看——

好家伙，钟恒背上的哪是背包啊，那分明是一只二哈！

颜昕吓了一跳，注意力被蔫头耷脑的二哈吸引，直到听见石耘向许惟介绍钟恒，她才赶紧下车去接西瓜汁。

许惟买了三杯，都是大杯，用红袋子装着。

颜昕接下袋子，先拿出一杯递给许惟，许惟接了，人却没动。颜昕觉出不对劲儿，诧异地看着她。

石耘这时也发现问题了——这两人怎么都不打招呼？不是朋友的朋友介绍来的客人吗？

这样僵着不好看啊。

石耘打圆场："西瓜汁啊，有我的份吗？"

"有的，有的。"

颜昕扔一杯给他，石耘边喝边说："钟哥，这天儿闷得不行，搞不好又要来一场雨，咱赶紧回吧。"

"嗯，上车。"听不出情绪的声音。

"许惟姐，上车啦。"颜昕回到车里，石耘也第一时间坐进驾驶座。

然而车头旁的那人却没有要动脚的意思。

这本是一片闹市区，但在这一瞬间，四周的声音仿佛都静止了，连树叶都不再晃动。

许惟清楚地看见他额上的汗珠慢慢滑到眉尾。

这张脸变化再大，他也还是钟恒，轮廓还是那个轮廓，眉眼鼻唇的搭配依然和谐得挑不出差错，只是皮肤黑了，棱角更清晰锋利。

十一年，多少少年变壮汉，多少美男成虚胖，这人还是一身广招桃花的好皮囊。杀猪刀待他温柔似水，绕到这儿愣是没舍得下手，还顺道给雕琢了一把。

薄荷糖滚进胃，喉间剩点残余的清凉。

许惟终于挪了挪僵硬的双脚。

不能再这样看着他。

她的手里恰好有一杯西瓜汁，于是她找着声音，手往前递："……你喝吗？西瓜汁。"

不知过了几秒，钟恒终于有了一点表情。他漆黑的眉毛动了一下，唇角微扯，转身干脆利落地上了副驾，给许惟视野里留下那只二哈憨呆的脸。

小货车离开老街，往南边开。

石耘抽空看了下趴在钟恒大腿上的狗，有点儿忧心："钟哥，我瞅着少爷这不对啊，蔫了吧唧的，那'聋子兽医'靠谱不？"

钟恒的大手掌在狗头上揉了一把："比你靠谱。"

"那我毕竟是业余的，也不知道明天它能不能好点儿，本来就蠢，可千万别再把那点脑子给病没了！"

"闭嘴吧。"

石耘反应过来："嘿，怪我这乌鸦嘴。"

颜昕好奇地探身看狗："这狗叫'少爷'啊？"

石耘说："这是小名，我瞎取的。大名叫'泥鳅'，钟哥给取的。"

颜昕忍不住笑："还挺好玩的，它生病了？"

"中暑了。"

说话间，车开到了南门市场，右转上了林荫道。

颜昕瞥一眼许惟，忍了又忍，没忍住，凑过去小声提醒："姐，你这样太明显啦，一直看着人家。"

许惟和钟恒坐对角线，上车后她视线就没动过，颜昕想不注意都难。

然而她提醒后，许惟只是"嗯"了一声算作回应。

颜昕心里稀奇：还真没想到许惟是这样的人！

小货车开到巷口。

石耘说："到啦。"

钟恒抱着泥鳅当先下车，脚步飞快。石耘领着两位姑娘："来，就在里头。"

走了五十米不到，看到一块老旧的招牌——阳光旅馆。

旅馆一共三层，外墙是米黄色的，楼上阳台飘着晾晒的床单，一楼的小厅不大，除了吧台和一个半新不旧的沙发，还有一张年岁不小的木茶几。

进去后没瞧见钟恒，石耘问前台的黑脸男人："赵哥，小老板呢？"

对方不大愉快地说："到后院去啦。他话都不多讲一句，就让我开两间房，还不让收房费。这败家德行，跟泥鳅一模一样。"

"你不知道，这是小老板的朋友介绍来的。"石耘转身说，"姐，你们来登记下身份证，不收你们钱的。"

"谢谢。"许惟接过颜昕的身份证，一道递过去，"还是正常收费吧。"

石耘忙说："不用，不用。"

那黑脸男人似乎不满，一边嘟囔，一边录信息，录到一半顿住："许惟？"他猛抬头，似乎震惊过度，眼睛几乎瞪得凸起，"你是……许惟？"

"是啊。"许惟往前走一步，"怎么了？"

石耘："赵哥，咋了？你认识许小姐？"

颜昕也好奇。

"不会吧。"男人惊奇地看看身份证，又看看许惟，"这脸是像！还真是呢……我是赵则，你记得不？"

"赵则？"许惟仔细看他，想起来了，"是你！"

"对对对，是我是我。"赵则颇激动，"你比以前还漂亮，我都不认得了，你怎么回来了？啥时回的？钟恒知道吗？"问完直骂自己猪脑袋，刚刚就是钟恒让他开房间的，赶紧又说，"你跟钟恒，你俩……"

话说一半，他脑子倏地清醒——不能问，不合适。

赵则立刻收声，不好意思地挠挠头："你们没吃饭吧？先上楼安顿一下，等会儿一起吃个晚饭！"

十九日

许惟点头笑笑："好。"

赵则把身份证还给她们，对一旁犯迷糊的石耘说："愣着干啥，你倒是把行李拎上去啊。"

"哦哦。"石耘反应过来，提起两个箱子领她们上楼，"姐，这边这边。"

赵则急火火地跑到后院。

"钟恒！"赵则急不可耐地要探寻秘辛，没意识到自己的力气堪比武松打虎。钟恒手里夹了根烟，靠在大水缸边打电话，被他在背心一拍，手机差点掉水里。

钟恒回了他一个闭嘴的口型。

赵则听话地安静了半分钟，又喊，钟恒被他烦得不行，讲完两句草草收线。

赵则也不管钟恒脸色如何，张口就问："许惟回来了！你啥时跟她联系上的？"

钟恒像没听见似的，专心致志地在墙砖上磕烟灰，磕完再抽一口。

"你们……"赵则瞪着眼，"你肯定是把我们都骗了。你这家伙，这些年你俩一直没断吧？她是为你回来的？"

钟恒吐一口烟圈，扭过头来，脸庞笼在烟雾里："你脑子有洞吧？这种梦我都不做。"

"……"

赵则被噎得无语："行行行，我脑子有洞，你这辈子就跟泥鳅过吧。"转头钻进小屋看望病恹恹的泥鳅少爷了。

许惟放下背包，打量这间屋。

空间不大，勉强放一张床和电视柜，但收拾得挺干净，桌子擦得锃亮，被褥的色调不是宾馆通用的白色，而是灰色小格。

没想到过了这么多年，钟恒家的这家旅馆还在。

那钟恒呢？

他是什么时候回来的？毕业就回来了吗？他是找了别的工作，还是在帮家里管生意？

他……结婚没有？

手机突然响动起来，是颜昕发来短信，问她现在要不要下去吃晚饭。

许惟回：楼下见。

下楼前，许惟到卫生间洗了脸，把妆卸了。大半天都在路上，天气又热，她竟然没脱妆，贵的化妆品就是不一样。

走到楼梯口，听到脚步声，许惟一抬头，看见钟恒抱着一摞床单被套从楼上下来。他腿长脚快,一长截台阶很快踩完,就要到她身边。

之前的碰面太过突然,这会儿许惟已经平静。

她张嘴:"钟……"

另一个字没出来,那高大的身影已经一阵风般地下楼了。

赵则在前台帮一对男女退房,瞥见钟恒和许惟一前一后地下楼,默默叹气。

看这情形,一定又是钟恒甩脸子了。

赵则跟钟恒是一起穿开裆裤的交情,从小就看清了这人的种种怪毛病。从前在十里八乡瞎混,钟恒不讲道理,还横,挨揍都梗着脖子不低头。后来有了许惟,他开始讲理,但有一点没变,只要理让他占了,那你就等着吧。

得想一百零八种法子哄他。

那模样……赵则想起了林优那只博美犬,用林优的话说就是"傲娇又无耻"。那时的钟恒就宛如一只人形犬类,品种不明,大概是二哈的体形、博美的脾气,不把毛给撸顺了别想安生。

赵则想,无论钟恒活到多大,多成熟,他那根犟筋都在,换皮容易换骨难。

钟恒抱着脏被套走去后院。

赵则喊刚回来的小章替他管前台,他和许惟一道走到屋外,说:"你那朋友到外头去了,说看看这巷子。"

许惟:"那我去喊她一声。"

"行。我去叫钟恒来,百和路有个川菜馆,是熟人开的,我已打电话要好位置了。"

许惟顿了一下,低头笑笑:"算了,别叫钟恒了,他……"

本想说他也不愿意,但她没讲完就被一道影子罩住了。

赵则面色尴尬地指指她的身后。

许惟转过身。

钟恒斜靠着墙,一张俊脸曝在柔光里,目光晃悠悠地跟她一碰。许惟僵硬地站着,被那眼神挠了挠,她喉咙一干,后头的话怎么都说不出来了。

她好像听见钟恒笑了一声。

明明长了一张板正的脸,一笑,既邪又浪。

有什么好笑的?

许惟望着他。

钟恒一步走近,揪着赵则的后衣领把他拎走:"取车去。"

许惟没找到颜昕,却收到了短信。颜昕说去拍夜景,不同他们一道吃饭了。

玩摄影的人总是出门跑，倒也用不着担心。

许惟回到旅馆，前台的小章正在玩手机，见她回来，热情地打招呼："您好，请问有什么需要？"

他和石耘差不多大，圆脸盘，看上去憨厚老实。

许惟想起石耘，问："之前开货车那小伙子呢？"

"哦，石耘吧？"小章之前在巷口和石耘碰上，听说小老板的朋友介绍了两个客人过来，看来这就是其中的一个，他解释说，"去店里送货了，晚了老板又要骂。"

许惟想起那一车五金配件。

"就是你们这旅馆的老板？"

"对，老板在建材城管五金店，小老板管旅馆。"

许惟问："你们小老板一直在这里？"

"对，回来后就来店里了。"

"什么时候回来的？"

"有半年了。自从琳姐嫁到禹溪去，就一直都是老板两头跑，不过他在建材城待得更多，这里主要是赵哥在负责，后来小老板突然就回来了……哎，您问这个做什么？"

"啊？"许惟听得认真，一时卡壳。

小章瞄她几眼，突然笑了："您别紧张，我知道您是看上我们小老板了。"

许惟："不是，我……"

"不用解释。"小章了然地伸出手指比给她看，"行情好的话，我们每接待十个单身女客人，就会有七八个跟我要小老板的电话。这很正常，何况您这么漂亮，这是我们小老板的荣幸，这个忙我肯定帮。"

他大手一挥，爽快地写下钟恒的号码，把便笺推到许惟面前："不用谢，祝您成功，早日成为我们小老板娘，媒人红包随意给点就行。"

"……"

许惟低头瞥一眼，便笺上是十一位数字，"138"打头。

如果钟恒看见自己这么轻易就被人卖了，不知会是什么表情。

盛情难却，许惟从善如流地把便笺揣进口袋："行，红包到时给你包个大的。"

小章的嘴咧到耳根，好像自家猪肉卖了个好价钱。

许惟笑着往外走，刚跨过门槛就看见赵则待在墙边，尴尬着一张脸冲她傻笑，而另一个人已经转过身，长腿迈下台阶。

赵则摸摸鼻子，好像对偷听的事不大好意思，指指钟恒的背影示意她：咱走吧。

车是一辆面包车，红色，就停在巷口。

三个人坐一辆面包车实在宽敞。

赵则开车，钟恒坐副驾，后头大片"江山"都归许惟。

赵则一心二用，既当司机又致力于活跃气氛，甚至说起老同学的近况以求勾起他们的兴趣。

这些年过去，除了留在家乡的几个朋友，其他人早已疏离，但多少还有社交网络上的联系，企鹅群也从高中保留到现在，想找谁都能立刻发条信息，除了许惟。

赵则至今不明真相，只晓得那年许惟考去首都的传媒大学，没多久就和钟恒分手了，所有联络方式都弃用，渐渐地，谁也联系不上她了。赵则一度怀疑这和他们的分手内情有关，也许当年两人闹得太僵，彼此伤透了心。他试图从钟恒嘴里打探，但钟恒似乎把那事当个瘊子丢在心里了，生生给它摁到血肉最里头，谁也别想瞧见一丁点儿原貌。

赵则不笨，他今天不提这些，只避重就轻地讲些轻松好玩的事。

"蒋檬去年生了个大胖儿子，她生完一称，一百八，据说抱着胖小子哭了一天！许明辉你还记得吧？他前年开了个麻将馆，天天陪客人打，结果他那手气臭得呀，输得裤子都没得穿，现在重操旧业和他老子去大排档卖烤串去了，据说月入两万。他那人作天作地，最近又琢磨着重开麻将室，结果被他多拿着火钳满大街追着打……"

他讲得开心，然而钟恒毫无反应，许惟倒是有心配合，可惜半途走神，死活接不上他的话，车里尴尬得能闷出屁。

赵则沮丧极了，默默闭嘴。

许惟突然问："林优呢，她好吗？"

赵则眼睛一亮："啊，对，林优，你最关心她才是，我差点忘了。她挺好的，还是那么酷，在外头闯荡几年完成了资本的原始积累，前年回丰州休养生息，今年年初到禺溪开酒吧去了。我跟钟恒去过一回，自个儿给自个儿做驻唱歌手呢，在那旅游区挺火的！"

"在禺溪？"

"对，你要是想去，明儿我和钟恒带你去看她！"

"不用了，我本来就要去禺溪，我自己去找她吧。"

赵则惊讶："你要去？去玩吗？还是有事？"

"都有。"

赵则顿时有些失望："你不是特地回丰州的？是路过？"

他问这话时，副驾的钟恒点了一根烟。打火机一亮一灭，夜风钻进窗，将烟头吹得通红。

赵则后肩飕飕凉，匆促地换了话题："行，那回头我把林优的电话给你。就要到了，你饿了吧？"

百和路大修过几遭，周围的建筑商铺早更新换代了，唯独一个新华书店还在。

赵则堪堪把车停稳，林优一个电话打了过来："'江边月色'405包厢，你现在拎着钟恒给我滚过来！"

赵则一脸蒙："啥，你回丰州啦？"

"半个小时不见人，友尽。"

嗬，这火气！

赵则立马化身孙子："林小姐，哦不，林大爷，哪个不长眼的惹你了？不过我们这儿正忙着，没法来帮你修理。"

林优给钟恒打了三个电话都没人接，正在气头上，语气不善："我这日理万机还抽空回来送温暖，你俩还矫情了。"

赵则："我们真有事。"

"有什么事？"

赵则不知怎么讲，犹犹豫豫瞥一眼钟恒，后者面朝窗外，一副事不关己的模样。他只好回头，小声告诉许惟："是林优。"

电话里的声音已经不耐烦："你在跟钟恒说话？那把电话给他。"

赵则牙一咬："林优，我这儿有个人，不是钟恒。"

"……谁？"

"许惟。"赵则弱弱地说，"许惟回来了，我们跟她在一块儿呢，正要去吃饭。"

电话里静了。

许惟望着赵则的手机。

几秒后，赵则忐忑地抬起头："挂了。"

许惟："……"

第二章 /
有人让我照应你

"江边月色"是丰州最古老的KTV之一,和丰州一中的老校区在同一条街上,当年曾是年轻学生最爱去的一家,然而风水轮流转,那里的老板没有追随潮流,这么多年只是小修过KTV,内里仍然是朴素的老木头风格,少男少女早已看不上,反倒是追忆似水流年的中年人常常过去游荡。

中年人赵则熟门熟路地找到停车点。

许惟一下车就认出来了。

最后一次来是吃散伙饭那天,刚高考完,她独自从宜城赶回来参加班级聚餐,钟恒在车站接她,送她回学校取走留在宿舍的书本,再送她回姥姥家,晚上一起到这里的银河酒楼。散伙饭吃得很"嗨",结束后一群人不舍得走,在"江边月色"耗了一晚上。

那时候,山清水秀,月亮圆,每个人都年轻得很有希望。

电梯行至四楼,三人走出来,赵则在前头引路,穿过走廊就到了405包厢。

包间很大,除了林优,还坐了七八个人,有男有女,桌上堆满吃食和酒水。有人调低音乐,站起来招呼他们。

许惟站在钟恒的身后。

不知是谁激动地吹了声口哨:"哟,钟少爷带女人来啦?"

一票目光唰唰看过来,口哨越吹越响。

"是个美女,少爷艳福不浅啊,还不介绍介绍?"

"对对对!"

有男人无耻地凑过来调侃:"妹子芳名为何?芳龄几许?"

赵则顿时头疼,赶在钟恒发作之前一巴掌呼过去:"滚滚滚,都给我正常点,她是许惟!你们不认识啦?"

一阵死寂过后,包间里炸了,全是此起彼伏的抽气声。

许惟客客气气地打个招呼，脸上浮着笑："好久不见。"眼睛在包间里搜索，刚瞄到林优，后者就站起来直接出门。

许惟顾不上笑了，立马跟过去。

林优在厕所点着一根烟，抽了一半往外走，看见许惟杵在洗手池旁，一条裙子土不啦唧的。十多年了，这女人的审美还是跟她的相当不合。这脸，这身段，就该穿点性感的，吊带衫、小短裙，多酷。

这什么风格，土得掉渣。

而许惟则被林优的头发吸引，原来这一头酒红色的短发里还夹杂着紫色，真酷。

林优走到一旁抽烟，眼尾瞥见那道影子过来，她头都懒得回。

许惟知道林优喜欢听好话，便默默酝酿着先夸她一遭，哪料林优等得不耐烦，掐了烟转过身："许小姐有何贵干？"

许惟被这称呼喊得一愣神。

林优笑了笑，眼尾挑着："多年不见，许小姐特地来看望老同学？功成名就还记得旧朋友，真难得。"

许惟："……"

就知道这人没好话。

她了解林优，什么都不必说，先果断认错："你别生气，我这不是来道歉了嘛！"

林优翻个白眼儿："你这歉道得不嫌晚了点？黄花菜都凉了一盘又一盘了吧。"

还真是。

许惟以眼神请求她给点面子。

"你这个人可恶很没逻辑。"林优不仅没给面子，连里子都撕个干净，"你是劈腿了没脸见人还是怎的，跟钟恒分个手，就跟我们都绝交？我给你打过多少电话，发过多少信息，你倒好，换号都不通知我们了！这战圈是不是拉太大了？那些人我不管，我林优是敌是友你分不清？"

许惟无言以对。

林优越说越气："你说说，你这情伤是有多重？钟恒怎么伤着你了？你说出个理，我去揍死他。"

"林优……"许惟完全招架不住，"是我错了。"

"哼。"

林优骂完似乎痛快不少，暂时不想理她："你自个儿反省去。"

林优一走，空气都顺畅了。

许惟浑身放松下来，在墙边靠了一会儿。

周围依旧吵闹，包厢传来的歌声、洗手池的水流声、厕所门口女人的交谈声……

很清晰也很真实。

不知什么时候，身边来了个人。

"你哭什么？"他声音有点儿低。

许惟晃个神，抬头："没哭啊。"她脸庞干干净净，没一滴眼泪。

钟恒："……"

他的表情让许惟愣了一下，她默默看了几秒，而后莫名开怀。和从前一样，这人每次吃瘪的时候都同一个表情，很好玩。

许惟一笑，钟恒的脸就更黑了。

"你以为林优把我骂哭了？"许惟明知故问。

钟恒脸转向一边，风凉道："看来骂得不够狠。"

"其实还挺狠的。"许惟说，"不过哭没什么用，我不喜欢。"

钟恒不接她的话，但也没走。

许惟见过林优一面，结束一桩心愿，那包间便不必再去，她对钟恒说："帮我跟赵则说一下吧，我先走了。"

钟恒脸转过来，不咸不淡地问："去哪儿？"

"吃饭，我肚子在叫。"

一中老校区对面有小吃街，饭馆、店铺随处都是，暑假也依然营业。许惟沿街走过去，被食物的香气勾得馋虫直叫，有几家店以前吃过，一闻香味就能认出来。

许惟走进一家米粉店，点了一份炒米线，坐在店门外的凉棚里等。

免费的紫菜汤先送上桌，她埋头喝一口，身旁的凳子突然被人抽过去，抬头一看，是钟恒。

许惟惊讶："你跟着我？"

"谁跟着你了。"钟恒坐下来，两条长腿划去好大一片地方。

他招手喊老板："来碗牛肉米线。"

两碗一起端上来。

许惟早就饿得前胸贴后背了，钟恒其实比她好不了多少，两人都吃得很快，从始至终没有交流。

结账时，许惟还在掏钱，钟恒放了张二十的纸币，当先走了。

老板默认他们是一起的，对许惟说："两碗，刚好。"

许惟走到街口才发现钟恒没走，他停在路灯那里。

这里没有别人，他只可能在等她。

久远的记忆一瞬间浮上来。

十九日

许惟突然觉得他好像一点都没有变。

以前也是这样，他生气了会不理人，不跟她讲话，走路都要隔一段距离，但他不会真的走掉，每次往前走走就能看见他在那儿等着，等她跟上去，等她哄他。

路灯的光落在钟恒身上，地上的影子很长。他两手插在兜里，右脚无意识地踩着路边的碎石。

"钟恒。"

许惟叫他的名字。

他没回头，没什么语气地说了一句："走了。"

几百米的街道，两个身影一前一后，中间隔了差不多两米。

许惟一路瞅着那距离，快走到"江边月色"大门口时，她紧走两步，追上他："我要去趟超市。"

钟恒停下来，没看她，拿出手机给赵则拨了个电话："在车上等着。"

超市在附近，走几分钟就到，这个时间人不多，里头空荡荡的。钟恒没进去，站柜台旁等她。

许惟拿着小筐去选货，五分钟不到就拿好东西到柜台结账。

钟恒瞥了一眼，全是日常生活用品，牙膏、牙刷、毛巾、餐巾纸、两包卫生巾，最后还有一盒薄荷糖。

她对薄荷糖倒是长情得很。

许惟结完账，钟恒要了包烟，许惟顺手把找回来的那张五十的递过去，收银员正要接，钟恒给了两张十块的。

许惟看他一眼，把钱收回来。

依然是一前一后地走回车上。

赵则已经在等着，见到他们就问："吃饭了没？"

许惟说："吃过了，你吃了吗？"

"我也吃了，他们订了牛排，我吃了个大饱，你们吃的啥？"

"米线。"

"啊，就吃了米线啊！"赵则瞥了钟恒一眼，心想，这也太抠了，就算是前女友，也不该这么小气吧，买卖不成仁义在嘛。

身为老同学之一，赵则感到"与有耻焉"，立刻说："真是对不住，今天实在太仓促了，明天吧，明天咱们吃顿好的。"

许惟笑："你别这么客气。"

"要的要的，你难得回来一趟，我们怎么也该尽尽地主之谊嘛。"赵则边说边拿胳膊肘杵钟恒，示意他表态。

钟恒不买赵则的账："你还要不要开车？"

迫于钟少爷的气势，赵则边嘟囔边转过脑袋发动了汽车。

夜里风大凉快，许惟含了颗薄荷糖靠在后座。头脑放松时，白日奔波的疲倦适时涌来，面包车一路晃悠，等开回旅馆，许惟已经在后头睡熟。

车停了五分钟，没人下车。

前头座上，赵则推钟恒："你去叫一下呗。"

"你去。"

"我不去。"赵则小声说，"你快去吧，就叫一声。"

钟恒不动。

赵则铁了心："随便你，人家以前好歹是你的女人，你叫一下她怎么了。反正我不管了，你不想理也成，就让她在这车上睡一晚呗。"说完打开车门就撒腿跑了。

钟恒在副驾坐了五分钟，听着后头那道轻轻浅浅的呼吸声。他摸到烟盒，抽出一根叼进嘴里，摁打火机。

第一下没着，他把烟一扔，下了车。

后座上，许惟歪着脑袋，半边脸贴在椅背上，以一种明显不太舒服的姿势睡着，头发乱糟糟的，一半搭在肩上，一半遮着脸。她身上那裙子是灰色的，一眼看过去整个人都是暗色调的，像经过去色处理的黑白照片，跟这破车倒是很搭。

钟恒一只手扶着车门，站了一会儿，上半身探进去，伸手抱她。许惟脑袋搭在他肩上，在睡梦中抖了一下，似乎受到惊吓，眉心紧紧地皱起。

钟恒往后退一步，将她抱离座椅，许惟却突然醒了过来。光线昏暗，她又迷迷糊糊，睁眼只感觉到不对，隔几秒才反应过来："钟恒？"

还没看清他的脸，她的身体已经落回座椅。

"砰"一声，钟恒关上车门走了。

许惟："……"

赵则躲在门口偷偷张望，看见钟恒独自过来，脸都黑了："许惟呢？"

钟恒没理他，大踏步走去后院看望泥鳅少爷。

"这浑蛋。"赵则指着他的背影，恨铁不成钢。

许惟看到赵则站在门口跺脚，奇怪道："赵则，你干吗？"

赵则吓一跳，回过头："你醒了啊？"

"嗯。"许惟说，"不知道怎么就睡着了。"

赵则立刻说："你今天坐火车肯定很累了，早点去休息吧。"

"好。"

泥鳅少爷经过几个小时的休息，精神恢复了小半，拍饭碗拍得正高兴，钟恒一进去，它立即凑上来抱大腿求蹭。

钟恒摸它的脑袋，它蹭得更欢。

钟恒又摸了两下，泥鳅少爷就欢快地拱脑袋了。

"行了，坐坐好。"钟恒把腿抽出来，拉了张小凳子坐着。泥鳅又滚过来，闹脾气求抚摸。

"德行。"钟恒白了它一眼，从盒子里摸出个球给它。

赵则从外面探头："哟，钟少爷好兴致，哄泥鳅玩呢？"

钟恒见他就烦："哪儿都有你。"

"嘿嘿，聊几句呗。我说，你能不能对她客气点儿，都是老同学，是吧。"

钟恒："你闲得没事吗？去拖地。"

赵则脸皮厚，一屁股坐到墙根木板上："她不也是我老同学嘛，你看你，带人家吃饭就吃个米线，我是做不出来。"

钟恒不说话，而泥鳅已经仰着肚子求抚摸，求关注了。

赵则说："我就这意思，好歹好过一场，她以前对你不薄吧？就你以前那臭脾气，谁受得了，许惟那两年对你多好，就她那不惹事的个性，还为你打过架，你搁心里想想，你不得念点旧情啊？"

钟恒："你也知道是旧情。"

赵则一拍手，呵呵笑："我不仅知道这个，我还知道有个词叫——旧情复燃。"

钟恒："滚蛋。"

"行行行，我滚。不过我跟你说一声，刚刚许惟打电话下来，说她那房间好像弄不出热水。"赵则边笑边站起身，"你要么就去看看，不然就让她今晚洗冷水澡吧，反正我是不会去的。"

钟恒捏一个皮球砸过去。

赵则敏捷地躲开，笑着走了。

许惟将笔记本翻过一页，在第四页开头写下一行小字，笔尖停顿片刻，继续写。

有人敲门。

她合上本子装回包里，起身去开。看到门口的人，有些意外，没想到来的是他。

"没弄出热水？"

"嗯。"许惟退开一步，给他让条道。

钟恒走进卫生间拧了拧水龙头，水流冲下来，他拿手试水温。

许惟靠在门口看他的背影。

几平方米的逼仄空间，他大高个子，微微屈着左腿，勾着头在那儿调试，看着不怎么和谐。

这情形也眼熟。

有回暑假，他们在外面住过一晚，洗澡洗一半热水没了，许惟裹着浴巾蹲一旁歇着，看钟恒折腾半天，愣是把热水弄了出来。

那时候，他个子也高，但很清瘦，不像现在。

许惟的视线从他后颈下移，透过薄 T 恤的褶皱，似乎已经看到坚硬结实的背肌，往下是后腰和臀，被那条骚包蓝的裤子遮着，就剩小腿能看到。

许惟看了一眼，想着他是不是该稍微脱个毛？

但这双腿有多少力量，她很清楚。他以前体育厉害，运动会径赛从 100 米到 3000 米，没人跑得过他。

终点线，一群女生给他送水。

他只接她的。

"好了。"钟恒转头，对上许惟的目光，他顿了下，眼神变了，"你在意淫什么？"

他语气很淡，眉峰挑着，眼神凉飕飕。

许惟当然不会承认。

"没有。"她一本正经走去，弯腰伸手，水流浇上手背。

还真热了。

许惟对他说："谢谢了。"

钟恒高她许多，许惟同他讲话下意识地站直身体。

距离拉近了，她白净的脸庞杵在眼前，没了以前那点婴儿肥，有些瘦，显得眼睛更大些。这个角度，她右边眉尾那颗极小的痣都看得一清二楚。

钟恒瞥着她，淡淡一句："我是老板。"言下之意，这是分内事，不是帮她，这声谢他不收。

许惟笑了声，说："你怎么不收我房费呢？"

这句话不知算不算在呛他，她的语气一直很平静。确切地说，从白天重逢以来，她一直都这样，没什么明显的情绪表露，就连在"江边月色"被林优骂，她也是这样，只有他蠢到以为她会哭。

林优那么彪悍，对许惟也舍不得说真正恶毒的话。包间里那些老同学看到许惟只有惊讶，而那个没骨气的赵则更是一秒钟就接受了许惟的突然回归。大家都在过自己的日子，一个突然回来的中学同学对他们来说不痛不痒，没谁耿耿于怀。

钟恒低头哼笑了一声，没看她，把赵则的话丢过去："毕竟是老同学。"

许惟点头："也是。"

热水还在流着，冲过她的手指。

钟恒没什么情绪地说："你洗吧，我下去了。"

见面以来，他第一次好好说话。

许惟点头应："好。"

钟恒走出去，屋里静下来，许惟盯着空落落的地面好一会儿才回过神。

颜昕晚上九点多才回来，她没回屋，先过来敲许惟的房门。许惟打开门，一杯奶茶递过来。

"姐。"颜昕探个头，对她笑，"给你带的，很好喝。"

"谢了。"许惟接下，"进来坐会儿？"

"好啊。"

许惟坐到床上，颜昕把相机包放到床头柜上。她没洗澡，不好往床上坐，拉了张椅子坐在旁边。

一人喝一杯奶茶。

许惟问颜昕去哪儿拍夜景了，颜昕说："去了清澜河，那儿有划船的，我上去坐了坐，拍了些湖景。"

许惟说："那里是挺好看。"

颜昕看了看她，试探着问："姐，我记得你不是丰州人吧？"

"不是，我是宜城人，我在这儿读过书。"

宜城在北边，靠近省会江城。

颜昕若有所思地点点头："看来我没记错。那你怎么会到丰州读书啊？"

"我外婆以前住这儿。"

颜昕似乎想起了什么，说："所以那时候你支教保研的地点选了禺溪？离丰州很近啊。"

"这你都知道？"

"当然了，"颜昕笑着说，"你母校拿你做过宣传呢。你的履历学校网站都能看到，就在名人校友那一栏，我那会儿想考研，还点进去看过。"

许惟说："我倒没关注。"

颜昕又说："不过我看你后来也没有回校读研了，怎么放弃了呢？"

"也没什么理由，就是不想读书了。"许惟把话题转开，"你准备什么时候去禺溪？"

"都行，看你什么时候方便吧。"颜昕有点机灵地笑了笑，"姐，今天那是你同学吧？是不是要聚聚？不如晚两天再走？"

许惟谢绝她的好意："今天聚过了，如果没别的事，我们明天走。"

"这么快？也行，我们坐什么车去？我今天打听过，汽车站有大巴过去，也有私人开的小面包车，当然，打车去也是可以的。"

"那行。"

也许是因为在车上睡了一觉，夜里许惟睡眠并不好，凌晨四点多醒了，喉头发燥，她摸黑起来喝了口凉水，找到薄荷糖含了一颗，睁着眼睛看天花板，坚持躺到六点半。

洗漱只花了一刻钟。

许惟想了想，还是化上淡妆，眉毛涂两笔，脸颊扑点粉，没抹口红。

清晨空气好，温度适宜，她穿了件宽松的黑色裙子。下楼没见到赵则，前台坐的是小章，见到她，一笑："早。"

"早。"许惟过去问，"你们这儿提供早餐吗？"

小章说："这个是不提供的，做饭的陈姨去年回乡下了，没人做饭，我们就取消了这项服务。"

"没人做饭？那你们吃什么？"

"我们就自个儿瞎糊弄，有时叫外卖，有时候赵哥煮个粥，有时候小老板心情好，就会包饺子，他包的饺子是一绝。"

小章说到这儿露出推销自家好猪肉的神情："不是我夸口，我们小老板这一点真是出人意料，谁晓得他一个大男人还会包饺子？你别说，他包的花样还挺精细，只要他一包饺子，隔壁洗衣店的那些小丫头都跟狗闻着香似的跑来蹭，一个个脸皮厚的，都揩油揩上瘾了！我估摸着那不是吃饺子，倒像是要吃我们小老板了。"

"是吗？"许惟笑起来，"他会包饺子了？"

"嗯，不骗你。"小章小声说，"这样，我待会儿撺掇下赵哥，让小老板今天做顿饺子，你吃了就知道，谁吃谁想嫁。"

"行，你撺掇吧。"许惟挥挥手，"我出去吃早饭了。"

她往外走，还没到门口，一只灰白大狗就奔进来，扑上她的腿。

外头传来一声怒喊："泥鳅！"

许惟吓一跳，认出是昨天那只病恹恹的狗。

泥鳅少爷丝毫不给面子，没听见一样，专注地蹭着许惟光溜溜的小腿，还张开嘴轻咬她的裙摆，前腿跳起来，执着地求抱。

钟恒的脸都黑了。

小章笑得前仰后合："哎哟，不行了不行了，泥鳅这一见美女就走不动路可怎么办才好！"

泥鳅配合地摇尾巴。

钟恒过来拽住牵引绳，硬生生地将它拉开。

泥鳅气得要死，发出不满的呜呜声。

"小浑蛋。"钟恒咒骂了一声，抬头问许惟，"没事吧？"

"没事。"许惟过去在泥鳅脑袋上摸了一把。泥鳅立刻温顺了，尾巴摇得快三百六十度旋转了。

小章笑得肚子痛："这货要上天哪！许小姐，你赶紧出去，不然这早饭吃不成了，泥鳅要把你抢回窝！"

许惟听从建议，对钟恒说："我去吃早饭了。"

"嗯。"

钟恒抱起泥鳅往后门走。

"钟恒。"许惟喊他。

钟恒回头。

"我今天去禺溪。"许惟说，"中午走。"

钟恒站在那儿不动了。

小章和泥鳅各自一副看戏的表情。小章摸摸鼻子，竭力把自己当成背景。泥鳅则转动脑袋，睁着一双狗眼看看许惟，又看看钟恒，继续摇尾巴，在他怀里挣扎。

小祖宗太不省心。

钟恒没法再站下去，冲许惟点了下头，转身走了。

许惟也没停留，出大门，沿巷子走出去。

附近有个菜市场，旁边都是吃饭的地方，面馆、早点铺、小摊，应有尽有。

时间还早，不需要着急。许惟走得慢，边散步，边在心里做选择：吃哪家好？

旧路坑洼，石子松起散在路边，许惟穿一双浅口单鞋，走路不看地，总踢到碎石。那鞋是布的，很薄。

钟恒看着前头那一双筷子似的细腿，无意识地皱眉。

多大人了，不知道好好走路？

在许惟快踢到又一块石头时，钟恒两步追上她，捉住手腕将她拉开："你看路行不行？"

许惟刚站稳，他就松了手。

"你怎么来了？"

钟恒懒得回答，脸看向一边："想吃什么？"

"都想吃。"

钟恒："你没那么大肚子。"

"对，所以我在选。"

钟恒手揣进兜里，斜她一眼："这毛病还没好？"

许惟有食物选择恐惧症，让她选吃的，她会很头疼，除非饿极了，否则很难快速做决定。高三那年，这种痛苦几乎没有。那时许惟住校，钟恒在家住，每天骑单车来往，她一整年的早餐都是他带到学校，吃午饭、晚饭时她也跟着他，不需要做选择。

钟恒选的，都是许惟喜欢的。

许惟点头："对，没好，更严重了。"

钟恒没接话，往前走两步，随手指路边："就这家吧。"

是一家粥铺。

许惟说："好。"

进了店，钟恒看看墙上的价目表，要了菜粥、油条和一碟酱牛肉，问许惟吃什么。

许惟说："跟你一样。"

这铺子是自助式的，两大锅粥摆在墙边，旁边篮子里放着碗筷。钟恒盛好一碗，许惟伸手接。

"别烫到。"他说了一句。等许惟接稳，他收回手，指腹不经意间擦过她的指尖，两人都默契地忽略了这意外的碰触。

这家店是老字号，油条炸得好，又脆又香。许惟吃完一根意犹未尽，但胃已经饱得差不多了。她盯着盘子里剩的那根看了几回，钟恒瞥她一眼，将油条夹过去，用筷子划断，少的那一半放她碗里。

"谢谢。"许惟说。

钟恒不回应，两三口把油条吃完，粥也喝掉，勺子一放，人靠着椅背。

许惟低着头，专心致志地吃一口油条喝口粥，一边的长发垂下来。她咀嚼时相当认真，闭着嘴，两片唇被热粥烫得微红。

她皮肤白，显得眉和睫都黑，鼻尖上沁着细密的汗珠。

许惟吃完，抬头，与那道目光碰上。

他的眼睛黑漆漆的，倒是坦荡得很。

许惟略微一顿。

钟恒坐直，手肘搭上桌，靠近了问："你惹了什么麻烦？"

"什么？"

"有人让我照应你。"

许惟明白了："我还想问你呢，你怎么认识何队？"

没应答。

许惟："犯过事啊？"

钟恒被她气笑了："能盼我点儿好不？"

许惟道歉："对不住。"

何砚是省城公安总局刑警队的，手头有大把线人，而其中一大部分都有前科污点，她一下就想到这儿了。何砚说找了个可靠的人，恰好在禺溪附近，可以信任，没说过是什么人，只给了电话号码，而警察接触最多的也就两类人，一类是罪犯，一类是同行。

许惟问："你在江城待过？"

"嗯。"

"在哪里？"

"高新区。"

"做什么？"

钟恒挑眉："你查户口呢？"

"……"

许惟不问了。其实也没必要问，第一，何砚找的人不需要怀疑；第二，钟恒不会害她。在许惟心里，第二点更笃定。

"所以，你真惹了麻烦？"他回到最初的问题。

许惟摇头："我不太确定，何队这么安排，我就听了。我之前给他提供过一些消息，他怕我有麻烦，所以比较关照。"

"你不是前年就不做记者了？"

"是不做了。"许惟一笑，"你怎么知道的？"

他不答。

"你网上搜过我？"

"没有。"他别开脸，"听说的。"

听谁说的？

这一句，许惟没有再问。她低下头，嘴边的笑没停，这男人言不由衷的时候最可爱。

钟恒忍无可忍："别笑了，很丑。"

许惟眼睛弯弯："是吗？"

钟恒站起身："走了。"

回去的路上，太阳已经耀眼。钟恒走在前头，许惟一路看着阳光在他肩上跳跃，恍惚间又像回到了从前。

颜昕睡到十点起床，洗漱完吃了许惟带回来的早餐，开始收拾行囊。

楼下，赵则正竭力劝许惟："就多留一天，就一天，明天我亲自送你去！"一面说一面给钟恒使眼色，希望他能帮腔。

赵则这人一贯好心肠，世事变化，沧海桑田，他依然对助攻事业乐此不疲，为兄弟的幸福操碎心。当年许惟和钟恒能在一块儿，赵则着实有汗马功劳，单是钟恒表白那天，赵则就掏空了口袋，把压箱底的零花钱捐出来给他凑出一身好行头。果然，那天钟恒不负众望，帅破天际，代价是他们一群好兄弟陪着钟恒吃糠咽菜一星期。

许惟已经看出他有什么意图，无非是想做好人，创造机会把她和钟恒往"破镜重圆"那一套上撮合，但她却只能辜负这份好意："下次回程时我来这儿请你吃饭，今天就不留了。"

赵则默默给钟恒扔一个眼刀，垂死挣扎一把："那只能让钟恒送你了，我今天旅馆这边走不开。"

许惟说："不用送，我们到汽车站坐车。"

"那也得让钟恒送你去汽车站吧。"

"不用，我们……"

"我送你。"

许惟转过头，钟恒又说一遍："我送你到车站。"

十一点出发。钟恒开的还是那辆面包车，一刻钟就把她们送到了汽车站，颜昕很知趣，主动跑去买票。

候车厅里人不少，嘈杂吵闹，小孩子追逐嬉戏，各种食物的气味弥漫着。旁边座位上一对夫妻正在吃泡面，香辣牛肉味。

许惟看看钟恒，说："你回去吧。"

钟恒没动，问："你到那儿住哪儿？"

许惟说："还没确定。"

"没订房间？"

"还没。"

"你具体去哪儿，县城、景区，还是乡下？"

"也没定。"

钟恒的脸色顿时不好看了，他说："出门前不需要想好行程吗？你怎么一副'白痴相'？"

许惟："……"这一言不合就刻薄毒舌果然还是他的作风。

钟恒懒得问下去了，摸出一张卡片塞给她。许惟低头一看，是家客栈的名片，上面写着"阳光客栈"，地址在灵町山景区，应该是山下，上面写的是"磨坊街16号"，旁边有联系电话。

"这是我姐开的，汽车站有小车过去，我叫她给你们留房。"

许惟很惊讶："你们家这都开成连锁的了？"

钟恒不搭理她，冷着脸问："记住了？"

"嗯。"许惟有点不好意思，"让你费心了，回头请你吃饭。"

"不稀罕，我走了。"

他没道别，转身就出了人群。

第三章 /
那你想干什么

钟恒回了旅馆。

赵则在前台理账，瞥见他，脸一黑："我说你这人怎么这么轴呢？留人你不会，送人你还懒，你就把人送到禺溪去怎么了？也就两个小时车程，要你一层肉还是咋的？"

钟恒甩他一句："算你的账。"

"没救了你。"

这事赵则絮叨了一个下午，吃晚饭时还不消停，小章听得耳朵都起茧了。钟恒火气突突冒，筷子一拍："我说你够了啊，我为什么非要送她？她是我什么人？"

赵则吓一跳。

钟恒的手机却在这时响了起来。

钟恒压着火，接通："喂？"

"钟恒，你不是让我留两间房，怎么人还没到？"是他的姐姐钟琳。

钟恒手微微一顿："她没到？"

许惟是在汽车站和颜昕分别的，她把阳光客栈的名片给了颜昕，行李箱寄存在车站，随后乘坐小巴去了七渡镇。

早年，七渡镇是禺溪最穷的一块地方，靠山傍水，交通不便，每天只有大巴来回跑一趟，外面人不好进，镇上人难出门。这几年，政府扶持力度加大，整个禺溪大搞开发，七渡镇也分到一杯羹，路修好后外出的人增多，有人打工，有人创业，挣钱的路子广了，镇上大变样。

许惟在镇医院门口下了车，把背包挂在肩上。

她扯扯拉链，手伸进去摸出绿色封皮的笔记本，边走边翻。

"向阳中心小学……"

她念了一遍，记下这名字，然后沿街往前走。

浇过柏油的石子路，不算平整。街两边有店铺，各式各样，小餐馆、服装店、杂货铺，还有卖农药化肥的，和市里的街铺是完全不同的风格。再往前，有一家文具店，两个扎马尾的小女孩走出来，十一二岁模样。

许惟招招手，两个女孩停下脚，目光带怯。

许惟走近，冲她们笑："这里有学校吗？"

圆脸的那个女孩点头。

"怎么走呢？"

瓜子脸的女孩指了个方向："菜店那里。"带了点地方口音。

许惟摸出两颗薄荷糖递过去："吃糖吗？"

两人一齐摇头："不认识你，不吃。"

看得出家里教得挺好。

许惟把糖收回来，说了声"谢谢"就走了。过了几分钟，果然在菜店旁边找到学校，很小，一共只看到三栋楼，都是上下两层，正是暑假，铁门紧锁，校门口空荡荡的。

许惟转了一圈，一个人影都没瞧见，门卫室也锁着。她没停留，过了矮桥，对面是一家饺子店，一位头发花白的婆婆正在门口剥毛豆。

许惟走过去，屋里一个穿黄衬衫的中年女人出来问她要吃什么，讲的是方言。许惟勉强能听懂，看着门口贴的字，说："要一碗蔬菜水饺。"

对方打量她两眼，换成蹩脚的普通话："你等一会儿，在那儿坐吧。"

"好。"

门口有张闲置的竹椅，许惟坐下来，剥毛豆的老人抬头对她笑笑。

许惟说："婆婆，您一直住这里？"

老人摇头，指指耳朵，表示听不懂。

天不知什么时候阴了下来，几朵乌云飘着。许惟摸出手机看了眼，已经四点半，手机电量只剩百分之二。

"饺子熟了，来吃吧。"后头一声喊。

许惟起身进去，坐到桌边。中年女人也坐下，往饺子皮里裹馅儿，她动作娴熟，手指捏一捏，一个饺子很快做好。许惟边吃边看，想起小章说钟恒包饺子一绝，心里笑了一声。

那女人瞥她一眼，主动搭话："姑娘外地来的啊？"

"嗯。"

女人又说："是来玩的？"

"对。"

女人摇摇头："不像，来玩的都不来我们这儿，那些好玩的景区都玩不过来呢！"

许惟笑了笑："老板娘挺厉害的。我跟您打听点事，行吗？"

"你问呗。"

许惟指指外面："旁边那学校怎么样？"

"不怎么样，就是一个小学。"老板娘说，"你不会是来那学校当老师的吧？又是来支教的？"

许惟反问："以前也有来支教的？"

"这几年没见到了，早几年都有，从大城市来的大学生，都待一年就走了，说还要回去念书的。"

"那您都记得？"

"哪能都记得，来了一批又一批，这都过了好多年了，早记不清楚了。"

"那第一批来的，您有印象吗？"

"第一批？"

"对。"许惟提醒，"2008年9月来的。"

老板娘摇头："记不得了。"

"那年这学校有发生什么事吗？"

"没有吧。"老板娘皱眉，"没什么特别的事啊，你问这个干什么？"

许惟还没接话，门口传来一声方言的叫喊："傻子！走走走——"

是那剥毛豆的老婆婆在跺脚骂人。

老板娘噌地站起身，拿着擀面杖跑到门口，喊："蒋大云，你赶紧走，别站那儿吓人！"

许惟起身去看。

路边一个灰衣男人弓着背，他一手拎着破麻袋，一手抱着两个汽水瓶，身上很脏。看见许惟，他失神的眼睛似乎亮了一下，脚往这边走，被老板娘挥舞着擀面杖吓回去了。

隔壁文具店的老板也拿着拖把出来赶。

那男人怯怯地站了会儿，拖着麻袋走了。

老板娘松口气，招呼许惟："没事了，回去吃吧。"

回到桌边，老板娘猛然记起来："对了，你说的那学校还真有一件事，就刚刚那傻子，蒋大云，他把那学校一个老师砸死了。"

许惟放下筷子："是怎么回事？"

"具体也不清楚，就知道那老师晚上死在操场，是蒋大云的弟弟报的案，他弟弟在学校管仓库，蒋大云也在仓库住，他有精神病，那天发得严重。"

"后来呢？"

"听说被带到精神病院关了两年，后来又回来了。大家都很怕他，他弟弟在城里做事，好像赚了大钱，专门找人回来照顾他，但他还是到处乱跑。"

许惟问："还有别的事吗？"

老板娘奇怪地看着她："要有那么多事，还得了？姑娘，我们这地方虽然小，也穷，但也不都是豺狼虎豹啊，天底下还是好人更多。"

"您说得对。"许惟低头把饺子吃完，付了账，同她道别。

天边乌云翻滚。

许惟回到镇医院门口等车。

最后一趟回城区的大巴已经走了，现在只能寄希望于小面包车。然而等了一个多小时毫无所得，经过的车都不去城里。许惟看看附近，没发现有"旅馆"的字样，更麻烦的是，她告诉颜昕晚上在客栈见，如果回不去，颜昕恐怕会着急。

许惟摸出手机想给颜昕发条短信，编辑到一半，一个电话打进来了。

许惟顿了顿，还是接了。

那头是个女人的声音："囡囡？"是许惟的母亲方敏英。

许惟应："嗯。"

"吃晚饭了吗？是不是很忙？你回去好多天了，怎么也没给妈妈打个电话？"

"很忙。"

"囡囡……"方敏英说，"我今天去医院了，她还是那个样子，要是醒不来怎么办啊！她就这么躺着，每天都得交费，这也不是办法。"

"那你说怎么办？"许惟笑了一声，"要把她丢掉吗？"

"我不是这个意思。"方敏英的声音有些慌，"囡囡，你不要生气，妈妈只是担心你增加负担，单请那个护工都要花很多钱，你工作也辛苦，身体又不好……"

"好了。"许惟打断她，"我说过，医院那边你不要管，也不用去看她，你就在家照顾外婆。我挂了。"

最后一句讲完，电量耗尽。

天黑之后，来了辆银色小面包。司机探出脑袋问："去哪儿？"

"去城里，汽车站。"

司机摆手："城里到不了，我就到九星桥，离城区也就三里路，走不走？"

"后头还有车吗？"

"没了！你看这天就要下大暴雨了，谁还往城里跑？"

许惟："行，就坐你的车。"

许惟被司机坑了一把，九星桥离城区远不止三里路。她下车走了很久，黑灯瞎火，又赶上暴雨，淋个透湿。

这地方昼夜温差明显，下雨后温度降下来，湿衣服裹在身上很不好受。许惟气起来脾气也大，一路把那狡猾的司机咒了百遍，词儿都不带重样的。

或许，也有点委屈，不知道为什么来受这份罪。

所幸石子道只有一条，不会走错。走了一段后，远处有了零星灯火，雨也变小，黑茫茫的夜色里，迎面射来两束光，接着是汽车的声音。

许惟避到一旁，靠着路边走。那辆车开过来，在路中间停下，大灯晃得许惟眼花。车门打开，许惟被风吹得一抖，看清那人的身形："钟恒？"

"上车。"

许惟抹把脸，一手的雨水。她刚坐上副驾驶座，一条毛巾被钟恒丢过来。

车掉头，往城区开。

改装过的 SUV，车速比面包车快很多，十五分钟上大桥，下桥就进了城区。

钟恒没说一句话。

许惟看他半晌，说："我东西在汽车站。"

窗外，小雨转大，电闪雷鸣。

车开到汽车站对面，在宾馆门口停下。许惟全程跟着钟恒，看他进门，开了一间房。

"票给我。"

许惟顿了下，从包里摸出一张半湿的寄存票。钟恒把房卡塞给她，转身出门。

许惟上楼找到 604 房间，标间，两张床都不小。进屋后她先倒出包里的东西，给手机充上电，然后摁开机键，屏幕亮了一会儿，新消息跳出来。许惟看完，拨电话过去。

外头雨没停。

电话通了，颜昕焦急地问："许惟姐，你在哪儿呢？没事吧？"

"没事，你在客栈了？"

"对，我在城里逛了博物馆，晚上才到。你还在那镇上吗？那个钟老板跑来找你了，你电话关机，他急得很，开着车就走了！"

"我知道，我见着他了。"

颜昕还要问，许惟说："你休息吧，我明天来客栈再说。"

挂掉电话，许惟走进浴室对着镜子才发现自己狼狈得过头，脸庞没有血色，湿发一缕缕贴着头颈，裙子被雨水浸得皱巴巴的。

她全部脱掉，赤脚站在地上冲洗。

钟恒拿到行李箱，去了趟超市，又到旁边饭店打包两份饭菜带回来。他在前台另外要了张房卡，上楼开门。

关上门的那刻，卫生间的水声停下，里头一个闷闷的声音问："钟恒？"

他停在门边，应："是我。"

许惟走到门后："我的衣服在箱子里，帮我拿一下。"

饭菜放到桌上，钟恒打开黑色的小行李箱，里头装得满满的，左边是她的衣服，右边是杂物，卫生棉、纸巾、创可贴、芬必得胶囊。钟恒拿起药盒看了下，管痛经的。他随手拣了条裙子，过去敲门。

门开了一条缝，他的大手捏着她的裙子递进来。

许惟："内衣。"

门外静了下，接着，那人低低地骂了句："麻烦。"脚步声走远，隔半分钟，胸罩和内裤被递进来，都是黑色的。

许惟靠着门，独自笑了一会儿。

洗完，许惟把换下来的脏衣服简单搓洗了。

出来闻到菜香，走过去看见吹风机已经放在床上，钟恒站在桌边摆饭菜。他衣服湿了大半，短发也有水光，一滴水珠流过他后颈的皮肤，淌进黑 T 恤里。

许惟说："你也去洗个澡吧。"

钟恒点了下头，进了浴室，从裤兜里摸出刚买的内裤，一转头，一根湿漉漉的内衣带碰到他的脸颊。

是许惟洗过的胸罩。

晾衣架上三小件排一排，内裤和裙子也晾在上头。这套是灰色棉质的，运动型，跟刚刚那件黑色的不一样，那个更光滑。

他瞥了两眼，想到外头那人，再想到很多年前的那晚，他身上莫名地燥热起来。

钟恒别开眼，心里头骂自己一顿，脱掉衣服兜头冲凉水澡。

男人洗澡迅速至极，十分钟最多了。许惟刚吹完头发，就见钟恒走了出来，他只穿了裤子，上半身光着，手里提溜着那件 T 恤给她看："湿了。"

许惟有点愣神，这话似乎没听见，光顾着看他那身体了。

也不是没有见过，但十几岁的男孩怎么跟二十七八岁的男人比。那时候只顾着心疼他瘦，现在看到的是胸膛、腹肌、肤色，还有那上头挂着的水珠。

许惟这才知道，她也有色心，不是隐藏得深，只是那么多年，眼前没这个人。

许惟没给钟恒回应。

他似乎不大高兴，走过来说："你要是觉得不好，我就穿上。"

许惟看着他，那深色的胸膛就在她眼前。

怎么会不好？小章说每十个单身女房客就会有七八个看上钟恒，又说隔壁的洗衣店女孩总来吃他包的饺子。

"别穿了，穿湿的难受。"许惟站起来，拿过他手上的衣服，"我帮你洗洗，你先吃饭吧。"

钟恒愣了下，手里的衣服被她拿走，他沉默地在原处站了一会儿。

就一件 T 恤，洗起来不费事，许惟拿洗脸台上的肥皂抹了几把，搓一遍，泡沫冲干净，拧干后挂到晾衣架上。那里已经挂着他的内裤，白色，四角的。

钟恒等许惟过来才动筷子，一共四个菜，两荤两素。车站旁的饭店都很差劲儿，但两个人都饿了，没法挑剔。许惟在七渡镇吃的那碗饺子早就不管用了，而钟恒接到电话就出发赶路，晚饭没吃完。

钟恒买了几罐啤酒，本来是自己喝的，没想到许惟伸手找他要："给我一罐。"

钟恒瞭着她："你能喝？"

"当然。"

"确定？"

"啤酒而已。"

"醉了我不负责。"

"负什么责？"

钟恒眼尾微扬，笑得凉凉："都是成年人，你懂。"

许惟也笑："没你懂，钟少爷懂得早。"

"咳……"钟恒被呛了一把，眼睛带了点红。

许惟抽了张餐巾纸递过去，钟恒懒得理，没接，也不给她酒。

许惟伸手拿了一罐，说："别小气，会还你。"她打开喝了一口，透心凉。

钟恒睨她："好喝吗？"

许惟点头："爽。"又灌一口。

钟恒笑她："就这点出息，啤酒有什么可爽的。"

"那下回约红酒？或者白酒？"许惟抬眼看过去。

她嘴唇淡红，挂着一滴酒汁，手抬起来，跟他那罐碰了一下："讲好了，下次约，等我回丰州找你。"

钟恒心口发燥："谁要跟你约。"

他灌一大口酒。

许惟："那算了。"

话没聊下去，两人各自喝酒，吃光了并不美味的晚饭。垃圾收拾完，许惟开始整理东西，背包湿得不能用，她拿吹风机慢慢吹着，希望明天能干。

钟恒趁这个时间出去给赵则回了个电话。

赵则劈头就骂："打你多少电话了？你是聋了还是手断了？"骂完气消，紧接着问，"好了，快说，许惟没事吧？"

钟恒："她好得很。"

"她跑哪儿去了？"

"跑乡下溜达了。"

赵则"哦"一声，接着来一句："所以我说你担心得要死要活是有病吧。"

这话钟恒听不惯了："谁要死要活了？夸张手法没学好别瞎用。"

"行，你能，你能。"赵则懒得跟这家伙扯皮，直接问，"所以你啥时候回来？泥鳅少爷暴躁得很。"

"它怎么了？"

"用隔壁小茹妹子的话说，宛如一只丢了老爹的暴走娃。"

钟恒："……"

赵则正色："行了行了，你就说吧，啥时候回？"

"再说。"

"啥意思？"赵则顿时激动，"留在那儿陪许惟呢？"

"谁陪她了，我看我外甥女。"

"哎哟，就那混世魔王沈平安小朋友吗？算了吧你，上次也不知道是谁把人骂得狗血喷头，人家小姑娘都不想认你这亲舅舅了。行了，你就别找借口了，泥鳅我会好好安抚的，你待多久都行，最好生米煮成熟饭领了证，回来我直接给你在世纪大酒店订一百零八桌，就这样，再见。"

赵则"啪"一下挂了。

"……"

钟恒骂出声："有病。"

他开门进屋，见许惟占了窗边那张床，靠在枕头上看电视，音量开得很小，是电影频道，一部好几年前的美国电影《怦然心动》。

钟恒坐到另一张床上。

许惟没看他，眼睛望着电视。

正好到了那段挺经典的台词："Some of us get dipped in flat, some in satin, some in gloss. But every once in a while you find someone who's iridescent, and when you do, nothing will ever compare."

许惟摁了下遥控器，音量再调低一格。她跟钟恒讲话："这电影你看过吗？"

"没有。"

"哦。"

停顿了下，许惟说："聊会儿天吧。"

屋里顶灯已经关掉，只一盏壁灯开着，很暗。她讲话时望着电视，没看他。

钟恒也不看她，说："聊什么？"

"你这些年过得怎么样？"

"挺好。"

十九日

"有过女人吗？"

静了一下，他侧过头，视线落过来："有过。"

"几个？"

"很多，记不清。"

"哦。"许惟始终没看他，"都比我好吗？"

"对。"

戛然而止，许惟不问了。

钟恒死盯着她。

"你呢？"他问，"有过男人？"

"有过。"

"几个？"

"跟你一样。"

…………

静了几十秒。

他眼睛都要气红："比我好？"

许惟转头看他几秒，说："没你好。"

电视机里的对白细若蚊蚋。壁灯昏黄，看不清他的表情，许惟转头，枕头放低，身体躺下来，又盯着电视。

视线很快被挡住。

高高大大的身体杵到床边，影子全落她身上。他松垮垮的外裤挂在窄腰上，往上是大好风光，往下是无限想象。许惟神色不动地看着，直到他一屁股坐到她床上。

"你喝多了？"钟恒居高临下，声音低沉得有些哑。

许惟平平静静："没有。"一罐啤酒多什么，她神清气爽、心智清明。

"那你想干什么？"他头低下来，靠近了。

淡淡的酒味。

"没想干什么。"

"当我傻呢。"钟恒短促地笑了一声，那笑里很多其他的情绪都被遮下去，他的手撑在许惟头边，几乎圈住她，"我看出来了。"

许惟不说话，看着他的脸靠过来，贴到她颈边，炽热气息裹着轻飘飘几个字："你想睡老子……"

许惟呼吸滞了下，从这一句里听出许多别的东西。那时的钟恒十几岁，街头巷尾混事，明明一张英俊校草脸，非要装土匪样，张口闭口都带粗话，买了束红玫瑰拍她课桌上，吼一声："老子送你的。"

那时她还没住校，住外婆家，每天早出晚归，坐公交车一趟二十五分钟。钟恒约她被拒绝后不再没事跑她面前晃，只是每天放学跟着她，冷着脸看她上车，他再上去，然后总是坐最后一排，最后和她在同一站下，一直看她走进巷子，他再拎着书包往家跑。

后来她终于接受他了，钟恒改邪归正，目标从"做丰州六校扛把子"变成了"要跟许惟考一个城市去"，粗话也学着克制，某些口头禅几乎不在她面前说，也就在高考后的一晚，他们第一次时，他实在没忍住，一连说了几次。

他那时都说了些什么……

"许惟，老子高兴死了。"

颈边突然一痛，许惟清醒过来。

是钟恒吮了她一口。他唇舌都烫，夹着点哑音："不用讲好听的话，我不是蠢货。"再吮一口，牙也用上，啮咬着，放狠话，"老子比你能玩，不怕你。"

许惟没开口，手摸上来，捧着钟恒的脸庞，顺着灼烫气息找到他的唇，精准地亲个正着。

这么多年了，气息早已陌生，但有什么关系？

唇齿撞到一起，这一秒谁都没退。钟恒似乎把心里所有的怨恨别扭都转移到这个吻中，一场赌气的唇齿之战愣是被他亲出了百转千回的意味。

舌和舌绞作一团，濡湿、火热，真实触感胜过所有想象。

许惟脸颊涨红，几乎喘不出气。

钟恒拿大掌托住她的后脑，拇指拂开脸边的头发。

电视机光线被阻挡，许惟在晦暗中搂住钟恒的脖子，手顺着他的颈沟摸到肩背，一路滑过硬实的背肌，落到腰窝。钟恒一只手搂起她，褪掉她的裙子。

一股热流突然涌下。许惟脑子里"轰"了声，攥住他的手。

"钟恒，坏了。"她贴着他汗湿的胸膛说。

钟恒气息粗重，下巴抵在她的头顶："什么？"

"我好像来月经了。"

"……"

钟恒愣了一愣。

"我先去看看。"

许惟松开他，气息有些不稳，踢踏着拖鞋去了卫生间。

电视还在放着，画面闪啊闪。

过了十几秒，许惟出来了，默默地开箱子拿内裤和卫生巾，又返回卫生间。很快，水流声传出来。

她在洗内裤。

钟恒听着那水声，浑身燥热。他抹把脸，躺下来，过了两秒，用力抢了一拳。

说不清是气恼还是失落。

许惟洗完内裤，回到床边。裙子被钟恒压在身下，她揪住衣角往外抽，抽了一半被钟恒拽住手带到怀里。他找着她的嘴唇用力亲一遭："困了，睡觉。"眼睛闭上一会儿，模糊地记起那箱子里的卫生巾和药盒。

"疼吗？"

许惟有点迷糊："嗯？"

"不是痛经？"

"现在不痛。"

"哦。"

许惟摸到遥控器，摁了一下，再摁掉壁灯开关。

早晨六点钟，许惟被小腹的胀痛折磨醒了，人也跟着清醒。耳边一道温热的气息，她转头，看见那人睡在一旁，光着膀子，侧趴着，一张俊脸，睫毛黑密。

昨晚差点就把他睡了。

月经这个时候来，倒像是故意的，故意阻止她放纵，怕她担不了后果。

许惟慢慢起身，去了浴室。她站在水下冲身体，想起床上那人昨晚的模样，很诡异地又想到从前。

那时候在一起，两人都还太年轻，所以青涩而又印象深刻。

许惟冲了身体，再洗漱，前后二十分钟结束。她穿好衣服出来，钟恒正靠在床上挠头，一副睡眼惺忪的模样。

许惟像模像样地打个招呼："早啊。"

钟恒瞥着她，眼神略蒙眬："你这么早？"

许惟"嗯"一声，打开箱子拿药。

钟恒看见了，问："肚子疼？"

"有点。"

钟恒看着她把药吃了，说："我怎么记得你以前没这毛病。"

"那时候年轻。"

钟恒："现在很老？"

"比你老。"

钟恒皱眉："只是七个月。"

许惟笑了笑："记性挺好。"

钟恒不理她，去上厕所，洗漱完，看许惟在收拾东西。

"你今天什么打算？"

"去你姐的客栈，颜昕不是在那儿嘛。"她把行李箱拉链拉好，转头问，"你呢，回丰州吧？"

钟恒没回答，盯了她一会儿，笑了声："急着赶我走了？"

许惟一顿。

钟恒懒洋洋地看她："你昨晚还真是喝多了，不知抱我抱得多紧。"

许惟："……"

这话接不了，她低头拎起箱子放到一边。钟恒却从后头走近，低着声来一句："昨晚你还记得吗？"

许惟当然记得。

她握着箱子拉杆，停了两秒，转过身："我都记得，也记得你说的话。"

他说了些什么？

——你想睡老子。

——老子比你能玩，不怕你。

许惟笑了笑，轻声说："玩得起的男人一般不会在套上裤子之后还追根究底、明知故问。"

"……"

浴室水龙头没关牢，滴滴答答。

许惟站了一瞬就继续收拾东西。她站在桌边，将充电器、薄荷糖都装进背包，动作很有条理，过了半晌，感觉到身后的人靠过来，气息裹着薄荷的清香。

"你讲得挺对。"他说，"行，下次不问。"

他去洗手间拿了T恤套上，出来说："我去买早饭。"

第四章 /
那家伙还是特别喜欢你

汽车沿着山路行驶，车窗外是山和树林。

钟恒开车稳，车速也不慢。许惟坐在副驾看外头的风景。昨晚下过暴雨，清晨的空气清新，车窗开着，每呼吸一口都像在吸氧。

两人全程没有交流。钟恒不提回丰州，许惟也不再问他。

大约四十分钟就到了灵町山脚下的磨坊街。一条街上全是做生意的，饭店、客栈排成排，沿路过去，卖特产和纪念品的铺子最多，走三步就有一家，货品重复得一塌糊涂，摆明告诉你都是同一家批发市场进的货。

阳光客栈在磨坊街尾，一共两层。顺着石板路走过去，前面是河，后头是山，客栈旁还修了间阁楼自用。一个小院子，有花有草，藤蔓铺满花架，屋后有休闲区，好几张木桌、木椅，旁边两个秋千架。

十年前，钟恒的姐姐钟琳嫁到禺溪，一家人在县城开超市。后来，禺溪的旅游业发展得如火如荼，她赶上了好时候，到灵町山脚盘下店面，开了这家客栈。

许惟以前见过钟琳两回。

一次是高二上学期，钟恒闹了事，老师让叫家长，钟琳来了，午休时站在教室外敲窗户，许惟当时坐窗边，帮她喊了一声。

另一次是高二下学期。因为走得太近，许惟和钟恒被叫到办公室接受思想教育，班主任请来钟琳，拐弯抹角地表示希望她帮忙教育，哪料钟琳大大方方地说："不瞒您说，我弟弟自从认识这小姑娘，不打架，不闹事，天天回家看书学习，难得乖得跟小猫儿似的，我巴不得他俩以后的交情能更上一层楼。"

许惟听得目瞪口呆，一旁的钟恒笑得欠嗖嗖的。

就那两面之缘，其实彼此印象不深。

但在客栈一打照面，双方都认出来了。

钟琳一点不惊讶，昨晚钟恒匆匆来，匆匆走，她问过颜昕，猜到七七八八。这会儿她笑着迎许惟进门，打过招呼，寒暄几句，把门卡递给钟恒，让他把人送进屋。

客栈房间装饰简洁，床单、被套都是小清新纯色系。

许惟这间是大床房，窗户大，有小阳台。景区附近寸土寸金，这样的房间一天房费肯定不低。许惟想，走时得记得把钱还掉。

钟恒把行李箱送到，人就下去了。

许惟歇了会儿，翻到颜昕的短信。那丫头又出去拍照了。

许惟拎起背包准备下楼，门一开，外头站着个漂亮姑娘，二十出头的模样，扎马尾辫，穿一身白色连衣裙，笑起来有酒窝。

"你好，琳姐交代我来送热水的。"她抬起手中的水壶给许惟看。

"谢谢。"

许惟接下放到屋里，回过身，见那女孩没走，还站在门口看她。

许惟不明所以，对方却笑了，说："琳姐说你是钟恒哥的朋友，你有什么需要都可以找我，我就在楼下。"

"好。"

楼道里有人喊："杨青。"

"哎。"女孩应声，快步跑去。

许惟关上门下楼。钟琳坐在前台，看她下来，笑着问："要出去啊？"

"嗯。"许惟视线转了转。

"找钟恒？"

"我出去逛逛，跟他说一声。"

"哦，"钟琳好整以暇地指指后门，"在后头呢。"

"谢谢。"

许惟顺着钟琳指的方向走过去，推开门就到了小院子。

"钟恒哥，你这趟会住多久？"清脆的女声。

许惟转头，看见遮阳棚里两道身影。钟恒在水泥台边切西瓜，那个叫杨青的女孩在他身旁，将一块块的西瓜往盘子里捡。

钟恒说："没定。"

"总要住几天吧。"杨青皱眉，"你不在，平安又快飞上天了，昨天跟街头老张家的孩子打架，人家家长都找上门了。"

"我姐惯的。"

"琳姐打也打过，骂也骂过，没用。"杨青说，"平安现在就怵你，你在这儿管管她，琳姐省心多了。"

钟恒呵呵笑："你倒看得起我。"

杨青脸红，低头摆西瓜："那本来就是啊，我说事实。"

"小魔王哪儿野去了？"

"不晓得，一早就拿着暑假作业不见人影了。"

钟恒切好最后一刀，杨青递了一块西瓜给他："你尝一个，今年的西瓜可甜了。"

钟恒接了，几大口吃完，对着水龙头洗了脸。杨青把哈密瓜搬到水池里洗："这个也要切几盘。"

钟恒看一眼，说："这得先削皮。"

"哦，对，削皮刀。"杨青在盆里找了找，递过去，"喏。"

"钟恒。"

听到声音，棚下的两人都转过身。

钟恒脸上挂着水珠，浓眉湿黑。

"我出去一趟。"许惟站在门边。

钟恒抹了把脸："去哪儿？"

"随便逛逛。"

"我陪你去。"他朝她走来。

"不用。"许惟笑笑，"你忙你的。"她没停顿，拎着背包走了。

钟恒站了会儿，眉毛上的水珠落下来。杨青走来："钟恒哥，这是谁啊？琳姐说是你朋友。"

"嗯。"

"工作上的朋友？"

"不是。"

钟恒往回走，拿起刀给哈密瓜削皮。杨青觉得他的神色有些不对，想问又不敢，走过去避重就轻地说："她很漂亮呢，眼睛好看得很。"

"是吗？"钟恒懒洋洋道。

杨青偷偷打量他，心跳得有些厉害。她嘴巴嗫嚅了半天，话还是没问出口，前头小赵已经来喊："杨青，西瓜呢？"

"来了。"

许惟沿着磨坊街走了一遭，逛了几家店铺。有个摊菜饼的，香得诱人。

"这个怎么卖？"

"四块一个。"

"我要一个。"

她边走边吃，转到街头，到凉亭里坐着。旁边有人摆摊算命，来了一对女孩，说算算姻缘。算命先生先问生辰，再请她们各写一个字，接着念了一串词，分别告诉她们某某年将遇到真命天子，某某年宜结婚，哪些属相的人不能找。

许惟听完，饼也吃完了，拍拍屁股要走，却被喊住。

"姑娘，来算个姻缘吧。"老先生眯着眼，额头上的褶皱挤作一堆。

许惟停了下，走过去："不算姻缘，算点别的。"

"算什么？"

"您看着算。"许惟把生辰报给他。

老先生开始捻胡须，捻了半天，睁眼说了一串词。

许惟半个字都没懂："麻烦您翻译下。"

"亲人缘薄，莫强求。"

"没别的？"

老先生摇摇头，不说了。

许惟笑了笑，放二十块钱到他面前。

她出了街，到进山的路口，好几辆车堵在那儿，路边围了一圈卖土特产的，那些瓜果很多她都没见过。

许惟往前走，左边车里冒出个光头："美女，上山不？六十块钱，送到木云山庄。"

右边车里的妇女喊："五十块，木云山庄，走不走！"

许惟走向右边："姐，跟您打听个事。"

"啥事？"

"这木云山庄能进吗？"

"那个啊……那个不对外开放的，是私人的度假疗养院。"

"那有办法吗？"

"难啊，都是有路子的人，普通人就别想了。"女人打量着她，"你要是想去，我送你上去，你绕着园外瞅一圈得了。"

许惟摆摆手："那不用了。"她转头往回走，经过小超市，两个孩子打闹着出来，波波头的小姑娘一头撞她身上。

许惟扶住人："疼吧？"

"这点疼算啥。"小姑娘豪放地站直，仰头看她，圆眼睛倏地发亮，"我见过你哎。"

"在哪儿见过我？"

小姑娘眉毛皱起，抓耳挠腮："……我忘了。"

"你好好走路吧。"许惟松开她，往前走。

小姑娘不信邪，一路跟着，一路挠头苦想，不知不觉跟回了客栈。

钟琳瞥见许惟身后的小不点儿，吼一声："沈平安！"

许惟转头，可不就是那个波波头小姑娘嘛。

沈平安先发制人："妈，你先别骂，我今天没打架，没骂人，没抢人玩具，也没把人推沟里，我还写了作业。"

钟琳皮笑肉不笑："这么乖！那刚好，你舅舅来了，作业给他看看。"

"谁、谁来了？"沈平安的腿有点儿抖，小步往外挪，刚挪过门槛就撒丫子跑进旁边的阁楼。

许惟惊叹地看着那小身影，这速度赶上百米冲刺了。

钟琳换了副笑脸，招呼许惟："那我家闺女，皮得很。"

"她好像很怕钟恒？"

"对，就怕她舅。"钟琳说，"钟恒一黑脸，她要吓得尿裤子。"

正说着，钟恒从楼上下来了。许惟听见脚步声，抬头就见到他拎着个红色的桶，后头还跟着个人。她视线没往后挪，绕回来，跟钟琳讲话："她叫平安？"

"嗯，我爸给取的。"钟琳说，"没吃午饭吧，一道吃？"

"我吃过了，在外面吃的。"许惟笑了笑，"我先上去。"

"行。"

钟恒走过来，杨青跟在他后头。

许惟冲他们笑了下，走上楼梯。

钟琳对杨青说："去叫下平安，她刚刚回来了，跑阁楼里去了。"

"好，我叫她去。"杨青快步走了。

钟琳瞥一眼楼梯，对钟恒说："傻站着干什么，不上去看看？"

"看什么？"钟恒放下桶，接了杯水喝。

钟琳嗤笑一声，淡淡道："你肠子里有几条蛔虫，你姐我一清二楚。"

钟恒懒得理她，将杯子一放，拎着桶往后头走。

"你女神不高兴了，看不出来？"

钟恒驻足。

钟琳乐了："装什么装？当年追到人家蒙着被子傻笑的也不知道是谁。"

钟恒扭过头："你差不多得了。"

"我说得不对？你矜持个什么劲儿，多大年纪了，再不加把劲儿，人又跑了，你就蒙着被子哭吧。"

钟恒一张脸顿时黑如锅底。

钟琳走过来，拎起桶，走之前丢下一句："你还有几个十年等？"

那桶脏水被钟琳拎去后院。

钟恒站了会儿，左右无事可做，索性上楼。

许惟打开空调，横躺在小沙发上，半眯着眼要睡不睡。她脑子里零零星星的片段勾杂着，没多少能用的线索。

有人敲门，"咚咚"两声，稳重缓慢。许惟睁开眼，缓了几秒，起身开门。

钟恒在门外，见她第一眼，视线被她头顶一撮翘起的杂毛吸引。

许惟："有事？"

"头发。"他指指。

许惟拿手掌抹了一把，还翘着。钟恒手伸过去，将那缕头发捉出来，大掌朝后抚一把，给她弄顺溜了。

许惟走回屋里，坐到床尾，钟恒在墙边靠着，许惟指指沙发，说："坐啊。"

"懒得坐。"

两人之间隔着几尺距离。

钟恒问："去哪儿逛了？"

许惟："街上。"

"吃饭了？"

"嗯。"

"吃的什么？"

"菜饼。"

钟恒："够艰苦朴素的啊。"

"没钟少爷您富贵。"

钟恒看她一眼，笑了声："就装吧。"

许惟没接他的话，起身倒了两杯水，递一杯给他。

"找我有事？"她捧着杯子问。

"没事不能找你？"

"我没这意思。"许惟笑了笑，"怕你忙，耽误你时间。"她又坐下来，低头吹着杯里的热水。

钟恒脑子里转着钟琳的那句话，瞥了许惟几眼，似乎在判断她是不是真有不高兴的情绪。

许惟喝了口水，听见钟恒说："林优给我打了电话，问你的行程。"

她抬头："问我？"

"嗯。"钟恒说，"想不想去她那儿？"

许惟："想啊。"

"带你去？"

"明天吧，今天不想出门了。"

"累了？"

十九日

"有点。"

停了下，他又问："肚子还疼？"

"好多了。"许惟说，"你去吃饭吧，我睡个午觉。"

钟恒点了点头，提醒："把空调的温度调高点。"

"嗯。"

这个午觉一不小心睡过头了，醒来已经到傍晚，许惟拉开窗帘，外头那棵柿子树被风吹得胡乱晃荡。

许惟洗过脸，往楼下走。

晌午之后，没新客人入住，客栈很安静，杨青坐在前台看书。许惟下楼的脚步声惊动了她，她合上书，站起来。

许惟走过："就你一个人？"

"是啊。"杨青笑了笑，"他们都出去了，琳姐去买菜，钟恒哥带平安去玩了。"

"他带平安玩？"

"嗯。"

"平安有这个胆子？"

"你知道啊？其实平安是被拎出去的，肯定又要挨训了。"

许惟低头笑了声，觉得挺神奇，想象不到他训孩子是什么样。

杨青盯着她看，许惟注意到了，一抬头，逮个正着，杨青顿时有些尴尬，找话题掩饰："你吃不吃西瓜？那冰箱里有。"

许惟说："不吃。"

话茬没了，杨青也不知讲什么好，摩挲着手里的书。许惟瞥过去，一本《大学英语六级词汇》，红色封皮。

原来不是专职在这儿做事的。

"读大学了？"许惟问。

杨青"嗯"了一声。

"大几了？"

"下学期大三。"

"你没到二十吧。"

杨青有点不好意思："我读书晚，二十一了。"

许惟说："还很年轻啊。"

杨青看了看她："姐姐，你看着也很年轻。"

"是吗？那你看我多大？"

杨青说："最多二十四五吧，肯定得比钟恒哥小。"

许惟一笑："钟恒几岁你知道？"

"知道啊，"提到钟恒，杨青的眼神都柔了几分，"钟恒哥比我大六岁半。"算得可真清楚。

许惟说："我大他七个月。"

杨青惊讶："真看不出来，你跟钟恒哥是同学吗？"

"对。"

"是大学同学？"

"高中。"

谈起钟恒，杨青好奇心旺盛，眼里露着兴奋："他以前什么样子啊？"

"很帅。"

杨青笑："我猜也是。很多女生到教室门口偷看他吧？"

"对，很多。"

杨青又说："他肯定很招人喜欢。"

许惟没接这话，心道：可不是嘛，浪起来痞帅，认真起来能迷死人。

杨青还想问，许惟懒得聊了，摆摆手："我去外头走走。"

她转身，刚走两步，门口跑来个短发女孩，一边喘气一边喊："杨青，你还不快去看看，出事了！"

"出什么事了？"

那女孩拍大腿，急得快结巴："哎呀，你钟恒哥掉河里了！"

"啊？"杨青有点惊讶，倒不担心，"在哪儿呢？"

"就前头那个剪水河！有个骑摩托的栽下去了，钟恒去拉他，结果也掉下去了，昨天刚下过暴雨，那河可深了。"

她还在说，许惟已经变了脸色："他怕水！"

杨青一愣，刚回头，就见许惟跑了出去。

天色擦黑，剪水桥上挤满了人，岸边还围了一圈，热闹得很。

有人吼："拿绳子呀。"

有人指着："在那边儿，就在那儿，看见头了，再游过去点儿！"

还有个女孩是兴奋的声音："舅舅加油哇！"

但从远处听，只有一团嘈杂人声，乱糟糟的。

人群突然被拨开，一个身影挤到前头："钟恒！"

这一声喊得钟恒一个激灵，他从水里钻出头，一抹眼睛，没看清人，就听"扑通"一声。

十九日

围观群众目瞪口呆。桥上的钟琳没料到这一出，倒是沈平安眼睛发亮："妈，是那漂亮姐姐！"

也不知是哪个好事者吹了声口哨，咋呼一声："小钟，姑娘来救你嘞！"

岸上人哄笑，议论纷纷，看戏一样。

许惟呛了口水，往钟恒的方向游。钟恒很快游过来，在水里抱住她的腰，划拉几下到了岸边，旁边人把他们拉上去。

两人坐在石阶上。

钟琳下了桥跑过来："哎呀，没事吧？"

杨青也赶来，挤过去喊："钟恒哥！"

周遭群众瞅着落汤鸡似的两人，七嘴八舌。他们认得钟恒，却不认得许惟，好奇地问："这女娃是谁呀？"

许惟脸上滴水，喘着气，有点愣神。她身上的裙子是棉的，泡过水后皱缩着，几乎短了一截，露出来的长腿白得晃眼。钟恒抱起她，从人堆里挤出去："麻烦让个路。"

旁边有个湿淋淋的小伙子跟上来："哎，大哥大哥，我的自行车呀，不是帮我弄上来嘛。"

钟恒头也不回："你找别人去。"

杨青愣愣地看着："琳姐，怎么回事呀？"

钟琳笑了一声："谁知道呢？"转头喊，"平安，回家了！"

沈平安挠了半天脑袋，一瞬间灵光乍现，猛拍自己的小短腿："我就说嘛，我肯定见过她。"

许惟在钟恒怀里回过神，拍拍他胸脯："我自己走吧。"

钟恒不理，一路把人抱回客栈，催促："你赶紧洗澡换衣服。"

许惟正在经期，到水里泡一趟确实难受。她很快回房间冲好澡，收拾完出来，钟恒正好端着红糖水上来了，她接过来，坐在沙发上慢慢喝。

钟恒没走，站在床边看她。他还是那身湿衣湿裤，短发也湿淋淋的。

许惟抬头，说："你去换衣服啊。"

"等会儿。"

许惟停顿了下，很随意地问："你学会游泳了？"

"嗯。"

"不是怕水吗？"

钟恒沉默了一会儿，说："早就不怕了。"

"哦，那挺好。"许惟笑了笑，"我以为你一辈子都不会学游泳呢。"

她低头喝糖水，那身影却走近了。他靠着沙发，声音低下来："所以跑去救我？"

　　许惟手一顿，没吭声。钟恒站着不动，裤子上的水滴个不停，在地上洇出一条湿印。

　　这种安静令人不自在。过了很久，在许惟喝完糖水时，他又幽幽地来了句："怕我淹死，是不是？"

　　看来这事是跳不过去了。

　　许惟只好应了一声："嗯。"

　　按钟恒的"尿性"，肯定还要接着问。他喜欢占上风，不爱给人留余地。许惟等着，可过了几秒，只听见一声笑。

　　钟恒低着头，目光在她脸上绕了绕，难得一见地收了话，拿过她手里的碗："等会儿给你送晚饭。"

　　客栈提供订饭服务，做饭的是在附近请的厨子，钟琳买好菜，厨子做完饭就走。景区食宿都不便宜，客栈的简餐相对实惠，有些房客乐意订。

　　傍晚六点多，钟恒送饭菜上来，临走前说："我等下送平安回家，要去城里，有什么要带的？"

　　"薄……"

　　"除了薄荷糖，"钟恒说，"这我知道。"

　　许惟说："没别的了。"

　　"那我走了。"

　　沈平安磨蹭到晚上七点，碗里还剩半碗饭。钟琳过来收拾桌子："平安，吃快点儿。"

　　"哦。"沈平安扒拉着菜，就是不放进嘴里。

　　钟琳看穿她的小心思："不想回家是吧？"

　　沈平安猛点头。

　　钟琳冷笑一声："别耗时间了，今天你舅舅在，横竖是要送你回去的，明天英语课必须得上。"

　　正说着，钟恒来了，一个眼神丢过来，沈平安一秒变乖巧："上上上，课我肯定上。"几大口吃完饭，背上小书包跟着钟恒走了。

　　晚上，磨坊街热闹，小公园搭了戏台，晚上唱大戏。不到八点，客栈里的住客都出去了。平常晚上休闲区最热闹，年轻住客喜欢在那里聊天，今天前后院空荡荡的，难得落个清静。

　　许惟下楼时，钟琳正在和杨青喝茶唠家常。

　　许惟和她打了声招呼，到后院藤架下挑一张木椅坐着乘凉。昨天临走时，赵则把林优的号码给了她，许惟想着要不要打个电话。

这时钟琳来了，端了杯可可奶放木桌上："热的，喝喝看。"

许惟有些受宠若惊："谢谢，麻烦你了。"

"你用不着跟我客气，"钟琳坐到她身旁，"咱们不是差点成了一家人嘛。"

"……"

许惟早见识过钟琳的直爽。

钟琳问："河里泡了一遭，还好吧？"

许惟说："没事。"

"我看钟恒煮了红糖水，你身上带着'亲戚'呢？"

"嗯。"

钟琳笑："他游泳厉害得很，你不知道？"

许惟摇头："他以前怕水。"

"以前是怕。"钟琳停了下，问，"他跟你说过？"

"什么？"

"我妈的事。"

许惟摇头。

钟琳叹了口气："我妈是在河里没的，那时候钟恒七岁，在那之后他就很怕水。"

许惟怔了怔，她只知道钟恒是单亲，不知道具体情况。

"我们那时住在乡下，他总不让我去河边，我要去洗衣，他就跟着，还老把脏衣服藏起来，我骂他，他就生气。"钟琳语气平淡，唠家常似的，讲到这儿笑了笑，"他生气也就是不跟我讲话，也不爱哭，我骂他狠了，他憋一汪泪在眼睛里转，到最后还愣是给转回去了。"

许惟默不作声地看着钟琳。

钟琳问："你认识他那会儿，他很'浑'是吧？"

许惟："是有点。"

"你也够委婉的，"钟琳笑，"我都觉得他走不上正路了。"

许惟觉得钟琳夸张了，那时钟恒的确不是什么三好少年，但没有那么坏。

"这也怪我。"

钟琳告诉许惟，那几年她在外地，顾不上钟恒，钟恒跟着父亲到城里生活。钟恒的父亲做小生意，很忙，又在跟人处对象，分不出心思管他。父子俩关系一直不好，那阵子更糟糕。

"他觉得我爸没护好我妈，还把她忘了，找别的女人，他就不能理解这个。你也知道吧，他心里有气，就要找事。"钟琳摇摇头，有点无奈，"等我回来，一条街的男孩都已经是他手下，上了高中之后更是一浑球。"

许惟没接话。

钟琳自个儿把话题顺了下去："所以后来你俩一起，我可高兴了。好多年没见他那么乖过，他能考上大学，我爸以为祖坟冒青烟了。"

许惟说："他很聪明。"

钟琳哼笑："给他听见要乐死。"隔一会儿，说，"好像跟你聊了不少，累了吗？"

"没有。"许惟说，"你还想聊吗？"

"你还想听我讲钟恒？"

"……"许惟发现给自己挖了个坑，应也不是，不应也不是。

钟琳看着许惟，终于憋不住笑了。许惟被她笑得莫名尴尬。

"我得去前头看看了。"钟琳站起来，临走前拍了拍许惟的肩，"再跟你讲一件吧——那家伙还是特别喜欢你。"

第五章 /
这叫心心相印

　　沈平安的印象中，她舅舅这人话少脾气大，这主要是因为她闯祸的时间和钟恒到访的时间经常无缝衔接，以至于她几乎没机会见到钟恒的好脸色。自从上回挨了一顿臭骂，沈平安学精了：在舅舅面前要会装。因此，上车后她安安分分坐在后头，全程保持乖巧人设。

　　钟恒开到半路发觉小魔王安静得过分。

　　"平安，睡着了？"

　　突如其来的问候惊得沈平安一个哆嗦："没没，我可精神了。"

　　"怎么不讲话？"钟恒掌着方向盘，提速上坡。

　　沈平安心道见鬼了，舅舅这是在聊天吗？

　　"我怕打扰舅舅开车。"回答完，在心里给自己戴上一朵大红花。

　　钟恒笑了声："乖。"

　　沈平安："……"这家伙是她舅吗？一定是被什么奇怪的东西附体了。

　　车上了坡，又开下坡，速度平缓了。沈平安盯着钟恒的后脑勺，决定抓住机会为自己捞点好处："舅舅，我求你件事，行吗？"

　　"说。"

　　"书包里有巧克力，我想吃。"

　　"吃吧。"

　　"我家楼下小店有个贴纸超酷，我想要。"

　　"给你买。"

　　"可是还有个拼图，也很酷！"

　　"都买。"

　　沈平安心花怒放："舅舅，明天英语课，我不去了，行吗？"

　　前头一声冷笑："皮痒了是吧？"

"……"

把沈平安送回家，钟恒没有久留，开车去东城商业街。昨天来得匆忙，除了钱包，其他的都没带，今晚没衣服换。

他停好车，进商场拿了两套T恤、裤子，结账时捎带一包内裤、一盒袜子，之后去便利店买薄荷糖。

许惟以前最喜欢的牌子早就没了，那天她在超市买的那种这里也没有。钟恒在货架上找了两遍，标有"薄荷"字样的各拿一盒。

他结完账去取车，巧得很，在停车点碰见一个熟人。

钟恒急着走，没注意周围，是对方喊住了他。钟恒回头看了眼，认出来："宋小钧？"

"还真是你。"宋小钧有点惊喜，"你怎么在这儿？"

"买点东西。"钟恒打量他，"你这是……执行公务？"

"没有，我下班了，刚去我爸妈那儿吃饭回来。"宋小钧问，"你来禺溪，是看你姐？"

"嗯。"钟恒看了下时间，九点二十分，"我先走了。"

他上了车。

"哎，钟恒，你等等。"

宋小钧走过来，隔着车窗说："我上次给你发短信，你怎么没回呢？打算回省城，还是换别的事做？"

钟恒说："没定。"

"那你再考虑看看，这边特警队虽然去年才成立，但禺溪发展越来越快，乱事多了，留在这儿也不是吃干饭的，做警察在哪儿不是做呢！年底应该会放招考公告，你想好了可以准备一下，能帮上忙我肯定帮，都是老同学。"

钟恒点个头，说："谢了，回头找你喝酒。"

"那行。"

许惟在后院坐到九点半，看大戏的人陆续回来，前头屋里脚步声杂沓，也有人在讲话。颜昕恰巧也赶上这时候回来，问过前台，她过来找许惟。

许惟问颜昕去哪儿玩了，颜昕说："去了山上。"

"灵町山？"

"对。"

"好玩吗？"

"还不错，有个木云山庄，貌似挺有名，但我进不去。"

十九日

许惟坐直身体："那不是一般人能进的。"

颜昕："对，据说能进的人要么贼有钱，要么有路子，小老百姓没那资格。我特别好奇那里头是什么样子，传得好神秘，跟如来佛祖的灵山似的。"

许惟笑了笑："你好奇心这么重？"

颜昕重重点头："可能是强迫症。"停顿了下，试探着说，"姐，你以前是大记者，又来过这儿，有没有什么人脉能让咱俩进去瞅瞅？"

许惟说："没那么容易。"

"也是。"小地方都是层层关系累积下来的，不是本地人很难有过硬的人脉。颜昕不再提这事。

钟恒回来时，过了十点。

杨青已经回家，钟琳也去睡了，小赵在前台值夜班。

钟恒进门往楼梯走。

"钟哥。"小赵喊住他，"琳姐说，你如果找许小姐，她在后头。"

钟恒脚没停，挪个方向，往后院去了。

这个时间，山脚夜生活完全结束，除了虫鸣和风响，没别的声音。棚架上一盏孤灯悬着，黄光透过藤蔓叶片片漏下来，斑驳晦暗。许惟就坐在那片光里，头靠着椅背，闭着眼。

木桌上的瓷杯早已凉掉，可可奶剩了两口。

看这模样，大概是睡过去了。

钟恒没自恋到以为她在等他。

这里总归不是睡觉的地方。

他靠门边站了会儿，走过去。许惟听到声响，睁开眼，见一道身影过来，长腿。他到了面前，她只看到腰，头动了下，视线往上才看见脸。

"回来了？"许惟含混地问了句，想动，发觉右手麻了。

钟恒看着她："醒的？"

"嗯。"

钟恒把手里的袋子丢到桌上："不清楚哪个好吃，你都试试。"

袋子是透明的，许惟看到了薄荷糖。

"谢谢。"

钟恒没吱声，盯着她看两眼："不去睡？"

"等会儿。"

话都说完了。

看她没有起话题的意思，钟恒说："我回屋了。"

他转身走，许惟抬起那只发麻的右手去牵他，拽住了他的指头，没拽紧，一

052

下就松开了。

钟恒顿住脚："怎么？"

"手麻。"

"……"

答非所问。

钟恒哼一声："自找的。"

大实话，许惟没怼回去。

过一秒，她手上一紧。

钟恒踢开旁边的木椅，坐下，握着她的手揉捏，这手跟以前一样，又小又软，手指纤细，他五指一收，整个包住。男人火气旺，手掌不论冬夏都热乎。

他揉了一会儿，麻感没了，只剩下烫。许惟说："行了，有感觉了。"这意思很明显是叫他放手。

钟恒抬眼："什么感觉？"

许惟一看他的脸，就知道要不好。

钟恒深黑的眼睛瞥着她，要笑不笑："你哪儿有感觉了？"

许惟："别卖弄姿色，成吗？"

"长得好，怪我？"

"……"

许惟随他的便，头靠回椅背，权当享受免费按摩。

钟恒靠过来："是你先牵我。"

许惟闭着眼回："没牵住。"

"现在牵住了。"他用了劲儿，捏她的指骨。

许惟手一颤，睁开眼："钟恒，很疼。"

钟恒倏地松手，许惟的手缩回去，搭在腿上。

钟恒瞥了几眼，摸不清她是讲真话还是装的，他垂头细看，许惟忽然说："想让你留一会儿。"

"什么……"问完明白了，她在回答最开始那个问题：拉他的手，是留他。

钟恒一时无言。

风吹得杨树叶沙沙作响，藤蔓晃动，带着灯光一道摇曳，漏下来的光点跳跃，一时明，一时暗。

许惟换了个姿势，坐直："钟恒，我想亲你。"

哗啦啦！杨树叶唱起歌了。

差不多一秒的间隔，钟恒短促地笑了一声，眉眼有些张狂。他起身弯腰，两手捏着椅背，把唇送到许惟嘴边："亲吧。"

十九日

骚包透了。

许惟不跟他客气，对准了贴上去。

和昨晚的亲密不太一样，他们都很温柔，不急不躁，甚至在一开始，谁也没动舌头，单纯得像当年的初吻。

那也是晚上。

元宵节，他们在清澜河边看灯，钟恒为此计划了一周，接吻却在计划之外，毛头小子一个，看她笑，没忍住，凑了上去，准备亲完挨她一巴掌，但她好脾气，没打他。

他那时候傻，唇上贴几秒就放过她了，现在，几秒怎么可能！半分钟左右，钟恒先伸了舌头。

这个姿势并不舒服，大高个子弯腰其实很难受。钟恒抱起许惟，踢开椅子，坐到木桌上。

风这么大，钟恒还是一身汗。

熬不住的时候，不得不收了。他把许惟放回椅子，别开脸缓了缓："我洗澡去，待会儿来接你，等着。"

许惟不是傻子，刚刚坐他腿上，他身上什么变化，她一清二楚，只是没必要拆穿，点个头，看他匆匆走了。

钟恒这个澡洗得有点长，裤子一套上，他没擦头发就去了后院，藤架上空荡荡的，桌椅重新摆过，很整齐，哪里还有人影？

钟恒站了一会儿就走了。

客栈一楼有他一间屋，有点小，床是标间尺寸，比不上楼上那大床，家具更是简单，一个木柜、一张桌子。

抽完一根烟，钟恒看了下时间，十点半。

他拨开烟盒，又拿一根，抽两口，将打火机扔床上，人出了门。

敲门声响第一下，许惟就过去开了，门口的男人穿白 T 恤、灰色长裤，指间夹了根烟。

"我睡这儿，行不？"他张口丢来一句，烟味里夹着不知名的香，不知是沐浴液还是洗发露。

许惟从头到脚看他一遍，说："烟抽完进来。"

钟恒掐了烟。

许惟松开门把，钟恒进屋，一步跟过去，从背后把人扣紧："这门一开，以后关不上了，懂吗？"

这话许惟一点不意外，得寸进尺的确是钟恒会干的事。

她有句话能给他堵回去，但在舌头上滚了几圈，没讲出来。这日子和偷来的没差别，多偷一天算一天，浪费不是傻吗！

许惟拍拍箍在腰间的那只大手："松手吧。"

钟恒不动。

许惟有点无语，低声说："不松开，我怎么抱你？"

身后的人僵了一下，过一会儿，松了手。许惟转过身，抱住他，确定那不知名的香应该是沐浴液。

"你想来就来吧。"许惟抱完，拍拍他背心，"睡觉了，很困。"

钟恒隐约觉得哪儿不对，低头想了会儿，觉得这跟他哄泥鳅是一个路数，抱起来撸撸毛，头上拍两下，再给个球："乖，自个儿玩去。"

…………

钟恒磨了磨牙，有点儿想咬人，抬头看，许惟已经去了卫生间。

一张两米大床，许惟占了左边，她掀开薄被坐在床上脱掉裙子，换了件睡觉穿的长 T 恤，躺下觉得不舒服，又坐起，把 T 恤卷起，解开内衣扣，从袖子里拉出内衣的肩带，将内衣脱下丢到床头柜上。

钟恒在一旁看完了全程："这技能实用啊。"

许惟："是挺实用。"

钟恒："我也得学学。"

许惟点头："对，等变性了刚好用上。"

钟恒没接茬，笑着看她一会儿，掀开另一边的被子躺进去，抱住她："下次我给你脱。"

"不劳钟少爷。"

钟恒亲她的嘴，咬了半天才放开。许惟脸憋红，隔着衣服拍他的手："今天不行，记得吧？"

"我有分寸。"钟恒的长腿架到许惟腰上，搂紧，气息在她的颈间绕。

也不知过了多久，钟恒下楼一趟，冲洗完，换了裤子再上楼，许惟已经睡着，钟恒调好了空调温度，在黑暗中揽她入怀。

山脚的清晨和夜晚一样静谧。

许惟推开窗户，给房间换换空气。太阳没出来，看天空似乎是个阴天，窗外的树枝送来微风，不冷不热。

在这儿住一辈子，应该挺好。可以在这里工作，还有点存款，不知够不够开个小店，卖点千篇一律的纪念品，或者一个杂货铺也行，可以不用再买薄荷糖，每天有的吃，再养一只狗，像泥鳅那样的，黏人一点的。

泥鳅……

那是钟恒的狗，如果找他要，不知他会不会给。

床上的钟少爷不知道儿子已经遭人觊觎，他翻了个身，从睡梦中醒来，瞥见窗边的人影，含混地喊："许惟……"

这几天，他几乎没叫过她名字，都是有话说话，突然喊这么一声，许惟莫名不适应，回过身看他。钟恒揉着眼睛坐起，不大清醒地下了床，赤着脚踩在地板上，浑身上下只一条内裤，黑色。

一大早就卖色相，没人比他更会。

许惟指指床："穿衣服！"

"等会儿。"钟恒睡眼蒙眬，皱着眉走过来，"你在看什么？"清早嗓子未开，沙哑得很。

许惟就看不惯他这种浪而不自知的"尿性"，把他推回床上，朝他的脸一顿搓："醒了没？醒了穿衣服。"扯了T恤丢他的脸上。

钟恒笑得不行："随便揉，都是你的。"

"懒得理你。"许惟把他的裤子也丢过去，转身去卫生间洗漱。

刷牙刷了一半，钟恒衣裳整齐地进来了。

大高个子一进来，这点小地方立刻显得逼仄拥挤。许惟从镜子里看了他一眼，退到边上，给他腾位置。

洗脸台上有一次性牙刷，钟恒拿一支拆开，挤了许惟自带的牙膏，又是薄荷味，清清凉凉。

两人并排刷牙，许惟低着头，钟恒看镜子。

过了会儿，许惟刷完，推他："过去一点。"

钟恒退到旁边，看她洗脸。许惟挤了洗面奶揉出泡沫，在脸上搓几把冲掉，拿毛巾擦干，抹上水乳，没用别的，也没化妆。

她出去换好衣服，钟恒也洗完了，没毛巾，他湿着脸站在门口："你的毛巾我能用不？"

许惟抬头，看他一脸水珠，滑稽得很。

"用吧。"

她的洗脸巾是棉布的，正方形，水蓝色。钟恒摊开看了两眼，铺到脸上擦了擦，闻到一点淡香，像是洗面奶的味道。

钟恒走出卫生间，许惟正往小背包里拣东西。他走过去，贴近了说："你那牙膏薄荷味儿很重。"

"不喜欢？"

"喜欢。"

许惟把餐巾纸丢进包，钟恒瞥了眼，旁边有个本子，绿色的。

"现在还写日记？"

"不写。"

"那是什么？"

许惟拉上拉链，说："工作笔记。"

钟恒看她一眼，不问了。

许惟把包放到一边，说："今天去见林优？"

钟恒点头："还想去哪儿玩？"

"你有什么建议？"

"我不是导游。"

"那见完林优，我自己玩？"

"你不是来工作？"

"采风。"许惟说，"采风就是玩。"

正说着，她的手机响了，是颜昕的短信。

许惟对钟恒说："下楼吧，颜昕都出门了。"

一男一女大清早一道下楼很引人遐想，前台小赵何等机灵，只当没看见，笑着告诉他们早餐已经做好了，在小餐厅。

小餐厅就在隔壁，出门左转，单独一间，自助式，里头已经坐着不少人，多是年轻男女。许惟挑了空地把包放下，钟恒盛了两碗面条，拣了几个糯米甜团："还有别的，不够再吃。"

许惟看了看："这应该够吃饱。"

他们身后有一对男女，边吃边聊。

"我明天走了，你呢？"

"我的车票后天的。"

"你是哪儿人？"

"上海的，你哪儿的？"

"云南。"

男的："那可远了，以后见不着了，今晚再过去找你，你给开门不？"

女的："晚上再说呗。"

两人都笑，彼此心照不宣。

许惟听第一句就明白了他们是什么关系。她看一眼钟恒，他在吃甜团，眼睑垂着，没表情。

饭后出发，钟恒还开那辆车。林优的酒吧在靠近城区的一个镇上，那是个开放型景区，有条文艺街，里头有花市、鸟市、手工小店，另外有几家清吧，客人

十九日

最多的那家就是林优的。

许惟跟着钟恒，到门口就听见歌声，很陌生的调调，应该是林优自编自创的。

钟恒熟门熟路，挑了张沙发。林优已经看见他们，挥了挥手，继续唱。

那几米的小台上，林优穿一身黑裙，美得很霸气。林优这个人还和当年一样张狂，她永远都是她自己。

许惟失神了一会儿。钟恒端了喝的过来，他的是酒，给许惟的却是柳橙汁，温的。他还讨了朵小伞，放在她杯子里。

许惟接过来，好笑地说："骗小孩呢。"

钟恒挑了挑眉，不理她。

林优唱完丢了麦走过来，许惟老早就酝酿好笑容，林优上来就捏她的脸："反省好了？检讨呢？"

钟恒皱眉："别动手动脚。"

"哟，钟少爷管得太宽了吧。"林优一屁股坐到许惟身边，"我怎么记得，你俩八百年前分手了，是吧？人家现在不是你的，我想碰就碰。"

这话是典型的哪壶不开提哪壶，两位当事人都避而不谈的事，林优一骨碌提溜到台面上，气氛能好才怪。偏偏林优从不是看人脸色的主儿，又抛一个直线球给许惟："怎么？复合了？"

"……"

许惟发现钟恒的目光比林优的还紧，追着她看。

复合不是这样的，那需要肃清前情、平复怨愤，至少得有个仪式，再不济也得有一句话，总之绝不是这样稀里糊涂就睡在一屋。而许惟现在，连一句话都给不了钟恒。

她喉咙里有两个字转了转，又转了回去。许惟不看钟恒，笑着拉林优的手："你问点别的。"

林优皱了皱眉，在他们的脸上看几秒，有点儿心知肚明的意思。

"行，不问这个，你俩自个儿拉扯去吧，你待这儿别动，我弄杯酒来。"林优起身，去了吧台。

许惟低头喝橙汁，钟恒也收回视线，默不作声地喝酒。过了会儿，林优端了些甜点小吃来了，她能带话题，很快就把这一茬跳过了。

在酒吧吃了顿午饭，钟恒和许惟离开了。两人一前一后走出街，钟恒脚步快，几步就把许惟甩在后头，等她走到街口，他又站在那儿等着。

许惟走过去，他把手递过来："牵着。"

那大手就在面前，许惟几乎没犹豫就拉住了，钟少爷难得自己走下台阶，她当然赶紧配合，换了以前她还得去哄他。

从街口转过去，往停车场走，旁边是条巷子，不少背着包的游客在那儿晃荡。

许惟说："去那儿逛逛？"

钟恒"嗯"了声，牵着她过去。

一条巷子都是特色店铺，卖小商品的、特色服装的，小吃店也特别多。他们一路走，经过糖品铺，钟恒问："吃不吃糖？"

许惟抬头看，上头招牌写着"手工糖铺"。

"去看看。"

窄窄一道门，钟恒松了手，让许惟先进。

台架上摆满盒装的糖，标了各种口味，花生、冬瓜、莲藕，都是手工制作。铺子里只有几个游客，都是结伴的女孩子，钟恒一进门，就有女孩看他。

许惟在货架旁挑选，卖货的小姑娘给她推荐。许惟每种尝了一颗，味道都不错，她没做选择，喊："钟恒。"

钟恒走过去，许惟拿一颗莲藕糖给他："你试试这个。"

钟恒没接，头一低，就着许惟的手吃了。

旁边的小姑娘看得脸红。

钟恒嚼几下，说："甜。"

许惟捻捻指尖："这个要两盒。"又指着冬瓜糖，"那个吃过吗？"

钟恒说："没有。"

"那你也尝尝。"

她低头从包里摸钱包，没有要帮他拿糖的意思。钟恒自己拿起一颗吃了，说："没那个甜。"

许惟看他一眼，问："你姐会爱吃吗？"

钟恒眉眼微动："买给我姐的？"

"嗯。"

他笑了："她什么都爱吃。"

许惟每种各买两盒，店员帮她装好，钟恒提在手里。

出门往前，又是纪念品店，走到街尾，墙边有个刻字的小摊，冷冷清清。

见有人经过，大叔放下蒲扇，娴熟地喊："姑娘，来看看钥匙扣吧，能刻字的，当场定做，千年古木，大吉大利，天底下独一份，能挂钥匙，还能辟邪护身、化灾转运！"

这夸得有点大言不惭了。

许惟停下脚步朝那儿看一眼。

那光头大叔四五十岁模样，手拿一把蒲扇，墙边靠着一根竹竿，枝丫上用红丝线挂一溜钥匙扣，是木片削的，形状有动物，也有花瓣、叶片，上头刻着字。

钟恒以为她信这蠢话,说:"想要?送一个给你护身。"

许惟也不客气:"好啊。"

大叔一见生意来了,拿起刻刀,敲敲面前的盒子:"来来来,先选个形,挑个喜欢的!"

许惟拣了拣,拿起一个葫芦形的木片:"这个挺好玩。"

钟恒瞥一眼,说:"审美不错,跟平安不相上下。"

许惟:"……"

大叔瞅瞅他们,拣了个寿桃形的推荐道:"这个你们瞧瞧,第一眼看上去它像个桃,再看第二眼,像啥?"

许惟说:"还像个桃呀。"

"……"大叔眉头皱着,姑娘咋不开窍呢。

钟恒在一旁直乐,大叔立刻把目光转向他:"哎,你瞅瞅。"

钟恒笑了声,正色道:"像颗心。"

"对对对。"大叔高兴了,乐呵呵道,"姑娘,你男人上道儿啊。"

许惟当没听见。

钟恒淡笑着,也不讲话。

大叔捏着那木片,把纸笔推来:"来,从名字里选个字。"

单字名,没得选,许惟提笔写下"惟"。

大叔见缝插针,想多卖一单,把纸推到钟恒面前:"你也写一个,跟姑娘配一对,给你俩刻个情侣的,给你们优惠价。"

钟恒从善如流,也写了。

大叔一看,拍手乐道:"有缘哪,两个字都是竖心旁,给你们整个特别的。"

第一刀划下去,三两下在木片正中刻出个"忄",刀尖挖几下,变成镂空,接着往右边刻"恒"字的右半部分,木片翻个面,再往右刻出"惟"字的右半,两字分别在两面,共用一个竖心旁。

大叔放下刻刀,拿细笔往里头涂上红墨,拎着丝线摆给他们看。

"瞧,这叫一个'心心相印',第一回遇上这么巧的两个字,好兆头,这给姑娘拿着。"

他把钥匙扣塞到许惟手里,又拣出另一个桃形的,快速刻了个一模一样的,拾掇好递给钟恒:"一人一个,可保管好喽。一个二十,两个四十,你们就给三十五吧。"

许惟觉得贵了,准备讲价,钟恒已经掏出钱:"谢谢您。"

两人往回走,钟恒捏着木片细看,说:"那老忽悠字刻得挺好。"

许惟说:"人家毕竟是专业的。"

钟恒"嗯"一声，揣进兜里："留着辟邪。"

到了停车点，许惟说："我去趟城里，不如你先回去吧。"

钟恒说："一道去，平安下午上完课，我也得去接。"

"她就上一天？"

"英语班，一周一次的。"

"哦。"

路程不远，不到二十分钟就进了城区。钟恒问："你去哪儿？送你过去。"

"河山路有个成越能源公司，你知道吗？"

钟恒说："河山路我知道，成越集团也听过。"

"嗯，是他们旗下的。"

"去那儿做什么？"

"有一些工作上的事情。"

钟恒皱了皱眉，发动汽车。

到了河山路，许惟问钟恒："你去哪儿？"

"去我姐夫那儿。"

"在哪儿？"

"红阳市场，城西。"

"那下午……"

"我来接你，给我打电话。"

"好。"

许惟下车走到成越能源公司门口，抬头看了看，一整栋大楼有十层，都归这家公司，在禹溪这个小地方很少见，而这只是成越集团旗下的一个产业。

她进了大门，从包里摸出名片递到前台："我找你们的总经理孙虚怀。"

前台女孩愣了下，将她上下打量一遍，斟酌着说："孙总还在开会。"

许惟说："什么时候结束？"

女孩说："不清楚。"

许惟想了想，说："那我等等。"

大厅有休息区，沙发、茶几都很漂亮。

前台女孩偷偷看许惟半天，摸不准情况，怕她跟孙总关系不一般，犹豫半天还是倒了杯茶送过来，装装面上的客气。

许惟从茶几底下拿了本书翻看，是本地的创业杂志，花大篇幅介绍了本地有名的成功人士，排在第一位的就是成越集团的两位掌门人：蒋丛成、李越。

上面附了采访图片，左边的男人皮肤偏黑，脸瘦长，眼睛不大，嘴唇抿着，看上去很严肃，这是蒋丛成。旁边的李越比他温和，皮肤白一些，脸庞圆润，典型的养尊处优富贵相。

许惟把整本都翻完才听到电梯口传来声音，五六个人走出来，都穿得很正式，男的西装革履，女的穿套裙、高跟鞋。

能看出中间那男人是人群中心，被大家簇拥着往外走。许惟认出他是李越。

等他们都走出去，前台女孩过来了："请您来一下。"

许惟起身跟着她乘电梯上到八楼，进了总经理办公室。办公桌后的男人脸色凝重，门一关，他立刻站起来："许小姐，你怎么跑这儿来了？"

许惟看了看他，没讲话。

孙虚怀面色焦急："许小姐，蒋总不在禺溪，你跟他联系过没？"

许惟摇头："没号码。"

"啊？"

"我出了点事，手机坏了。"

孙虚怀一愣："出了什么事？"

"车祸。"许惟观察他的表情。

孙虚怀一惊，打量她："不是吧，看着好好的。"

许惟说："轻伤，已经好了。"

"那你来是……"

"就是跟你说一声，蒋总的私人号你给我一个。"

"那行。"孙虚怀直接找了两张名片给她，"那……没别的事了？"

"没了。"

孙虚怀讪讪道："许小姐，你现在住在哪儿？要不要我给安排地方？"

"不用，我自己有安排，有事我再打你电话。"

"那行。"

许惟走出大厅，沿街道往前走到了公交站。有辆公交车来，她看也没看坐上去就走。

后头一辆车缓缓跟出一段，停了。开车的男人说："李总，是她。"

李越点了一根烟，依然压不住火气："她怎么又来了？蒋丛成不在，她跑来干什么？"

前头男人说："李总，这样下去不妙，这个许小姐从前可是干那行的，跟警察关系好着呢。"

"鬼都知道不妙，姓蒋的迟早要玩火自焚，我可不想给他垫背。"

"那怎么办？"

李越吐了口烟，眼神有些凶狠："总有办法。"

许惟独自在城区逛了两个小时，把周边都弄熟悉了，再坐公交车往城西去，刚到红阳市场就接到钟恒的电话。

"你事情办完没有？我要去接平安了。"

许惟边走边说："办完了，我来找你了，那个……你姐夫的店是哪个？"

"你在哪儿？"

"你说的那个市场。"

"在哪个入口，大门还是侧门？"

"不太清楚。"许惟看了看，"有个大台子，旁边是张记豆腐店，有小孩在玩球。"

那头没声音了。

"钟恒？"

她往前走，东张西望。

钟恒挂了电话，隔着几步看她，紧接着跟上去牵她的手："这儿呢，傻死了。"

"你也不说清楚。"许惟收起手机，"现在去接平安？"

"嗯，她快下课了。"

沈平安四点上完课，抱着书包出来东张西望，没看到人，便到休闲区坐着。凳子还没坐热，就看见她舅进了大门，再一看，后头还有个人。

沈平安何等聪明，心里头透亮——

舅舅可真会利用机会，一边接她，一边还带着暗恋对象来城里约会！

沈平安小脚并拢，坐得端端正正，等人走近再站起来，装出淑女模样喊声"舅舅"，眼珠滴溜溜转到许惟的身上，秉承着她娘的教诲，绝不轻易喊人"阿姨"，看到漂亮女人一律喊"姐姐"。

上车后，许惟陪沈平安坐在后座，拿出之前买的糖给她吃。

沈平安天生演技派，真要装起来毫无破绽，一口一个"谢谢姐姐"，乖巧可爱。钟恒在前头听得很不适应，觉得小魔王相当不正常。

车开到半路在上坡的地方堵住了。这正好是整条路最窄的一处，有辆摩托车横冲直撞，导致旁边的汽车和小货车擦到，三方起了冲突，正在闹纠纷，等着交警从城区赶来处理。幸好坡度较缓，车辆排长龙也不至于挤出事故。

等了十分钟，不见动静，钟恒下车去看情况，走了三四十米还没到事故点，一只大狗却蹦过来，近乎癫狂地朝他猛扑。

赵则跟在后头号叫："泥鳅！少爷！祖宗！别咬人啊喂！"

等跑近一看，赵则傻眼了——原来少爷根本不是发疯，是看到它爸爸了。

幸好幸好，要是伤了人，泥鳅一条狗命哪赔得起。赵则拄着膝盖喘息，哪料一口气没松到底，倏地又提上来。顾不上泥鳅，他转身就溜，可惜晚了一步。

十九日

"赵则。"

钟恒抱着泥鳅走过来。

赵则咬咬牙，扭头冲他嘿嘿笑。

钟恒无语，问："你怎么跑这儿来了？"

赵则睁着眼睛编瞎话："这不送泥鳅来嘛。这家伙想你想得吃不下睡不着，成天闹事，眼看都要得相思病了，我看着心酸，这才好心送它见你一面，哪料到还赶上大堵车，在这儿耗了快一个小时了，不信你问泥鳅。"

泥鳅少爷立刻抓住时机摇尾巴求关注。

钟恒在它脑袋上揉一把，问赵则："那你现在是回丰州？"

"这……"赵则努力思考脱身之道，"对，待会儿路通了我就走。"

话刚落，身后有女人喊："赵则！"

赵则肝儿一颤：坏了。

远处走来两个女人，钟恒眯着眼看了几秒，认了出来。

赵则赶在他变脸之前调整战术："行了，你先别火，我知道你烦卢欢，我也看不惯她，但蔓蔓找我，我没法拒绝啊，那个啥，这就跟你没法不管许惟一样……"

说到这儿，五大三粗的赵则破天荒地有点脸红："她说要带几个朋友去山上消暑，住两天，让我做地陪，我没想到卢欢也在，怎么说也是她表妹，我不能让人家滚吧。所以我特地没告诉你，打算自个儿带她们玩两天就把人送走，谁想到这还没到山上呢，就被你给碰个正着。"

他话讲完，钟恒冷着脸没搭理他。

后头，严从蔓和卢欢已经走来。卢欢一眼看到钟恒，惊讶得几步跑过来："你、你在这儿？赵则还说你去省城了，原来是骗我！"

赵则低着头降低存在感。

卢欢惊讶完了，质问："为什么你电话打不通，短信也不回？"

因为你在黑名单里呀。赵则心里默默回了句。

钟恒话都不想跟她说，抱着泥鳅就往前走。卢欢拦住他，气愤道："你解释。"

"钟恒。"许惟牵着沈平安走过来。

几个人闻声回头，赵则心一跳，顿时一个头两个大——这回真闯祸了。

当年许惟和卢欢那一架打得……可真叫全校闻名啊！

果不其然，卢欢一回头，看见走过来的人，整个气场都变了。许惟也在同一刻停下脚步，紧紧盯着她。

赵则默默悲叹：完了，情敌相见，分外眼红！

两个女人一对上眼，就认出了对方。

相比卢欢眼中的震惊，许惟的表情平静得多。在丰州读书那几年，她是个很平和的人，没有过于明显的爱憎，除了林优和钟恒，她对谁都一个样，不亲近，也不交恶，保持着疏离的友好，卢欢是个例外。

许惟和她狠狠地打过一架。

赵则一看不对，立刻打圆场："哎，许惟，你也在啊？"

钟恒走过来："怎么过来了？"

"平安说要透个气。"

沈平安看看他们，小脑袋直点。

钟恒怀里的泥鳅已经不安分，圆滚滚的身体挣来挣去，赵则赶紧抱过去撸毛，挤着笑说："这是严从蔓，隔壁九班的，你还记得吗？"又指指卢欢，"那是……她表妹。"赵则尿得没说名字。

严从蔓惊讶："许惟，居然是你，好多年不见了。"

许惟朝她点点头。

一旁的卢欢将许惟从头打量到脚，迅速镇定下来。相比许惟今天的模样，卢欢显然占了上风，她今天开了宝马，人也精心打扮过，衣裙精致，妆容完好，没有任何瑕疵。她盯着许惟，说："哦，学姐啊，差点没认出来。"

许惟应下这称呼，笑了声："学妹客气。"

卢欢愤愤咬牙，当着钟恒的面，到底忍了。

赵则默默松口气。毕竟过了这么久，恩怨情仇褪了色，大家都长大了，不至于像从前那么尖锐。

前头车喇叭响起来，有人喊："通了通了。"

"终于能走了。"赵则庆幸路通得及时，卖力招呼，"都上车吧，别堵这儿了，咱们到了再聊。"

钟恒把泥鳅抱过来，和许惟一道走了。

卢欢没动，视线紧紧锁着他们的背影，严从蔓拉她："欢欢，走吧，大家都等着呢。"她们这趟带了几个朋友，都在车里。

卢欢甩手朝车边去了。

天黑之前，他们赶到了磨坊街。

在饭店吃完晚饭，赵则领他们找客栈，看了几家，条件都过于简陋，唯一不错的那家只剩三间房，严从蔓安排那几个朋友住下，打算在附近另找一家再开两间。

卢欢一路默不作声，这时憋不住了，坚持要去钟恒姐姐的客栈住。严从蔓只好拜托赵则，她一开口，赵则心都软掉了，哪有拒绝的道理。

前台当班的小赵跟赵则同姓，两人相熟，一看是赵则领来的，二话不说就开了房间。等那两姐妹上了楼，赵则趴前台打听："琳姐呢？"

"吃完饭就打麻将去了。"

十九日

"那钟恒呢，怎么也没见人？"

"给平安看作业去了，琳姐交代的。"

赵则"哦"了声，思索着怎么跟钟恒交代。

晚饭吃得过多，许惟胃有些难受，洗过澡，她在床上躺着。

八点多，颜昕过来敲门，两人聊了几句。颜昕说自己改了计划，明天离开这儿，去几个镇上跑跑，回省城之前再碰头。

许惟没多问，说："那你小心点。"

"嗯，我知道。"

颜昕走后，许惟拿出笔记本翻看，从头翻完，又记上几行，然后摸出今天要来的两张名片，将号码存进手机，等脑子空下来她就不由自主地想起钟恒。

许惟下了楼，前台依然只有小赵，她想去阁楼找钟恒，走到门口又停下。

还是不要打扰平安做作业了。

许惟转身去了后院。休闲区已经有其他游客在，藤架下的两张桌子被占了，就剩角落里的一张，靠近院墙旁边的秋千架。许惟坐下没多久，严从蔓来了。

严从蔓端着杯咖啡，站在灯光底下看了看，瞥见许惟，她走过去打了声招呼。

许惟猜到应该是赵则带她来的。

严从蔓问："这里能坐吗？"

许惟说："没人，坐吧。"

她们不熟，高中隔壁班，彼此知道对方的存在。因为钟恒和赵则关系好，许惟也知道赵则暗恋严从蔓，后来也追过她，没追到，严从蔓给他发了张好人卡，两人成了朋友。

虽然严从蔓和卢欢是表姐妹，但许惟对她没恶感。严从蔓也一样，她是个讲道理的人，并不会和表妹同仇敌忾。

严从蔓主动搭茬："你是来玩吗？"

许惟说："是啊。"

严从蔓说："我也是。一年休不了几天假，好不容易歇歇就被我妈催回家，丰州实在没什么好玩的，附近也就这里看看。"

许惟问："工作很忙？"

"嗯，我们这行都很忙。"她笑笑，"我做投行的。"停了下，又说，"对了，你怎么样？还在首都吗？我看过你做的新闻，有很多很现实的社会问题，法制类的也看过，都很棒。我还跟朋友说过这是我校友呢。"

许惟瞅着桌角，听见严从蔓说："这两年都没你消息了，是换了工作？"

许惟点头："对，现在就写些稿子。"

"自由撰稿人？"

"算吧。"

严从蔓惊讶："那算作家了。"

许惟笑笑："没呢，混口饭吃。"

严从蔓当她谦虚，笑道："我记得你理科最好，好像听哪个老师提过你想学理工科，没想到你学了传媒，现在拿笔杆子。我以前还跟同学说你适合去做科学家。"

"为什么？"

"因为你做什么都很专注啊，连走路都是，很适合在实验室里搞研究的样子。"

许惟笑了笑："我以前太严肃吧。"

严从蔓说："说不上严肃，就是很有距离感，我那时候其实想认识你，但不怎么敢接触。"她想起了什么，又笑，"你大概不知道，你每回走过去，我们班起码有一打男生转头看你，但没人敢跟你讲话。"

许惟依然笑笑。

严从蔓也没往后说，她喝了口咖啡，重新起了话题："对了，我上周去过你们学校。"

许惟抬头看她。

"我好朋友在那儿工作，做辅导员。"

"哦。"

"你们学校挺美，尤其是湖边那栋小楼很特别，叫、叫……什么楼来着？"严从蔓一时想不起。

许惟手指搓了搓。

"我也不记得了。"她淡淡说。

严从蔓惊讶："你可待了四年啊。"

许惟笑着说："记性差。"

严从蔓没多想："有时候突然想件事确实想不起来，正常。"

两人随意聊着。

九点多，休闲区的人陆续走了，很多座位空出来。卢欢买了小吃回来，打断了她们的交谈。

严从蔓把盒子打开，推到桌子中间："许惟，一道吃吧。"

"不用了。"

卢欢在一旁笑："学姐是大城市来的，哪吃得惯这些，我去喊钟恒。"

她转身走。

许惟喊她："卢欢。"

卢欢回过头，许惟说："你离他远一点。"

卢欢说："你们早分手了，你管不着我追男人。"

许惟："你试试看。"

卢欢："要打架是吧？我怕你？"

"欢欢！"严从蔓站起来，"闹什么呢？"

"我闹？"卢欢火气上头，"你听听她说什么，分手了，还不许别人追了？"

许惟说："忘了你是怎么追的吗？"

"你还揪着这事。"那根本是意外，那时候只是想逼一下钟恒。卢欢冷笑，"你就装吧，好像多在意他似的，如果真喜欢他，你们怎么没走下去？是你提的分手吧。"

"你少说两句。"严从蔓阻止。

卢欢哪里忍得住："我以为钟恒多傲呢，没想到他那样的人过十年还搭理你。"

"欢欢，别说了。"严从蔓拉住她，目光看向她身后。

卢欢心里一跳，回头，顿住了。钟恒站在藤架边，冷脸看着她们，赵则在一旁抓耳挠腮，冲严从蔓使眼色。

卢欢定定地站着。

气氛几乎僵住。

钟恒走了两步，停在秋千旁："拿上你的东西，滚蛋。"

卢欢气得说不出话，严从蔓想息事宁人，赶紧拉她："先回屋。"

赵则也跑过来："走走走，别站着了。"

卢欢被拉走了。

钟恒在原地站了一会儿，摸出烟盒，靠着木柱抽了一根烟。

前头屋里吵嚷了一会儿，渐渐没了声音。许惟看向秋千架，他还在那儿。

也许是卢欢的话让他没有面子了。

许惟起身走过去，钟恒没太多表情，看她几秒，又低头抽烟，抽几口，他低声说了一句："刚刚的事……别生气。"

"我没生气。"许惟停顿了下，"我可能欠你个交代，那时候我家里出了点事，我顾不上你。"

任何解释但凡迟到太久都多少显得轻描淡写，不得劲儿，何况这一句笼统苍白，也算不上交代。

钟恒抬头，显然没想到她会讲这个。

他顿了一顿，问："什么事？"

许惟摇摇头："已经过去了，现在没事了。"

钟恒看她一会儿，抿紧了嘴唇。她想一句带过，他便克制自己，学着给彼此留余地。他本来也不打算再提旧事，跟她开口说话那天，他就已经低了头。不管他承不承认，他比谁都清楚，他做不到跟她老死不相往来。

过了会儿，钟恒抽完烟，说："我进去了。"

他走了两步，被许惟喊住。

"你今天不去我那儿睡吗？"她轻轻地问。

钟恒看着许惟，她的表情坦荡自然，邀人睡觉也丝毫不脸红，就像在问"你晚上吃过饭没"。

他慢慢地扬了扬嘴角："急什么，我洗澡去。"

刚刚那点糟心事好像都不算什么了。

严从蔓和卢欢最终还是去了街上的另一家客栈。赵则帮她们送行李过去，卢欢窝着气，进屋就关上房门懒得理他们。

严从蔓觉得抱歉，对赵则说："今天真是不好意思，你帮我跟许惟道个歉吧。哦，还有钟恒。"

赵则挠挠头："我知道，我知道。对不住了，不能让你们住那儿了。"

"不关你的事。"严从蔓摆摆手，"欢欢被惯坏了，性格一向不好，你也知道的，她就是公主脾气。"

赵则也认同："你是她姐，你说说她吧，让她别再惹钟恒了，钟恒什么脾气她也知道，这不讨骂嘛。"

"她就是作，这些年男朋友换了多少，闲了就跑钟恒这儿下功夫，还不是因为以前没追上，一直不服气。她那人从小被捧到大，我舅舅多宠她，惯成这样。"

赵则叹口气："好在现在许惟回来了，她更没什么可能了，早点死心为好。"

严从蔓有点好奇，问了句："他俩……又在一起了？"

"我是想撮合他们复合的。"赵则皱眉，"但他俩温温吞吞、模模糊糊的，钟恒心里肯定是想的，许惟那边我搞不清楚。"

严从蔓说："那你可以放心了，她对钟恒也挺上心。"

第六章 /
像我当年追你那样

钟恒洗完澡，头发擦了两把，正要上楼，钟琳打麻将回来了："哎，上哪儿去？"

钟恒站在楼梯口拍了拍头发，问："赢了？"

钟琳面露喜色："那还用说，在磨坊街我的牌技怎么也得排前五吧。"

钟恒："赢了多少？"

"够领你们撮一顿的。"

钟恒笑了声："别嘚瑟了，你女儿那作业，下回你自己辅导。"

"咋了？"

"那写的是字吗？"钟恒说，"我没忍住，又骂她了。"

钟琳一听也犯愁："我难不成还得给她找个练字师傅？"话一落，有了主意，"啊，不如你来教，好歹是你外甥女。"

"得了，我没那耐心。"钟恒一口拒绝了，转瞬想起什么，停了会儿说，"许惟的字写得挺好看。"岂止是好看，那是专业水平，以前都是贴出来放橱窗展示的，旁边还有她的照片，他每次经过，都特别有面子。

钟琳顿了顿，笑得意味深长："那我以什么名义找她啊？"

"那是你的事。"

钟恒转身要走。

"你等会儿。"钟琳喊住他，"我知道你干什么去，来，带杯牛奶给人家。"

她速度快，很快冲了杯牛奶，钟恒过去端了。

钟琳笑着说："别忘了帮我问问，看她乐意教平安写字不？"

"你自己问。"他丢句话就走了。

许惟在洗衣服，房门虚掩着，钟恒推门进去，许惟拧干水，把内裤抖开挂在晾衣架上。

钟恒靠在门边，说："要帮忙吗？"

许惟回过头，他说："牛奶先喝了，热的。"

许惟把内衣放到一边，冲了手，接过来："谢谢。"她站着喝牛奶，看了看他，"你把头发弄干。"

钟恒说："毛巾没带。"

许惟顺手拣了架子上没用过的浴巾丢给他。钟恒等她喝完，接了杯子，出去坐到小沙发上擦头发，一坐下，屁股底下的手机响动起来。

钟恒挪开一看，是许惟的手机，屏幕亮着，显示来电人"何砚"。

他没碰手机，过去叫她："有电话。"

许惟刚好晾完衣服，出来接了："何队。"

电话里，何砚说："埋汰我呢，叫名字就是，这几天怎么样？"

"挺好的，一直在玩。"许惟看了眼钟恒，他站在窗边没过来，浴巾捂在头上擦着。

何砚说："没什么情况？"

"嗯，没。"

"没情况也好，你做什么都先保护好自己，这回可没线人费给你，你现在也不做新闻了，瞎拼不值当，能有线索当赚的，没有就算了，等我这边的安排。"

许惟说："好。"

那头静了一下，何砚似乎在思考，过了一会儿说："之前让你联系的那人，是赵队找的，很可靠，有什么事都可以找他帮忙。这个你自己决定。"

许惟又看了一眼钟恒，他靠着墙看她。

目光碰了碰，许惟说："好。"

那头何砚又叮嘱了几句，挂掉电话。

许惟把手机扔回沙发，坐到床上换睡衣。钟恒走过来，坐在床尾，说："这个何队对你挺关心的。"

"老熟人，算朋友了。"

没回应。

许惟把睡衣套上，转头看他，钟恒也看过来。许惟顿了顿，看出点味儿："你想什么呢？"

钟恒笑一声："就随便想想。"

许惟掀开被子躺进去："那想完了就过来睡吧。"

"来了。"钟恒把上衣一脱，从床尾滑过去，躺她身边。他没动手动脚，老老实实的，两人胳膊贴着胳膊。

许惟看着天花板，说："今天十六号了。"

钟恒闭着眼"嗯"了一声。

十九日

"我来这儿四天了。"

钟恒睁开眼，侧脸看她："厌了？"

"没呢，好多风景都没看，山上也没去。"

"那明天去山上。"

许惟："你真不回丰州了？赵则也来了，你们家旅馆……"

钟恒看着她："你是不是太操心了点？"

"……"

他又很随意地说："这事只有老板和老板娘才操心。"

许惟点点头："懂了，睡觉。"她伸手在床头拍了一下，灯暗掉。

安静了一会儿，钟恒说："平安的字写得奇丑。"

许惟没明白："嗯？"

"你字不是挺美吗？"

许惟："你这意思……"

"不是我提的，是我姐的意思。"钟恒说，"她问你乐不乐意给平安教教字，也就一两堂课吧。"

许惟愣了下，说："你姐怎么知道我的字写得好啊？"

钟恒憋了几秒："我就提了一句。"

许惟没忍住笑了出来。

钟恒说："你不想就算了。"

许惟说："我乐意，毕竟是你外甥女，总要给你面子。"

这话令人舒坦了些，钟恒"嗯"了一声。

屋里又静了，过几秒，他补了句："谢了。"

"嗯，睡吧。"

哪知道，根本睡不了，眼睛刚闭上一会儿，隔壁有了动静，声音有点儿大了。

许惟僵了一下，睁着眼，屋里黑漆漆的。

许惟咳了一声，说："你们家这客栈隔音差了点啊。"

"是差了点。"黑暗中，钟恒声音很低。

许惟说："回头跟你姐提提意见。"

"嗯。"

许惟又说："对了，泥鳅呢？你把它放哪儿去了？"

"在平安那儿。"

"平安跟它熟？"

"嗯。"

许惟问："你养它多久了？"

"没多久，别人不要的。"

"那……"

"许惟。"

"嗯？"

"别说话了。"

"哦。"

许惟闭了嘴。

钟恒手挪了挪，摸到许惟的手，攥住。他手心滚热，许惟没动。

这样躺了三四分钟，隔壁总算歇了。许惟松了口气，才感觉到钟恒的手掌出了汗。

他这时候靠过来，侧着身把她抱了抱，嘴唇贴在她脸上，声音低低地问："你那个还要几天？"

许惟顿了下，听明白了他问的什么。

她也有些热："两三天吧。"

这个尴尬的晚上最终还是过去了。

钟恒醒得比许惟早。他翻个身，许惟侧身睡着，脸朝他，一大把头发丝乱糟糟地裹着脸颊，把眼睛挡了些，嘴唇也遮了半边，挺翘的鼻子露着，她呼吸轻缓，嘴唇上的发丝被气息带得小幅晃动。她睡觉时眉心是微微皱着的。

以前也这样吗？

钟恒回忆了下，没有印象，总共也没在一起睡过几回。他倒是想，存了一肚子坏水，没什么机会用上。

钟恒先起床，没打搅她，套上裤子，拿起 T 恤走出去。他关上门，边走边抖开 T 恤准备穿，从隔壁屋走出一个人。

钟恒转头看了眼。

杨青拎着洗衣篮，里头堆着换下来的床单被套，看到钟恒光着膀子，她先是惊讶，紧接着脸就红了。

钟恒把 T 恤穿上，拉了拉，若无其事地道了声："早。"

杨青看看他，觉得奇怪，往旁边瞥了眼，206 号房，是许惟住的那间。

杨青顿时有点愣："钟恒哥，你怎么在这儿啊？"

钟恒没答，笑了声："小孩子别多问。"他转头迈着大步下楼了。

杨青站了好一会儿才回过神。

钟恒那样说差不多算回答了。

他是从那间房里出来的。

杨青心情复杂地看了看 206 的房门，有些不敢相信，可又觉得理所当然，他以前带过几个女性朋友来过？从来没有。

许惟醒来已经不早了，下去吃饭时餐厅已经没剩多少东西，锅底有几勺粥，盆里剩三个茶叶蛋。她正犹豫着要不要去外面吃，小赵过来说："许小姐，钟哥给你买了早饭，在厨房的锅里温着。"

许惟问："他人呢？"

"出去接人了。"

客栈一般会看情况提供接站服务，这个情况指的就是钟恒在的时候。钟琳很会精打细算，客栈总共没多少人手，运转良好，偶尔钟恒过来还能多个免费劳动力，毕竟是自家弟弟，闲着也是闲着，不用白不用。

许惟走到厨房看见砧板上有个锅，插着电。她掀开盖子，豆腐脑的淡香飘出来，旁边还有两块土豆饼。这是她从前最喜欢的早饭搭配。

以前吃的豆腐脑是丰州有名的红枫街师傅做的，口味好，人多，钟恒骑车过去，每天赶着点买一碗，后来师傅认识他了，就提前给他留着。

许惟端早饭到餐厅里吃，还剩一口饼的时候，沈平安牵着泥鳅回来了，张口就喊："赵叔叔，快救救我。"

小赵在前台给客人办退房，没空理她。

许惟放下筷子走出去。

平安看到她，好像见了救星似的，拽着泥鳅跑过来："许姐姐，你救救我。"

泥鳅绕着圈晃尾巴，直冲许惟示好，要不是平安拉着绳子，大概已经撒丫子扑到许惟身上了。

许惟看看平安，又看看泥鳅，前者衣服湿漉漉，小辫子东倒西歪；后者一身污泥，黑不溜秋，活脱脱一只"落汤狗"，哪里还有先前那帅气的狗样。

"怎么回事？"

平安站着不动了，捏着狗绳支支吾吾不讲话，一双黑溜溜的眼睛望着许惟，可怜巴巴。而泥鳅那货更是不能指望，它压根儿不清楚状况，一个劲儿地摇头晃脑耍帅，污泥甩了一地。

平安急得要哭："我妈肯定要打我，还有舅舅，泥鳅是他的宝贝儿子，现在丑成这样，我这回要惨了。"

"你别急。"许惟赶紧过去接过绳子，泥鳅蹦过来，把她白皙的小腿蹭黑一层，幸好她今天穿的是短裤，还不至于太糟。

"你现在回屋，先把衣服脱了洗个澡。"许惟说，"我带泥鳅洗一下，等会儿去找你。"

"好好好。"

平安跑上阁楼，许惟连哄带拉，带泥鳅从屋外绕去后院。杨青正在晾床单，一回头也被惊到："这是泥鳅啊！怎么弄成这样了？"

"不知道去哪儿玩了，大概掉泥水里了。"

许惟把绳子系到柱子上，接一桶水倒上去给它冲洗。泥鳅似乎很生气，一直转圈躲着，还嚎了两声，显然不愿意洗澡。

"乖一点啊。"许惟蹲下来，在它头上抓两把，再温柔地摸摸。

泥鳅慢慢配合了，缩着脑袋觑着她。许惟看着笑了："小可怜儿，跟你主子一样。"都是吃软不吃硬的，要人哄。

杨青听见这话，看了许惟两眼，想说话又不知如何开口。

许惟接了三桶水，将泥鳅洗出原来的样子，交给杨青照应，她去了阁楼。

阁楼一共两层半，一楼是个小厅，二楼两间小卧室，钟琳住一间，隔壁给平安住，顶上半层是纯木头结构的，一直空在那儿。

许惟找到平安的房间。

平安洗好澡，在穿衣服，听到敲门声先开了条缝将脑袋探出来，看见是许惟才松口气，让她进去。

许惟帮平安洗了脏衣服。

平安跟在她的身后，很是忐忑："许姐姐，我妈肯定会看见我换了衣服。"

许惟问她："害怕啊？"

平安直点头。

许惟走到小桌边，看了看桌上一摊书，喊平安过去坐下："发生什么事了？"

平安说："我告诉你，我妈如果打我，你帮我拦着点行吗？"

许惟被逗笑："你说说看。"

平安咬咬牙，招了："我跟人打架，泥鳅就跑水沟里打滚去了，我就下去拉它。"

许惟懂了，问："干吗打架？"

"他骂泥鳅傻。"

许惟："……"

敢情还是为泥鳅出头来着。

平安又求："许姐姐，你帮帮我成吗？"

许惟说："你怎么老叫我'姐姐'，我比你舅舅还大。"

"啊，那要叫什么？"女人不是都不喜欢被叫"阿姨"嘛，平安一着急脑子动得贼快，"你让我叫'舅妈'也成。"

许惟一愣。

平安却好像开了窍，笑嘻嘻说："许姐姐，你想做我舅妈吗？你想的话，我们就是亲戚了，你对我好点儿。"

许惟说："你脑袋挺聪明啊。"

平安得意了："那你快答应，我舅舅那么帅。"虽然很凶。

许惟笑着，也不说话。

平安又来一招："我给你看我舅舅最好看的照片。"

"照片？"

"对。"平安爬起来，从柜子上拿相册翻给许惟看，"这个，我舅舅上大学的时候。"

照片上的男孩站在石头上，后头是溪流。他板寸头，穿一身黑色运动服，看着镜头，眉毛漆黑，脸上有一丝不大明显的笑容，显得敷衍。

照片比许惟的手掌小点，塑封过，右下角印着时间——"2008.4.3"。

平安问："好看吗？"

许惟点头："好看。"她没抬眼，说，"这个就一张？"

"对啊。"

"那给我吧。"

"啊？"平安为难。

许惟对她笑："你妈那边我帮你，保证不挨打。"

平安一秒点头："行行行。"

许惟把照片抽出来放裤子口袋里，对平安说："你舅舅让我教你写字，现在刚好有时间。"

平安刚刚犯错，也不敢说不写，乖乖拿出本子。许惟打开一看，受到惊吓，本以为是钟恒毒舌，没想到真是"奇丑"。

这一教费了不少时间，到十一点才歇。平安很会卖乖，拿了两罐旺仔牛奶，给了许惟一罐。

外头有说话声传来，许惟走到阳台，平安也跟过去。

是钟恒接到人回来了。

三四个陌生人拖着行李箱走进客栈，钟恒停好车，刚进院门走到小花树下，杨青带着泥鳅出来了。一见到主子，泥鳅忍不住撒欢，一溜儿跑过去，钟恒把它抱起来，对着它的脑袋一顿揉："什么德行，矜持点啊儿子。"

许惟靠在栏杆上看得好笑。

平安喊："舅舅！"

钟恒抬头循声望过来，目光却没放在平安身上，眼里渐渐有了笑。

许惟抬起手，晃晃手中那罐旺仔："接着。"她放手一扔，红罐子在空中划一道线，稳稳落进钟恒手里。

那年早读，他罚跑，八圈，下课从操场跑回来，在楼下看见许惟，她站在二楼，手里也拿一瓶牛奶，从上头丢下去："给你。"

钟恒笑容扩大，眉眼弯了弯，把泥鳅丢回地上。许惟看到他将手指放到唇边，和当年一样隔空给了她一个飞吻。

平安眼珠子都瞪大了，捂着嘴躲到栏杆后头咯咯笑，边笑边对许惟说："我舅舅在亲你哎。"

杨青站在门廊处，也看到了这一幕，她脸颊微烧，心里却皱巴巴的。

钟恒去了后院，杨青跟过去，她站在树下看着水池边的男人，他正开着凉水往头上冲。天气太热，他T恤的背心处被汗浸透，一大块湿迹。他腰窄腿长，单看那双小腿，都能令人脸红。

在杨青眼里，他有时似乎很好相处，有时又让人看不明白；有时不大正经，讲话粗糙，有时又认真得吓人。他会聊天，但不会说心事；他会待人好，但谨守分寸，他做人做事有自己的一套。这样的男人，从内到外都很吸引人。

钟恒洗完脸抹掉水珠，转过身就看到她。

杨青紧张得脸热。

她顿了一下才让自己看起来正常些。

"钟恒哥。"

"嗯，有事？"他笑起来露出白牙，显然心情很好。

杨青也挤出笑："没什么事，就是想说，泥鳅今天出去玩弄得很脏，是许小姐把它洗干净的。"

"是吗？"钟恒意外，"她帮泥鳅洗澡？"说完就笑，"我错过了好戏。"

杨青点点头，绕着手指说："钟恒哥，能不能问你个问题？"

"你说。"钟恒走到木椅旁，从兜里掏出红罐子打开，慢慢喝牛奶。

杨青也走过去，小声说："许小姐……是你女朋友吗？"

钟恒的手顿了顿，捏紧牛奶罐。

他低头又喝了一口，抬头："问这个干什么？"

杨青顿时更紧张了，不知道怎么站下去才好，硬撑着笑："我看你们挺好的样子，如果谈朋友，琳姐应该很高兴，不用为你操心了，街上的阿姨、婆婆也不会老折腾着给你介绍姑娘。许小姐那么好看，大家都会为你开心。"

钟恒没有抬头："这事跟他们有什么关系，是我自己的事。"

"哦。"杨青说，"大家就是关心你而已。"

钟恒没有说话，几口把牛奶喝完，一直到离开前都没回答她的问题。

许惟在平安的屋子里待着没走，看她练字。泥鳅少爷在院子里刨土刨到百无聊赖，自个儿跑了过来，平安休息时带泥鳅到三楼的小间里玩耍。

许惟给平安检查作业，没一会儿就听见平安在上头号，她上去一看，简直哭笑不得，泥鳅那家伙不知怎么跑到房顶去了，这会儿站在那儿，一双狗腿瑟瑟发抖，死活不敢下来。

屋顶是伞形、木头搭的，泥鳅站在正中间，睁着一双无辜的狗眼。平安站在小天台上仰着头乱号："下来啊，傻狗！"

"你别骂它了，"许惟说，"赶紧哄哄。"

平安于是开始夸："乖泥鳅，乖宝宝，最帅的狗蛋蛋，你快点下来吧。"

泥鳅一动不动。

许惟："……"

估计被恶心得不想下来了。

许惟打算自己上。

"你待着别动。"她嘱咐完平安，拿个凳子。

她双手刚扒上去，底下传来一声喊："许惟。"

她一回头，看到钟恒，他在楼下。

"别乱动！"钟恒皱着眉吼了一声。

半分钟不到，他奔上来。许惟却已经上了房顶，泥鳅的大脑袋缩在她怀里，大嘴拼命往她胸口挤。

钟恒看得来气："叫你别动。"

"我都上来了。"许惟摸着泥鳅的脑袋，"它是不是恐高啊，看这抖的。"

平安在一旁喊："快把它丢下来。"

许惟对钟恒说："你接好。"

她抱着泥鳅，手一松，泥鳅叫了一声，落到钟恒手里。

许惟从房顶慢慢下滑，停在边沿。钟恒丢下泥鳅，张开手说："跳啊。"

许惟没犹豫就跳下去，钟恒稳稳接住她："你是嫌命长？"

"……"

许惟没有顶嘴，赶紧去看狗。

钟恒看着泥鳅，也不知道这醋到底该怎么吃。

午饭过后，钟恒带许惟上山，临行前让她上楼收拾东西："今晚住山上，晚上凉，带上外套。"

许惟回屋翻了翻，没外套，她带来的全是应季的裙子、短袖，有件棉衬衫算唯一的长袖，只好一起装进包里。

三点出发。公路绕着山，不宽，有几段稍陡，但风景确实好。

这个点上山的人不多，一路空旷，到半山腰花了四十分钟。

山林间有很多路，有宽有窄，树上挂着路牌，指示各个景点怎么走。许惟从中瞥见"木云山庄"，指示牌上写着"前方1km"。

钟恒减下车速，在一栋红房子外找到停车点。那是家酒店，白色漆刷着四个字——红山酒店。

他们要了间大床房。

从落地窗往外看，一片绿，越往远处，雾气越重，像仙境。

许惟打开窗，风迎面吹来，全身上下钻一遍，凉飕飕的，看来晚上温度一定更低，她拿出衬衫套上。

钟恒看了眼："就带了这个？"

许惟说："没外套。"

"这是山腰，晚上更冷，到山顶你熬不住。"他皱眉说，"待会儿买件衣服。"

"这里能买？"

"嗯。"

钟恒说的是一条小街。

他们找到一家服装店，店里的衣服款式多样、长短不同，厚的薄的都有。许惟还在看，钟恒已经拿起一件灰色长款开衫。老板娘抓住机会推销："帅哥好眼光，姑娘这么瘦，这款特别修身，颜色也好，穿上肯定美。"

钟恒说："试试？"

"嗯。"许惟直接套上，大小合适，不薄不厚，长度刚到大腿，遮过她的短裤，底下一截长腿又白又直。

老板娘一顿猛夸："特别合适，这腿好看呀。"

钟恒望着那两条小细腿，眼神有点儿深，过两秒，点了下头："挺好。"

许惟说："那就要这个吧。"

"行！"老板娘又推荐，"长裤要一条吗？山上晚间冷得很。"

钟恒说："要一条。"

许惟选了条黑色的，棉麻质地，偏宽松。

她去试衣间换。

钟恒在外头，过了会儿，听见许惟喊他名字，他应一声，问："不合适？"

"嗯。"她在里头说，"腰大了，帮我拿小一号的。"

钟恒让老板娘另拿了一件，走到试衣间外敲门。门开了条缝，光溜溜的大白腿从眼前晃过，钟恒还没看清，手上的裤子已经被抽走，门关上了。

他喉咙发紧，平白咽了一下。

许惟换好衣服出来，老板娘又夸。

两件衣服,一共两百六,山上和山下不同,随便什么都得涨价。许惟正要去付钱,钟恒已经把账结了。

他们随意逛一圈,五点半去吃晚饭。

街尾有店铺和流动小食摊,绕过这条路,有稍大的饭店,再往上走,木云山庄附近还有大酒店,但游客最喜欢的还是小吃摊。

他们吃了一碗手工打面,又去烧烤摊,没想到冤家路窄,碰见了熟人。

钟恒没有注意,端着盘子坐下来,许惟拉他的手,指给他看。那边一大帮人围个桌,吃喝谈闹,严从蔓和卢欢都在,喝啤酒的那个可不就是赵则嘛!

钟恒瞥了两眼:"还真跟她们混了,蠢。"

许惟没说话,看见赵则正乐呵呵地和严从蔓聊着什么。男人的心思不像女人,没那么多九拐十八绕的,很容易看出来。

许惟说:"他好像还是喜欢严从蔓。"

"喜欢有屁用!人家没给他半点机会。"钟恒喝了口啤酒,"需要人帮忙就找他,平常没半个电话,这能有戏?"

许惟问:"怎样叫有戏?"

钟恒捏着酒瓶,抬眼看她一会儿,说:"像我当年追你那样。"

什么样?

平常不理他,他一有事,她总归都在。

六点多,天擦黑,山风更大。

两人沿路往上走,经过山上最豪华的和风大酒店,往前不到五十米便是木云山庄。这是灵町山私人庄园中的标志性代表,历史不算久,以前是栋可有可无的旧楼,被人买下重修过,原本打算建成度假酒店,后来禺溪大开发转了几回手,现在所有权在成越集团副总李越名下,已经变成纯粹的私人度假疗养场所。

山庄外表并不奢华,甚至有些低调,普通的白墙,建筑风格也无甚特别,但占地面积不小,前后都带花园,有专门的停车场。里头两栋楼,主楼一共四层,三米高的院墙遮住一切,两道大门紧锁,普通游客无从窥探。

许惟仰头往上看,那楼里隐约有些灯光,风吹得周围的树影不断摇晃。

钟恒看出她对这园子有兴趣,和之前的事情联系联系,他心里早猜出几分。成越集团已经不只是禺溪的企业,近些年产业延伸到省会江城,投资房地产和医疗器械,比较有名的项目是江城高新区的娱乐城。那里曾发生过一起集体斗殴事件,当时特警队出勤,钟恒有些了解。

至于成越集团,早年名声不太好,有传闻说是黑道起家,到现在这两位老总手里洗白了,据说已经断了黑关系,在政府那边搭上路子,有望跻身良心企业行列。

而这木云山庄算得上成越集团的后花园，能进园消遣的都是人物，再不济也得是新兴暴发户。因这缘故，即便园子外观低调，也依然小有名气。

引人注目的后果有利有弊，譬如两年前有人匿名举报园内有不法勾当，禺溪警方调查后表示纯属造谣。

钟恒随意琢磨两遍，已经确定许惟这趟不是纯采风，十三号在丰州第一天碰面，得知赵队让他照应的人是她，他就已经生疑。

在禺溪城里，她哪儿也没去，只去了成越能源公司，现在又是这山庄，有一点很清楚——她跟成越集团有些交集。

再想想她以前的工作……这回八成是来找黑料的。她至今一句不提，要么是对他不信任，要么是觉得没有必要——查完就走，不需要和谁交代。

钟恒盯着她的后脑勺，裤兜里的手攥了又攥："这园子好看？"

许惟转过头，说："一般。"

"那你看这么久？"

"不是挺有名吗？"

"那点虚名不够吸引你。"

许惟笑道："你好了解的样子。"

这时，开门的声音传来，许惟转头去看，一辆垃圾车从园内开出来，上路走了。

灵町山有专门的垃圾处理站，每日有人上门收，再统一拖过去，而这座园子竟有专用的垃圾车上山来收。

"连垃圾都区别对待，真像皇宫。"许惟感叹。

钟恒说："你想进去？"

"不想。"许惟说，"去山顶看看夜景。"

说是"山顶"，其实并非灵町山真正的顶峰，而是山上最有名的一处观景台，游客喜欢在那儿看日出日落。

往上走五百米，平路没了，全是石阶，爬半小时还没到，路上行人稀稀疏疏，等到天黑透，树枝上的灯亮着，一路柔光。

路越来越陡，许惟扶着栏杆喘气，回头一看，钟恒没事人似的，呼吸照样稳当当的。

这就是人跟人的差距。

"累了？"他走上来，"背你？"

许惟拒绝："不用。"

"客气什么。"钟恒转个身，背上是她的背包，他拿下来挂到手臂上，膝盖弯下，后背给她。

等了两秒不见人上来，他回过头，瞧见许惟一张笑脸。她拍拍他的屁股："心领了，哪天腿断了再劳烦钟少爷。"

许惟调戏完，拔腿就走。

钟恒站直，咬了咬牙，盯着那背影笑出一声。

观景台的亭子里已经聚了一些人，大多是看完日落还没走的。这处无遮无挡，大风呼呼地吹，好像长一双翅膀就能飞走似的。从栏杆往下看，近处乌泱泱一片黑，远处灯火点点，亮光小得像萤火虫。

等到更晚一点，看日落的那一拨人陆续下山，周围嘈杂声渐小。

钟恒悠闲地坐在长凳上看着前头栏杆边的身影，她的头发被风吹得胡乱飘舞。

这夜晚很美，而他不必像从前赶时间，晚自习后带她偷溜出去，到桥上看湖景，就一个钟头，还要减去路上来回花费的二十分钟，赶在十一点半宿舍关门前送她回学校。

那时，他每回都将车骑得飞快。

两人在山上坐到很晚，直到山下灯火熄掉大半才回到酒店。

许惟的脸庞吹过风，泛着青白，她在电梯镜里看到自己的样子，揉了揉脸。

钟恒问："你是不是贫血？"

许惟："嗯？"

"嘴唇总没血色。"

许惟对着镜子看了一眼，确实是。

"是不是很难看？"她说。

钟恒没回答，反问："因为经期？"

"可能吧。"

爬山很累，进屋第一件事是赶紧到沙发上"瘫"一会儿，许惟让钟恒先洗澡。她躺了一会儿，吕嘉打电话来了。

许惟来了五天，微信没登过，微博也不用。

吕嘉忍了几天憋不住了，一开口就噼里啪啦一通数落。

许惟听完，愣了愣才"哦"了一句。

吕嘉恨铁不成钢："你不要懒成这个样子！拜托你活得像个偶像好吗？发条微博跟读者朋友们互动下啊，发点山山水水、风光美景，多好的圈粉机会啊！采风可不是与世隔绝，你不愿曝光以前的身份，我尊重，那你总得好好经营这个笔名吧。"说到后头忍无可忍地来了句威胁，"再不宣传宣传，我就要去爆料帮你炒作一把了，题目我都想好了——'新锐作家某某某居然是曾经的风云记者'，够有话题度吧。"

"……"

许惟斟酌一会儿，说："等我回来，行吧。"

吕嘉皱眉："你啥时回来？没有乐不思蜀？"

"没有。"许惟想了想，说，"下个月怎么也该回来了。"

吕嘉算了算："那还有半个月。"

"对。"

"那到时不拖稿成吗？"

"嗯。"

"那OK，先饶你。"吕嘉谈完正事一秒换画风，"怎样，亲爱的，遇到喜欢的'汉子'没？"

许惟差点适应不了："没有。"

"一点点冲动也没有？"吕嘉一向开放，"旅途中最期待的难道不是这个？就没哪个男人让你不顾一切？"

许惟："……"

这话要怎么接？

吕嘉讲道理："许小姐你不能总是这样封闭自己啊，外头的世界多美好……"

话没说完，陡然听到电话那头有道男声喊："许惟。"

吕嘉一惊。

许惟捂住话筒："怎么了？"

"洗发露有吗？"酒店备的是那种玫瑰香型的，味道浓得呛人，他忍不了。

"等一下。"许惟边走边对吕嘉说，"我挂了。"

那头吕嘉笑得不行："我的天，学会骗人了啊，还说没男人？行了行了，不妨碍你了，再见。"

许惟带的是旅行套装，她把小盒子拿过去。钟恒裹着浴巾，头、脸和上半身都是水，他湿漉漉的手掌带着水珠，在她指尖碰了一下。

"你刚刚在打电话？"他抹把脸，眼睛湿黑。

"嗯。"许惟光明正大地看了眼他的胸口，那里的皮肤被热水烫得微红。

十一点，两人都收拾完。床很软，钟恒摊着身体躺成个"大"字形，长手长腿占去大片位置，许惟拿脚踢他："少爷，让让。"

钟恒抓住她的脚，软软小小的一只，他的大手掌一搓，许惟打了个战，她怕痒："快放开。"

钟恒不听，捏着一阵乱摸，手指刮过她脚心。许惟痒得不行，用力踹了一下。

钟恒闷哼一声，扑过来："踹哪儿呢？"

"你自找的。"

钟恒凑近了，低声笑着说："踹坏了你得后悔。"

"不会。"许惟一笑，"换别的就是了。"

十九日

钟恒脸一下冷了，看她半晌："真话？"

许惟不说话，觑着他的眼睛。

他一气，眼就红。

过几秒，许惟转开头，小声说："假的。"

钟恒顿了顿，眼神变了，捧着她的脸给了一顿"教训"。

睡前，两人有一搭没一搭地聊天。

许惟关心泥鳅："晚上没见着你，它不会想吗？"

"让它想呗。"

行，他把天聊死了。

她闭眼睡觉，静了会儿，听见钟恒问："明天想去哪儿？"

"有别的地方？"

"对面山下有民居、农家乐、果园、菜园，再远点都是乡下，有大片庄稼，你想看哪个？"

"……你决定。"

"听我的？"

"嗯。"

许惟渐渐疲倦。

钟恒问："真听我话？"

依然是一声温温吞吞的"嗯"，尾音绕了两下，断了。

钟恒转过头，她闭着眼，呼吸温平，竟然已经睡着。

第七章 /
草席夏夜

　　第二天，他们去了山下的民俗村，附近都是古朴的民居，道路沿着河，钟恒一路开着车。他们在小街的石阶上歇脚，旁边有一溜小摊，卖甘蔗的大爷拿着弯刀削得飞快。

　　许惟看着河对面，那里有家卖糖糕的，热气直飘。

　　钟恒问："想吃？"

　　"嗯。"

　　"等会儿。"他站起身，从桥上跑过去，到了铺子外头，他在热气里回看她，过几秒，目光微微一顿。

　　师傅很快包好糖糕递给他。

　　许惟看他走过来，拍拍屁股站起来。钟恒将她一搂："去车里吃。"他声音不低，话说完就带着她走，脚步不紧不慢，但许惟已经觉察到不对。

　　一上车，钟恒立刻说："有人跟着你。"

　　他启动汽车，沿河开出去，后头很快有辆黑车跟上。

　　天边大朵的棉花云胡乱飘荡，太阳时隐时烈。

　　午后两点，最热的时间，地表泥土被烤得焦干，汽车驶过，扬起一路飞尘。

　　河道转了弯，跟随另一条杂草丛生的羊肠小路流去，而这条大路笔直地往前延伸。一个小时后，大路逐渐变窄，两侧是荒芜的旱地，几座废弃坍塌的土砖房从车窗外疾速飞过。远处山影连绵，正前方视野可及之处毫无障碍物。

　　这一片早在三年前就被政府征去，原定在此建造加工厂房，但项目至今未动，附近村民却已全部搬迁，遗留的只有几个空无一人的废村落。

　　许惟紧盯着后车窗，那辆黑色吉普仍然死追不放，丝毫没有因为跟踪被发现而有所收敛。

　　钟恒也没料到对方如此光明正大，照现在的情形，在甩掉他们之前，很可能

十九日

油量耗尽直接抛锚，但眼前荒地无处躲藏，对方的目的、实力也都不清楚，正面杠上太冒险。

"安全带系上。"他说。

许惟回过头，一句没问，立刻系好。

钟恒打了个弯，将车开进旱地，车轮轧过杂草，迅速往绿树掩映的旧村庄驶去。后头吉普车内的三人看见这一幕，同时一愣。

开车的红毛惊诧："搞什么，那根本不是路啊。还跟不跟，他们这是往哪儿呢？"

后座的黑脸壮汉猛拍椅背："你嘀咕什么，快转弯转弯！"

副驾驶座的瘦子也急了，催命一般："快快快，你当人家傻呢，他们早发现我们了，要甩掉我们。都怪你不小心，那男的简直是豹子眼睛，你就那么晃一下他就逮着了！快跟上，盯丢了没钱拿。"

一听钱，红毛眼睛乌亮，紧急转弯。

旧村空无一人，不比荒地好多少，无人踩踏的地方都是齐腰深的荒草。

村里多是青砖和土砖房，村民迁走后这些房屋无人关照早已损毁，土砖房东倒西歪，只等着相关部门安排推土机过来推平。

吉普开到村口进不去。红毛熄了火，盯着停在烂草堆旁的SUV，问："这是弃车逃了？"

"逃个屁！"瘦子跳下车，"肯定是躲在哪个旮旯等我们走。"

"那咋办？只叫我们盯人，又没让我们抓人。"

"抓人和盯人那不是一样价。"瘦子说，"我们不抓，就守在这儿，他们的车在这儿。"

黑脸男皱眉："不成，真逃了那今天就算盯丢了，这情况怎么汇报？"

"对对对，不能冒险。"瘦子说，"抓了说不定能加钱！"

黑脸男从后备厢取出棍子，人手一根。

三人跑进村，在杂草丛中穿梭，屋前屋后搜寻，转了一圈毫无所得，他们又回到村口，那辆SUV还在。

"找仔细点！"黑脸男一脚踢翻墙边的烂草堆，焦躁地点了一根烟，边抽边说，"我还就不信了。"

另两人往前走，进了旁边的土砖屋搜找。

突然，一声痛号。

红毛和瘦子从土砖屋里冲出，被眼前情景骇到——

"四哥！"

钟恒将膝盖压在黑脸男的后背，两手利落地卸了他的右胳膊，黑脸男疼得直冒冷汗，趴在地上动弹不得。

"敢乱动，他就完了。"钟恒腿下用力，眼睛盯着瘦子和红毛，喊，"许惟。"

草堆后的破缸里伸出一只手，一把推掉上头的稻草。许惟抱着搓好的稻草绳爬出来，钟恒三两下把黑脸男的手脚绑好，熟练地打上死结。

红毛和瘦子看得目瞪口呆。

钟恒摸出碎碗片，抵住黑脸男的颈子："谁让你们来的？"

黑脸男疼得哼哼唧唧，说不出话。

红毛连忙说道："有话好说，千万别动手！我们只是拿钱做事，没想跟你们动手啊。"

"拿谁的钱，办什么事？"碎碗片往前进一分，钟恒眼神锋利，"敢有一句假的，今天你们四哥这命就交待在这儿了，老子杀过人、坐过牢，什么都不怕。"

瘦子一看这架势有点慌："大哥，别冲动，我们哥几个就混口饭吃，这活儿是别人给拉的。也不骗你，那人叫孙豪，在明兰街上很有名，道上都叫他'豪哥'，他专门做这生意。有人给钱让我们盯着这位小姐，没让我们做别的，我们昨天才来山上的，要人命的缺德事我们是不干的！是谁找的豪哥，我们真不知道，我们仨都是刚入行的，这才是第三单生意，还不熟练，这回真是误会，大哥您手下留情，求放一马。"

"厉害。盯人盯到我的女人身上，这还是误会？"

红毛都要哭了："大哥，我们以后不做这活儿了，把我们四哥放了行吗？"

钟恒："想得倒美，放了你们，待会儿接着跟？"

"不不不，绝对不会。"

"这屁话能信？"

瘦子也无语："大哥您直说吧，怎么办都行，全听您的。"

钟恒看了眼许惟。

许惟把另一根草绳丢过去："把他绑了。"

"啊？"见钟恒脸色坏了，瘦子立刻改口，"绑绑绑。"说着赶紧绑了红毛。

"还有你。"钟恒站起来，"都绑了，我们才好放心走。"

瘦子不是他的对手，反抗的想法还没冒头，人已经被制住。

三兄弟被捆成一排。钟恒吹了声口哨，拍拍红毛惨白的脸："别让我再看见你们。"

他起身拉着许惟离开。

夕阳西下。

宽土路上，黑色 SUV 在疾驰。

钟恒视线笔直地看着前方，方向盘仍在他手里。上车时，许惟说她来开，他没让，开车这事上他无敌自信，方向盘握上就不会让给她。

其实不必担心，那三个人被绑在那儿，一时半会儿很难脱身，但他依然没减速度。油量已经不足，赶不回山脚小街，更没法回到磨坊街客栈，需要想其他去处。

沿来路往回跑了半个钟头，看到岔道，钟恒拐过去，往前行驶十分钟就看到了村子。

还没到五点，已经有炊烟飘起。一条小路穿过树林，延伸至村口。

钟恒将车开进去，入眼是三间青砖房，只有一层，门口带着小院子，稻谷晒在平地上，旁边几只母鸡正在啄食，一只橘猫跳过来，母鸡花容失色，飞快逃开。

钟恒将车停在草垛旁。

堂屋里走出个老人，穿灰布衣，头发微白，惊讶地看着他们。

许惟过去喊："阿婆。"

老人说了句什么，许惟没听懂，这里方言多，隔座山都有所不同。许惟比画着说："我们车子没油了，方便借住一晚吗？我们可以给钱的。"

老人还是摇头。

许惟正为难，钟恒走过来，跟阿婆讲了几句，对方笑笑，点点头迎他们进屋。

阿婆似乎是独居，一间堂屋，两个房间，厨房在屋外的小间。东边的房间空着没用，阿婆告诉钟恒那是她儿子的房间，儿子出去打工很久没回来，他们可以住这间，但是需要收拾一下，太脏了。

她从床底下拿出草席。

钟恒说："您别跟着忙，我们自己收拾。"

阿婆点头："也好，屋后有水井，到那儿打水用，我去做饭。乡下没好东西，你们随便吃点，别嫌弃。"

"谢谢，麻烦您。"

许惟一句也听不懂，只能站在旁边看他们的表情猜测意思。

阿婆冲她笑笑，对钟恒说了句什么。

钟恒点了点头。

阿婆又看看她，笑着走了。

房间不大不小，水泥地，窗户很小，看得出年代久了，石灰粉过的白墙壁斑斑驳驳，墙角有几道裂缝。屋里家具没几样，一张老式木床，上头铺着干稻草，床后放两个衣柜，窗边有一张旧木桌。

许惟扫地，钟恒拿着草席去屋后水井边清洗，洗完就晾在后头水池上，等他回来屋里已经打扫干净了，床铺灰尘也擦了，许惟却不在。

钟恒走到大门外，见许惟站在厨房门口，正给阿婆比画着什么。她裙子后头脏了一大块，头上还沾着半根稻草，他之前顾着开车没有细看。

阿婆半天不明白，许惟似乎有些急了，边打手势边说："医生，大夫，就是治病的，村里有吗？"

阿婆总算有些懂了，手指向西边方向。

许惟松了口气："谢谢您。"刚一转身，正撞上钟恒的目光。

他靠在墙边，手插在兜里，闲闲地看着她。这个距离，他手臂上的两处烫伤十分醒目，那是和黑脸男纠缠时被烟头点到的。不只是这个，他的后颈、肘部都有刮伤，他的膝盖被碎碗片拉了两道口子，开车时一直流血，许惟拿纸巾捂了一路。

钟恒不讲话。

许惟不想再耽搁下去，伤口发炎就麻烦了。

她直接走了。

村子不大，许惟往阿婆指的方向走，路上问了两个人就找到了村上的大夫家，买了消毒水、烫伤膏，又要了些棉签、纱布和创可贴。

她回去时，钟恒正在帮阿婆收稻谷。一个大高个子拿着把矮扫帚，怎么看怎么憋屈。他弓着背往畚箕里扫谷子，橘猫在一旁玩耍，屋顶有炊烟。

像幅风景画。

阿婆做好了饭，菜摆上桌，喊他们吃饭。钟恒收好稻谷，回头看见许惟。

许惟提着药过去问："要不要先涂一下？"

钟恒说："等下要洗澡的。"

"那洗了澡再涂，行吧。"

他点了头。

阿婆客气，做了好几个菜，都是农家的新鲜蔬菜，还蒸了咸肉。也许是今天太累，许惟和钟恒都吃得比平常多，钟恒足足吃了三大碗饭，阿婆看得直乐："有这么好吃啊。"

"好吃。"钟恒说。

阿婆喜欢听这话："我儿子也喜欢吃我做的饭。"

许惟听不懂，只好闷头吃。

晚饭后，阿婆收拾完就早早进屋休息了。老人家睡得早，阿婆自己也知道年轻人不一样，因此也没有管他们，堂屋留给他们玩。

许惟铺好草席，钟恒正好从井边冲澡回来，他还穿着湿衣裳。许惟一看，赶紧去车里拿了他的衣服过来。

钟恒脱掉上衣，许惟才看到除了刮伤，他的肩上还有两块青肿，手臂上也有，可能是在墙上撞的。

"给你涂药吧。"她说。

十九日

“嗯。”

钟恒在床上坐下，十分配合。

许惟往他伤处涂消毒水，从后颈到背上，直到手肘也涂完，才去处理膝盖的伤口，血是不流了，但伤痕还是猩红的。

许惟捏着棉签，动作小心翼翼。

“这个用不用创可贴？”她抬头问。

灯光昏黄，她一张小脸庞半仰着，眼睛水润漆黑。钟恒抿了抿唇，到嘴边的“娇情”两个字硬生生咽下去。从前训练、出勤不知受过多少伤，这点小擦伤对他而言不算啥，但现在，面前这女人眼里有着确确实实的担心，他那一句“老子没那么娇贵”怎么都吼不出来。

默然半晌，最后他只是说：“用不着，涂这个就行。”

许惟低头，又多涂了一些。

帮他都弄好，她才去拾掇自己。

阿婆睡前拿了没用过的木盆给她，有两壶热水，钟恒已经拎了一桶凉水放在堂屋，她简单洗了澡。月经已经经了，所以也没有不方便，她每回都这样，血量一直很少，最后一天几乎只是零星，晚上就彻底干净。有回体检，让中医把过脉，说是宫寒，以后会影响怀孕的，但许惟一直没在意，也没那份闲心去调理这个。

回屋时，听见钟恒在给赵则打电话，叫他明天带油来接。

许惟先上床，坐在凉席上摇着蒲扇赶蚊子。乡下楗被好，夏天最烦人的就是蚊子，这屋没人住，连蚊帐都没有。

钟恒打完电话过来，额上一层汗。

许惟问：“热吧？”

“还行，能忍受。”他躺上来，长腿一放，床都显得小了。

许惟坐着没动，手里蒲扇换了个方向，轻轻摇着，凉风全落到他脸上。钟恒闭着眼，耳边是扇子摇动的声音，零星的蚊子声，还有遥远缥缈的蛙鸣。

不知过了多久，扇子声停了，蚊子叫得更大，蛙鸣还在。

一道呼吸近了。

他鼻尖一热。

她软软的唇亲在那里，留下一点薄荷清香。

钟恒呼吸微微一窒。

许惟退开，继续摇扇子。

钟恒睁开眼看着她，唇动了动：“你今天对我格外好。”

许惟不说话。

钟恒眼睛里蕴了笑，捉着她的手一拉，扇子甩远，他一下将她搂到胸口：“那就再好一点。"

许惟来不及讲话，钟恒没有给她任何迟疑的机会……

"钟恒……"求饶的话压在舌底。

………………

时间过得无知无觉。

许惟的头脑越发不清晰，钟恒呼吸闷重短促，压抑的一切持续累积，在最后一刻延至顶峰，血液冲向一处，再难控制。

完全释放时，他搂紧怀里几乎痉挛的女人。

白炽灯晕出昏黄的光圈，几只飞蛾无畏无惧地瞎绕。

许惟扯了扯身下湿泞皱巴的 T 恤，钟恒捉住她的手攥进掌心。

他脑袋挪到她颈后，喑哑着声说："我忘了。"

"……什么……哦。"她知道了。

"……"

沉默了会儿，许惟说："没事。"

身后没回应，那道呼吸仍然在她颈边。

许惟盯着乌漆漆的床棱，过了一会儿，感觉到被他抱紧了。

赵则要送严从蔓下山，下午才能来。

钟恒得知这消息时一边愤怒地骂着"狼心狗肺，见色忘友"，一边拿着竹耙给阿婆晒谷子，翻一耙子骂一声。

许惟坐在小凳上笑得喘不上来气。

钟恒抬头剜她一眼。

许惟抿着嘴坐稳，给他竖大拇指："晒得真好。"

早饭后，阿婆去村长家开会，钟恒和许惟去附近玩。今天天气不如昨天，早上太阳冒了头，这会儿时有时无。

他们上一次到乡下玩还是高中，高二春游，一帮小孩带锅、带米到山上野炊，走过田埂和堤坝，在大坡上放风筝。

许惟的风筝是钟恒做的，他上学上到高中功课越来越差，只有体育和手工从小学一直好。他做的风筝是只老鹰，巨无霸型，一只抵人家三只，占了好一片天空，霸道得就像那时候的他自己。后来一整个春天，班上男生群掀起扎风筝热，还得扎得大，飞在天上能把别人的比下去。

那只风筝被许惟放进纸箱，毕业时搁在外婆家的小屋里，准备以后来拿，现在已经不知去向。许惟走在田埂上想起这些，回头说："你还会扎风筝吗？"

"会。怎么了？"

许惟往前走："你给别人扎过吗？"

"没……"他的声音停下，"给平安扎过。"

"哦。"

"被她弄丢了。"

许惟没停脚，说："我的也弄丢了。"

钟恒愣了下，没接上话。

许惟抬头看到荷花，转头指给他看："看到没，那边有个水塘，也许能抓到鱼给阿婆做菜。"

钟恒好像听到笑话似的："你能抓到鱼？"

"可以试试。"

羊肠一般的细窄田埂，许惟走得飞快。两旁是收割过的稻田，一茬茬枯黄的矮桩，她穿着那双浅口鞋，杂草从脚腕刮过，留下零星的泥土。

钟恒一直看着。

许惟回头喊："你快点。"她几乎小跑起来，裙角飞得像麦浪。

钟恒搞不明白："你跑什么，鱼也不等你。"长腿几步一跨，三下两下跟上她。

水塘在林子旁边，塘边半圈是树，另外半圈是大片大片的野生茭白草。这是个无人打理的荒水域，塘里除了漫天生长的水草，还有其他丰富的植物，有荷花荷叶，水面漂着野生的腰菱菜。

许惟站在塘边使劲儿看，没看出什么，又蹲下去，拨开水草，往底下看，钟恒在一旁说风凉话："鱼呢，在哪儿？"

许惟继续拨拉着水草，拿树枝拂出一大片清澈的水面，一只绿绿的大青蛙猛地跳过去，她吓了一跳，往后缩了缩。

钟恒乐得一屁股坐到地上，许惟扭头白他一眼："待会儿午饭你别吃鱼。"她起身捡了根结实的长树枝，脱掉鞋，提着裙子蹚进水塘。

"喂！"钟恒不笑了，噌地爬起来，伸手拉她，"赶紧上来。"

"这水根本不深，底下都是草。"许惟用树枝戳给他看。

钟恒无语："行了，别想着鱼了，我带你弄点好菜。"他不跟她商量，鞋一脱，下去把人抱上来，"跟我来。"

"去哪儿？"

"不会卖了你。"

钟恒捏着她的手。

两人拎着鞋，赤脚绕到水塘的另一边。岸边有个陈年旧草垛，旁边攀着一丛忍冬花，白白黄黄，飘着淡香。许惟看着水里绿油油的大草："这个能吃？"

钟恒说: "把鞋穿上。"

钟恒先下去，从大草中踩出一条路，回头喊: "过来。"

许惟穿好鞋走上去。

钟恒说: "你看着。"他选了棵茭白草，蹲下来剥开几层草叶，把里头白嫩的心儿扯下来，递给许惟，"这个总见过吧。"

许惟惊奇: "茭笋?"

钟恒笑一声: "还不算笨。"

"茭笋是这样长出来的?"

"不然呢。"他已经蹲下剥第二棵，"尝尝。"

许惟咬了一口，很脆很甜。野生的都很小，几口就吃完。她跟在钟恒后头，学着他剥掉草叶。

钟恒瞥她一眼，说: "选嫩的，老的难吃。"

"哦。"

许惟成功地剥好第一棵。

钟恒往前走，提醒她: "有水，别摔下去。"

"嗯。"许惟全程听话，一路跟着他在茭草丛中穿过去，专选嫩白的茭笋采剥，半个小时两人采了一大捆。

太阳又冒出头。

到了尽头，两人坐在茭草上休息，一人吃一根茭笋。前边是开阔的水面，钟恒随手扯了片大荷叶盖在许惟头上。再远点儿，荷花立在水面上，被太阳照着。

许惟脱下鞋放到一边，脚伸到水里。

钟恒问: "不凉?"

"还好，温的。"许惟扭过头，咬了口茭笋，看见太阳照在他头上，汗珠都闪光。

"你不戴片荷叶?"

钟恒说: "懒得戴。"

"为什么?"

"不够帅。"

"……"

许惟说: "幼稚。"

钟恒睨着她，眼里荡着笑。那片绿荷叶在她头顶晃悠。

"像只青蛙。"他笑着，"漂亮的青蛙。"

许惟吃完茭笋，说: "我摘荷花给你。"她一只手揪着茭草叶，另一只手伸长，在水里扯了朵荷花，放他手边。

钟恒拿起来看两眼。

许惟看不惯他那一脸妖娆的笑，分分钟祸国殃民："矜持点啊，少爷。"

钟恒笑得更欢。

许惟觉得再看下去要出事，她转回头，盯着水面，脚在水里踢出一串水花，身旁忽然一热，他毫无预兆地靠过来，头钻到荷叶底下："你想亲我。"

"没有。"

"你舔嘴唇了。"

"我嘴巴干。"

"你嘴不干，你嘴硬。"

许惟推开他的脑袋："别自恋了。"

钟恒又是一阵笑，不是以往那样，这回毫无克制，几乎是大笑了，清朗干脆，前方两米处的一只青蛙都被惊走了。

许惟说："别笑了，人家会以为塘里闹鬼。"

"没这么帅的鬼。"许惟无语，觉得他好像一秒回到高中，骄傲得无所顾忌。

"安静点，要把人引来了。"

"引来又怎样，没做见不得人的事。"他挑眉，黑沉的眼睛望住她，"还是，你想做点什么？"

得，这回不仅是骄傲了，还浪回了从前的水平。

许惟无话可讲。

钟恒哼了声，将她一拉，带到怀里："都暗示半天了，你没点觉悟？"

绿荷叶掉了下去，许惟要捡，钟恒捉住她的手，脸凑过去："亲我。"

许惟："昨晚没够？"

"够什么。"钟恒冷笑，"这么多年，多少个晚上，你高考数学一百四，算来看看。"

许惟推他："别闹，这地方不行。"

"没让你做什么。"他将她搂紧。

许惟盯着他，几秒后，在他的脸颊上亲了下。

钟恒不满意："地方不对。"

许惟忍无可忍，咬咬牙，对着他的嘴唇亲一下。钟恒唇一勾，直接吮住她，好半天才放开她，她的脸都憋红了。钟恒把人搂着不放，腾出一只手扯了片大荷叶，盖在两人头上。

青蛙一直叫。

过了会儿，他低声说了句："我到现在都觉得在做梦。"

这句话说完很久许惟都没有声音，钟恒也不指望她讲什么，淡淡地问："你有没有想过我？"

许惟额头贴着他颈部，点头时只有轻微的动作。钟恒似乎满意了，轻轻地笑了一声。

云遮过来，太阳暂时躲了起来。钟恒摘下头顶的荷叶丢在身后，另外扯了两片，也铺在那儿。

"我睡会儿。"他躺下去，手垫在脑后。

许惟脚在水里放了太久，他说："泡皱皮了，拿上来晒会儿。"

许惟抬起脚搭在茭草上，问他："你昨晚没睡好？"

"你说呢？"钟恒眼睛闭上，黑长的睫毛合到一起。

许惟看着他的脸，说："太累？是体力不够？"

"开什么玩笑，"他没睁眼，嘴角翘了翘，"是欲求不满。"

"……"

问他问题简直是给自己挖坑。

"那你睡吧。"许惟丢下一句。

哪知道钟少爷并不消停，懒洋洋道："跟我说话。"

"说什么？"

"随便。"

许惟从旁边剥出一根茭笋，边啃边说："你怎么知道弄这种吃的？"

钟恒："心灵手巧。"

"……"许惟啃了一口，死活不接这话茬。

过了会儿，钟恒正经答了句："我姐以前老去采这个。"

"所以你跟着去？"

钟恒"嗯"了一声。

"担心她？"

钟恒皱眉："我是去玩。"他讲完这句就闭上了嘴。太阳又冒出来，光落在他脸上，从额发到唇周极短的胡楂都染上一层淡淡的亮金色，黑睫毛轻微地颤了下。

许惟赤脚踩着茭草，挪近。

钟恒睁开眼，微怔："做什么？"

许惟把手里的荷叶递给他："盖脸上。"

"不用。"他侧过身，脸换了个方向。

许惟把荷叶放下，说："你跟你姐关系好像一直很好，你们打过架没？"

"打过。"钟恒抬了抬眉，"都是她打我。"他语气很淡，没什么耿耿于怀的意思。

许惟想起钟琳讲过的，说："因为你不听话？"

钟恒点头："差不多。"他回忆钟琳打他的理由，"抄作业，跟老师顶嘴，欺负同学，揪女生的辫子……"

"揪女生的辫子？"

"嗯。"

"是够恶劣。"

钟恒笑道："所以我姐拿柳树条抽我。"

"疼吗？"

"还成。"钟恒说，"我看她抽得挺高兴，就没躲。"

许惟无语："你还挺骄傲？"

他笑了，眼睛半弯。

许惟蹭了蹭小腿上的泥点，说："我姐也打过我。"

钟恒顿了一下，记起许惟以前说过她有个姐姐，但她很少提及，印象中大概只说过一回，几乎一句带过，他都差点忘了。

他说："你以前讲过，你们的关系不好。"

许惟："对。我们小时候总打架。"

"因为什么打？你也不听话？"

"嗯。"许惟说，"我妈说她身体不好，叫我让着她，让多了我就会烦，肯定要打起来。"

钟恒："谁赢？"

许惟："我。"

钟恒笑了声："现在呢，你们怎么样？"

"老样子。"她也笑，"不过不会再打架了。"

许惟看看天，说："回去吧，阿婆可能要做午饭了。"

"嗯。"钟恒坐起来，拎起一捆茭笋，将那枝荷花也捡到手里。

茭笋确实是道好菜，阿婆看到那么一大捆，很是惊喜，决定拿咸肉炖一锅，再另外炒几个家常菜。

许惟到屋里收拣衣服，钟恒闲得无事，去厨房帮忙烧火。这种土灶他小时候住乡下也用过，那时钟琳做饭，他也会去帮忙。许惟过去时，他正坐在小凳上往灶膛里丢柴草，通红的火光映在他脸上。

这两天，真是有幸见识了钟少爷种种接地气的形象。

勤快的小伙子最受老人喜爱，阿婆见许惟过来，盖上锅盖，到她面前一顿夸赞。许惟虽然听不懂，但看钟少爷脸上欠嗖嗖的笑就知道阿婆讲的肯定是好听的话。

菜炒好了，阿婆盛饭。

许惟端菜盘子去堂屋，刚摆好，钟恒端着饭来了。他放下饭碗，说："刚刚听懂了？"

许惟抬头，钟恒正低头拉椅子："阿婆讲的。"

"她在夸你。"

"夸什么？"

"没懂。"许惟正在分筷子，头也不抬地说，"别卖关子，她说的是什么？"

钟恒走到她身旁，弯腰拎出桌底的板凳："说你跟着我能享福。"

许惟手停住。

钟恒放下板凳出了门，阿婆端着汤盆过来，他半途伸手接下，刚进门，外头传来汽车喇叭声。

一辆灰色汽车开到草垛旁，车窗开着，赵则的大脑袋探出来："钟恒！许惟！"

钟恒瞥一眼，骂道："来得还真巧。"

赵则也没料到运气这么好，刚好赶上一顿午饭，地地道道的农家菜可不是每天都有机会吃到的。

吃完饭他们没多留，临走时留了点钱。阿婆愣是不收，多亏赵则能忽悠，几句话一说就给阿婆塞进手里了。许惟惊叹地看着，觉得跟他一比，钟恒显得木讷老实还嘴笨。

十九日

第八章 /
我会给你交代

回程顺利，到客栈时只有杨青在前台，平安带泥鳅出去玩了，钟琳也不在。

许惟直接上楼。

赵则占了钟恒的屋子，背包一丢，呈"大"字形躺到床上。

钟恒踢他一脚："自己开房间去。"

"反正你也不住。"赵则懒得动弹，"我眼不瞎，瞧你那春风得意马蹄疾的样儿，你俩肯定睡了，晚上你还不得上楼去？"

"那你也别想睡我这儿，隔壁有空房，叫杨青开一间。"钟恒走去洗手间。

"我去！"赵则一个鲤鱼打挺从床上蹦起来，两眼发亮，冲着洗手间吼，"真睡啦？"

"你吼什么。"

钟恒将一块肥皂砸过来，赵则立刻一趴，险险躲过一劫。

钟恒打开水龙头洗脸，赵则奔过去，压低声音，压不住兴奋："我的天，真的假的？和好了是不是？"

钟恒指着床："睡你的觉。"

赵则哪里忍得住激动之心："记得吧，当年说过，你儿子得认我做干爸！"

"……"

钟恒忍无可忍，一巴掌拍他的头上："滚远点。"

赵则摩拳擦掌，扒着门死活不走："这么多年，我可总算撮合成一对了，你有点良心成嘛，你要是不答应，我去找许惟说，看在老同学的分上，我给她儿子做个干爸总归没问题！"

钟恒眼神冷掉："我警告你，少在她面前乱说。"

赵则迷糊了："你这什么态度？你俩和好，这多好的一件事，你怎么没点喜气的样子。"

"不是你想的那样。"

赵则："什么意思？你俩没好，那……只是睡一睡？"

"不是。"钟恒抹干脸，扔下毛巾。

赵则跟着他："说啊，有啥事你讲清楚，咱商量商量。"

"我自己会解决。"

赵则一愣："还真有事？"

他还想再问，钟恒已经开了门："我去趟城里。"

五分钟后，车开出磨坊街，钟恒拨通了宋小钧的电话："下班有空吗？嗯，找你喝酒……对了，先陪我到明兰街跑一趟。"

吃晚饭时没见到钟恒，许惟从赵则口中得知他去了城里。一旁的钟琳奇怪道："他晚上跑城里干什么，也没跟我说一声。"

赵则扒着饭："他啥也没说，就这么一句，走得匆匆忙忙的，可能买啥东西去了。"

许惟也没多问。

饭后，许惟过去教平安写字，练了两页纸，平安着急打开日记本："先写日记成吗？我妈明天检查，我还有三篇没补上。"

许惟惊呆："日记……不是每天写？"

"哪有那么多事写啊，我妈非要逼我写这个写那个。"平安惆怅，"可是一天过得太快了，我都没玩什么就过去了。"

她摊开本子，先补上每页的日期。

"7月17日、7月18日……"她边写边念，"今天是7月19日，好了。"

接下来是漫长的苦思冥想，许惟在一旁看她的语文书。平安好不容易憋完三小篇，许惟检查了下，好多错别字。

"改一下错字。"

平安不乐意："今天已经好晚了，我们看会儿电视，你明天再教我。"

"明天没法教你。"

"为什么？"

外头院子里，一道身影进了客栈大门，又回头走出来，上了阁楼。

平安不大明白："为什么明天不能教我？"

"我明天得走了。"许惟哄她，"你把这个改完，我们就……"

话没说完，木门就被推开，钟恒走进来。他手里拿了个风筝，是只鹰，很大。

"你刚刚说什么？"

许惟没料到他突然回来，她转过头，视线落在他手里的大风筝上。

十九日

红脑袋、黑翅膀、黄眼睛、绿嘴巴，一模一样的大鹰，巨无霸型，招摇风骚，太引人眼球。

平安圆溜溜的眼睛几乎闪出光："啊，好大的风筝，是给我的吗？"

没人应声。

平安蒙蒙地喊："舅舅？"

钟恒站在那儿，隔着两三米的距离，他出奇地平静："你再说一遍。"

那目光笔直凌厉，许惟无从躲闪。

"我明天该走了。"她说。

"东西收拾了？"

"嗯。"

"跟我姐说了？"

"等下说。"

平安已经发觉不对劲儿了，脑袋转来转去地瞅着他们。

屋里静了一会儿。

"行。"钟恒点了下头，看她几秒，笑了，"我呢？你打算怎么安排我？"

许惟捏着平安的日记本，指尖青白。

"问你话呢。"他唇角勾着，笑得眼角发红，"装什么哑巴？"这一句几乎是吼出来的。

小木楼震了一震。

平安吓坏了，噌地站起来，小手直摆："别、别吵架呀。"

平安其实挺有眼力见儿，这几句话她虽然听得懵里懵懂，但脸色还是会看的，这架势，舅舅铁定生了好大的气。她瞅瞅钟恒，吓得不敢过去，只好去拉许惟的手，小声地央求："许姐姐，我舅舅生气了，你快哄哄他吧。"

她扯着许惟的胳膊，黑眼睛眨呀眨，卖力地使眼色——

赶紧说点好听的话呀，夸他帅夸他聪明夸他的大风筝好看呀。

许惟手心出了汗，她牵住平安，站起身，安抚道："没事，没吵架。"再抬头看着那人，"我们出去说。"

脚还没动，钟琳上楼来了，站门口喊："吃夜宵了，都下来吧！"

平安如遇救星，小短腿飞一般地跑过去："妈、妈，等等我——"

钟琳奇怪，回头看了一眼，觉得屋里的气氛古怪："怎么了这是？"

平安抿着嘴直摇头。

钟琳进屋，看了看那两人，心知肚明地笑了声："……吵架啦？"瞥瞥钟恒，"摆张臭脸干什么，有什么事不能好好说，你那脾气收收，有啥事吃了再说。"说完拉着许惟往外走，"走了，先下楼吃东西去。"

后院已经摆好一张长桌，烧烤、西瓜、啤酒都有，还有几碟下酒菜，盐水花生、鸭脖、凤爪。杨青在摆盘子，赵则看了看："都是啤的，真没劲儿，我整瓶白的来。"

平安奔过去，看到好吃的什么都忘了，只顾欢呼。

钟琳拉开椅子，对许惟说："坐这儿。"

赵则到前台拿了瓶酒，见钟恒拿着风筝进来，立刻又加了一瓶："我就说这大晚上你拿个风筝送人家太奇怪了吧。赶紧的，许惟都过去坐着了，我明天就回丰州，今晚咱俩喝痛快点儿。"

钟恒随手把风筝丢在墙角，去了后院。

许惟坐在钟琳旁边，杨青坐在对面，赵则很自觉地把许惟旁边的空位留给钟恒。

钟琳拿了个大肉串放在许惟的盘子里，说："你别老吃花生了，肉也吃点，你太瘦了。"

许惟说："谢谢。"

"客气什么。"

许惟想了想，说："琳姐，我明天……"

"吱呀"一声响，有人一屁股坐到她身旁的竹椅上，遮掉一大片灯光。

赵则递来半碗酒，钟恒接了。

平安喊着要吃鸭脖，许惟夹了一个递过去。

身旁的人端着碗喝酒，靠得近，许惟几乎都能听到他喉咙吞咽的声音。

赵则一惊："你这怎么就灌进去了，一大碗呢。"

"废什么话？"钟恒把空碗放过去，"不是明天要走？给你饯行。"

"嘿，你还懂事了，"话是这么说，但赵则没敢再给他倒白的，拿了瓶啤酒，"来，换这个喝喝看。"

钟琳懒得管他们，倒是对面的杨青有点担心地说："钟恒哥，你们少喝点，要难受的。"

赵则接了话："没事，就喝这么一点。"他喝到差不多就歇了，吃肉吃菜。

平安和杨青已经开始吃西瓜。

前台的小赵和做后勤的另一个小伙忙完了，也过来吃。

钟琳帮许惟拿了一块。

许惟看了眼左边，钟恒还在喝酒，那只大手攥着酒瓶，几乎没放过，他手背上有条显眼的红痕，是新伤，像是竹签刮的。

许惟想起那只五颜六色的风筝。

他又拿起酒瓶，那道伤在她眼前晃。

许惟无意识地抠着裙角的线头，抠到第三下，她攥住钟恒的那只手，小声说："吃点菜吧。"

钟恒顿了顿，细白的手指贴在他手背上，一白一黑，一小一大，对比鲜明。许惟将酒瓶抽走，夹了几片凉拌木耳放他碗里："你尝尝这个，很好吃。"

这一幕恰巧被赵则看到，他笑着凑近："还有人给你夹菜，爽吧？"

许惟又夹两片脆笋放过去："这个也不错，你不是喜欢吃笋吗？"声音更小，几乎是在哄他了。

钟恒没动，但也没再去碰酒瓶。许惟最后拿了片西瓜放到他面前，靠近了说："别跟我生气，行吗？"这一句只有他能听见。

钟恒不应声，也不看她，过了会儿，他默不作声地拿起筷子吃菜。

夜宵吃完，时间已经不早，场子散掉，大家各自回屋洗漱，平安走的时候顺手牵走了躺在树底下的泥鳅。许惟把西瓜皮丢到垃圾桶，回头一看，钟恒还靠在椅子上，没有要回屋的意思。他喝了太多酒，似乎有些疲倦，闭着眼，脸庞泛着淡淡的红。

许惟过去擦桌子，擦到钟恒那边，他突然说了句："你还没回答。"

许惟转过头，他不知什么时候睁开了眼，眸子和脸一样泛着红："你打算怎么安排我？"

他今天第二次问这个问题。

许惟顿了一顿，把桌子擦完："去屋里说行吗？"

钟恒看她一眼，起身走了。他回了自己住的那间，许惟跟进门，这是她第一次进他的房间，这间屋小而简单，干干净净。

钟恒坐到床上，摸了一根烟点着，停了下，又掐灭扔进垃圾桶。

他的脸红得太厉害。

许惟说："你喝太多了。"

钟恒抬眼："你心疼？"

"当然。"

钟恒直勾勾地看着她，半晌笑出一声："你真心疼，还是拿老子当'鸭'？"

许惟皱眉："你注意点用词。"

钟恒："哪个词不对？看我年轻力壮，还长得好，比较厉害，是吧？"

"钟恒！"许惟脸通红，胸口起伏。

她这些天一贯是那张脸，平静得像没感情，这回被气成这样，钟恒第一次觉得她真真实实。他起身走近，眼睛愈红："不是我听到，你都不会通知我是不是？"

"说够了？"

"没。"钟恒低着头贴近，嘴角翘着，"昨晚舒服吗？还要不要……"

话没说完，他已经被推倒，许惟气极，扑到他身上，捧着他的脑袋堵住他的嘴。这一连串动作迅速敏捷，其实毫无章法，她只是被刺激狠了，亲吻毫无技巧，只是最原始的啃咬，她在他嘴里尝到淡淡的酒味儿。

一顿折腾下来，她把自己也憋得快窒息。她趴在钟恒颈间气喘吁吁，混着含混的字音："浑蛋。"顿了顿，低低地说，"不是那样。"

钟恒被她亲得糊里糊涂，脸庞烧得难受，听见这么一句，他一时都没反应过来："什么？"

身上人没了声音，只有不太平稳的喘息。过了好一会儿，她低声说了句："我没拿你当那个。"

"……"钟恒终于想起来她在说什么。

许惟抬起头，盯着他的眼睛："我只是在想怎么跟你说。"她的语气淡了，"钟恒，我没那么浑蛋。"她脸庞还是红的，鼻尖有汗，眼睫微微颤动。

钟恒一时无言。

许惟看着他："我说的都是真话。"

钟恒喉咙动了动，"嗯"了声："我没觉得假。"

许惟又说："但你问我怎么安排你，我没法安排。"

钟恒听到这句，难得没炸，只问："那你怎么想的？"

"我有件要紧事。"许惟说，"我不想骗你，钟恒，我不知道后面会怎样。"

"跟你这一趟来有关？"

"嗯。"

"和成越集团有关？"

许惟顿了下，点头。

"昨天跟踪你的人，是不是也有牵扯？"

"我不确定。"

"会有危险？"

"嗯。"

钟恒沉默了好一会儿，捧起她的脑袋："还想要我吗？"

许惟差点条件反射地"嗯"了声。

没料到他最后一个问题是这个，她破天荒地有点无措。

屋里没什么声音，床头柜上有个破钟，旧到快坏的那种，以前放在客栈前台，后来被钟琳嫌弃了，淘汰下来放到这个房间，摆在同样泛旧的床头柜上，不惹人注意，但现在四周一安静，那钟走动的声音就格外清晰，莫名地给人压力。

钟恒好像把耐心都耗在这个问题上了，他松开她的脸，把她的脑袋摁在心口：

"给你五分钟，多了不行。"

这话相当耳熟。

那年他也是这副德行。高二一整年，许惟每晚下自习都负责锁门，那天晚上林优不在，许惟一个人留着，等教室里的人走光了才关灯锁门，没想到钟恒那晚在楼梯拐角等着。他筹资买了一身新衣裳，头发刚剪过，干干净净，还带着香味儿。许惟看一眼，脚就走岔了，串了一级台阶。

等她走过去，他没什么铺垫，顶着那头香喷喷的新发型，兜头就来一句："你要不要跟我一块儿。"不等她回答，又补一句，"就五分钟，你站这儿考虑。"

两句话讲得十足张狂，那张帅脸却透着一丝红。

许惟头一次知道他也会害臊。

…………

屋外嘈杂，有晚归的住客上楼，有新来的赶着登记，零零碎碎的声音。

小赵扯着嗓门儿喊："琳姐，我送杨青回去喽！"

"去吧去吧，赶紧的。"是钟琳的声音。

屋里那旧钟还在走着，钟恒的手背忽然一热，许惟捏着他的手指，很快地在他手心画了几笔，她写得很轻。

手心那阵痒消失，钟恒喉头一阵燥热，许惟从他身上爬起来，抹了把汗，低头看他。他没讲话，眼里已经有笑，那眼珠是黑的，嘴唇被她吮过，很红，那脸也红。

刚刚进屋时，他们谁也没开空调，屋里热得要死，他一头汗。看他没有要动的意思，许惟左右看看，说："遥控器呢？"

钟恒从臀后摸出来，递给她。

许惟问："不硌得慌？"

"你推我的。"

"……"

许惟也想起这回事，无言以对。她把空调开了，调到20℃，再看一眼那破钟，已经过了十点。

钟恒关了灯，把许惟拎到身上："明天什么时候走？"

"下午。"

"去禺溪城里？"

"嗯。"

"不回省城？"

"暂时不回。"她停了下，又说，"你回丰州等我，行吗？"

没回应。

他的手掌摁在她的背上，过了会儿，说："那个何队让我照应你。"

"我知道。"

"我跟你一道。"

"不行。"意识到语气太硬，她立刻解释，"会让我有麻烦。"

钟恒不说话了。

许惟抬头："你生气了？"

"没，"他摇头笑了一声，声音微沉，"但有点担心。"

"没事，可能……也没什么危险。"许惟说，"何队会有部署，他也会顾到我的安全。"

钟恒哼一声："他靠得住吗？为什么这种事情让你来做，他们警察呢？"

许惟僵了一下，继而解释："不是你想的那样，这事一直是我在查，我惹上了身，也脱不掉，只能彻底解决。"

"事情很严重？"

"嗯，他们做了坏事，找到证据的话，可能那个集团就坍了。"

钟恒也懂，按照规矩，这事她除了跟何队说，其他人都不该提，她愿意透露到这一步，已经是对他交心。

他问："电话也不能打？"

许惟说："还不知道，等我打给你，行吗？"

也不能说不行，钟恒耐着性子点头："嗯。"

默不作声地想了一会儿，他又说："明天送你？"

许惟说："我自己过去。"

他还有什么话能说？

钟恒抿着嘴，过了会儿，说："我一直开机，你有事就找我。"

"好。"许惟说，"你不回丰州？"

"你在这儿，我怎么回？"

许惟无言以对，沉默了一会儿，她看着他："钟恒，你等我一阵子，我会给你交代。"

"给什么交代？"他突然笑，"'娶'我吗？"

许惟张了张嘴，也笑出来："好啊。"

许惟醒来时钟恒已经不在屋里，床头放着她的衣服，内衣、内裤和裙子，安全裤在最底下。她有些惊讶，他居然知道要拿安全裤，毕竟上回他在宾馆给她拿衣服连内衣都漏掉，这进步很大了。

许惟脱掉他的大T恤，换上自己的衣裳，发现昨晚换下的脏衣服都不在了，开了门才看见走廊的晾衣杆上挂了一排，裙子和内衣都在，他的白裤衩旁边就是

十
九
日

她黑色的内裤。

他把衣服都洗了。

杨青恰好在院子里晾晒洗好的被套和浴巾，远远看见许惟从钟恒的屋里出来，她愣了一下。其实这不奇怪，虽然钟恒没承认，但从这些天所见的情形看，他和许惟的关系大家都心知肚明，连一向神经大条的前台小赵都看明白了。杨青头脑清醒，心知自己毫无希望，但看到这一幕，仍然被硌了一下。

嫉妒是人之常情，很难克制。昨晚吃夜宵时，杨青心里已经很不是滋味，她看得很清楚，在大家都没注意的时候，许惟抓住了钟恒的手，他们那点小互动，也令她羡慕了整晚。

面对钟恒，杨青会装作没事，能和他多讲一句话都好，但对许惟，她没法像第一天那样笑脸相对，不知为什么，心里的难受更明显一些。这也许是因为人本身的竞争欲，面对赢过自己的对手，会不平衡。

许惟过去打了声招呼。

杨青表情不大自然："早。"

许惟问："钟恒不在吗？"

杨青摇头："他出去了。"

"哦。"许惟在木椅上坐了一会儿。

杨青晾好浴巾，踌躇了一会儿，有点忍不住："你不是说你是钟恒哥的同学吗？"

许惟微微一怔，点头道："对啊，是同学。"

"那你们……"杨青欲言又止，眼神带一点隐隐的埋怨。

许惟看出来了，略微郑重地说："抱歉，上次还漏了半句，他是我同学，也是我以前的男朋友。"

杨青皱了皱眉，低头说："难怪了。"

许惟没听清："什么？"

"难怪他总不谈恋爱。"杨青看着许惟，有些不忿，也有些释然，"很多街坊都给他介绍过女孩，他都没见过。"

"是吗？"

"嗯。"杨青点了点头，他一点机会也不给别人。

许惟说："我知道，他很招人喜欢。"她看向杨青，"你也喜欢他。"

杨青顿时局促起来，脸一下子红了。许惟已经很久没接触过这么简单的女孩，一时惊奇，笑着说："别紧张，我不会告诉他。"

"真的？"

"嗯。"

杨青平静下来，大着胆子问："你们以前分手了？"

"嗯。"

"为什么啊？"杨青坐下来，像要跟许惟拉家常的样子，"他那么好。"

许惟笑道："是啊，他那么好，是我傻。"

杨青瞥瞥她，嘟囔着："可不是吗，是挺傻的。不过你们现在和好了，你还是挺走运的。"

许惟也点头赞同："对。"

她们本来不熟，这么聊几句，杨青倒渐渐打开了话匣子。大早上无事，许惟也乐意跟她聊一聊："你不是大学生吗，怎么在这儿做事？暑期工？"

杨青说："是啊，反正我假期也没事。"

"你在哪儿念书？"

"江城。"

"哪个大学啊？"

杨青不大好意思："学校不好，江城学院。"

许惟想了下，说："能读大学就挺好，我姐姐以前也差点上了那个学校。"

"真的？那后来呢，没上吗？"

"嗯，后来选了别的。"

她姐姐方玥那年高考402分，省内本科只有一个江城学院能走，但方玥没去。

杨青还要说什么，平安跑过来了，手里揪着泥鳅的牵引绳，站台阶上喊："许姐姐，你起来啦！"

许惟蓦地站起来："手快松松，泥鳅要哭了。"

平安回头一看，吓了一跳，那两扇门被风吹得半合，可怜的泥鳅卡在中间，一张蒙了的痛苦脸。许惟和杨青跑过去把泥鳅解救出来。

许惟拍了拍平安的肩膀："泥鳅跟着你也够多灾多难的。"

平安脸都白了，小手拍着自个儿的胸脯，呼出口气："吓死我了，我舅舅让我告诉你，他出去一下，你自己吃早饭。"

"他去哪儿了？"

平安说："好像帮我妈批发水果去了。"

许惟上楼洗漱，收拾完行李才下来吃饭。

早餐依然是钟恒买的，放在老地方，这回是红薯包配甜粥，这个搭配许惟曾经连续吃过一个月。她不确定，是不是从前的每一样钟恒都记得。

一直到十点，钟恒还没回来。许惟闲着无事，在平安的屋里坐了坐，想起一件事："对了，那风筝呢？"

十九日

平安正在喝牛奶，闻声抬头，黑眼珠转了转："什么风筝啊？没有啊。"

许惟看出不对劲儿："昨天的大风筝，很漂亮的那个，你舅舅把它放哪儿去了？"

"哦。"平安夸张地晃了晃脑袋，装作刚想起来的样子，"那风筝我不知道啊，我没拿！"

她咬着吸管，眼珠却往书柜那边瞥。

许惟一秒看破，起身往那儿走。

平安几乎飞扑过来，小手抱住许惟的大腿："我错了我错了，许姐姐，我给你拿，你千万别生气。"

"为什么要生气？"

"那个……你自己看哟。"平安抿着嘴走过去，从书柜夹缝里取出风筝，抖了抖那只断掉翅膀的"大鹰"，"变成这样了，我舅舅说这个拿给你玩，我就先玩了一下，泥鳅很讨厌，也跑过来玩，被它啃了一口就这样了。"

"你也够厉害的。"许惟无奈地接过来，"我修修看。"

其实坏得并不严重，就翅膀那儿断了一根支架。许惟找了根细竹重新绑上去，虽然不大精致，但勉强能看。平安看了看说："没我舅舅弄的好看。"

许惟哭笑不得："你弄坏的，还嫌弃起来了。走吧，我们下去玩。"

恰好今天风大，也没有太阳。

从客栈左边转出去，沿着河走一段，有片矮山坡，许惟带着平安，平安带着泥鳅，泥鳅带着自己的新玩具——一块黄石头，一道去了小山坡。

大夏天，根本没人放风筝，好在山坡上凉快，泥鳅像放飞了似的，满山坡玩耍。许惟和平安折腾风筝，先把线绑上去，然后开始往上放。

许惟十多年没碰过这东西，手生，平安又是个半吊子，以前都是钟恒放好了把线送到她手里让她拽着玩。

两个不靠谱的研究半天，勉强让风筝飘起来了，然而风胡乱一刮，"大鹰"转头就掉了下来。

钟恒过来时，远远就见一只灰白点的蠢狗在山头疯跑，而那一大一小两个女人更是奇特，大的跪在草地上牵着线，小的那个举着风筝跑远，刚跑到高处，转头喊："许姐姐，我放啦！"

"放！"许惟一声喊。

平安手一松，大吼一声："飞！"

许惟赶紧拉线调整方向，眼看就要上天了，那"大鹰"打了个转儿，一头栽下来。

如此反复几回，钟恒站在树底下看着，笑得不行。

简直了，没见过比这三个更蠢的。

108

他往山坡上走，那两人还在尝试，这回换成平安牵着线趴草上，许惟拿着"老鹰"往山下跑，刚跑一段，看见他，她手一松，风筝飞了一段，直接落在钟恒手里。

平安也瞅见了，眼睛一亮——可有救了。

许惟拄着膝盖喘气："回来了？"

钟恒走过来，摸她的脑袋："你跑起来的英姿，跟那谁差不多。"他指着远处，许惟转头一看，那方向唯有泥鳅一只。

"能说点好话不？"

钟恒笑道："风筝放得不错。"

许惟不想理他。

五分钟后，一只五颜六色、飞扬跋扈的"大鹰"飞上了天，平安心满意足地牵着绳子小跑，泥鳅傻傻地跟在她身后，而山坡的另一边，两个人并排坐着。

许惟拿了张纸巾递给身边的人："几点了？"

钟恒接了，胡乱擦一把，低头看了眼手机，十一点二十七分。

"几点走？"

"两点吧。"

钟恒从口袋里摸出个小绿盒递过去："今天看见的，新品种。"

是薄荷糖。

"谢谢。"她打开，剥了一颗含进嘴里。

空中那只"鹰"飞得更高，风将平安的欢呼声带过来，许惟笑了："你外甥女很高兴呢。"

"她人来疯。"钟恒转头看她，"你呢，你高兴吗？"

"嗯。"

许惟看着天上的"鹰"，钟恒抬手，扳过她的脸，吮住她的唇，清凉的薄荷味儿从唇齿间延伸，在舌尖沉淀。

他亲完松开，许惟微微喘息。

远处，那一人一狗跑近了。

"钟恒。"许惟转头叫他。

"嗯？"

"我跟你要了泥鳅，行吗？"

钟恒还以为听错了。

许惟却又突然摇头："还是算了，没法带着。"泥鳅是很惹人爱，但这次不行。

她说："我有点冲动了。"

"……"

钟恒瞅着山坡上发疯的泥鳅，眼神有点一言难尽："除了那蠢狗，你就没想带点别的走？"

许惟不明白。

钟恒："比如它爹。"

许惟有些好笑："你够了啊。"跟泥鳅较什么劲儿？

钟恒还真是搞不懂："它有这么大魅力？"

"不是挺可爱吗？"许惟没说她其实觊觎泥鳅好几天了。

钟恒看她一会儿，说："真想要？"

"是想要，不过我暂时没法养，你再照顾一阵儿。"

钟恒没回答，挥手招呼了一声，泥鳅奔过来，扑到许惟怀里。等许惟撸毛撸到正高兴时，钟恒冷不丁泼盆冷水："不想给你。"

许惟："……"

钟恒伸手在泥鳅的头上搓了一把："一起养呗。"

下午临走前，平安正在睡午觉，许惟没再去看她，只向钟琳道别，说有事情要先回去。

钟琳早知道许惟应该不会久留，但也没想到走得这么着急，不免为自家弟弟担心——这什么破魅力？才几天就被抛弃了？

正想试探一下，钟恒拎着许惟的行李箱下来了，钟琳只好忍住，目送他们出门。

磨坊街有小巴去城里，钟恒送许惟到站点，正好有一辆汽车停在那儿，已经坐了一半人。售票员打开车底下的行李舱，钟恒把许惟的行李箱放进去。

两人在车外站着。

陆续有人上车，售票员喊："到禺溪新汽车站的走啦！"

许惟说："我上车了，你回去吧。"

钟恒点了下头。

依依不舍这种事，他们都没做，该说的话之前已经说过，许惟上车前，钟恒只叮嘱她注意安全。

等车开走，钟恒站了一会儿，独自回头往客栈走。

第九章 /
暗访木云山庄

　　小巴在路途中耽搁了一会儿，到城区已经过了三点。

　　许惟离开汽车站，打车去长饶酒店开了一间房，她放好行李出去购物，买了两条新裙子回来。

　　手机里有一条短信，昨天孙虚怀发来的，只有九个字：*许小姐，蒋总明晚回来。*

　　许惟给他回了一条：*我住长饶酒店。*

　　信息发送过去，许惟翻了翻通讯录，一共九个号码，分别是：方敏英、何砚、蒋丛成、吕嘉、林优、孙虚怀、颜昕、医院陈护工、钟恒。

　　许惟看过两遍，手指点了几下，删掉其中三个：何砚、林优、钟恒。

　　钟恒的号码早已记下来了，另外两个，许惟看两遍也记住了。她给何砚发去一条信息，之后拨通了方敏英的电话。

　　似乎没料到她会打电话，方敏英的声音有些惊喜："囡囡，你吃了饭没有？"

　　"吃过了。"许惟说，"家里好吗？"

　　"挺好的，你别挂念。"方敏英年过五十，一讲话就容易唠叨，但在这个女儿面前格外克制，"你外婆的腿好多了，这两天没那么痛了。你怎么样，还忙不忙？"

　　"还好。"许惟停顿了下，问，"你去过医院没有？"

　　电话那头，方敏英支吾两声，说："去过一趟，陈护工把她照料得挺好，我也问了医生，医生没个准话，就说情况不严重。"

　　许惟"嗯"了一声，说："轻度的脑损伤，昏迷一个月都是正常的。"

　　方敏英松了口气："能醒就好，老这么拖着又要连累你，从小到大都这样，她就不让人省心，你们两姊妹我都一样生下来的，就隔了五分钟，她怎么就不像你？"

　　许惟不想听她讲这些，只说："我挂了。"

　　"哎，等一下，囡囡。"方敏英说，"你什么时候回家来？"

十九日

"不知道，等她醒了再说。"

挂掉电话，何砚的消息来了，许惟看完后清除了手机里的各种记录。

她取出那个绿色记事本，从前往后看完，靠在沙发上闭眼回顾一遍，确认全部记住，便把写过字的纸页都撕下来，拿打火机点着，对着烟灰缸一张张烧掉。

晚上十点，钟琳的客栈来了一批新住客，客栈的房间不够住。钟琳想起许惟住的那间房还没收拾，立刻遣了小赵上去换床单被套。

把客人安排妥了，小赵摸出一小沓红票子："琳姐，你瞅瞅，这是我在许小姐那屋枕头下看见的，我数了数，刚好够她那几天的房费。"

钟琳顿了顿，皱眉："她怎么跟我见外呢！去去去，你把钟恒给我叫来。"

没一会儿，小赵把钟恒拉来了。

钟琳开门见山地问："你跟许惟什么情况？崩了？"

钟恒一听就不爽："你想多了。"

"你确定？"钟琳皱眉，把钱拍在他面前，"她还把房钱算给我了。"

"什么？"

小赵把情况告诉他，钟恒沉默了一会儿，没多说什么："给你你就收着。"

他知道，许惟就这臭毛病，她喜欢跟人分得清清楚楚的，欠别人的都一定还，那时候只跟他和林优亲近一些。

钟恒回屋冲过澡，十点半躺到床上，许惟没打电话，也没发短信来。

他看了两眼手机，瞥见上头的日期，7月20日。

许惟是13号来的，算了算，她来了八天。

7月21号，周二，太阳很烈，是个高温天。

许惟接到孙虚怀的电话，他亲自到长饶酒店来接她了，许惟让他在楼下等着。她去洗手间化了个淡妆，换上从江城带过来的一套半新不旧的衣裳，普通T恤配热裤，都是去年的款。

她拖着行李箱出电梯。孙虚怀从休闲区起身，走过来接过她手里的行李箱："许小姐。"

许惟朝他点头："孙总。"

孙虚怀笑了笑："许小姐别埋汰我了。走吧，蒋总这会儿应该已经起来了。"

"嗯。"

许惟随他上了车。车里已经有司机，孙虚怀陪许惟坐在后头："这些天你都住在这儿？"

"不是，"许惟说，"玩过一圈了。"

孙虚怀有些稀奇："我记得你以前可是对这小地方的风景不大感兴趣的。"

"现在觉得还行。"许惟说，"太无聊了，随便看看也好。"

孙虚怀附和着："那是，比闷着要好。"

许惟挑了新话题："蒋总昨晚什么时候到的？"

"快十点了吧，老陈去机场接的。"

许惟"哦"了声："他最近不去省城？"

"应该不去，刚回来呢，李总前两天刚去了。"这"李总"说的是李越。

孙虚怀又道："许小姐今年打算住多久？以往都要住上一个多月的，今年是不是一样？"

"这个看情况，估计会早点，腻了就走。"

"那恐怕蒋总会不乐意。"孙虚怀心知肚明地笑了笑。

许惟不动声色地瞥了他一眼。

孙虚怀心道：这个许小姐还是老样子，冷得很。

车开到东平湖别墅区。

到了门前，孙虚怀拖着行李箱过去摁门铃，过了一会儿才有人来开了门，是个男孩，十二三岁的样子，长得眉清目秀的，有点羞赧地朝他们笑了一下。

孙虚怀喊："俞生啊。"

男孩应了一声。

许惟想起他的名字——蒋俞生，他是蒋丛成的儿子。

蒋丛成没有结过婚，但他有一个儿子，在外人口中，也就是典型的私生子，谁也没见过这孩子的母亲，令人唏嘘的是，这孩子是个哑巴。

自从蒋丛成接管了成越集团，这些年他身边也没有女人出现过。在旁人眼里，蒋丛成是个钻石王老五，只有他生活圈里稍微亲近些的人知道，他和一个小有名气的女记者走得很近，每年都会聚上一段时间，明面上的说辞是"朋友"，但内里怎么回事，大家都在猜，这一点连孙虚怀都不大清楚。

一楼的厅很大，一进屋身上的暑气就被关在门外。

蒋俞生和一般的富二代小孩不大一样，他身上没那种富贵气，看着倒像是普通人家的小孩子。许惟一进来，他就蹲下给许惟拿鞋。

楼梯上走下来一个男人，穿着黑色宽松的家居服，不算高，个头大约一米七多一点，脸庞和杂志上的一样，瘦长。

孙虚怀当先喊："蒋总。"

许惟抬起头，蒋俞生站起来，蒋丛成的目光落在许惟身上，看了两眼。

许惟的手心微微泛热，她抿了抿唇，先笑了："蒋总。"

蒋丛成眯了眯眼，嘴边也有了点笑。他的笑容和他的人一样，有些压抑。他

十九日

慢慢走下来："坐吧。"

厨房里的妇人端了水果来，又张罗着给他们泡茶，蒋丛成看了看说："阿珍，洗些樱桃来。"

那妇人应了，很快端来一盘樱桃。蒋丛成将盘子推到许惟面前："你每年都爱吃这个，尝尝。"

许惟看他一眼，低头拿了樱桃吃。

蒋俞生坐在她旁边，许惟说："你也吃。"

"俞生不爱吃这个，你忘了？"

许惟顿了下："哦，还真忘了。"

蒋丛成笑了笑："你这记性，一年比一年差。"

许惟附和："是啊。"

坐了一会儿，蒋丛成和孙虚怀去书房谈事情，蒋俞生陪着许惟上楼。

许惟拎着箱子，蒋俞生把她带到二楼最里边的一个房间。屋子很大，浅蓝色调，装修得很精致，床品也是女人喜欢的风格。

许惟在床上坐下，四处看了一遍，没有发现有摄像头之类的东西。

蒋俞生靠在墙边看着她。

许惟招手："过来坐。"

他会读唇语。

许惟没有和他多讲话，只是整理自己的东西。蒋俞生在一旁看着，许惟转过头，他就脸红地笑笑。

这孩子挺温和。

午饭后，孙虚怀走了，蒋俞生回屋午睡，阿珍在厨房忙碌，客厅只剩下许惟和蒋丛成。蒋丛成喝茶，许惟吃水果，安静得诡异。

蒋丛成看了看她，说："你这回怎么跟我生疏了？"

"有吗？"许惟转过头，"大概很久没见。"

蒋丛成问："什么时候来的？"

"有一周了。"

"听说你还出去玩了？"

"嗯。"

"一个人？"

"不是。"许惟说，"碰见了几个同学。"

蒋丛成笑了声："从前怎么没见你在这儿见过同学？"

"只是以前没碰见。"

蒋丛成没有继续问这个，说："玩得怎么样？"

"还行。"

蒋丛成说："听虚怀说你出了车祸。"

"嗯。"许惟看着他，"回老家的路上出了点意外，我没什么事，我姐开的车，她稍微严重点，还没出院。"

"没大事吧？"

"嗯。"

"那就好。"蒋丛成又看向她，"你这套衣服去年就在穿吧，没买新的？"

许惟说："买了，没这个舒服。"

"你就这样子。"蒋丛成摇摇头道。

拉家常般地聊了一会儿，蒋丛成说："上楼去吧，那屋里舒坦些。"

"哦。"

二楼有个休闲间，像个豪华的小型电影放映厅，一套皮质长沙发占了不小的空间，许惟坐上去，蒋丛成坐她旁边，他让许惟选电影看。

许惟随便选了个文艺片。

声音调得低，两人靠着看。

许惟其实已经犯困了，但这种状况根本不可能睡着，她头脑一直保持高度警惕的状态。

也不知过了多久，终于结束了，片尾曲开始播放，蒋丛成突然开口："那个警察后来找过你？"

许惟怔了怔，点头："哦，找过。"

蒋丛成的脸色沉了些："看来他们还是不死心。"停了会儿，他又低头笑了，"怪你以前名气太响，什么案子都去凑一出，难怪他们想指望你。"

许惟盯着屏幕，随意说："他们不死心，也麻烦啊。"

"放心吧，他们找错了人，能查出什么？"他说。

许惟"嗯"了声。

晚上，蒋丛成出门了，许惟陪蒋俞生在书房看书，一直到睡觉前都没见他回来。她躺在陌生的房间里，给钟恒发信息：睡了没？

他几乎秒回：没睡，你怎么样？

许惟飞快地打了几个字：挺好，我就是跟你说一下，别担心，快睡吧，不用回我了。

钟恒盯着手机看了一会儿，把敲出来的字一个个地删掉。

这时，宋小钧的电话打了进来。

钟恒接通，那头宋小钧的声音传过来："钟恒，我今天跟我们这儿特警队队长推荐了你，最近他们队里人手特别缺，等不到年底了，想先招几个用，你明天有空的话来一趟。"

"这么急？"

"对，非常缺人，尤其是身手好的、能立刻用的。现在大多是新人，要训练、要教，所以我把你的条件一说，队长很有兴趣，想先见见你。"

钟恒沉默了一会儿，说："那行，我明天过来。"

宋小钧很高兴："我把地址发给你，你明天到了给我打个电话！"

许惟一整晚睡得不安稳，清早就醒来了。她不知道蒋丛成昨晚回来没有。

房间里有卫生间，她爬起来洗漱、化妆，手机突然响了，屏幕上显示来电人：颜昕。

好几天没她的消息，许惟都快忘记她了。

一接通，那头就传来颜昕的哭腔："许惟姐，你有空吗？"

许惟惊了惊："你怎么了？在哪儿呢？"

"在公安局。"

许惟还想多问，颜昕已经在催促了："能快点儿来吗？真的没别人能帮我。"

许惟安抚两句，要来地址。她刚走到房门口，就见蒋俞生穿着睡衣从楼下上来，懵懵懂懂的，像是刚睡醒。

许惟问："你爸爸回来了吗？"

蒋俞生立刻摇头，乌黑的眼睛看着她。

许惟摸摸他的脑袋："乖，回屋吧。"

她提着背包，快速下楼换鞋。

阿珍看见了跑过来："哎呀，许小姐，您这是要出去？"

"嗯。"

"蒋先生交代我给您做了早餐，您不吃点再走？"

许惟没空多说，一边穿鞋一边说："不用了，我现在要出去一下，回来再说。"她拉开门走出去，几步跨下台阶，飞快地跑出别墅区，在大门口看到一辆空的出租车，立刻坐进去，"去市公安局。"

禹溪升为县级市后，一说市公安局，大家都知道就是以前的老地方。

司机师傅是本地人，车开得很顺畅，很快就到了。

许惟在公安局和颜昕碰上面的时候，颇有恍如隔世之感，短短几天不见，颜昕像遭了一场大劫，衣服脏得不能看，头发乱糟糟的，很是狼狈。她独自坐在椅子上，低着头，许惟几乎认不出来。

一个警员领着许惟进去，指了指那位置。

许惟过去问："你怎么搞成这样？"

颜昕看到许惟，一下站起来，悬着的那口气松了下来，遇到救星一般："许惟姐，你可来了！"她一把握住许惟的手，"有人跟你一道吗？上次你那同学呢，那个钟老板，他来了吗？"

"没有。"许惟说，"只有我。"

颜昕皱了皱眉，她们两个女人，依然很危险哪。

许惟问："怎么了？你没事跑这儿干什么？"

颜昕往四周看了看，摇摇头："我们先走，找个能说话的地方，我再慢慢告诉你。"

不等许惟回答，她拉住许惟就往外走，出门前从背包里摸出一顶大帽子戴在头上，边走边催促："走快点。"

许惟看她这副警惕的样子，已经觉察事情可能不小。她们快步走出大门，迎面来了一个人，视线冷不丁一撞，许惟脚步顿住，对方也是一愣。

他显然更意外，没料到在这里看到她。

颜昕也认出来了，有点惊喜，转头问许惟："不是说你一个人来的？"

许惟没回答，钟恒已经走过来，隔了两三步远，他停下脚步，眼睛盯着她，欲言又止，像在判断能不能跟她说话。

许惟上前拉上他，喊颜昕："快走。"

钟恒心领神会地牵住她，颜昕跟在他们身后，一路小跑。

许惟问："你开车来的？"

"嗯。"

"车在哪儿？"

"在后头。"钟恒低声说了句，将她的手攥得更紧。

幸好是大清早，门口还算冷清，没几个人注意他们。车停的地方也不远，三人很快到了，动作迅速地钻进车。

"去哪儿？"钟恒打着方向盘，将车开上了大道。

许惟看向颜昕。

颜昕这才报上地名，那是旧城区最偏僻的一条巷子，她之前订了家小旅馆，行李箱还在那儿。

幸亏钟恒对道路还算熟悉，一路找过去，他们在前台又开了一间房，这里设施跟不上，没房卡，只有钥匙。

许惟没有太多空闲和钟恒讲话，就先把钥匙递给他："不赶时间的话你过去

十九日

/ 117

等一下我，如果赶时间你先走，我再联系你。"

钟恒接过钥匙："我不急。"

颜昕进屋就关上门，她顾不上收拾自己，脱了脏衣服就拉过许惟："许姐姐，我把事情告诉你也是赌一把，就凭你以前做的那些事，我赌你是好人。我现在也没别的办法，连出门都不敢，也不知道能找谁帮忙。"

"怎么回事？"

颜昕也不卖关子了："灵町山上那个木云山庄你还记得吗？"

"记得。"

"我跟你说过的，我很想进去看看。"颜昕说，"那天我们分开，我就去想办法了，而且最后也进去了。"

许惟吃了一惊，但没有打断她。

颜昕继续说："我仔细观察过，那山庄每天都有运货车进出，主要运送蔬菜水果、酒水，还有其他一些货物，而且每天都有专门的垃圾车过去。我发现它的垃圾没有和山上那些放到一块儿，我本来想跟着垃圾车进去，后来没找到路子，只好费了点劲儿买通了几个人，又乔装打扮了才混到一辆送蔬菜的货车里。但我只到了一楼，只是很平常的花园会所样式，没看出特别的，可我还是偷拍了几张照片。"

颜昕说到这儿有一点得意，但话锋一转，眉头就皱了："一直到出来我都很顺利，但是从昨天开始就有人盯上我，我觉得肯定跟这件事有关。我不知道他们怎么找到我的，可能是那里装有监控，他们从录像里发现了我。"

许惟觉得这个猜测很有可能，问："之后呢？"

"我花了好大力气才甩开他们，我相机都在这里，也没敢回来，一直在外面绕到今天早上，没办法只好跑公安局待着，后面的事你都知道了。"

许惟听完看了她一会儿："你还有事没说吧？"

颜昕立刻说："我都说了。"

"你一个实习摄影师干吗那么作死非要进那个山庄？"许惟说，"你是不是听到了什么风声？"

颜昕微窘，承认了："我确实听到那么一点点传言，那地方之前不是被举报过嘛。"她眨了眨眼，意思是"你懂的"。

许惟："所以你就想暗访？"

"对对对。"颜昕说，"虽然我是个搞摄影的，但我还是有'远大'志向的。"

许惟无言以对，但也很理解，毕竟初生牛犊，一身是胆，颜昕还真不算笨，能混进那山庄也是本事，但她还是得说清楚："这事可能没你想得那么简单，你再牵扯进去，怎么死的都不知道。"

颜昕点了点头："我信，居然就因为几张照片找上我！"

"你现在什么打算？"

"我也不知道。"颜昕说，"听说那个集团在这边势力很大，黑白通吃，我觉得有点冒险。"

能想到这儿，也够聪明。

许惟问："照片还在？"

"在，我转到了手机里！"

"那现在给我发一份，把你自己那边的删了。"

"哦。"颜昕照做，"然后呢？"

许惟思考了一会儿，想起隔壁的人。她和颜昕一样，在这地方没人可信，除了他。

"我让钟恒送你到省城。"她说。

颜昕惊讶："他会乐意吗？"

"应该会。"许惟说，"后面的事我会跟他说好，你现在洗个澡，先收拾一下。"

"好，我都听你的。"颜昕立刻拿衣服进浴室。

许惟去敲隔壁的门，钟恒开了门让她进去。

屋里灯光很暗，这家小旅馆已经在待拆迁之列，实在破旧不堪，墙壁上粘着半旧不新的报纸，一张小床，灰扑扑的被套上有几道褶子，钟恒刚刚应该是坐在那个位置。

和这里一比，钟恒家的阳光旅馆简直是豪华酒店。

许惟闻到烟味儿，低头看见钟恒手里捏着一截掐灭的烟屁股，那烟已经吸了大半，他指尖还留了点烟灰。

"没有烟灰缸吗？"许惟四处看了看。

"没有。"钟恒声音微沉。

不仅没有烟灰缸，连垃圾桶都没有，许惟从床头抽了张纸巾："放这儿吧。"

钟恒把烟头放上去，许惟攥了攥，揉成一团塞进口袋。她抬起头，碰上钟恒的目光，他眼里的担心很明显。

许惟现在才有时间仔细看他，这小破屋空调没用，他脸上都是细汗，脖子似乎被蚊子咬过，有个红红的小包。他们前天分别，昨晚发过短信。

"你今天去那儿做什么？"许惟说。

钟恒没有瞒她："有朋友在那儿工作，他推荐我去特警队，让我过去见队长。"

许惟没料到是这个："那我耽误你了。"

"没事，什么时候都能去。"钟恒问她，"你呢，有麻烦？"

"我还好，是颜昕出了点事情。"

许惟简单地把事情跟他说了，末了停顿了会儿："我想拜托你送她回省城。"

十九日

虽然最不想把他扯进来，但现在没人能托。

钟恒几乎没有思考，点头："好。"

许惟："可能会给你惹麻烦。"

钟恒抬手把她搂到怀里，贴着她头发说："我办事，你不放心？"这话又有了点狂妄的意味。

许惟不禁失笑，也莫名心安："很放心。"

钟恒松开手，摸了摸她的脸庞："送到之后呢？没别的交代？"

"送到了，你带她去见何队，后面就不用管了，看他的安排吧。"

"嗯。"他最后问，"要立刻走？"

"嗯，要快一点。"

"行。"

过了会儿，颜昕收拾好了过来敲门，许惟站起来，钟恒拉住她的手，把人搂到怀里吻了吻，轻声说："你好好的。"

许惟点头："嗯，你注意安全。"

他们在小旅馆分别，钟恒带颜昕先走，许惟过了半个小时才退房离开。临走前，她给何砚打了电话说清情况，又把颜昕拍的照片第一时间发过去，随后清空相册。

第十章 /
起风了

许惟打车回了蒋丛成的别墅。

没想到蒋丛成已经回来了，许惟一进门，他就坐在餐桌边，抬眼望向她："来吃早饭。"

阿珍端了碗热粥过来，桌上摆了几碟清淡的蔬菜。许惟跑了一早上，饿狠了，什么都不想，先饱饱吃一顿。

蒋丛成一连瞥了她几眼："饿坏了？"

"有点。"

"去哪儿了，一大早的？"

许惟半真半假地道："来的时候我的编辑塞了个小姑娘给我，她跟我一道过来，今天有了点麻烦，我去看看她。"

蒋丛成："那也该吃了早饭再去，你也太着急。"

许惟含糊地"嗯"了声，继续喝粥。

蒋丛成给她夹了一筷子蔬菜："只喝粥有什么营养。"

许惟默默听着。

吃完饭，许惟才知道蒋俞生不在，他每天要去上课，蒋丛成和阿珍交代午饭，提及了这件事。这意味着又是许惟和蒋丛成独处。

许惟对他的了解有限，基本都来自她姐姐方玥之前提供的信息，所以她讲话、做事都务必要小心翼翼，幸好蒋丛成似乎是个孤僻的人，并不会一直讲话，他很快就进了自己的书房。

午饭后，许惟和颜昕在短信里讲了几句，知道他们暂时还很顺利，离省城也不远了。

下午，蒋丛成接了个电话，许惟听见他提到木云山庄，说明天要接两位贵客过去。许惟试探性地问："你明天要去山庄？"

"嗯。"

"我一道去?"

蒋丛成看了看她,说:"这回的贵宾你不方便见,你想去的话就下次。"停顿了下,又说,"你上回去,已经有几年了吧?"

许惟点点头,倒是从这句话里抓住一点:这么说,方玥应该进过那山庄。

蒋丛成忽然感叹了句:"这一年年的过得很快。"

"是很快。"许惟说。

晚上有个小晚会,蒋丛成没有提前说,叫人送来了礼服,他带许惟一道去了。

这是个小圈子的聚会,低调但不含糊,地点是在一个私人宅子里,有生意人,也有几位当地的政界人士。

令许惟措手不及的是,她居然遇到了卢欢,简直冤家路窄。

卢欢的惊讶显然不亚于她。

卢欢的父亲也是个生意人,近两年才在禺溪冒了点头,今年刚受邀参与这个小型聚会,便把宝贝女儿带了过来。

许惟本想装作不认识,可卢欢根本不配合,众目睽睽之下咋咋呼呼地过来和她打招呼,还在别人惊讶的目光中阐明两人的渊源,引来多方注意。

许惟笑着应了那声"学姐",没去看身旁蒋丛成的脸色。

幸好卢欢也没继续提及其他,她如果再往后发散,真是没法控制。许惟松了口气。

饭后有独奏表演,许惟没兴趣,听了一会儿就去洗手间了,和卢欢再次狭路相逢。

这回真躲不掉。

卢欢走过来就笑:"学姐今晚真美,我差点没认出来。"

许惟也笑:"彼此彼此。"

卢欢凑近了,慢慢说:"钟恒看到了,大概也认不出来吧。"

许惟不说话。

卢欢继续道:"你隐藏得还挺深,我都不知道你搭上了这么大的人物,难怪会回来这里,我还以为你是为了钟恒呢,原来另有目标。"

许惟:"蒋总刚刚介绍过,是朋友。"

"嗯,朋友。"卢欢笑着,"是哪种朋友就不清楚了。你说,我要是告诉钟恒,他会怎么想?"

晚上八点钟,江城。

市局门口走出两个人,个子都很高,细看之下,左边的那个要更高一些。门卫和右边的人打招呼："何队下班啦。"

何砚应了一声，走到外头，对钟恒说："你今天也辛苦了，我喊上老赵，咱们一块儿吃点东西。"

"行。"钟恒点了下头。半个小时前，颜昕已经被何砚安排警员送回去了，钟恒任务完成，想着顺道见见赵队也好。

何砚一个电话打过去，赵队正好忙完，这会儿有空，一口就应了。

高新区特警支队离市局不太远，何砚开车过去，把赵队捎上。三个糙男人也不计较，随便找了个路边的小餐馆吃饭。

钟恒从前在特警队是赵队一手带起来的，两人有师徒情分在，半年没见了，而他和何砚今天才正式碰上面，不过男人之间喝两杯酒也就足够说上话了。

何砚问了许惟在禺溪的情况，钟恒想起许惟之前被跟踪，他把这事跟何砚说了："我去明兰街跑了一趟，找到那个牵线人，但没有别的线索，他们通过网络联系，收钱办事，不和雇主见面。"

何砚点点头，没有表态，脸色却更加严肃。

饭吃到末尾，赵队接到电话提前走了，何砚载钟恒回去。

钟恒是开车来的，他的车还停在局里。

路上，何砚说："其实你今晚不回也成，我给你安排住处，你大晚上疲劳开车不好。"

"没事。"钟恒不打算留下。

何砚劝道："不赶时间的话，还是歇一晚，也不急这么一晚。"

车开到市局门口，何砚把车熄了火，转头说："你看呢？"

钟恒看了下手机，随口道："万一她有事找不着我，不是麻烦了？"

何砚反应过来，这个"她"是指许惟。他有点奇怪地看了看钟恒，觉得钟恒的语气有些不一样的意味。

"据我判断，她暂时还不会有危险。"何砚说。

"但我很担心。"

何砚一愣，又多看了他一眼，有点明白了："你跟许惟，你们……"

"何队。"钟恒打断何砚，"多谢招待，我走了。"

他伸手要开车门，何砚说："哎，你等等。我判断不会错的，我们一直保持着联络。就在刚刚，咱们上车前，她已经发了信息过来，今天一切顺利，她现在大概已经在睡觉了。"

钟恒回过头："她每天跟你联系？"

何砚点了下头，意识到什么，忽然笑道："你别误会，我跟许惟也算是老朋友了。"他表情轻松，抽了一根烟递给钟恒，假咳了咳，"我作为朋友也该表示下关心，我就直接问了啊，你们是不是……有点啥？"

"她是我女朋友。"钟恒回得直截了当。

何砚已猜到七八分，有些惊讶："还挺速度，这事我倒小看她了。"

钟恒懒得和他多解释，摸出打火机把烟点着，低头抽一口。

何砚并不介怀，也给自己点了一根烟。

两个不大熟的男人坐在车里吞云吐雾，这一天快结束了，他们其实都已经很累。抽了一会儿，何砚弹了弹烟灰，说："你不要太担心，许惟的安全问题我肯定要考虑到。这事不方便跟你细说，我这边已经定好了行动计划。"

钟恒点了点头。

这晚钟恒到底还是没留下来，连夜开车回了禺溪。

许惟回到别墅已经很晚。聚会上的小插曲蒋丛成没有多问，许惟也没再去想，卢欢如果真要告诉钟恒，就随她去吧，她顾不了那么多。

这是在别墅的第二个晚上。

许惟的睡眠好了很多。

第二天清早，蒋丛成出门了。早饭后，蒋俞生也出去上课了，别墅里只有许惟和阿珍。阿珍几乎都在厨房里忙活，许惟趁这个机会把别墅里能去的地方都转了转，除了蒋丛成的书房和卧室，其他地方她都仔细看了，可以确定没有摄像头。

午饭后，蒋俞生被司机送回来。

许惟这两天和他已经有些熟悉，蒋俞生似乎对许惟也不排斥，进屋就拉着许惟去自己的房间，拿出图画本让许惟看他的画。

他画的是水彩，许惟翻了几页，发现很多都是风景和静物，色彩明快，只有最后一页是人物，色调偏灰暗，两个大人一个小孩，都是短短的头发，可以看出他们都是男的。

许惟指着其中的小孩，问："这是你？"

蒋俞生看着她，羞怯地点点头。

许惟又指着后面的成年男人："他们是谁？"她拿笔给他，"写下来，好不好？"

蒋俞生在旁边写上"爸爸"，又在另一边写上"伯伯"，然后抬头看着许惟。

许惟问："伯伯？"

蒋俞生皱了皱眉，起身跑到桌边，从抽屉里拿来一张照片，上头是一个男人，四十多岁，穿着一身黑衣服，很瘦，似乎有些驼背，他勾着头，眼神松散，笑容呆滞。

许惟觉得眼熟，细看两眼就记起来了——是那个傻子。

她到禺溪的第一天，去七渡镇向阳小学跑了一趟，那天看到的就是这个人。

当时饺子店的老板娘把他赶走了，老板娘喊他"蒋大云"，说他有精神病，砸死了人，又说他有个弟弟在城里做事，赚了大钱。

想起这一切，许惟渐渐皱眉。

2008 年，她姐姐的方玥以她的名字从传媒大学毕业，获得支教保研的资格，刚好到禺溪的向阳小学支教……

这么说，方玥那时候就和蒋丛成有交集了？那一年一定发生了什么事才让方玥当年的行为那么反常。

果然，方玥和蒋丛成已经认识多年。

许惟想到这一层，警惕性骤然提高。脸庞和穿着可以一样，性格也可以刻意模仿，但她们毕竟不是同一个人，只要足够熟悉，时间一长就能分辨，就像外婆从来不会把她和方玥弄错。

许惟意识到，在蒋宅待得越久，越容易露馅。她是许惟没错，但这个名字有十一年不属于她，这么长的经历无法从方玥那里剪切复制回来。

早点结束为妙。

蒋俞生见许惟不讲话，好奇地拉拉她的手。

许惟把照片还给他："收起来吧。"

傍晚，蒋丛成离开木云山庄，司机将他送回办公室。没多久，李越心急火燎地跑过来，他没有敲门就进了办公室。

蒋丛成靠在沙发上闭目养神，听到声响睁开眼。李越关上门，在沙发的另一边坐下，张口就说："消息来了，省城市局那边专门弄了个特别行动组，由那个姓何的领导，明天南下。这回要坏了！"

"没有别的？"

李越脸都绿了："这还不够坏？"

"你慌张什么？"蒋丛成仍是那副样子，"他们查到今天，我们还是好好的。"

"他们这样死咬着，迟早会查到。"李越气急败坏，"我们必须采取措施。"

蒋丛成说："山庄那边的生意暂时歇一歇，里头的货先清一清。"

李越看着他，忍不住了："还有个人，你不打算处理一下？"

蒋丛成淡淡地说："我早就说过，她不影响。"

李越根本不信："她是什么来历、什么出身，我们都清楚，她跟警察是好伙伴，你一定要冒这个险？"

"我从来不冒险。"蒋丛成说，"你放心，在这件事上，她绝对不会背叛我。"

"你就这么肯定？"

蒋丛成嘴角动了动，露出一丝笑："她不敢。"

十九日

"为什么？"

"她有张死牌在我这儿，我要是倒了，她也就完了。"

"但愿你没有想错。"李越突然笑了声，"咱们昔日是兄弟，在道上一块儿搏过命，你帮我挨过一刀，这我都记着，现在咱们还在一条船上，犯法的事都一道干了，可别最后死在一块儿了。"李越站起身，"这件事她会不会背叛你我不知道，但在别的事上，这女人你可得好好收拾一下了。"他从西装口袋里抽出几张照片丢过去，"这小子，长成这样子，也难怪她会看上，你自个儿处理吧。"

李越起身走了。

蒋丛成看着茶几上的照片，面无表情。

六点钟，钟恒一觉醒来又接到宋小钧的电话。

"你事情办了没？明天有空的话赶紧来一趟，队长都催了。"

钟恒不太清醒，含混地应了一声："嗯。"

"那明天你来了打我电话。"

"宋小钧。"钟恒翻了个身，揉揉额，"我先说清楚，就算被录用，我这个月也没法入队，我这边有件事没解决。"

"你现在没有工作，还能有事情这么重要？"

钟恒头还是昏的，他皱眉看着天花板，声音有些飘："事关我女人，你说呢。"

这个时间，蒋宅里，阿珍正在给许惟做饭。晚饭只有许惟和蒋俞生两个人吃，一张长桌上摆了六菜一汤，汤是鲫鱼豆腐汤。阿珍说："蒋先生特地交代今天做这个汤，是许小姐您爱喝的。"

许惟点了点头。方玥小时候喜欢吃鲫鱼，这个她知道，但后来这些年她们鲜有机会一起吃饭。

阿珍的厨艺还不错，饭菜虽然都偏清淡，但口感还成。

许惟正吃着饭，碗里突然多了一颗鱼丸。她一抬头，蒋俞生捏着勺子朝她笑，他笑起来一贯是害羞的。见许惟看他，他指指鱼丸，比画了一下，头就低下去，扒着碗里的饭。

蒋俞生的长相其实不像蒋丛成，他皮肤偏白，眼睛大，双眼皮，十二三岁的男孩，眼睛里很干净。也许是因为自身的缺陷，他没有普通小男孩那么活泼，做什么都安安静静的。

许惟尝了他给的鱼丸。

蒋俞生偷偷抬头看她，又笑了笑。

蒋丛成回来时，晚饭已经吃完了。许惟上楼洗澡，蒋俞生在自己的房间看电视，

126

楼下没人。阿珍从厨房出来，给蒋丛成拿鞋。

蒋丛成问："今天许小姐有没有出门？"

"没有，许小姐一直在家里。"阿珍说，"先生您吃过饭了没？"

"吃过了。"

蒋丛成去了书房，过了半个小时才走出来。

许惟刚穿好内衣，头发还没擦干，就听见敲门声。这个时间，阿珍在厨房忙碌，如果不是蒋俞生，那就是蒋丛成回来了。

许惟捏着毛巾，说："等等。"

外头安静了，过了好几秒都没声音。

看来是蒋丛成了，蒋俞生先天性聋哑，不可能听见她说话。

许惟套上裙子，一边擦头发一边打开门。蒋丛成站在那里，那张脸还是和平常一样，看不出表情，他的目光在许惟脸上停了一会儿："洗过澡了？"

"嗯。"许惟说，"你什么时候回来的？"

"有一会儿了。"蒋丛成看了眼她的头发，"把头发吹干吧。"

"哦。"许惟转身往里走。

窗边有一张沙发，他步伐平稳，径自走过去坐下。许惟坐在床尾吹头发，屋里只有吹风机工作的声音，不算吵闹，但也没法说话。

蒋丛成似乎并不着急，小茶几下有几本旧杂志，在这儿摆了一年多，他拿一本摊开翻看。许惟瞥了瞥，视线转回来，盯着被子上的暗纹。

等她吹完头发，蒋丛成的视线离开杂志，隔着几米的距离看了看她："你头发短了些，剪过了？"

"剪了一点。"许惟说。

蒋丛成看了一会儿，目光渐深，他朝她招了招手。

许惟没动。

他嘴唇抿了抿，那张微黑的脸显得更阴郁了。他唇角微动，露出一丝笑："过来坐。"

许惟绷紧的身体松了，她走过去在沙发上坐下，和蒋丛成之间隔了一点距离。

"今天李越从省城回来了。"蒋丛成说。

"是吗？"许惟随手拿了一本杂志，边翻边说，"这回还没有见过他。"

"省城那边忙，他焦头烂额。"蒋丛成笑了一声，"他这人就那点出息，你一来，他总要紧张几天，生怕你招了警察来。"

许惟也笑了笑，说："他胆子不大啊。"

蒋丛成没说话，又笑了，眼角的纹路堆着："的确不大，这不，还跟你玩了点阴路子。"他低头取出几张照片递给她。

/ 127

许惟接过来，看了最上面的一张，手就顿住了。

是那天在灵町山，石道上，钟恒牵了下她的手。

照片是从后面拍的。

许惟没有说话，依次把下面几张看完，都是同一天拍的，照片上只有她和钟恒。

蒋丛成目光淡淡地看着她："你之前说的同学，是这个人？"

许惟抬头："是。"

蒋丛成："高中同学？"

许惟："对。"

蒋丛成："不只是同学吧？"

许惟承认："嗯，我以前喜欢过他。"

"哦？"蒋丛成的表情没什么变化，甚至还带了点笑意，"后来呢？"

"分手了。"

"怎么分了？"

许惟平静地说："上大学，我在北，他在南，异地恋，本来也没多喜欢，那时候都小，尝新鲜，幼稚得很，很快就厌了，分手是自然而然。"

蒋丛成说："那时幼稚，现在……成熟了？"

许惟笑了笑："没，他还是幼稚，隔了这么多年突然碰到，他黏过来都甩不掉，一道爬了山，吃了几顿饭，大概新鲜感没了，来了个漂亮学妹找他，他又盯上人家了，也不找我了。"

蒋丛成笑："那倒真是小男孩心性，算不上男人。"

许惟"嗯"了一声："是啊，毕竟比我小。"

蒋丛成没再问，说："照片你自己处理吧，明天下午有个应酬，你也去吧。"

许惟点头："嗯。"

"休息吧，我还要去看看俞生。"

"好。"

蒋丛成出去了。

许惟关上门，站了一会儿，慢慢抹掉手心的汗水。

7月24日，禺溪下了一场暴雨，整个上午天阴沉沉的。午后乌云翻走，太阳冒了头，磨坊街上游客又多了起来。

平安牵着泥鳅在客栈门口晃悠，泥鳅这几天懒了，走几步就瘫着不想动，躺在那儿撒娇。平安最开始还哄哄，现在不哄了，扯着牵引绳使劲儿拖："你这只懒狗，你再这样，舅舅要把你卖了。"

泥鳅对这样的威胁习以为常，充耳不闻，继续躺着。

平安气得快要爆发时，一辆奔驰从街上驶过来，在门口停下。平安一看，很乖巧地过去说："姐姐，我们家门口不能停车的，怕堵了路，要开去那里。"她指了位置。

卢欢挑挑眉："小妹妹，我一会儿就走，三分钟。"

平安皱眉："一分钟也不行，被我舅舅看见，要骂人的。"

卢欢笑了一声："我就是来找你舅舅的。"

"啊？"

卢欢没理她，很快进了院子，看见钟恒正在修阁楼的楼梯，他拿着铁锤，往那木板里钉钉子。

"钟恒。"卢欢喊了一声。

钟恒停下，转头一看，眉头就皱了。

卢欢走过去，笑道："修房子啊，真勤劳。"

钟恒不搭理她，继续做事。

卢欢也不生气，目光往四处看了看，说："哎，学姐呢，不在啊？"

钟恒"咚咚咚"地敲着锤子。

卢欢笑着说："还是老样子，玩过就丢？"

钟恒撂下锤子，转过头："你很闲？"

卢欢脸色一滞，气涌上来，她硬生生忍住了，平静地说："你对我这态度我不跟你计较，我也不是来跟你吵架的，我知道你不喜欢我，但你至少也选个靠谱的人吧，我今天让你看清真相，你跟我来！"

她拽钟恒的手臂，但被推开。

"卢欢，闹够了没有，我没兴趣陪你玩。"钟恒拎着锤子就走。

"谁跟你玩了？"卢欢在他背后说道，"你难道不想见许惟吗？"

钟恒脚步一顿。

"我可以带你见她。"

钟恒转过身，看她几秒："你见过她？什么时候？"

卢欢："不告诉你，反正今天下午我还会再见到她。"

钟恒眼神冷了："我警告你，你敢找她麻烦，别怪我不客气。"

卢欢哼了一声："那我可保证不了，反正你也不在，我欺负她你也不知道。"

"卢欢！"

"你吼什么吼！"卢欢丢下一句，"你愿意，现在就跟我去，否则我可保证不了她会怎么样。"她说完转身就走。

两点钟，明元大酒店三楼已经热闹起来。许惟走在蒋丛成身旁进了宴厅。

这是个开放式宴会，自助形式，其实是上个月慈善募捐活动的答谢宴，由本地两位新兴企业家举办，成越集团捐赠额排在前列，蒋丛成自然是座上宾。

组织者致辞之后，宾客便自由活动。

许惟取了一杯红酒，眼睛看着不远处的蒋丛成，他正忙于应酬。过了十多分钟，他过来了，许惟端了杯酒给他。

蒋丛成问："厌了？"

许惟："没有。"

蒋丛成笑了："你口是心非惯了，我都听不出真假。"

"你当真的就好。"许惟也笑着说。

她喝了口酒，转头取蛋糕，视线抬起时突地定住。不远处，卢欢挣脱钟恒的钳制，笑着走过来："蒋总，您好。"

蒋丛成点了下头。

卢欢目光移了位置，笑得更灿烂："学姐，又见面了，你今天也很美啊！"

许惟的注意力全在钟恒身上，卢欢说了什么，她没有听清。

钟恒自然也看见了她。第一眼，几乎是认不出的，她穿了一身长长的白色礼服裙，是偏保守的样式，没有露肩露背，但身体的曲线都衬出来，不是平常的那种漂亮，有些性感。

钟恒从没见她这样穿过，他一动不动地看着她。

许惟低估了卢欢的"作妖"程度，她想过卢欢可能会去钟恒面前胡说八道，但没料到卢欢会把钟恒带来。

脑袋里突突跳了两下，许惟平静下来。她收回视线，面无表情地朝卢欢看了一眼。场面就这么冷了下来。

卢欢一点也不在意，扭头喊："钟恒，你不过来打个招呼？"

蒋丛成的目光看过去，他当然能认出这是照片上的那个男人。

钟恒慢慢地走过来。偌大的宴厅里，都是些西装革履的男人，只有他穿着极普通的 T 恤、长裤，与这地方格格不入。

卢欢抬着下巴看他一眼，转头对许惟说："学姐，不介绍一下？"

许惟说："前男友啊，有什么好介绍的？"

卢欢一愣，本以为她会打打太极，没想到竟然这么直白，看来是傍上了富豪，在钟恒面前连装都懒得装了。

卢欢鄙夷地看着她。

许惟又说："我不要的人，你喜欢就收了，没必要带过来炫耀吧。"

这简直是拿把长刀直接戳了钟恒的心肺。卢欢听得既愤怒又痛快，她觉得许惟无耻，但这无耻正中她下怀，她原本就是要让钟恒看清许惟的真面目，这回算是看得透透的！

卢欢转头看向一旁的钟恒，颇有成竹在胸的意思。她等着他爆发，等他在这儿跟许惟闹上一场，把许惟的面子里子都扯掉，然后彻底决裂。

但她脑补的场景并没有出现，钟恒平平静静的，甚至还朝许惟笑了一声："许小姐不大友好啊，也不给我留点面子？"

许惟看着他："哪儿都有你，烦不烦？"

钟恒眉眼上挑，瞥了瞥她身旁的蒋丛成，意味深长地点点头："懂了，我们来得不是时候，打扰你的好事了。"他伸手把卢欢带到怀里，笑着说，"我家这丫头不大懂事，不过也是你小学妹，你多爱护点儿，回头我慢慢教。"

这一搂猝不及防，卢欢怔住了，偏偏钟恒还低下头，冲她一笑。卢欢整个人都傻了，心跳得飞快。

"行，你们继续，我这就拎她回去收拾！"钟恒随意地挥了挥手，把晕乎乎的卢欢带走了。

许惟目送他们出了宴厅大门，转头对蒋丛成说："卢总的小女儿很幼稚。"

蒋丛成握着酒杯，笑了笑："跟那男人不是很配？"

许惟点头："对。"

酒店外，钟恒松开卢欢，走向停车场。卢欢沉浸在那短暂的温柔里，跟着他："哎哎，钟恒你干吗去？"

"带你玩。"钟恒丢下一句，脚步加快。

卢欢信以为真，一步不停地跟着，上了钟恒的车。

"去哪儿？"

"喝酒。"

"行。"卢欢说，"那我们找个酒吧玩。"

钟恒一路将车驶出市区，上了外环路。

"这哪儿有酒吧啊？"卢欢看着窗外。

钟恒没说话，把车开到江边，熄了火。卢欢一头雾水："来这儿干什么？"

"失恋了，先疗个伤。"他下车找了块大石头坐着。

卢欢这时头脑清醒了，琢磨琢磨就猜到钟恒刚刚肯定是被许惟伤透心，所以拿她来气许惟的，他怎么可能那么快就接受她？

卢欢并不失望，她知道经过今天这一出，钟恒肯定对许惟绝望了。她走过去说："她傍上的是成越集团的老总，不知道多有钱，你这回看清楚了？"

钟恒望着江面不说话。

卢欢叹了口气："当年考上好大学就嫌弃你，现在找到大富豪更不会看上你了，这样势利的女人，你还想着干吗？"

"不想了。"钟恒无所谓地说，"以后老死不相往来，我跟她没关系了。"

卢欢很高兴："你总算想通了。"

钟恒一直坐在那儿抽烟，卢欢叽叽喳喳地说些安慰他的话。

钟恒转头问："那个蒋总，你熟？"

卢欢摇头："不熟啊，他跟我爸挺熟，他们有生意往来。听我爸说，他挺厉害的，在这地方能顶半天天，所以就算他长得不好看，还是有女人往他身边凑，都是看着钱的面子呗。"

"是吗？"

"对啊。"

卢欢又杂七杂八地说了一堆，钟恒漫不经心地听着。

江面上波浪起伏。

傍晚时分，起风了，看上去要变天。卢欢玩手机都玩腻了，说："我们还不走吗？"

钟恒："几点了？"

"都五点半了。"

五点半，那宴会应该要结束了。钟恒捏着烟头站起来："走了。"

下午的应酬结束，许惟被司机送回蒋宅，蒋丛成赶赴另一个饭局。五点多，有快递员上门，阿珍打开门，许惟已经下楼："是我买的书到了？"

快递员说："您是许小姐吧？"

"是。"她朝快递员看了一眼。对方心领神会，让她签收。

许惟上楼拆了快递，从书里取出两块极小的芯片。一块是根据蒋丛成用的手机专门改装过的监控芯片，另一块是给许惟用的定位器。许惟进蒋宅的第一天，何砚就开始搞这两样东西，连安装方法都已经远程教过许惟。

许惟没想到，事情当天晚上就有了突破——蒋丛成喝醉了，他是被孙虚怀搀回来的。

孙虚怀也喝了不少，脸上泛着红光，许惟帮他把蒋丛成扶回卧室，听见他说："今天也不知道怎么回事，蒋总很少喝酒，就算有时陪那些人喝，也没见他醉成这样，今天真是头一回。"

孙虚怀把蒋丛成放到床上，抹了把脸，又低声说："许小姐，蒋总今天心情似乎不大好，平常也不这么喝酒的，是不是有什么事？"他这么问不是没有缘由，以他对蒋丛成的了解，他隐隐觉得这大概跟感情之事有关。

感情的话，除了这个女人，他想不到别的。

许惟否认："没什么事。"

孙虚怀不好多问，只好说："那你好好照顾蒋总。"他摇着头走了。

许惟关上门回到床边，盯着床上的男人。

"蒋总？"她喊他。

蒋丛成浑身酒气，闭着眼，完全一副昏睡的模样。奇怪的是，他睡着的样子也看不出温和，那张脸上总有一丝徘徊不去的阴郁。

这机会来得太容易，许惟一时摸不准，她推了推他，没有回应。

不管了，再耽搁下去不知要在这宅子里耗多久。

这是他的卧室，最危险也最安全，许惟没有离开，她关上灯，从蒋丛成的公文包里摸出手机，在黑暗中迅速打开后盖。安装方法她在脑中演练过无数遍，纯粹靠手指摸索，用了半分钟就将芯片装进去了。

床上那道呼吸依然平稳。

许惟把手机塞回包里，摸着墙出了房间。回屋后，她和何砚联系上，把进展告知他。

何砚很快回了消息，许惟看了两遍，把他交代的都记下来。

按照何砚的部署，如果她能碰到蒋丛成的电脑，找到那份警方需要的资料，应该能在三天内收网。

许惟最后发了一条信息，请求何砚把钟恒叫过去，近期不要让他单独外出。

今天白天的事情让许惟不安。根据她这几天的感觉，蒋丛成似乎并不怀疑她会帮警方，第一天他就说警察找她是找错了人，他防备更甚的似乎是她的感情方面。确切地说，应该是方玥的，不是她。

这个蒋丛成可能是喜欢方玥的。许惟想。

钟恒没有再回客栈，他在禺溪城里找了宾馆住下，第二天又去公安局跑了一趟，宋小钧带他见了特警队的队长，对方希望他尽快准备好材料参加政审。宋小钧帮他解释，对方表示可以适当延后，但最好下个月月初能完成。

钟恒没给准确的答复，只说尽快。

这边刚结束，他就接到何砚打来的电话。

"在哪儿？"

"刚出市局。"

何砚报了个地址，说："赶紧过来，别开你那车了，你打个车过来，小心被人跟上。"

十九日

第十一章 /
说你不喜欢那男人

中午十二点，成越大厦。

李越匆匆进了电梯，摁上行键，电梯上到十楼，他心急火燎地跑进蒋丛成的办公室。

办公桌后，蒋丛成靠在座椅上。

李越这一次已经没有之前的理智，他抛掉几年的富贵堆出来的体面模样，那张已经雍容的脸庞上露出狠意："那个女人，你到底要不要处理？"

蒋丛成搭在桌上的手了一下，他睁开眼。

李越看到那双阴沉沉的眼睛里血丝密布。

蒋丛成抬起眼，低缓的声音略微嘶哑："跟她有什么关系？"

"没关系？"李越呵呵笑了两声，"等她把你送到牢里，你都不会怀疑她是不是？那帮警察才来两天，为什么会查到那个破码头去？那地方咱们弄得多隐秘，你我都知道。"

"哪里都有可能出岔子，警察没你想的那么蠢，他们也会从别的渠道查过来，你确定你那边就完全没问题？"

李越冷着脸："你这是怀疑我手底下的人？"

"我是告诉你，不要自乱阵脚。"

"不管是不是她，我们都不能冒一丝险，总之不能再留着她，你想要什么女人没有？这个姓许的，必须解决。"李越斩钉截铁地说，"你下不了手，让我来，我给你处理得干干净净，就今天。"

"李越，"蒋丛成脸色极沉，"你这心思收了。"

李越气急："你真是疯了！她一定会害死你！"

"害了我，她也不能活。"蒋丛成慢悠悠地说，"她是什么人？风光正义的大记者，受人尊敬追捧，现在也照样体面，作家啊！她跟我们可不一样，从小读书守法，上大学，有抱负，你说，这样的人，让她去坐牢，她肯吗？甘心吗？"

李越："你糊涂了，她坐什么牢？她帮警察抓了我们，那是大功臣！有什么罪名让她坐牢？"

蒋丛成垂眼轻轻敲着桌子："杀人够不够？"

李越一惊。

蒋丛成说："如果她杀了人，不去自首，掩盖罪行逍遥七年，这够不够？"

"什么？"李越惊住了，"她、她杀了人？"

蒋丛成慢慢笑了："七年前，她刚毕业，多年轻啊，大好的前途，可惜杀了人，我是目击证人，我替她摆平了，这够不够？"

李越脸上的震惊渐渐消退，眼睛发亮，恍然大悟道："你说有张死牌，就是这个？你拿这个要挟她？"

"要挟？"蒋丛成摇头，笑得古怪，"怎么会是要挟？她乐意，她自己乐意的，她不会害我。"

"好了好了，你不要被那女人乱了心绪，我不管这个了。"这个消息让李越暂时松了一口气，但还有很多事让他焦头烂额，"你再跟刘局通个气，问问风向，我去查查哪里出了漏子，赶紧把这风波熬过去。"他匆匆忙忙出了门。

蒋丛成兀自坐着。

敲门声响起，两下之后，孙虚怀进来了："蒋总。"

蒋丛成点个头，孙虚怀走过来，把手里的几张资料递过来："查过了，那人确实与许小姐是高中同学，他们上大学那年，也就是2004年，断了联系，他的情况都在这儿。"顿了下，孙虚怀说，"他做过警察，在江城高新区特警支队，不过已经退了，在这个月之前，他跟许小姐没有联系过。"

"同学？"蒋丛成笑着，"看来没有撒谎。"他翻翻那两张资料，"挺有意思。"

他慢慢看着，眼里的血丝又多了。

别墅里，许惟在陪蒋俞生画画。蒋俞生画了一个女孩，扎马尾辫，穿黄绿相间的花裙子，她身后有一片小花园，涂满了绿绿红红的颜色。

他画完就递给许惟。

"这是谁？"许惟问。

蒋俞生笑着指指她。

许惟："我？"

他点头，额前的刘海晃了晃，遮住眉毛。

许惟说："不像，我没有花裙子。"

蒋俞生看了她一会儿，眉头皱了皱，低头在纸上写了几个字：我买给你。

许惟被逗笑了，看了看他："你头发长了。"

蒋俞生摸摸自己的额发。

"我帮你剪头发？"

蒋俞生很惊讶地看着她。

许惟说："我学过，要我剪吗？"

蒋俞生点点头。

"那我们找个剪刀，哦，剃刀也行。"许惟说，"家里有吗？"

他摇头。

许惟说："你爸爸那里可能有，我们去书房找找？"

蒋俞生顿了下，露出一丝怯意。

"一起去找？"许惟说。

他终于点点头。

许惟和他一道去了蒋丛成的书房。她没指望真的能发现什么，只是碰碰运气，蒋丛成的书房都不上锁，应该不会放什么重要资料。

这间屋和其他房间比起来不算很大，陈设也简单，几乎一览无余，除了桌椅就是一排博古架，整间书房只有很少的书本。

许惟让蒋俞生去找剪刀，她跟在一旁。桌上没有，她指指大抽屉，蒋俞生拉开抽屉，里头只有一个倒扣的相框和一个烟盒。

许惟拿出相框，翻了个面，微微一顿。

蒋俞生仰头看着她，指着照片上的人。

那是方玥。看衣服和头发，应该是几年前的。

许惟把相框放回去，差不多确定了：蒋丛成是喜欢方玥的。

为什么方玥没有提这一点？

许惟回忆了一下，方玥只说她刻意去结交了蒋丛成，因这份关系之利，她查了成越集团好几年，因此招祸，可能要连累家里人，她怀疑是成越集团内部有人盯上了她，请许惟帮忙，想引出那个人。

那时，方玥连计划都做好了，翔实严密。许惟当时没有答应，结果没几天就有了那起车祸。许惟现在觉得，方玥的计划里似乎避重就轻，隐瞒了一些东西，比如，根本没提到她和蒋丛成 2008 年都在向阳小学。

许惟放回相框，带蒋俞生离开书房，下楼找阿珍要了剪刀给蒋俞生剪头发。

同一时间，远在宜城市的第一人民医院里，方敏英匆匆走出病房，和门口的陈护工讲了几句话。她赶着回去给老母亲做饭，没有再去向医生问情况。

陈护工看着她的背影，叹了口气：没见过这样的，女儿躺在医院，做妈的每次都来去匆匆。

陈护工进去了，打算给病人擦身体。她倒了热水过来，刚端到床边就愣了一下。

床上的女人睁着眼睛，正盯着天花板，她的脸色还有些苍白。

陈护工惊讶极了："啊呀，您醒了？"说完赶紧放下盆跑出去喊医生。

病房里静悄悄的，床头标签上写着病人的姓名：方玥。

医生很快赶来，做完检查之后表示没什么问题，休息几天可以考虑出院，后面再来复查就行。

陈护工也松了口气，医生走后，她立刻说："方小姐，您醒了就好，我先告诉许小姐，再通知您母亲。"

"等一下。"方玥阻止了她，"我妹妹什么时候走的？"

陈护工说："有好多天了，月初就走了。"

"我的住院费怎么支付的？"

"哦，许小姐都已经打到卡里了。"陈护工打量着她，问，"您还记得出了什么事吗？"

方玥"嗯"了一声，说："我的手机还在吗？"

陈护工拉开储物的抽屉，说："这里只有您的身份证和医院的缴费卡。哦，对了，您的包也在，里面有钥匙，手机不在，可能是车祸的时候摔掉了。"

方玥说："麻烦帮我查一下缴费卡里的余额。"

"哦，好。"

陈护工拿上卡和身份证出去了，过了会儿回来告诉她还剩八千二百多。

方玥沉默了一会儿。

陈护工在一旁看着她，有点好奇，还从来没见过长得这么像的双胞胎，她睡着的时候还好，现在醒了，那双眼睛一睁，和那个许小姐真是分不清。

方玥看着她胸前的工作牌说："陈护工是吧，麻烦你给我妹妹打个电话。"

"行。"

手机响的时候，许惟刚吃过午饭，正在楼下客厅。她立刻就接了，那头是陈护工的声音："许小姐，你姐姐醒了。"

许惟一愣，听见陈护工说："我把手机给她。"

过了几秒，那头换了个声音："喂？"

许惟"嗯"了一声。

方玥说："不方便说话？"

许惟看了看在厨房忙碌的阿珍，应了："嗯。"她起身往楼上走，"你说。"

陈护工出去接热水了，方玥盯着房门，说："你在禺溪？"

"嗯。"

"在那宅子里？"

"嗯。"

方玥停了一会儿，说："你还是帮我了。"

许惟没有说话。

"你一个人去查？何队去了没？"

"嗯。"

"到哪一步了？"

许惟想了想，低声说："不太清楚，可能快了。"许惟本想问她一些情况，但这样说话并不保险，晚点再说，先等等何砚那边的监听结果。

"那我……"

"你先养身体。"许惟说。

方玥应："嗯。还有别的吗？"

"有。"

"什么？"

"我不是帮你，我有条件。"

"什么条件？"

"如果……"

许惟想说"如果这件事解决了，我想把一切告诉钟恒"，她还想说"不管是用哪个名字，她都想回到钟恒身边"。

但她忍住了。

"等我回来再说。"她说，"我晚点再联系你。"

方玥："好。"

挂掉电话，陈护工还没回来。

方玥确认无线网络已经连接，她点开手机网页，登录自己的邮箱，确认文件包完好无损，她将存放已久的未发信件编辑完，再设置好定时发送的时间。

在陈护工回来之前，她清除了上网痕迹。

对蒋丛成的手机监听持续到傍晚，有一通电话令他们收获颇丰。

几乎可以肯定蒋丛成在禹溪市局的靠山是公安局刘副局长。揪出"老鼠屎"是十分重要的一步，目前从其他渠道得到的线索也在跟进中，何砚觉得暂时不要打草惊蛇，所以今天刘副局长还不能动，否则会影响后续行动，也会威胁到许惟的安全。

已经是晚饭时间，他们订的是快餐。除了一个技术员继续监听，其他组员都赶紧拿盒饭填肚子。他们用的是开发区派出所的会议室。

何砚取了两份饭菜，去隔壁的招待所找钟恒。

自从上午过来，钟恒一整天没出去过。何砚把饭菜一摆，两人就吃起来。

知道钟恒在这小破屋里缩得也够憋屈，何砚好心好意安抚，但说来说去还是那句老话："这不是让许惟放心嘛，你不要太担心，就快结束了。"

钟恒早就听厌了，也不给他面子："你说点实在的，成吗？"

"什么叫实在的？"何砚嘴里包了一口菜，眼睛瞪着。

钟恒把筷子放下："她现在什么情况？除了第一天，她一直没跟我联系过。"

"现在这情形当然是联系越少越好。"何砚吞下饭，"她跟我报平安就成了，知道我会转达给你。"

钟恒懒得跟他说话，闷头吃饭。

何砚开了啤酒递过去："就再等等，再等等。"他大口吃饭，想着赶紧回去再把那录音听一遍。

蒋丛成回来时，许惟还在二楼的休闲间里，她本来是陪蒋俞生看科幻电影的，后来蒋俞生睡着了，许惟也有点昏沉，在看到门口的身影时她立刻就清醒了。

光线很暗，她没看清他脸上的表情，只看到他走过来。

"你回来了？"

蒋丛成应了一声，说："俞生睡着了？"

"嗯。"

"我送他回去，你待在这儿。"

许惟没动，看着他把蒋俞生抱走，过了几分钟，他又回来了。

电影还在播放。

蒋丛成关上门，走过来坐下："你的手机这几天先交给我吧。"

许惟一愣："什么？"

"出了些岔子，李越又怀疑起你了。"蒋丛成转过头看着她，"他那人手段狠绝，万一要做些什么，我恐怕防不住，只能想些办法减轻他的忧虑。"

许惟盯着他："所以用这个办法？那是不是也要限制我的人身自由？"

蒋丛成笑了一声："你猜到了也好。"

许惟怔了怔："你也怀疑我？"

"我不该怀疑你吗？"蒋丛成淡淡地说，"我跟李越说过，你不会背叛我，可惜你跟那个男人有了牵扯。这是第几次了，上次你还记得吧？"

许惟闭着嘴。她记得什么？她又不是方珂。

蒋丛成慢慢地说："那个摄影师，你好像很喜欢是吧？你那时为了他也想摆

十九日

脱我，后来呢，他怎么样了？"

许惟从这里获取到一点信息：方玥和一个摄影师有过牵扯。

可她并不知道，方敏英大概也不知道，方玥从来不提自己的感情状况。

"你不记得，我可以提醒你，据说他拍摄时出了意外，断了一条腿，残了。"蒋丛成低低地笑出来，"不知道这回，这个男人能有多强？"他微哑的嗓音几乎有些骇人，"你每回都装得一模一样，分手了？那我弄死他，你不心疼吧？"

许惟后背一阵阵发凉。

她尽量让自己冷静，钟恒在何砚那儿，不会有事，而蒋丛成的重心都揪在这事上，也是好事情，有利于掩藏她真正的目的。她的感觉没有错，这个人的戒备心果然都放到感情方面了。

许惟平静地说："真的分手了，你为什么不信？"

"那就把手机给我，近期也不要想着出门了，彻底切断了联系，我才能信你。"蒋丛成沉声说道。

"好，你真要这样，我也没办法。"许惟摸出手机，递到他手上。

蒋丛成收了，另一只手扣着她的脖子，带到怀里。

许惟浑身僵硬。

"你认个错。"他几乎咬着牙说。

"我不知道有什么错。"

"我说认错。"这一次声音重了。

这个人真的有些不正常，许惟不知道方玥是怎么忍了那么久的。每年都花时间来查他？每年都要受这种折磨？

耗下去只会吃亏，许惟认："行，我错了。"

"说你不喜欢那男人。"

"我不喜欢他。"

蒋丛成似乎满意了，手微微发抖，把她摁到怀里："就是要这样听话。"

许惟忍了半天，最终还是没有推开他。

蒋丛成终于笑了一声。

李越说得没错，他被这女人弄晕了脑袋，昨晚他居然会喝醉酒。在这种节骨眼儿上，他的心思不在生意上，却要被她的一个旧情人弄疯了。

这是病态的，他很清楚。

第二天一早，许惟就发现楼下多了两个陌生男人，看来，真的连人身自由也被限制了。

她没有和何砚联系，不知道他那边什么情况。还好，事先已经约好只能她先发信息，何砚不会贸然联络她，手机在蒋丛成手上也没关系，她手里还有存储卡，得想办法碰到蒋丛成的电脑。

同一时间，会议室里的何砚刚打了个瞌睡，手机就响了，是邮件提示音。他看清发件人，顿时一个激灵，再一看收件时间，7月26日早上六点三十分。

自从到禺溪，许惟跟他一直是信息联络的，邮箱是以前用的，那时候她还在做记者。这一大清早，她居然发了邮件。

何砚整个人都无比清醒，立刻点开，一看底下的文件包，眼睛都亮了，他几乎跳起来，一声招呼："都给我醒醒！"

这是7月26日的清晨。

钟恒在招待所的单人间里吃了四个包子。这是他的早饭。

安静了很久的手机突然响了，钟恒一口水没喝完，呛了一下，等看清屏幕上的来电人，他顿时躁郁起来，摁了接听："有什么事？"

电话那头的赵则一愣："你吃枪子了，这语气。"

"再不说我挂了。"

赵则急了："哎哎哎，你急什么。是这样，你爹说要把后院装修一下，叫我跟你说这事，让你负责找工人，把事情安排一下。"

"装什么修？后院不是好好的？"

"哪里好好的？那院墙的石灰片都快掉光了，钟叔说太不好看了，影响旅馆形象，你就听你爹的呗。"

钟恒说："行，这事交给你。"

"那你呢？"赵则奇怪，"禺溪那小地方玩这么久也该腻了，你带许惟回来呗。"

钟恒心道：我现在连她面都见不上，还在这儿听你扯犊子。

他没耐心说了："别废话，就交给你办。"

"哎，那你们什么时候回来？"

"快了。"钟恒把电话挂了。

早上六点至八点，成越大厦十楼会议室的大门紧闭，一个紧急会议持续了两个小时。散会后，李越带着几个人匆匆出门，蒋丛成在原处坐着。

孙虚怀给他倒了杯水，低声说："蒋总，迎旭河项目的会议今天九点半开始，您还记得吧？"

蒋丛成闭着眼睛，应了一声。

孙虚怀又说："这次会议，江副市长也在，应该会很顺利，只是时间紧张，恐怕过一会儿就得出发赶去元茂酒店了，您要不要再吃点东西？"

"不用了。"蒋丛成睁开眼，面容沉郁，"你去我办公室拿上公文包，现在

十九日

就出发。"

"那行。"

五分钟后，蒋丛成的身影出现在大厦一楼，孙虚怀拎着公文包随行。

上了车，孙虚怀说："路上还要点时间，蒋总不如趁这个时间先睡一会儿，今天实在起得太早了。"

蒋丛成点了点头，身体放松，靠在座椅上。

车子一路前行，驶向近郊。快到元茂酒店时，蒋丛成的手机突然响了起来。

孙虚怀一惊，盯着公文包，蒋丛成皱了皱眉，说："拿过来。"

孙虚怀取出他的手机递过去，低头一看，公文包的夹层里还有个手机，白色的，一看就是女人用的。

电话是市里打来的，通知今天上午的项目会议取消。孙虚怀在一旁听着，立刻示意司机停车。

蒋丛成挂了电话，孙虚怀就急了："不对劲儿啊，筹备了挺久的项目，这个会议多重要啊，怎么说取消就取消，是不是出了什么差错？"

他话音刚落，蒋丛成还没应声，又一个电话打了进来。这回是李越。

"坏事了！"电话里的声音急躁慌张。

汽车一路疾驰，四十分钟后返回成越大厦。

李越像没头苍蝇一般在会议室里转着，电话一个个地拨出去，再一个个挂掉，他紧皱的眉头始终没有舒展。20℃的空调房里，他不断冒汗。

总算等到蒋丛成回来，李越立刻冲上去："肯定是有人在害我们，一定有人通了气，不然怎么会这样？就这一个早上，江育坤、刘耀都完了，一个副市长，一个公安局副局长。怎么会这么巧，咱们的两棵大树几乎在同一时间都倒了，一点风声都没有，就这么几个小时，那个姓何的警察才来了几天？他没路子，怎么可能查到这一步？"

蒋丛成闻声，脚步不停，很快进了办公室。李越跟进去。

孙虚怀打完电话也跑过来，神色惊慌："我那公司也被查了，警察过去了。蒋总，这可怎么办？咱们用那公司洗钱的事也会被查出来吧？"

李越一听怒了："还愣着干什么，你赶紧去看看！"

"哦，对对对。"孙虚怀昏头昏脑，急匆匆地走了。

李越抱着头，焦躁地踱来踱去，脸色越来越白："刘副局长倒了，市局那边我们没了人，他们要杀要剐都拦不住，照这速度，他们随时能带着搜查令去山庄，我们怎么可能清理得那么干净？山庄里进出过的人有多少？只要他们有路子，在咱们这圈子里揪出一两个都够我们'喝一壶'了，警方如果还拿到其他的料，那我们所有的生意都彻底完了，那批货没散出去，还藏在老地方，太突然了，来不及处理了，那么大批量的……"

李越开始冒冷汗："这手段……绝对不是那些警察自个儿查到的，是出了内鬼，一定是出了内鬼，有人故意'放料'害我们。"

蒋丛成坐在办公桌后，一言不发，入定了似的。他手里捏着一部白色的手机，那是昨晚从许惟那里收来的。

三个小时前，早晨六点半，有一条信息进来，他在开会，错过了。

李越快要急疯了，见他没有反应，更是恼怒，吼道："我早就叫你把那个女人做掉！你偏不听，全被她蒙蔽了！说不定出卖我们的就是她，只有她在你身边那么久，对我们做的勾当一清二楚！你居然相信一个女人，女人有多会骗人，你根本就不知道！"他额头青筋暴突，脸庞涨红。

蒋丛成抬起头，他的表情让李越顿了一顿。

"你说得对。"蒋丛成的声音出奇地冷淡，"你说得对，女人太会骗人了。"他又重复了一遍。

"现在说这些有什么用？"李越拍桌子，"快想办法啊，难道要坐在这里等死？"

"想办法？"蒋丛成摇了摇头，慢慢地笑了，"行，你现在去山庄，放一把火，都烧了。"

李越惊住："你、你认真的？"

经营多年的心血就这么泼出去了，李越气得要吐血。

蒋丛成没有回答他。

李越琢磨一会儿，一拍大腿："烧就烧，大不了东山再起！那其他的呢，货怎么办？洗钱的事怎么办？"

蒋丛成说："你去山庄，剩下的我来办。"

"真的？"李越半信半疑，"你真有办法？他们这么突然，我们还有什么路走，时间上怎么赶得过他们？"

蒋丛成站起身："你想等死就随你。"

李越吼一句："谁不想活？这回要是熬不过去，我死也要拿你那女人垫背！"他哼了一声，甩手匆匆下楼。

十点钟，禺溪市局的警队几乎全员出动，总指挥是何砚。这次行动范围广阔，警员兵分三路，木云山庄是一路，另一部分负责搜货，剩下的则进行抓捕行动，目标是成越集团的一把手蒋丛成。

与此同时，何砚安排人手前往别墅营救许惟。临行前，他叫来了钟恒："你要是着急，就一道去，接她回来。你自己决定。"

蒋丛成独自在空荡荡的办公室里待了十分钟。

屋外是纷杂的脚步声，他盯着许惟的手机，屏幕上那条短信清清楚楚：已收到，预计十点半到达蒋宅，做好准备。

蒋丛成往自己的别墅里拨了一个电话，之后离开办公室，下楼取车。

停车场是公用的，前头一辆装满蔬菜的大货车已经启动，正在倒车。蒋丛成走过去，隔着几米距离将自己的手机抛进去，平静地看着货车开走。

他坐进自己的越野车，离开停车场。

别墅里，阿珍准备做午饭，楼下两个黑衣男人依然守在那儿，看上去倒是十分敬业，不知蒋丛成想让他们待到什么时候。

许惟没有下楼。

阿珍上楼问她："许小姐午饭想吃些什么？蒋先生交代我要按您的口味做，您想吃什么都可以告诉我。"

许惟说："我都可以，你问俞生吧。"

阿珍于是问蒋俞生。

蒋俞生比画着，阿珍依次记下，下楼去忙碌。

蒋俞生看着许惟，在纸上写了几个字：你不高兴吗？

许惟点头："是不太高兴。"

蒋俞生皱了皱眉，漆黑的眼珠看着她，指指楼下，又写：你不喜欢他们？

"嗯，我不认识他们。"许惟说，"你爸爸找他们来看着我。"

蒋俞生又写：为什么？

许惟说："我不知道，他不让我出门，也不让我打电话。"

蒋俞生想了一会儿，在纸上问：你想打电话吗？我也有手机，可以借给你。

许惟一顿："你有手机？"

蒋俞生点点头，起身从衣柜的最里头摸出手机。许惟看了看，有电，也有信号。但她还来不及多问，蒋丛成就回来了，阿珍在楼下喊了一声："许小姐！"

许惟心口一紧，把手机塞进蒋俞生的口袋。

楼下安静了一会儿，没过几分钟，蒋丛成就上来了，几乎在第一眼，许惟就看出了不对，他的眼睛太冷了。

许惟问："你今天这么早回来？"

蒋丛成没有应声，看了蒋俞生一眼："俞生，到楼下去。"

蒋俞生不安地瞅了瞅许惟，站着没动。蒋丛成皱着眉头又说了一遍，他才点了点头，轻手轻脚地走出去。

屋里陡然陷入沉默。

蒋丛成的目光在许惟的脸上停留数秒，淡淡道："走吧。"

"去哪儿？"

"度假。"他说。

许惟愣了愣："有谁去？就我们两个？"

蒋丛成："我们，还有俞生。"

许惟警惕心提高："为什么突然想要度假？"

"烦心事太多，放松一下。"

许惟问："地点呢，去哪儿放松？"

"乡下吧，到了你自然就知道了。"

"那我去收拾东西。"

许惟往外走，蒋丛成捉住她的手，力度极大："不用收拾，什么都不需要。"

许惟戒备地看着他，手腕挣扎了一下，毫无作用。她这才发现，蒋丛成力气很大，平常都没有看出来。

"跟我走。"他又说了一遍。

反抗是件冒险的事，许惟选择顺从："好，我上个厕所总可以吧？"

蒋丛成没有说话，手松开。许惟挣脱他，独自回房间上了个厕所。蒋丛成带许惟下楼，朝蒋俞生招手："俞生，走。"

屋里空荡荡的，只有一个阿珍在忙碌，门外有两辆车，两个黑衣男人分别坐在驾驶位上。

奔驰车开出去，蒋丛成带着许惟、蒋俞生坐进越野车。

蒋俞生坐在副驾座上，蒋丛成和许惟坐后座，一个冰冷的枪口抵住了许惟的后脑勺。

"别乱动。"蒋丛成低着声说。

奔驰先走，越野车跟在后面。

钟恒和三个警员进了别墅区。车刚停，他们就下了车，身旁两辆车从路中央迅速开走，车窗边一个侧影飞闪而过，几乎是一瞬间，钟恒反应过来。

"许惟！"他跳进驾驶座。

三名警员见状立刻回到车上，几辆车一齐冲出别墅区，上了大道。一名警员火速跟何砚取得联系："老大，蒋丛成带着人从别墅走了，目前在环城大道，我们在追！"

那头何砚骂了一句。

中计了，蒋丛成故意丢掉手机迷惑他们。

"继续追，我们马上支援！"

"是！"小警员刚刚应声，一抬头，脸色陡变，"不好。"

十九日

前方不远处，越野车已上前，奔驰断后，钟恒的SUV紧追不舍。眼看就要追近，那辆奔驰突然停了，车头一拐，从侧面朝SUV撞过去。

　　钟恒急转方向盘，立刻闪避，但还是晚了一步，车速过快——

　　"砰！"

　　两车车头狠撞了一下，车身急剧震荡，钟恒左耳擦过碎裂的车窗，血立刻糊了半边脸。

　　他胡乱抹一把，尝试重新启动，但汽车却熄了火。

　　后头的那辆警车被大货车挡了道，也丝毫不能指望。钟恒急得额角直跳，血沿着耳朵流到他肩上。他一脚踢开车窗，跳下车，沿着道路飞跑，但那辆黑色越野车已经跑到很远，影子都追不上了。

　　后头的警车这时绕过大货车驶过来，小警员吼："你别跑了！我们去追！"

　　这呼喊并没有让钟恒停下，他的速度更快。

　　警车驶到他身边，超过了他。

　　血水混着汗水，糊了左边的眼睛，钟恒视线模糊，血珠子顺着下颌滴到路面。

第十二章 /
她就是许惟

下午两点，禺溪市局。

讯问室里，李越正在强行诡辩，何砚气得想揍人，他猛地一拍桌子："现在什么都别说，你把蒋丛成的藏身处先交代了！"

"我真不知道。"李越摇着头，"这都是他的事情，我怎么会知道？他到底有几栋房子我都不知道，谁知道他是躲在哪个山沟里了？横竖禺溪就屁大点地方，你们警察挨个搜呗，你们不是厉害吗？"

何砚冷冷地看着他："李越，你是不是还指望蒋丛成能来救你？你好好想想，有没有可能？"

何砚把他交给组员，转身出了讯问室。

走廊里，钟恒坐在那儿，他左边耳朵连着脸颊的那一块地方包着纱布，胳膊上的伤没处理，几道口子猩红。从环城大道回来，他就坐在这儿，等着讯问结果。

何砚看着钟恒这副样子，多少有些愧疚。他说过会把许惟的安全考虑到的，但这回显然食言了，蒋丛成够狡猾，他实在没有料到。

许惟被带走，下落不明，之前给她的定位器也没帮上忙，这状况谁都忧心。

何砚走过去，钟恒立刻抬头，一下站起来："问出来了？"

何砚摇头："他可能并不知道。"

钟恒目光一黯。

何砚安慰他："你也不要太担心，她……"

"你只会说这个？"钟恒打断他。

何砚皱眉："我理解你的感受，你……"话没说完，见钟恒起身往外走，他立刻跟过去，"哎，你去哪儿？"

"我自己去找。"

"你等等。"何砚拦住钟恒，"搜寻还在继续，如果有消息我会第一时间知道。

另外，我们已经在努力，希望能从审讯中得到线索，你没有路子也是瞎找。如果蒋丛成真的要许惟的命，那天就可以解决了，没必要带她一起逃，所以我敢肯定许惟暂时应该还没有太大的危险。"

钟恒突然回头，眼睛都憋红了："这些猜测都是个屁，我要看到她好好的。"

何砚无言以对。

门口一个警员飞快地走过来："何队，蒋丛成的别墅已经搜查完毕，可疑的物品都已带回来，另外我们在那儿发现了许小姐的东西，也一起拿过来了，在行李箱的拉杆缝里我们发现了字条。"

他递来几张小小的白纸。

何砚打开第一张，上头有一行字：7 月 25 日晚，蒋丛成收了我的手机，可能已经怀疑我了。

第二张写着：早上来了两个陌生男人，是安排来限制我出门的。

第三张是今天十点多写的：蒋丛成说要带我去度假，没问出地点，他说在乡下，如果有异常，我会想办法逃脱。

何砚看了两遍，心头一凛，如果 25 号许惟被收了手机，那邮件是谁发的？

何砚盯那些字又看了一遍，觉得有哪里不对。他没有将疑问说出来，只是把字条递给钟恒："我会重新划一下重点搜索范围。"

然而，这一天的搜索没有结果。

7 月 27 日，宜城。

方玥站在窗边，陈护工走过来，惊讶道："方小姐，您能走动了？"

方玥"嗯"了一声，说："我本来就没受什么伤，只是撞到头，睡了太久。"

陈护工点点头："那您是不是打算出院了？"

"准备明天出院。"方玥说。

"哦，早点出院也好。"陈护工说，"在医院待太久，心情会不好的，回去养伤也一样，最好是有家里人照顾一下。"

方玥点点头。

陈护工把手里的热水放下来，问："今天要擦擦身体吗？"

方玥问她："之前都是你帮我擦身？"

"是啊。"

方玥："我母亲没来过？"

"来过几次，但很快就走了。"陈护工有点同情地看着她。

方玥淡淡地说："谢谢你了。"

陈护工摆摆手："不用客气，这是我的工作，应该的。今天要是不方便的话，还是我来帮忙吧。"

"不用了，我自己来。"方玥说，"之前麻烦你了。"

病房里有卫生间，但水龙头只出凉水，不提供热的。

方玥拿着盆和热水进去，她脱掉宽大的病号服，将热水兑成温的，从肩膀上浇下去。她洗得不慢，但也没有特别细致，冲完水，她站在镜子前擦身体。

热气将镜子变模糊，但她转过身，后背一片暗褐色的疤痕依然清晰可见。

晚上八点，禺溪西郊。

林叶掩映下，一幢二层小楼矗立着，一楼一厅两室，二楼三个房间。

许惟住在二楼最东边的屋子里，窗户已经被铁板钉死，如果不开灯，屋里一片漆黑。

她刚刚吃过晚饭，是蒋丛成送上来的。她把饭碗搁在桌上，走进浴室洗澡。从昨天被带过来，她一直住在这间屋里，门外上了锁，只有蒋丛成来时，那扇门才会开。

蒋丛成从昨天开始变得很奇怪，一时暴怒，一时又平静。他的脑袋已经不大正常，他带了枪，昨天那枪有很多次都抵在许惟的脑袋上，但他最终并没有动手。许惟的惊惧在这种拉锯式的对战中逐渐被消磨，到今天似乎已经习惯。

这个房子很偏，久未住人，但设备齐全，水电都能用。许惟一边洗澡一边思考明天能不能有办法逃走，她想起钟恒，猜测他大概很担心。

洗完了，她扎起头发，穿着裙子走出来，一抬头就顿住了。蒋丛成不知什么时候进来了，就站在床边，他穿着黑衣、灰裤，整个人黑魆魆的，有种阴森的可怕。

许惟立刻后退，回到卫生间关上门，但来不及上锁，蒋丛成已经跟过来了，他用力一推，门开了。

许惟被揪出，她挣脱时蒋丛成力气更猛，一下将她推倒压在地上。

许惟之前担心过这个问题，甚至想了对策，但这么些天，蒋丛成没有碰过她，许惟猜测他应该是有一些问题，所以对今天这情形她毫无防备。

论力气，她不是他的对手。她后背一凉，裙子被他从肩上扒下来。

许惟拿手肘攻击，直接砸到他脸上，他却没有动，他看着她光滑的后背，几乎癫狂地吼叫："没了！没了！"

许惟又一肘砸过去。

蒋丛成吼着："那疤呢？谁准你弄掉的？我有没有说过，不准动它，不准整掉？你答应过的！"

"你疯了！"

"我疯了？呵！"蒋丛成两眼猩红，笑容恐怖，这件事把他压抑的愤怒和不甘彻底挑了出来。

"你胆子真大，骗我，害我？你是不是忘了，你杀了人，谁帮你的，我让蒋大云给你顶罪！我护着你，我帮你瞒了多少年！我让你过得光鲜体面，你做了什么？我能放过你？"

"……你说什么？"许惟短暂地愣了一下。

蒋丛成呵呵地笑着："你真是厉害，你想摆脱我，就不怕坐牢？你这是要跟我一起下地狱，那好，你等着，你等着。"他紧紧盯着她看了一会儿，跑出去，把门锁上。

屋里重新安静下来，只有外头林子里传来或近或远的虫鸣声，并不聒噪。

许惟撑着手肘爬起来，所有的事突然一齐挤到脑袋里，连不起来的地方终于都清晰起来——

方玥为什么在支教那年突然性情大变，为什么没有回校读研，为什么隐瞒和蒋丛成真正的关系，为什么会破天荒地来找她帮忙……

好像想通了一桩难题，许惟莫名地笑了笑，到最后，眼神都冷了。

原来是这样。

许惟头一次发现，方玥竟然是这么聪明的人。

许惟独自坐了一个多小时，外头响起敲门声，很轻。

这不是蒋丛成，他有钥匙，不会敲门。许惟走到门边，外头又敲了两下，一张小纸贴着底下门缝递进来，同时送进来的还有一支细长的笔芯。

许惟蹲下来捡起纸张，看到上面的字：你还要被关多久？

是蒋俞生。

许惟没有心情和他多说，只写了三个字：不知道。

她把纸推出去，没一会儿纸又被推进来，写着：我想看见你。

许惟不知道说什么，停顿了一下突然想起什么，她心头一动，飞快地写上：昨天的手机在吗？帮我拨这个电话：13855××3292。

这次，过了好一会儿那张纸才被递回来，上头写着 爸爸发现会生气，是不是？

许惟在高度紧张之下没有时间多想，她没有停顿地写下：你不帮我，我可能会死掉。

外头没有动静了。

过了一会儿，脚步声急促地远去，一分钟后又回来。

蒋俞生拨了电话。

那张纸又塞进来，是蒋俞生回了最后一句：我不想你死。

禺溪市局。

何砚和禺溪市局局长、刑侦队长等人开完会，他没离开，待在会议室休息，有电话打了进来，对方张口就说："何队，鉴定结果出来了。"

"怎么样？"

"两份笔迹不属于同一个人。"

"你肯定？"何砚脱口问。

"肯定，你拍的那几张字条中，最后一张可以看出是在非常紧急的情况下写的，也最能代表书写人的真实笔迹，可以确定和三年前许记者的那篇手稿笔迹不同。"

何砚蓦地站起来，有些愣神。他仔细回忆了下在江城最后一次见许惟的情景，前前后后想了数遍，他发现，即便是个入行不短的刑警，在那时他也没有去观察细节。

心理学上讲，先入为主是人类认知的先天缺陷，因为首因效应，最先输入大脑的信息占得最牢固，即便后来出现一些反常，或者出现偏差，人们也会下意识地忽略，并倾向于把它纳入旧的认知图式，为它找到解释。

何砚没想到，那一个瞬间小小的怀疑会带来思维的扭转，不得不承认，这令人震惊——

如果那不是许惟的笔迹，会是谁的？

被蒋丛成带走的不是许惟，那是谁？

几乎没有别的答案。

可是，为什么？

他知道，这个"许惟"来之前出过车祸，她来禺溪的时候，她姐姐还在医院。

何砚很快冷静下来，当年他摸过底，关于许惟的背景调查得很详细，他甚至派人走访过她的家乡宜城，搜集到的所有资料专门装了一个文件袋。他拨了个电话回江城市局，叫人找到资料尽快传真过来。

趁这空隙，他再一次去见了李越。

李越的情绪已经不大稳定，经过这么长时间的煎熬，他寄托在蒋丛成身上的希望一点点被消磨掉。

何砚对症下药，一针见血地戳破他的垂死挣扎："你不用抱有侥幸心理，蒋丛成不可能会救你，你就是他丢出来的替死鬼。"

李越垂头不语，整张脸都慢慢白了起来。

何砚说："你还不明白吗，跟我们合作是你唯一的出路。"

"怎么合作？"李越终于抬起头。

"蒋丛成和许惟的事你了解多少？"

"许惟……"李越冷笑一声，面容阴狠，"都怪那个贱人，我早就说过她不

十九日

是好东西，蒋丛成就是不信。他这个人太自负了，他还真以为手里有把柄，那个女人就不会背叛他！"

何砚："什么把柄？"

李越："那个女人，她杀了人。"

"什么？"何砚一下愣住了。

一个小时后，警员小张来向何砚报告搜索进展。

何砚拿着江城市局传来的档案资料，正在打电话："我需要七年前在七渡镇向阳小学那件命案的全部资料，对，要最快的速度。"

他刚挂电话，小张就着急地把搜索情况说了一遍。

何砚听完皱了眉："这怎么可能？"他回想了下过程，那辆越野车是在撞桥后被弃的，监控显示是昨天十一点二十二分，有辆无牌车在那儿接他们。接着就是宁山隧道，录像显示无牌车是过了隧道的，再往前就到乡下了，这中间有一里多地是盲区，但每个有路的方向他们都找过。附近几个镇不算荒僻，恰好都是一期天网建设试点地，录像里并没有任何无牌车出现过，而监控不到的地方，警方昨天下午已经进行了纵横向拉网式排查，并且向全市相关职能部门发了通知，今天扩大了排查范围。

小张说："除非他们不沿路走，藏到了深山老林，否则不大可能没有录像，也没人见过，只要有人看见，一看照片肯定能认出，他不是一个人逃，有女人，有小孩，应该很引人注意才对，怎么就……"

"等等。"何砚突地打断他，"那一里多的盲区，那辆无牌车可能会发生什么？"

小张一顿。

"无牌车可以装上新的车牌。"钟恒刚从郊外回来。

何砚看他一眼，眉头皱得更紧："想到一块儿去了，如果是这样，他们完全可以掉头返回换别的逃跑方向，彻底误导了我们的追踪重心。"

钟恒的脸色更加难看。

小张立刻说："何队，是不是要发布通缉令？"

"还不行。"何砚说，"一来容易打草惊蛇，更易于他伪装；二来还有人质在他手上，这很冒险，万一他被激怒伤害人质，后果更严重，我们先扩大排查范围。"

"是。"

小张匆匆走了。

何砚瞥了瞥钟恒，目光动了动。

"你进来。"他将钟恒拉进会议室，关上门，"有几个问题问你。"

钟恒神情紧绷，眼底青黑。从昨天到现在他都没有睡过，长时间的焦躁和担

152

忧让他意识不到疲倦："什么问题？"

"你好像提过你跟许惟是高中同学？"

"嗯。"

"很久没联系了？"

钟恒点头。

"多久？"

"有十一年。"

何砚说："她记得你们以前的事？"

"当然。"钟恒皱眉，"你问这个干什么？"

"你别问，先回答。"何砚继续，"有没有发现她某些地方跟以前不太一样？"

钟恒顿了顿，这个问题让他本能地警惕起来。

何砚的神色也同样凝重了，他盯着钟恒："十一年不是很短的时间，她肯定有很大变化，你怎么确定她就是从前那个人？靠脸？"

"你什么意思？"钟恒眼神不善地看着何砚。

何砚没有立刻回答，有人敲门。

"进来！"

年轻的女警送来一沓资料："何队，这是省城市局那边刚刚传过来的。"

"谢谢。"何砚接过来，翻了翻，抽出一张看完递给钟恒，"这个你看看。"

纸上是五号字体，密密麻麻一整页，右边有张黑白照片。

何砚继续翻着手上的资料，慢慢地说："她跟你说过没？她有个同胞姐姐，双生子，我很早就查过她，也知道这一点，但在今天之前，我死也没往这方面想。你记得她在行李箱手柄里留的那三张字条吗？我看第一眼就觉得有点怪，我跟'许惟'好几年前就打过交道了，我那儿找得到她以前的字，所以我找人做了笔迹鉴定，结果你应该能猜到了。"

没有回应。

会议室里十分安静。

过了好一会儿，何砚把手里的都翻过一遍，抬起头，见钟恒捏着那张纸，还在看着。这么长时间，够他看上十遍了。

何砚抬了抬眉："你不会不知道吧？"

钟恒默不作声。

何砚越发奇怪了："你们那时候不是谈过恋爱吗？她没提过？"

"所以你怀疑什么？"钟恒终于抬起头，嗓音低沉地反问一句。

"被蒋丛成带走的这个可能不是许惟。"何砚说，"是有点不可思议，但……"

"不是的话，你就不救了吗？"钟恒打断他。

"当然要救，但是……"何砚顿了顿，忍住了，他没有多讲，只说，"但这中间的前因后果也得弄清楚。"

"那我告诉你，"钟恒喉咙动了动，"她就是许惟。"

何砚仔细看着他的表情，似乎在判断他是否理智，但他面无表情，只有眼睛里有一些明显的波动。

"我知道这可能一时无法接受，"何砚说，"毕竟你们是恋爱关系，这很亲密，所以得知她可能不是许惟，你……"

"我说她就是许惟！"钟恒将手里的纸拍到他面前，语气冷静得出奇，"我不清楚这中间有多少复杂的因果差错，但我知道这些天和我在一起的人就是许惟，她和那个时候一样。"

何砚："你为什么这么肯定？"

"你当然不懂。"钟恒的眼睛微微发红，"我爱她，我抱过她，亲过她，我跟她睡过。"

何砚沉默了会儿："行，这事我会再查证，不管怎么样，人还是要先救回来，蒋丛成也肯定要抓，现在最重要的是这个。"

这时，突然响起的手机铃声打断了他们的谈话。

钟恒几乎立刻摸出手机，是个陌生号码，禺溪本地的，他放到耳边，听筒里安安静静的。

"喂？"

没有声音。钟恒顿了顿，手微微发颤："是不是你？"

他抬头看何砚，何砚点点头，立刻出去叫技术员。

钟恒已经站了起来，低声说："许惟……是你吗？是的话，你敲一下话筒。"

仍然安安静静。

钟恒已经坐不住了，握着手机往外走，电话那头突然有些嘈杂，紧接着一个狠厉的男声说："俞生，待这儿干什么！"

蒋俞生捏着那支笔芯，眼睛一眨不眨地盯着楼梯，蒋丛成走在最前面，他身后还跟着两个男人。在他们走上楼梯的时候，蒋俞生已经看到了。

他朝蒋丛成摇了摇头，两只手揪着宽松的长裤，那手机就搁在他的裤兜里，他的上衣过长，遮住了口袋。

蒋丛成走过来，他脸庞通红，身上酒味浓重，蒋俞生不适应地皱了皱鼻子。

"滚回房里。"

蒋丛成的眼里被罕见的暴戾占满，蒋俞生听不出他的音量和语气，但被他的表情吓住了。蒋俞生从来没见过蒋丛成这个样子。

后头的两个男人走近，其中一个拎着小铁炉，里头火炭烧得正旺，铁钳插在里头。蒋俞生紧紧盯着那个炉子，他不明白为什么这么热的夏天要用火炉。

蒋丛成推开蒋俞生，打开门锁，进了屋子。

许惟站在床边，浑身都是戒备的姿态。她看着蒋丛成走进来，也看到他带来了两个人和那个火炉。

蒋丛成却根本没有看她，他用喑哑的声音命令那两个男人："动手。"

"你要做什么？"许惟警惕地往后退。

"你是要陪我下地狱的，不能是这个样子，我不喜欢。"蒋丛成笑了笑，目光已经不清明，那张微黑的脸庞莫名地阴沉恐怖。

"你知道，我最喜欢那块疤，我说过不准做整形，不准去掉，你去年才保证过的，骗子！"

蒋丛成怒气磅礴，他给一个手势，那两个男人立刻上前。

许惟的反抗毫无胜算，她被揪住手臂，摁到床上，脸庞陷进被褥，两只手都被制住，有人压住她的双腿。许惟用力抬起脸，侧过头，视野里是那烧红的火炉。

她终于知道他要做什么了，脑中嗡嗡作响，整个身体瞬间僵冷。在这极短的一瞬间，许惟好像突然回到了好多年前的那个傍晚——楼下猪肉店老板家的小儿子和街上最坏的几个男孩抓住了方玥，把点着的鞭炮从方玥衣服领口塞进去。

她跑过去时，方玥的衣服已经烧起来。

那时候，她们九岁。

…………

许惟的上衣被扒掉，里头是一件吊带衫，一片遮不住的裸背露出来。蒋丛成从火炉里取出通红的铁钳："没关系，我会帮你烙回来。"

许惟死命挣扎："放开我！"

门口的蒋俞生看呆了，匆忙跑过来，抱住蒋丛成的手一直摇头，他说不出话，快要急哭。

蒋丛成一脚将他踢开，走到床边。

"蒋丛成，你这个疯子！"许惟声音发抖，眼睛潮了，"我根本就不是她！你没有发现吗？背叛你的是我姐，你认识的那个许惟是她，我是她妹妹！"她身体颤抖着，极度的恐惧让她气息不稳，"我是被她骗来当替死鬼的，她就是等着你杀死我，再等着警察毙了你，她……"

"闭嘴！"蒋丛成神经质一般，双眼充血，已经完全癫狂，听不进话，"骗子，你还想骗我！是你自找的，是你对不起我！"

铁钳毫不留情地印上许惟的后背。

外环路上，警车疾驰，当先的是辆黑色SUV，速度明显快于警车。车内几个警员全都屏息，表情凝重。手机在技术员手里，扩音器将听筒里传来的一切动静放大。

何砚眉头紧蹙，已经顾不上思考刚刚许惟那几句话中暴露的线索，他忧心地盯着驾驶座上的男人。这辆车的车速已经快到极限，与后面的警车拉出更长的距离。

除了钟恒，这里没人能把车开成这样。

他大概快要疯了。

何砚后悔刚刚没拦住，照这个速度，待会儿上了山路怕要翻车。何砚想提醒钟恒减速，但嘴唇动了动，最终什么也没说出口。

这种情况下，没几个男人能理智。

电话一直没有挂断，蒋丛成做的一切相当于现场直播。他是在伤害许惟，更是在折磨钟恒。那个疯子还会做些什么，他们难以预料，在这里听得再清楚都没用，如果无法及时赶过去救下许惟，对钟恒来说，痛苦只会加倍。

车内昏暗，很难看清什么，但有些声响是克制不住的，即便已经过度隐忍。何砚觉得，钟恒好像哭了。

转弯的时候，电话里传来许惟痛苦的声音。

钟恒紧紧捏着方向盘，手背上青筋暴突，他吼了出来，眼眶全都湿透。

房间里。

蒋俞生坐在墙角哭着。

蒋丛成没有多看一眼，他满意地盯着许惟的后背，几乎能够想象这新伤成为烙印的模样。这样多好，他不完整，她也不完美。

这才配。

蒋丛成的酒劲儿似乎彻底上来了，眼里的疯狂更甚，他却觉得自己从来没有这么清醒过。

"今天是个好日子。"他说，"就今天，一起死吧。"

背叛不背叛都不重要了。

他从来没有得到过她，那就一起死吧。死了，一切都公平了。

蒋丛成转过身，对那两个帮忙的男人说："没你们的事了，出门前把下面的火点上。"他摸出两张银行卡，"酬劳。"

那两人顿在那儿，惊疑不定，有些不敢接："蒋总，您真的……"

"走。"蒋丛成神色凛然，通红的脸庞明显骇人。

那两人什么都不再问，立刻接过卡，匆匆走了。

蒋丛成走到门外看了一眼，一直等到看见他们点了火才进来。

角落里的蒋俞生抹掉眼泪，奔跑到床边，拉住许惟的手，发出"啊啊"的不明声音。

许惟蜷着身体侧躺在床上，脸庞苍白。

蒋丛成走回来，站在三米之外看着他们，他从黑裤子的口袋里摸出一把军刀，往床边走。

蒋俞生转头看见，哭得更凶，他拦在床边，跪下来。

蒋丛成呵呵笑着，嘲讽地说："养了这么久，还是养不熟，胳膊肘朝外拐，当初真不该让蒋大云那傻子捡你回来。"

蒋俞生用力摇头，揪住他的裤腿。

许惟撑着手肘坐起来，她脸上布满汗珠，声音完全哑了："我陪你死够吧，俞生只是个小孩子，你有必要把他困在这里？"

"小孩子？"蒋丛成笑得眼角抽搐，"我像他这么大的时候，已经能养活自己了。他的命好，这几年的好日子不是我给的？你们一个个都没有心，一个个都要跟我作对。"

楼下的火已经烧起来，烟雾弥漫。

许惟说："你真是个疯子。"

"我是疯了！"他发了狂似的，再一次踢开蒋俞生，把许惟压到床上，军刀贴在她胸口。许惟在同一时间摸到被被子遮盖住的玻璃杯，用尽力气砸到他脑袋上，一连砸了两下，血流了她一手。

蒋丛成手臂晃着，蒋俞生已经爬起来，从侧面用力撞他。

许惟立刻去抢夺蒋丛成手里的刀，纠缠中，蒋丛成一刀扎在她的右肩上。

蒋俞生吓坏了。

许惟攥着蒋丛成的手，把刀带出来，血往外涌。

外头火烧着，烟雾不断上袭，这样下去没被烧死，也要被呛死。偏偏蒋丛成硬得很，已经满脸的血，头晕目眩，还非常执着，他的力气的确不可低估。

许惟的手也被划破了。

僵持中，滚滚浓烟充满了屋子，蒋俞生咳嗽起来。

"俞生，先走。"许惟喊着，但蒋俞生听不见。

许惟咬着牙，不再去抢刀，她用尽力气把蒋丛成推到地上。他头上的血流得更多，整个人跌坐在地，已经不太清醒，那把刀却还紧握着。

许惟爬起来，赶紧拉着蒋俞生要跑，突然，她小腿剧痛，蒋丛成竟然凭着一口气扑过来，一刀扎在她的左腿上，这么一下后，蒋丛成总算晕了过去。

蒋俞生慌张地扶住许惟。

许惟催促："快走！"

她一瘸一拐地跟着蒋俞生出了房门，但往下一看，几乎绝望。

蒋丛成是真准备死在这儿的。

疾驰的车停在楼房门口，钟恒跳下车。

那通电话断掉之前，何砚已经通知了消防，但他们到达时，消防还没赶到。楼里火势不明，看上去不小，这种情况等消防来最保险，但何砚知道他一定拦不住钟恒。幸好屋外有水池，钟恒兜头倒了桶凉水，快速冲进楼，何砚和几个警员陆续跟上。钟恒的速度比他们都快，从楼下找到楼上，大喊："在这儿！"

钟恒在卫生间发现许惟时，她已经是半昏迷状态。他手抖得厉害，顾不上检查她的伤势，立刻脱下湿T恤把她包住抱在怀里，用最快的速度带她下楼。

蒋俞生和蒋丛成被赶过来的其他警员带出去。

许惟迷迷糊糊中，感觉有人紧紧抱着她，他叫她的名字，慌里慌张，丢了魂似的。

她的脸贴紧他的胸口，眉头皱了皱："钟恒，疼。"

7月28日的清晨，宜城下了一场暴雨，午后放晴。

医院的走廊里，陈护工遇上刚出病房的方玥。

"方小姐，您身体还有些虚弱，今天真的要出院？还是再休养几天吧。"

方玥说："没事，回去休养也一样。"她似乎在赶时间，匆忙往前走。

陈护工追上来，有些担心地说："怎么也要等许小姐来接吧，您一个人怎么行？"说着就摸出手机，"我还是给许小姐打个电话吧。"

她刚翻到通讯录，就被方玥握住手机。

"不用了，谢谢。"方玥说，"我妹妹这个月很忙，没法赶回来，不要麻烦她。"

"那……"陈护工皱了皱眉，试探着提议，"那您母亲呢，能不能让她来一趟？"

方玥摇头："你不用担心我了。"

陈护工又说："那我把钱退给您吧，之前许小姐给了整个月的费用，这还有三天呢。"

"不用退了，这段时间辛苦你了。"方玥同她道别后，立刻去办出院手续，缴费卡里还剩五千多。她收好退回来的钱，走出医院，坐上出租车。

吃完午饭，方敏英乘公交车来到医院，在大门外的站台下车，一辆红色出租车刚好从她身边驶过。

进了医院，方敏英才发现病房里已经空了，她问过护士才知道人已经出院了。方敏英赶紧拨电话，但始终没有拨通。

这情况在以前也有，方敏英没有多想，匆匆离开医院，她在自家楼下的超市上班，是趁着吃饭时间跑出来的。

158

她没有料到刚回超市就被警方传讯。

这时候，方玥已经坐动车回了省城，一个半钟头的路程，出车站时正好三点整。她找了一家理发店，对理发师说要剪短头发。

年轻的小哥笑脸迎人："那我给您设计一款时尚的短发造型吧。"

方玥说："不用了，剪短就行，到脖子。"

小哥热脸贴个冷屁股，讪讪地"哦"了声，利索地给她剪短了。

方玥盯着镜子里的人，面无表情。

剪完头发，她坐车回小区。门口的小保安看见她，有些惊讶，刚要打招呼，她已经进去了。

公寓里大半个月没进人，很闷，方玥没有开窗，径自去了卧室，拉开衣柜看了看，很快就清楚少了哪几套衣服，她转头看梳妆台，常用的护肤品、化妆品也少了几样。

方玥走到桌边，拉开抽屉。如她所料，她做的那份计划和专门为许惟准备的记事本都不见了，抽屉里头有一个白色手机和充电器，两张银行卡，一串钥匙。看来，许惟临走前把自己的东西都放了这里，只把那张"方玥"的身份证留在医院给她用。

方玥没有耽搁，找到充电器给手机充上电，把银行卡和钥匙都装进包里。她没碰屋里的其他东西，半个小时后，带上手机和背包出门。

电梯上行，过了一会儿，门开了，里头走出三个男人。

方玥愣了愣。

当先的男人说："方小姐是吧？"

方玥皱眉："是我，你们……"

对方向她出示警官证："有个案子需要你配合调查，请跟我们走一趟。"

方玥倏地顿住。

十九日

第十三章 /
我以为她过得很好

晚上八点，何砚从外面回来，隔着单向玻璃看向审讯室内。

禺溪市局的刑侦队队长林池山正在审问蒋丛成。蒋丛成清早醒来，中午就被带到这里，他头上被玻璃杯砸出的伤不轻，纱布还渗着血。他坐在讯问椅上，和昨晚疯狂的模样判若两人。

他始终低头沉默，林池山被逼出一肚子火："贩毒、制毒，还有其他违法犯罪的事你不跟我交代可以，你就把七年前七渡镇的那宗杀人案给我讲清楚了！"

蒋丛成眼睛动了动，头抬起来，阴郁的目光落到他脸上："让我见那女人。"

林池山一拍桌子："你还敢提条件！"

蒋丛成说："那你们就别想知道。"

林池山气得脸红脖子粗。

何砚在外头看着，摸出根烟，还没点上，手底下的小张跑过来："何队，来消息了，杨副队要跟你通话。"

何砚立刻过去接起电话，等那头说完，他脸色渐渐变了："她一句都不说？"

"对，什么都没交代，她要求见她妹妹。"

"她母亲呢？"

"我们磨了三个多小时，她母亲倒是松口承认了当年的事情，现在情绪很不稳定，哭着吵着要见女儿。"杨副队说，"现在怎么办？"

何砚说："方玥不是要见她妹妹吗？你安排人送她来，我自己审。"

"那方敏英呢？这次传讯已经结束，后面我们……"

"让她自己决定，她想来，就一道带来，但暂时别让她和方玥碰上面。对了，你先把她母亲的讯问记录传过来。"

"行。"

与此同时，林池山从审讯室出来，与何砚交流情况。

160

"他想见？行，有的是机会。"何砚说，"先送去看守所吧。"

林池山点头："只能这样了。"

讯问笔录很快传过来。

何砚坐在会议室，仔仔细细看了两遍，面色越发沉重。一旁的小张给他倒了一杯水，试探着问："何队，是不是全被你猜中了？"

何砚把笔录丢到桌上，嘴唇掀了掀，说："八九不离十了，我这回算是彻底看错了人。"

小张赶紧说："这哪能怪你，幸好是你发现笔迹有问题。这家人真是厉害，差一点我们就都被蒙过去了。"

"还真是差一点。"何砚摇了摇头，"行了，歇歇吧，明天还要忙。"他拿着笔录往外走，"我到医院走一趟。"

九点半，何砚到了市医院，他走进住院部大楼，上了六楼。

许惟住在601病房。

何砚从门上小窗口看了一眼，她还躺在那儿，但床边没人，他转头看看，瞥见钟恒领着护士快步过来。

何砚赶紧让开路，钟恒推开门让护士进去。

护士给许惟量体温，何砚问钟恒："怎么了？"

"好像又发烧了。"

他声音哑得过分，何砚不由得皱了皱眉："你不喝点水？这话都要说不出来了。"

钟恒没理他，走过去问："怎么样？"

"是有点发烧。"护士说，"不过也没什么，继续输液就是，你不要太紧张了。"

钟恒点点头。

何砚等护士走了才走过去："晚上醒过没？"

"醒过一次，就一会儿。"钟恒转头看他，语气不大好，"你过来，是急着要做笔录了？"

"不是。"何砚看了看床上，低声说，"出去说吧。"

两人走去楼道。

何砚开了灯，站在楼梯边，说："说实话，她伤成这样，我也很抱歉，我没想到事情会变成这样，很多情况都超出了我的预料。"何砚停了停，"有些事情，我觉得你大概也需要知道。"

他把手里的文件袋打开，抽出一沓讯问记录递过去："你看看这个。"

钟恒看了他一眼，接过去。

何砚说：“上回给你看过许惟姐姐的资料，许惟随父姓，方玥随母姓，你应该还有印象吧？2004年7月，也就是你们高中毕业那年，她们家出了事情，许惟动手伤了她的前继父。”何砚停顿了下，继续解释，“那男人和她母亲离婚后似乎还在纠缠，这应该是冲突的原因。对方重伤，亲属也不给予谅解，最后判了五年。她们家处境并不好，那年许惟高考成绩很好，几乎是她母亲全部的希望，结果出了这种事……”何砚又停了停，轻声提醒，“你可以看看她母亲的笔录，在最后面。”

楼道过于安静，纸张翻动的声音被放大。

钟恒始终没有说话，他的手微微发抖。

停顿了一两分钟，何砚继续把话说完：“孪生姐妹，长得又那么像，就钻了空子……所以从那时起她们姐妹俩换了名字，虽然是她母亲的主意，但她们都配合。去读大学的是方玥，许惟在服刑，她表现不错，减了一年多，2008年3月出来的，那之后她去了安城，后来这些年一直在那儿，差不多一年回家一次……”

何砚的声音越来越低，他看见钟恒已经全都翻完，却没有抬头。

谁也没想到这事情掰扯开了，最里头居然是这个模样，连无关紧要的小张都要唏嘘几句，钟恒哪能轻易接受？

何砚看着他，摸了摸烟盒，想给他一根烟，又想到这是在医院，只好作罢。

何砚往旁边走了两步，低头盯着楼梯上的台阶，打算给钟恒一点时间。

不知安静了多久，楼道的小窗没关，风声阵阵，何砚听见身后模模糊糊的声音：“我也在那儿。”

“什么？”他回过身。

“2008年，我也在安城。”沙哑的声音已经哽咽。

钟恒垂着头，右手掌盖住眼睛。

2008年3月，许惟出狱，去了安城。

2008年3月，他已经大四，就快要毕业。

那时候，他在做什么？

他忙着做毕业设计，也忙着筹措资金支撑自己的小作坊。

整个大学他都没有再谈恋爱，前两年混混沌沌，一想起她仍然怄得要吐血，觉得自己瞎了眼，一片真心被她糟践得渣都不剩。他气她，恨她，又想她，也指望她什么时候会后悔，会回头来哄他。但两年一磋磨，北边那人没半点音信，他再蠢也不抱希望了，后两年憋着一股劲儿奋发，到大四就跟人合伙创业，忙到倒头就睡，什么都不再想。

那年六月，他毕业，之后在安城又熬了四年，小作坊越做越大，钱赚够了，他却觉得没劲儿，把公司丢给了另外两个合伙人，只身回省内，考进省城的特警队。那座南方的城市，他再也没回去过。

而许惟……

他看过那些新闻报道，也看过一些照片，署名都是她。他甚至从犄角旮旯里搜到过一点捕风捉影的绯闻，他不知真假，但仍然难受得不行。

网上没有她的视频，有人说她低调，从来不接受采访，也不上电视节目。他信了。

…………

小窗外的风声越来越大，纸页被吹得哗哗响。

何砚捏紧了，随便整理了一下装进文件袋里，他抬头看着面前的身影，钟恒坐在台阶上，两手拄在膝头，过去的五六分钟里，他没有讲话。

何砚第一次发现他这么沉默。

"钟恒，"何砚低声说，"我理解你的心情，换了谁都很难接受。"

"我以为她过得很好。"钟恒的脸庞偏向一边，几乎执拗地盯着雪白的墙壁。

"不止你，"何砚说，"谁都会这么以为。"名校毕业，圈内有名的记者，风光无限，受人喜欢。

钟恒低下头，下颌紧绷。

"她这些年是怎么过的，有谁欺负过她……我什么都不知道。"心口的灼痛让眼睛滚烫，他的肩背塌下来。

何砚不知道说什么才好，这个时候叫钟恒冷静点，太不切实际，他只好一言不发。

钟恒双眼湿红："她去了我在的地方。"这一句声音更低，混着复杂难言的情绪。

静了一会儿，又有风涌进来，楼道里压抑的呜咽似乎被盖住。

何砚倒松了一口气，这样发泄出来也好，昨天百般煎熬，今天又是这样的冲击，就算是个大男人，也扛得够苦。

何砚沉默地站着，在这间隙思考着后续的事情。照许惟的情况，恐怕还要过两天才能做笔录，如果赶着讯问，钟恒估计要揍人，明天还是先等方玥来了再说。

他兀自做着安排。

也不清楚过了多久，外头传来病人家属呼喊的声音，太过锐利。

何砚微微皱眉，看见钟恒站了起来。

何砚说："关于这个案子，我还有很多事实并不清楚，暂时无法给你交代更多，明天……"他停了下，说，"明天我应该会见到许惟的姐姐方玥。另外，方便的话，恐怕后面还要向你了解部分细节。"

钟恒没有作声。

何砚想了想说："钟恒，换个角度想，也许我们应该庆幸，这一切毕竟没有走到难以挽回的地步。"

7月29日，何砚终于在禺溪见到了方玥。

路途的奔波让方玥脸上显出一丝明显的憔悴。

讯问室的门关上，何砚盯着面前这张熟悉的脸庞，仍然感到震惊。如果不看头发，这张面庞真的和许惟毫无区别，她甚至很镇定地和他打了个招呼："何队，好久不见了。"

何砚看着她："上次见面是什么时候？"

方玥："应该是去年四月。"

"你记得很清楚。"何砚盯着她的眼睛，"那半个月前，接我电话并且来见我的是谁？"

"是我妹妹许惟。"

"你具体说说。"

方玥："你不笨，应该已经猜到了。"

"这里是讯问室。"何砚神色严肃，"我是在审问犯罪嫌疑人，你需要交代事情的经过。"

方玥依然很平静："好。其实很简单，我只是事先做好详细计划，列出我完整的社交网络，包括每一个人的基本信息、性格、语言特点，以及我与他们的熟悉程度、相处模式、对话方式。我妹妹记忆力奇高，这对她来说是很容易的事。"

"你怎么说服她帮你？"

"我没有说服。"方玥说，"我只是赌。"

"赌什么？"

"赌她心里对我还有我家人的那点感情。"

何砚尽力保持着平静客观的态度，提醒她："说细节。"

"这个细节太多了，不是一天的事，概括来说，就是反复透露我处境危险，并且由此会连累到其他家人的安危，她如果在意，自然不会不问。"

"所以，那个车祸也是其中一部分？"

"对。"方玥坦然承认，"只不过稍微超出了我的预料，我没想躺那么久。"

何砚停了停，问："我收到的那封邮件是你发的？"

"是。"

"那么多证据是什么时候拿到的？"

"去年。"

"那为什么拖到现在？"

方玥难得地顿了下，低了低头："我不确定要不要这么做。"

"这是什么意思？"即使何砚很清楚作为一个警察，他不应该在讯问中抱有个人感情，但此刻他仍控制不住咄咄逼人，"你犹豫的是什么？是要不要揭发蒋丛成，还是要不要拉你妹妹入局？前者还是后者？"

方玥沉默数秒，低声承认："后者。"

"是什么促使你最终做下决定？"

方玥抬起头，淡淡地说："他做的生意你也知道，制毒、贩毒、组局吸毒，他那个木云山庄是个毒窝，我早就想揭露他。那些证据我并不是一下子搜集的，这事我很早就在做，我没想到他越来越得寸进尺，我只不过有一个喜欢的男人，其实交集并不多，他就找人打残了他。我意识到，他这辈子都不会放掉我，这种日子令人窒息，我没法再等，必须要摆脱他，哪怕是死。"

何砚冷笑："让你妹妹死？"

方玥微微闭了一下眼睛，没有说话。

讯问室陷入短暂的寂静，何砚有一会儿没有开腔，似乎在思考，过了一两分钟他说："所以你连我也一起设计了。"

"抱歉。"

何砚没表态，只说："可你这办法并不是很稳妥，应该说有很大风险。"

方玥说："我知道，所以我也只是搏一搏。"

"你想过会失败？"

方玥："我当然想过，只不过我以为赢的概率有八成，还是抱了不小的希望。你们找到我的时候，我是有些震惊，但好像也松了一口气。反正不管是成功还是失败，有一点我很确定，"她嘴角抿了抿，慢慢说，"蒋丛成应该是死定了。"

何砚说："行，那接下来你说说你跟蒋丛成，你们什么时候认识的？又是怎么有这些牵扯的？他做的那些违法犯罪的事，你是什么时候知道的？"他补充道，"顺便交代交代七渡镇那个案子。"

"这个你晚点再问。"方玥说，"我妹妹呢？我必须先见我妹妹。"

十九日

第十四章 /
结婚行吗

医院里的时间和外面世界的不同速。

病房内阒寂，输液管里的点滴缓慢流动。

许惟还在睡着，白被单盖住了所有伤处，只露出一张苍白的脸庞。她的伤都不在要害，但很折腾身体，肩膀、腿上最重，血流得多，手臂的划伤稍浅，最难处理的是后背，医生说恢复得再好都会留下疤痕。

钟恒在病房里坐了整晚，感觉像把前面二十多年重新走了一遍，按理说应该看透想通，但他这个人胸怀向来不够宽广，一贯记仇记恨，不放过别人，也不放过自己，这口郁气也像堵在胸口二十年，抓心挠肺，横竖排遣不掉，怄得眼睛酸胀，气到最后，全都气到自己头上，一双眼睛憋得通红。

熬到清早，他去找护士来给许惟量体温。

连着几天没修整过，他胡楂都冒出来了，身上这衣服还是前天的，那天晚上泡过水，滚过灰，又脏又皱，整个人邋遢得很。

护士看不下去，做完记录，眼皮掀了掀，瞥他一眼，见那眼睛里都是血丝，也不忍说狠话，委婉提醒道："你女朋友情况很稳定，可能是之前太缺乏休息，就是睡得长了点，你真不用寸步不离地守着，抽个空去洗洗吧，你这样子小心吓着她。"

钟恒有些茫然地低头看看自己。

护士叹口气，换了输液瓶就走了。

钟恒视线往四处瞥了瞥，看到前天晚上何砚叫人拿来的衣服，他进卫生间换了，洗漱了一通，出来坐到床边。

床上的人闭着眼，呼吸很轻，这张脸除了眉和眼睫是黑色的，其他哪儿都白，两片唇也没多少血色。

钟恒手伸过去，在她额头上贴了一会儿，掌心下温温凉凉，不烫了。他握住她的手，攥紧，头靠过去，贴着被褥，嘴唇在她指尖碰了碰，眼睛就闭上了。

他太久没合眼了，在这清早攥着她的手就迷迷糊糊睡过去了。

钟恒是被惊醒的。

他做了个噩梦，梦里下大暴雨，他骑一辆破自行车载着许惟，下坡的时候没刹车，把许惟给摔着了，头破血流。这么一吓，他顿时一个激灵，彻底清醒。

他睁开眼睛，视线聚焦，愣了愣。

许惟眼珠微微动了动，和他的目光笔直相对。

"钟恒。"她眉心蹙着，右手在钟恒掌中转了转，几根手指捏住他的大拇指，没多少力气，合不拢。

钟恒直起身，勾着头凑在她面前。

"……你醒了？"大手掌捧住她的脸。

"嗯。"

"疼？"

许惟摇头，眼睛又合上，脑子里仔细回忆，眉头越皱越深，那晚的事还有些残留印象。她沉默了半晌，问："今天几号了？"

钟恒顿了顿，低声说："29号，你睡了好久。"

"蒋……蒋丛成呢？"

"被抓了。"

"俞生……就是跟我一起的那小孩，他……"

"他没事。"

许惟看着钟恒青黑的眼睛："你……"话没说完，嘴被他咬住。

许惟感觉到他的手有点儿抖，亲得也糟糕，胡楂扎到她的脸，嘴唇一撞，舌就撬进去，没有过渡，她一口气没出去，他舌头已经到她嘴里，吻技跌破历史下限。

幸好他很快冷静了，没持续太久就退开，贴着她的脸庞喘息。

许惟胸口起伏，半天才缓过来。

"钟恒，"她又要开口，"我……"

"结婚行吗？"

"……"

许惟蒙，钟恒自己也蒙，看她睁眼，乱七八糟的一堆话挤在喉咙口，推来搡去，磋磨半天把这句从心肺里拉出来。

这婚求得太突然了。

钟恒脑袋抬起来，眼周的青黑跟熊猫差不离了。许惟不吭声，他眼睛又红得厉害："许惟，跟我结婚。"像是祈求。

许惟心跳加快，脸庞有了些血色。她喉咙动了动，身上的疼痛提醒她之前发生了什么，但对于这个求婚她依然半天反应不过来。

"你怎么了……"她踟蹰地看着他，"我……"

还有很多事没解决，也还有很多事欠他交代。

"钟恒，你等会儿，我有事情要告诉你。"许惟手指动了动，有些急切地要坐起来。

钟恒轻轻摁住她："你别动。"

许惟："我不知道怎么说，你给我点时间，我组织一下语言。"

桌上的手机突然响了起来。

许惟看了一眼，说："你接电话。"刚说完，铃声歇了，敲门声又来了。

许惟看着钟恒："你先开门？"

钟恒朝她点头，转身走到门边，往外看了一眼，脸色就不好了。

何砚贴着小窗口正往里看。

钟恒把门拉开，何砚往前一跌，差点栽倒："你干吗？"

钟恒把他往外推，到了走廊，钟恒压低声音说："她才刚醒。"

"已经醒了？"何砚语气轻松了点，"状态怎么样？"

"不好，做不了笔录。"

"谁说我是来找她做笔录的？"何砚看着他，"你别这么敏感成吗！她既然醒了，我进去看看。"

钟恒皱眉："她说不了很多话。"

何砚审视地看着他："你是不是怕我提那些？"

钟恒默不作声。

"咱们现在算不算朋友？你别老防备着我成吗？"何砚说，"这样吧，我保证，我今天绝不主动提那些，我就作为一个朋友来看看她。"他拍拍钟恒的肩，"进去吧。"

许惟正看着门口，他们一进来，她就看见了钟恒身后的何砚。

钟恒快步走到床边，轻声说："何队来看你。"

许惟没有说话，头点了下。钟恒倒了杯水，喂她喝了两口。何砚走过来，站在一旁对她笑笑："总算醒了，感觉怎么样了？"

"还好。"许惟说，"你坐吧。"

何砚拉了张椅子坐下来，看了看她的脸色，又问了几句，都是些寒暄的话。

许惟敷衍地应着，过了会儿，在何砚打算告辞时，她忽然拉住钟恒的手，说："我饿了，想喝粥。"

"我去买。"钟恒立刻起身，"还想吃别的吗？"

许惟点头："你看着买。"

何砚在一旁说："那刚好，你去买吧，有我在这儿。"

钟恒没理他，对许惟说："我很快回来。"

"嗯。"

钟恒临走前警告地看了何砚一眼。何砚心领神会，点了点头。

等钟恒一出门，许惟就说："何队，我有事情告诉你。"

何砚早看出来她是故意支走钟恒，已经猜到她有话要说。

"跟蒋丛成有关？"

"嗯。"

"跟你姐有关？"

许惟一愣。

何砚没有跟她卖关子："我已经见过你姐了，所有的事，我也都知道了，你姐姐和你母亲现在都在禺溪。"

许惟看着他，明显有些惊怔。

何砚说："那天晚上你说的话我们都听见了，那小男孩的电话一直是通的，我们也是通过那通电话找到你的。"他脸色微沉，"你姐还有你母亲都已经承认，所有的事基本上都清楚了。本来今天不跟你谈这些的，但你自己提了，所以我顺道告诉你，你姐方玥已经到了禺溪，现在在看守所，她提出要见你。"

许惟没有说话，眼神慢慢冷了。

她低下头，缓慢地问："她都承认了？"

"嗯。"

"我猜得没错？她拿我当替死鬼？"

何砚点头："嗯。"

"她真的杀了人？"

"嗯，但她没有交代这些，一定要先见到你。"何砚说，"你怎么想？"停了停，他又说，"按钟恒的性子，肯定不会同意你见她。"

许惟微微一顿："钟恒……他也都知道了？"

"对。"

"所有的事？"

"嗯。"

许惟无意识地捏了捏手指："我坐牢的事，也知道了？"

何砚点头。

许惟手心渐渐渗出汗，她声音低下来："……他说了什么？"

何砚看出她的不安，他一时有点不习惯，也终于感觉到眼前这个姑娘和方玥的不同。这样的情绪他从来没有在方玥身上看到过。相识以来，他眼里的方玥一

十九日

/ 169

直是冷漠疏离的，似乎从来没有真正在意过什么，她大概也不会像她妹妹这样因为一个男人而不安。

撇去警察的身份，何砚对许惟或多或少抱有一些同情，他很自然地安慰道："你别紧张，钟恒并没有介意这个，他看上去应该是很心疼。"何砚停了下，试图把昨晚钟恒的情绪描述得更准确一些，"就我看来，他明显更在意你这些年的处境，甚至因此有些自责。"

何砚想起昨晚，犹豫了一会儿，还是没说钟恒因此哭了一顿。

"他今天本来不想让我见你，就是怕我跟你提这些，毕竟不是让人开心的事情。"何砚说，"不过，我倒认为，你心里应该已经很清楚了。这些事总是要解决的，你姐姐做错了事，她必须承担，我只是把她的要求告诉你，如果你拒绝见她，我也不可能勉强你。"

许惟："其实我也想当面问问她。"

"我能理解。"何砚说，"如果你答应了，我这边可以安排。不过你的身体目前还很虚弱，不用着急，晚几天也可以。"

许惟摇头："我不想拖很久，后天行吗？"

何砚微微皱眉："身体可以？"

"应该没问题。"

"钟恒恐怕不放心。"

"没事，我跟他说。"

"那好。"何砚说，"我安排好了联系钟恒。"

许惟点头："好。"

何砚想了想，说："至于你跟方玥互换名字的事，虽然已经过了追诉期，但该纠正的还是要纠正，方玥的学历应该会被注销，你们各自都要用回自己的名字，档案修改等具体操作我们会和宜城市局共同解决，之后我会安排人负责联络你，到时你配合就行。"

"嗯。"

何砚说："你还有什么要问我的？"

许惟默了默，问："方玥会怎么判？"

"不好说，这个得看具体情况。"何砚说，"虽然是个杀人案，但情节不同区别也挺大。不过不管是哪种，她这七年掩盖犯罪事实，逃避法律制裁属实，量刑应该从重。"

许惟没再问别的，关于方敏英，一句也没问。

钟恒速度很快，一刻钟左右就买好早餐回来了。

何砚在走廊等着，直截了当地告诉他："她全都知道了。"在钟恒变脸之前

170

立刻补充完，"不是我提的，她自己问的。"

"你都说了？"

"你顾忌得太多了。"何砚说道，"其实她心里头清清楚楚，该接受的早接受了，说开了最好。"他停了下，提醒钟恒，"她挺在意你的态度，问了好几句，大概怕你介意。"

钟恒顿了顿，心里越发不是滋味，何砚走后，他独自在走廊站了一会儿。

许惟躺在床上看见他拿着早餐进来。

"你买了什么？"她眼睛一路追着他。

钟恒走过去，把袋子放桌上，端着粥过来说："粥和米糕，你现在要吃清淡的。"

"哦。"

钟恒把床摇高，注意着她的伤："背很疼吗？"

许惟摇头。

钟恒垂着眼，慢慢往下卷着被子，低声说："你总骗我。"

许惟微微一怔，钟恒却没再说什么，他已经拿起碗，用勺子舀了粥，吹凉了递到她嘴边。

许惟吃了，是甜粥，味道淡淡的，不腻，适合她的口味。

钟恒盯着她的脸庞："好吃？"

许惟点头，眼睛觑着他，看两秒，视线又落下，看着他手里的粥。钟恒喂得慢，许惟一口一口也吃得慢，但最后还是把一整碗甜粥都吃完了。

"米糕还吃不吃？"

"吃不下了。"许惟问，"你早饭吃什么？"刚问完，就见钟恒从桌上拿来三个花卷，坐到凳子上，他吃东西一直比她快很多，几大口解决一个。

许惟盯着他看。

钟恒偶尔一个抬眼，跟她目光直直碰上。

许惟移开视线，望着白被单，屋里只有他咀嚼的声音。

差不多过了五六分钟，钟恒吃完了，起身丢掉垃圾，拿毛巾给许惟抹了抹脸，再把床降下去，给她盖上薄被，扯平被角的时候，他的手被许惟握住。

钟恒没吭声，漆黑的眼睛看着她。

"钟恒。"

他应："嗯。"他等着她继续说话，她却没了第二句，只是还抓着他的手，有点儿用力。

钟恒没耐心了，自己说："我们有话没讲完，记得？"

许惟点头。

沉默地对视了一会儿，他眼神渐深："你去了安城？"

许惟微顿。

"因为我？"他头低下来，彼此脸庞的距离更近，呼吸可闻。许惟没有回答，下意识地避开他的目光。

钟恒唇角翘了翘，笑容微苦："不敢看我了？"

"没有。"

"一直在那儿？"

"嗯。"

"在哪个区？"

"水云区。"

"去过我学校？"

许惟点头。

"见过我？"

她摇头。

…………

钟恒那只手掌转了转，反把她的手包到掌心，攥紧，另一只手抬起来，捧着她的脸，轻轻说："你没有跟我分手，是不是？"

许惟默不作声地看着他。

钟恒的心口顿时揪作一团。

看过那些讯问资料后，他心里其实什么都想清楚了。那年暑假，其实是方玥在用许惟的手机跟他联系，费尽心思糊弄他，告诉他是家里人改了志愿，所以食言了。他气极了，一个暑假都不想搭理她。

她一次也没有哄过他。

后来，是他舍不得分手，再难受也还是妥协，然而大一开学，没多久就被分手，她说不喜欢他了。他有恐慌，有愤怒，委屈得不行，但坚持不了一周仍然拉下脸皮主动联系，可惜全无回应，那人电话不接，短信不回，"企鹅号"灰暗。

许惟不会那样。

许惟更不会在他坐了一夜的火车跑过去时避而不见，只给了一条拒绝的信息。

那天他在小操场的大树下坐到傍晚，天黑时下大雨，他独自走了，上火车就开始发烧，回去后断断续续生了半个月的病，烧得糊里糊涂的时候，就翻来覆去地想：我死也不要再理她了。

像个笑话一样。

谁会想到，那个狠心得要死的人从来都不是许惟。

"我不问了。"钟恒别开脸，眼睛一下就湿了。

许惟在医院又躺了一天，到30号状态更好一些了。

中午，护士来给她换药，背上的烫伤处理起来最麻烦，许惟侧着身，幸好病号服的领口够大，不用完全脱掉，还算方便。

她没让钟恒留在这儿，又把他支出去买饭。

小护士手脚相当利索，涂药很快，几分钟就涂完，盖上纱布包好，叮嘱许惟："睡觉注意点，能侧着就侧着，不要乱蹭，否则会更难愈合的。"她说着也有点惋惜，女孩子的背本来也是很美的地方，光滑白皙，多好看哪，结果伤成这样。

许惟应了声"知道了"，跟她道了声谢。

钟恒回来时，小护士已经走了。许惟还保持着那个姿势，侧着身体躺着。她中午食欲差，吃了几口泡饭就睡了。

等到睡醒，时间已经不早了，没想到蒋俞生来了。

蒋俞生那晚没受伤，只是被烟呛到了，情况轻微，只在医院待了一会儿很快就醒了，一直由市局那边的女警暂时照顾。今天他请求那位女警带他来医院。

钟恒见到他的第一眼，没认出来，再看两眼，对这小孩有了些印象，但并不深。那晚他顾不上别的，把许惟送到医院才稍微回过魂，只是在医院看过蒋俞生一眼，没想过这小孩会来找许惟。

蒋俞生已经换了一套衣服，身上干干净净的，跟那天晚上脏兮兮的样子判若两人。看到钟恒，他有点怯，站在门边朝钟恒比画两下。

钟恒看不懂，皱着眉，目光带着审视的意味。

见钟恒没动，蒋俞生有点着急，回头看向站在楼廊的女警。

"你进去吧。"女警朝蒋俞生示意。

蒋俞生于是没再看钟恒，绕开他跑过去。

许惟刚睡醒，还有点迷糊，睁眼看见他，愣了愣："俞生？"

蒋俞生点点头，小脸皱得紧紧的，站在两米之外打量她，似乎不敢靠近。

"你怎么来了？"许惟问他。

蒋俞生比画着告诉她。许惟看了个半懂，喊他："过来点，俞生。"

蒋俞生走过去，许惟看了看他："你有没有受伤？"

他摇头表示没有，乌黑的眼珠一直看着她，过了一会儿，那眼睛里就滚出泪。他靠近了，拉住许惟的手，哭得安安静静。哭了一会儿，他自个儿把眼泪抹干净。

钟恒站在那儿看着这一幕，脸色莫名有点沉重。

蒋俞生没松开许惟，他在床边坐下来。

许惟安慰了一会儿，抬头示意钟恒拿个水果来。

桌上放着香蕉、苹果。钟恒掰了两根香蕉，走过来递给蒋俞生。

蒋俞生没接，看着许惟。

许惟说："你吃吧。"

蒋俞生这才松手，接了香蕉，剥好一个，自己没吃，却递到许惟的嘴边。

钟恒："……"

蒋俞生的眼神殷殷切切，许惟没忍心辜负他的好意。

等她都吃完了，蒋俞生自己才吃了另一个。

他背上背着警察送的书包，里头有画笔和本子。他吃完香蕉把书包打开，取出一幅画给许惟看。

画纸上是件花裙子，比他上次画的那件更好看。他拿出笔在画纸底下写了几个字：你喜不喜欢这个？

许惟点头："喜欢啊，很好看。"

蒋俞生似乎松了一口气，黑眼睛晶亮。他又飞快地写：那我买这个给你。

许惟很配合："好啊。"

钟恒："……"

许惟没注意钟恒，问蒋俞生："你现在住在哪儿？"

他写给她看：警察那里。

许惟："害怕吗？"

蒋俞生摇头。

许惟没再问。

蒋俞生对这一切似乎无知无觉，他没有提起蒋丛成，也没有表现出其他的情绪，他仍然专心地在给纸上的花裙子添颜色。

待了半个多小时，蒋俞生就被女警带走了。

临走前，他把那幅画留给了许惟。

钟恒送他们出门，走回来后说："那天是这小孩打的电话？"

许惟点头："嗯。他好像是蒋丛成捡来的孩子。"

钟恒点点头，懂了。

难怪那天电话里都没人说话。

"他跟你处得很好？"钟恒瞅着那幅画。

许惟点点头："嗯，还好。"

许惟把画放下，对钟恒说："我明天去见一下方玥。"

钟恒一听脸色立刻就变了："你见她干什么？何队说的？"

许惟摇头："跟何队没关系，是我自己有些话要问她。"

钟恒看着她，不吭声。

许惟说："你别担心。"

钟恒怎么会不担心？他想起方玥对许惟做的事，"杀人"的心都有。

"那样的人，你还拿她当姐？"钟恒定定地看着她，眉头蹙紧。

"没有。"许惟说，"钟恒，我跟那个家牵扯了二十八年，我跟她也是，或许应该做个了断。"

钟恒低下头，沉默了一会儿："你现在身体不行。"

"没关系，伤口都不出血了，我精神也不错。"许惟说，"我想早点结束。"

钟恒不说话。

许惟小声地喊他："钟恒……"

钟恒轻轻地点了下头，他知道她主意已定，劝不住。毕竟她才是当事人，她是什么感受，旁人没法体会，更没资格代她做决定。

"我跟你一道去。"他说。

"好。"

晚上何砚的电话打来，说好第二天早上他安排车来接。钟恒挂掉电话，脸色一直不好，有点儿暴躁，也许是今天得知她要见方玥，他压下去的郁气又涌上来。

他去卫生间冲了个澡，回来时，见许惟靠在床上看他买回来的杂志。他坐在凳子上擦头发，看她慢慢翻着书页，平平静静。

等他擦完头发，许惟也翻完了。

钟恒把床摇下来："睡觉了。"他仍然坐在凳子上。

许惟说："你今天上来睡，我伤口没那么容易碰到。"

"真碰到流血了怪谁？"他调好室内温度，给她盖上被子，催促，"闭眼睛。"

许惟没听。

钟恒本来心里就不安稳，给她这么一闹，更难受："许惟，你就想拿自己的身体不当回事是吧？"

许惟蓦地一怔。

屋里气氛僵了僵。

钟恒似乎意识到自己失态，别过脸。

"钟恒。"许惟想了想，斟酌着说，"我那天是不是吓到你了？"

钟恒没吭声，缓了缓，目光挪过来，看她一会儿，已经后悔了。

吼她干什么？

他就那么站了一会儿，左想右想没找着合适的话，索性脱了外裤，掀开被子躺到她身边。许惟一时惊讶，她往旁边挪，给他腾位置，却被钟恒攥住手。

许惟没再动。

钟恒没松手，轻轻捏着她的手指，脑袋凑过来，低声说："不该吼你，别生气。"

许惟说："没生气。"

他"嗯"了声，手在被子里攥住她的："睡觉。"

屋里灯暗掉，安安静静。

许惟想了想，说："那天对不起，让你担心。"

钟恒没接话，嘴唇在她脸颊上吻了吻。

第二天中午，何砚叫人来接。钟恒给许惟换了衣服，抱她下楼，把她送进车里，一路上，他坐在她旁边，心情复杂，许惟倒很平静。

这是七月的最后一天，本来就是个结束的日子，即使是个很糟糕的暴雨天气。

也是在这一天，蒋丛成终于见到了方玥。

早上，何砚再次提审了方玥，告诉她许惟已经答应见面。这次的审讯很顺利，方玥如实交代了七年前在七渡镇向阳小学的误杀案，包括蒋丛成替她隐瞒事实的整个经过。

审讯的最后，何砚提及蒋丛成要求见她。

方玥几乎没有思考，就应道："好。"

这次见面安排在提审室里。

方玥先被带过去，蒋丛成一出现就死死地盯着她。这几日的关押让他身上的阴郁和病态更加外显。

和他相比，方玥显得过于风平浪静，她几乎没有情绪波动。面前蒋丛成那张脸似乎比从前更黑，他整个人都无比黯淡。

方玥觉得他这个样子像一只阴沟里的老鼠，潮湿阴暗，一辈子见不了天日。

坐下来后，方玥一直不开口，就那么看着。

蒋丛成那双黑魅魅的小眼睛渐渐变得赤红。

方玥看着看着，淡淡地笑出了声："蒋总，不认识了？"

蒋丛成瘦削的脸庞紧紧绷起来。

"想不到是吧，"方玥看着他，"我也能赢你一次。"

蒋丛成声音低颤："赔上你这辈子，值？"

"值不值，我自己清楚。"

蒋丛成目光森冷，说："你蠢不蠢？我有对不起你？这世上有几个男人比我对你更好？"

"你是男人？"方玥像听到笑话一般，"你确定？"

蒋丛成手攥成拳，额头上青筋暴出，他心里的火快要喷薄而出。

"你以为装得很好，捡个小哑巴当儿子养，就可以掩人耳目？"方玥目光平淡，"看开点，你真不算男人，你和从前一样，是最脏的老鼠，只敢偷看我。你一直都是那只下贱的老鼠。"

"闭嘴！"蒋丛成浑身发抖，脸色青白，那双眼睛却红得要滴血，"闭嘴！贱人！"他几乎在嘶吼。

蒋丛成被警察按住。

方玥一直面无表情地看着，到最后也没有再说一句话。

这最后的一次碰面以蒋丛成的发疯告终。

一个小时后，方玥被何砚以提讯的名义带出看守所。

许惟是在市局的候问室见到方玥的，意外的是，两个人都很平静。

上次见面，方玥还是光鲜亮丽，现在已经明显憔悴了。方玥的短发让许惟多看了两眼，她去年也剪过这样的短发。

有一分多钟的沉默，最后还是方玥先开口："你的伤怎么样了？"

"没怎么样。"许惟说，"死不了。"

方玥看着她有些苍白的脸庞，说："我还以为你不会愿意再见我了。"

许惟没有说话。

方玥："你没话问我？"

许惟看着她，说："你那年在禺溪发生了什么事？"

"没什么，一点意外，有人欺负我，我还手反击了而已，只不过下手重了，人死了，蒋丛成帮我处理了，我以为我很幸运，后来才发现他才是灾难。"方玥低头笑了笑，"都是命吧。"

谁也不会想到，当年的一点冲突是事情的源头，冲动情绪下的伤人行为致人死亡，却因被掩盖而发酵出后续的一切。

方玥说："你还有什么想问的？"

许惟沉默了一会儿，说："你是不是从小时候就讨厌我，和妈妈一样讨厌我？"

方玥顿了下，似乎没想到许惟会问这个，停顿了好一会儿，她才开口："你这么想？"

许惟没有应声。

方玥笑了声："我说不是，你大概不会相信。不过，确实不是，我没真正地讨厌过你。至于妈，我还真不知道她怎么想，也许只是更心疼我，毕竟你一出生就很健康，我却差点死掉。"

许惟没接话，大概也不知道说什么。过了一会儿，许惟才说："我问完了，没别的要说的。何队说，是你要见我，还有什么事？"

方玥说："也没什么，有些陈年旧事，给你个交代。"

"什么？"

"我那房子的钥匙，你还有吧？房间床头柜里有保险柜的钥匙，有些你的旧

十九日

东西放在里面，你有空去取一下。”

“我没有旧东西在你那儿。”

“那可未必，”方玥说，“你最好还是去看一下。另外，那房子我打算给你，你想住就住，不想住可以卖了。”

“我不要你的东西。”许惟说。

方玥顿了下，淡笑：“你这个人还是傻倔，吃苦受罪好像对你一点用都没有，棱角磨不圆，你活得总不会轻松的。不过随便你吧，你想怎么样就怎么样吧。”

许惟：“你说完了？”

“差不多。”方玥看着她，“小惟，你有没有后悔过？”

“后悔什么？”

“当年如果你忍一忍，没打伤那个男人，可能你的人生完全不一样。”

“我没后悔。”许惟说，“我做错了，也承担过了。”

方玥点了点头，沉默了片刻，问：“今天几号了？”

“31号。”

“行。”方玥说，“结束了。我那份，我自己去承担。”

方玥被带出去。

同一时间，憔悴不堪的方敏英从讯问室走出来，就在这条走道里，她终于见到了被警察押着的方玥。

方敏英蓦地愣了一下，连眼泪都忘了抹。

以前留过短头发的只有许惟。

方玥说：“妈，是我。”

这一句足够让方敏英分辨，这是她心心念念的女儿。

“囡囡？”方敏英情绪很激动，手足无措地看着她，边哭边说，“到底出了什么事啊！你怎么会杀人，肯定是弄错了，是不是？你别怕，告诉妈，妈给你想办法！”

方玥皱眉：“你哭什么？我还没死。”

“你说说清楚，你要把妈吓死吗！”方敏英眼泪直流，几乎要崩溃了。她这个人胆子从来都不大，活了半辈子最果断的一回大概就是十年前做出的那个决定——让两个女儿互换姓名，瞒天过海。而这些年，家里的主心骨都是眼前的这个大女儿，她年纪越大，就越发怕事。方敏英做梦也没想过，这个家居然又遭逢巨变，这回还是一向最乖的方玥出了事。

这对她来说，跟天塌了没两样。

“妈。”方玥却异常平静，“你什么都别问，我跟你说了也没有用。我现在有几件事要说，你好好记着。我已经卖了一套房，钱存在你那张建行卡里，卡在外婆的枕头底下，应该够养你和外婆，等你年纪大了，就请个人来家里照顾。我住的那套房子会留给小惟，你对她好点儿，后面我怎么判你都不要管。"

"囡囡？你真的做坏事了？你真杀了人？"方敏英脸色惨白，仍然不敢相信，"不可能！怎么会呢？"

方玥没有回答，只说："你早点回家吧。"她朝警察点了点头。

方敏英面如死灰，一下子瘫倒在地。

许惟独自坐在候问室听着外面走道里的号哭声。

一墙之外，那是她的母亲。

不知过了多久，外面终于安静了。

有人进来，把她抱起来，一路往外走。许惟的脸贴在他胸口，轻轻地说："钟恒，你的求婚还作数吗？"

钟恒几乎顿了一下，低头看她："当然。"

他手臂微微收紧，抱着她快步走出了公安局的大门。

外头的大雨不知什么时候已经停了。

这是 2015 年的 7 月 31 日。

这也是许惟和钟恒重逢的第十九日。

有人释怀，有人疯狂，有人高楼跌深沟，有人金光绣满身。

十九日

第十五章 /
十九日后

8月1号，何砚亲自跑了一趟医院，把许惟的行李箱送过去，这边的工作就快结束了，他顺道提前道个别。

他到病房的时候，许惟已经睡着了。

钟恒接过行李箱放好，何砚拍拍他的肩，低声说："她睡着了，你有空闲不，出去喝点儿？"

钟恒朝病床上看了一眼，走到桌边从衣服口袋里摸出个烟盒拆开，给许惟留了句话放在床头。

医院往前走半条街，有吃饭的排档。

他们没点多少食物，倒是要了几瓶啤酒。何砚全都打开，整瓶推过去："总算是了结了。"他仰头倒了一大口灌下去，"你后面怎么打算？"

"还在想。"钟恒说，"没有决定。"

"老赵上次还说过，你这个人太随性，没什么顾忌的，觉得做警察有劲儿就去了，遇到看不惯的事转头就能干干脆脆走了，一点沙子也不容，好像做什么决定都随心所欲，轻松得很。"

钟恒喝了口酒，承认："那时候不需要规划，一个人胡乱过怎么都成，想做什么就去试。"

"现在不一样了？"

钟恒没作声，沉默了一会儿，头点了点。

何砚也大概明白了，说："也好，隔了十年还能到一块儿，这多大的缘分，是该好好珍惜，准备什么时候办事？"

钟恒低头笑："这得听她的。"

何砚也笑了："到时要有空，我也给你们送祝福去。"

"谢了。"

两人喝掉几瓶啤酒才散。

钟恒独自沿着街道往医院走，地上的影子跟随着他走过几盏路灯。到了医院门口，他没立刻上去，在楼下小花坛的石阶上坐了一会儿。

酒劲儿上来了，钟恒仰着头，抬手揉揉额，摸出手机给赵则拨去一个电话。

赵则那家伙不知在忙啥，铃声响了半天才接，大嗓门儿炸着："钟恒，你还真是乐不思蜀了，我都快把咱们的旅馆装修完了！你到底啥时回来？我昨晚想泥鳅都想得失眠了！"

钟恒闭着眼，没有说话。

赵则在那头碎碎念，把家里附近大小的事情汇报了一遍，末了叹口气，有点恨铁不成钢："你瞧瞧，你那边咋就没进展呢？大半个月过去了，隔壁老王家的猫姑娘都生一窝崽子了，你们那点陈年旧情到底还能不能复燃了？"

钟恒微抿的唇带出点笑声："世纪大酒店的一百零八桌还算数吗？"

电话那头，赵则瞬间蒙了："哈？"

钟恒笑声渐低，手肘撑在腿上，有点酸苦又有点愉悦地说："赵则，老子要跟许惟结婚了。"

八月过得特别快，许惟有二十多天在医院度过，几乎与世隔绝。她的手机早在被蒋丛成没收后就没了，住院期间的通信都靠钟恒，关于案件的后续一无所知，何砚说的档案更正的事也都是钟恒在联络。

许惟知道，这种案子从立案到审判起码要一两个月，没那么快尘埃落定，后续其实和她没什么关系，钟恒似乎刻意不跟她提，许惟索性顺应他的意思，一句也没问。

宜城那边也没有任何消息，方敏英是什么情况，她懒得想。

许惟觉得可能从四岁那年起，方敏英就不想要她了。许建春病死了，方敏英带走的是方玥，把她留在许家。她七岁被许家送过去，方敏英大概也很绝望，不过，高考出成绩的那天，方敏英倒是难得地在她身上看到了一点希望，可惜跟火柴棒似的，转眼就灭。

那天，方玥问她后不后悔，许惟其实没什么可后悔的，如果再回头一次，在那个年纪，看到那男人欺负方敏英，她也许依然会冲上去，有些事情是控制不住的。

但就到此为止了。

这六七年，一年回一次的地方早已不能称为家。往后，这点牵扯也会彻底截断。

许惟的身体恢复良好，肩膀和腿上的伤口差不多愈合了，后背的烫伤已经结痂。医生早就建议出院休养，但钟恒一票否决。他强硬起来许惟也不敢惹。

十九日

在许惟住院期间，还有件事有了结果，民警与民政部门沟通，为蒋俞生联系了福利院。

许惟先前想过要不要自己带着他，她正犹豫着，还没对钟恒开口就得知这事轮不到她考虑。她跟钟恒都不满三十岁，没有收养资格，过两年他们年龄到了，蒋俞生就满十四岁了。像这么大的男孩，又有残疾，几乎不可能有其他人愿意收养，否则他小时候也不会被父母丢掉，让疯癫的蒋大云给捡了回去。

而现在，蒋大云仍是疯的，连自己都照顾不了，显然没法管蒋俞生。

这么看来，去福利院似乎是唯一的选择。

蒋俞生从头到尾都没对这个安排说过什么，别人问时，他也只是点头。

去福利院之前，蒋俞生又来了一趟医院。钟恒正好从外面回来，他们在电梯里碰见，这回是一个年轻的男民警送蒋俞生来的，钟恒没觉得意外，他把蒋俞生带进病房。

许惟刚起床，穿着宽大的病号服在房里走了几步，确定腿伤已经不碍事，她准备跟钟恒提出院的事。她一抬头，就看见蒋俞生跟钟恒一道进来。

蒋俞生一看到她就笑了，他跑过来朝许惟比画：你好了？

许惟至今对手语还是懵懂状态，猜测着回答："嗯，我能走路了。"她招招手，蒋俞生立刻过来扶她到床边坐下。

许惟拉出凳子："你坐这儿。"

蒋俞生放下书包，把纸笔拿出来，最后掏出一个大本子递给许惟。

许惟翻开第一页，是一件蓝色的连衣裙，再往后翻，也都是裙子，五颜六色、各式各样。

蒋俞生眼睛一眨不眨地看着她。许惟翻完了很惊讶："你画了这么多？"

蒋俞生点点头，抿着嘴朝她笑，笑完又低头在纸上写字给她看：都是你的。

钟恒倒了杯水，边喝边走过来，刚好看到这句，冷不丁呛了一下。

这种好听的话女人很难不被感动，许惟也一样，她揉揉蒋俞生的头发："谢谢。"

蒋俞生又写：那你留着。

"好。"许惟将画本合上，看着他。

她沉默了几秒，问："你知道福利院吗？"

蒋俞生点点头。

"害怕去吗？"

他顿了一下，摇头，在纸上写：有很多小孩在那儿，我会有好朋友。

许惟点头："对。"她又说，"那我以后去看你？"

蒋俞生摇头，立刻写了一句：你不要来，等我长大去找你。

写完他抬头看许惟一眼，又补几个字：**给你买裙子。**

钟恒："……"

这回脸真黑了。

不过没人关注他，许惟被小男孩感动得不知道说什么好，低头把钟恒的号码写给他："如果要找我，可以让别人帮你打这个电话，有什么事情都可以找我。"

蒋俞生听话地记住了，把那张纸折好，放到书包里。

虽然钟恒被蒋俞生弄得有些郁闷，但还是和民警一道把他送去了福利院，又出来给他买了衣服和文具。不管怎样，是蒋俞生那个电话救了许惟的命，他搁在心里记着。

许惟是 21 号出院的。那天小护士反复暗示可以出院了，钟恒总算去办了手续。

在这间病房前后熬了快一个月，临走时费了一番功夫收拾，不过都是钟恒在忙，他不让许惟动手。东西都装好后，他一手拖着箱子，一手牵着许惟离开。

钟恒没带许惟去钟琳的客栈，而是直接开车回了丰州。

他的理由是："那儿人多嘴杂，吵得很，不方便你养身体。"

许惟想了想，说："那泥鳅你不管了？"

钟恒握着方向盘，从后视镜里瞥她一眼："你能别惦记着那傻狗吗？"

"我很久没见到它了。"

钟恒哼了一声。

许惟问："你打算什么时候接它？"

钟恒没应声，车上了坡，再下去，视野开阔。他盯着前方，淡淡回一句："结了婚吧。"

"啊？"

他又哼了一声："总要过一阵二人世界，怕尺度太大吓着它。"

"……"

车开进丰州市区，许惟发现钟恒没去老城区。

"不是去旅馆？"

"不去。"钟恒打了个弯，驶入一条林荫道，往前开一段，进了小区的大门。

这个小区很安静，绿化很好。

许惟隔着车窗看外头，大概明白了："你住在这里？"

钟恒没应声，专心找着位置，停好车后，下来给她开车门："到了。"他取了行李箱，带许惟上楼。

电梯上到八楼，钟恒打开门，对许惟说："先别进来。"他把行李箱拎进去，开灯、开窗户，等屋里空气流通了，他才喊许惟。

十九日

许惟走进去："要换鞋吗？"

"不用。"钟恒说，"晚点给你买鞋。"

这房子不太大，八九十平方米的样子，装修风格简洁得过分，家具也少，客厅除了必备的几样东西外没有多余的摆设，显得很宽敞。

钟恒有两个月没回过这里了，桌上都积了灰。他擦干净沙发，打开电视，对许惟说："你在这儿坐着，等我一会儿。"

他将地板上的懒人沙发拎到阳台，接着去清理厨房，烧了一壶开水，把粥熬上再去收拾卧室。

许惟独自坐了一会儿，摁了摁遥控器，都是些电视剧和综艺节目，她没什么兴趣，视线往卧室方向偏了偏，见钟恒弓着身在那儿拖地。他卷着裤腿，穿一双灰色凉拖，做起事情来很利索，绿色的拖布很快在地板上滚过一遍。

钟恒直起身，拎着拖把走出来，往卫生间走。看到她在看他，他漆黑的眉往上扬了扬，冲她笑。不知道为什么，许惟胸口莫名激荡，她甚至想起身过去抱他。

但钟恒已经进了卫生间，紧接着传来水声，他在洗拖把，洗完又去了厨房。许惟觉得这样坐着有些不厚道，她走过去说："我来擦桌子吧。"

钟恒扭头看：："不用，你去歇着。"

许惟没说话，又盯着他看，觉得还是挺想抱他。

钟恒见她不动，笑了："真想帮忙？行。"他转身从水池里找了一块抹布，搓洗两把，拧干了塞到她手里，"去擦吧。"

客厅只有茶几和餐桌椅，许惟都擦了一遍后，去阳台洗完抹布，又去卧室。

钟恒的卧室也很简单，一张床，一排嵌入式衣柜，然后就是一张电脑桌。

桌上没电脑，也没摆多少东西，只有一个杯子、一个台灯、几本体育杂志。许惟把这些整理了一下，拉出桌子底下的推拉板，看到上面半旧不新的黑色笔记本，她拿起来放到桌上，没想到本子底下有一张相片，塑封过的。

许惟看了两眼就认出来了，这是一中宣传栏橱窗里的那张，她高三时拍的，不知道为什么会在钟恒这儿。

她正看着，手里突然一空，回过头看见钟恒十分自然地把相片塞进了自己兜里。

"是我的。"他说了一句，转身走开，从衣柜里取出干净的被套，他要重新铺床。

许惟站在旁边看了会儿，回过身继续把桌子擦完。她出去洗抹布，洗到一半直接丢下，关掉水龙头。

钟恒已经套好被套，他站起身，抖了抖被子丢到床上，转过身看见许惟站在门口看他。

钟恒目光停住，转瞬就笑了，他走过来，觑着她的眼睛："我怎么觉得你这眼神有点下流呢？在想什么？"

许惟不吭声。

钟恒又笑了一声，看她几秒，凑近讲了几个字。

他说荤话毫无预兆，慢悠悠的，不急不躁，更不会脸红。

许惟哪是对手？

钟恒勾着眼睛看她，眼神赤裸裸的，心里想的昭然若揭。许惟没法再跟他对视。她一低头，钟恒靠得更近，一只手臂撑住门框，胸膛堵在她面前，把属于她的那点空气都消耗完。

"抬头啊，傻子。"他低声说着，热息环绕。

许惟被那声音撩得心口滚热。

钟恒捏住她的手，摸到湿腻的掌心："你紧张什么？"他哼笑着，攥着她手指轻轻揉捏，接着头低下来，亲她的额发。

他太高，半弓着背。

许惟抬了抬眼，钟恒的唇落下去，把她的唇瓣咬住，手扣住她的腰肢把人揽到怀里，大手往下，摸到她臀上，使劲儿往自己身上摁。

他吻技进步神速，舌头没急着挤进去，慢慢舔弄，找着机会再奋勇攻占，从齿缝里突围而出，舌尖推顶纠缠。许惟吃了一路的薄荷糖，口腔里清凉的甜味儿全被钟恒搅去，他吻到最后变得强势，腾出一只手捏住许惟的下巴，不准她躲，也不许她退。

…………

结束后，钟恒的手在她的脸上抹过一把，全是汗水。他半闭着眼觑她，手指轻轻整理着她颊边湿漉的发丝。

"许惟？"

"嗯……"

钟恒凑过来，摩挲着她微湿的眉："我想你开心一点。"

许惟气息微滞，睁开眼，钟恒的脸庞跃入眼帘，他脸上还带着放纵后的红晕，眼神却认真："我保证以后都是好的，我会护好你。"

许惟顿了一会儿，点头："嗯。"

她主动靠近，亲他的下巴："你不要多想，我会忘掉不好的事，你也忘掉吧。"

"好。"钟恒将她搂紧。

在床上腻了一个多小时，赵则的电话来了。

钟恒爬起来接听，赵则依然是那咋呼劲儿："不是说今天回来？我晚饭都烧了，你人影还没，忽悠我呢。"

钟恒皱眉："行了，待会儿来，别烦。"

赵则嘿嘿笑，换了语气："许惟来吗？你告诉她，晚饭也有她的份。"

"不来。"钟恒瞥一眼床上,"她累。"

赵则脑筋动得快,居然立刻醒悟,意味深长地笑了几声:"哦哦哦,懂懂懂,那你赶紧来呗,我去炖个汤,给你补补肾。"

钟恒:"给你自己补,老子不用。"挂掉电话,他回到床上。

许惟还躺在那儿,似乎要睡着,钟恒低声叫她:"许惟?"

许惟没睁眼:"嗯。"

"我出去一下。"

"做什么?"

"去旅馆跑一趟,再不去,赵则可能要跟我绝交了。"他声音还有些喑哑,"回来时顺道给你买日用品,拖鞋、毛巾什么的,医院用的那些我都丢了。你说说还要什么?"

"薄荷糖。"

钟恒无语:"就知道薄荷糖,粥在锅里,你睡醒就喝。"

"嗯。"

钟恒在她脸上亲了下:"我走了。"他重新调了空调的温度,把遥控器丢到床尾。

他走到门口,许惟眯了眯眼:"钟恒。"

"嗯?"他回过头。

许惟支起身子,脸庞泛着红:"你早点回来。"

钟恒略微一怔,看她一会儿,眼睛慢慢热起来。他轻轻点头:"好,很快。"

钟恒回到旅馆时,赵则炖的鱼汤正在锅里沸腾。他难得下厨,却只做了三道菜,其他都靠外卖充数。

在赵则张罗的时候,钟恒视察了下后院的装修改造情况,发现赵则这个监工还挺尽职,破旧的小院子愣是给弄出了古朴怀旧的风格,水池边养了缸荷花,院墙上还摆着一排多肉。

赵则端着红烧肉出来,告诉他:"我把泥鳅那窝也修了,你瞅瞅!"

钟恒到小房子里一看,顿时无语:这淡粉色的墙壁是什么鬼?

"你是照着儿童房整的?"

"可不是,那不是你儿子吗?"赵则颇为骄傲,"我自个儿设计的,隔壁老王家大宝那屋子就是这颜色。"

"……"

钟恒简直不想理他。

赵则把红烧肉搁在桌上:"你不高兴那就争气点,赶紧跟许惟生个大胖小子,我也不用拿泥鳅当干儿子了！"说到这儿，他迫不及待地试探，"我说，你俩日子定好没？"

钟恒："哪那么快？还有些事情。"至少得等她身体养好点。

赵则急了："你赶紧的，都耽搁多少年了。"

钟恒"嗯"了声："我知道。"

吃饭时，赵则踌躇半天，开口问道："你都快结婚了，还不打算跟钟叔说一声？"

钟恒没作声，往嘴里扒饭。

一旁的小章瞅瞅钟恒，朝赵则使眼色，劝他别再说了。旅馆里谁都知道老板和小老板不对付，这对父子之间的矛盾由来已久，两个人脾气都差，这么多年过下来虽然有所缓和，但那个结还在那儿，从来都没有真正和解。

赵则平常也不敢提这事，今天开了口，便鼓足勇气，他忽视掉小章的提醒，又说道："结婚是大事，再怎么样钟叔也是你爹，现在他都老了，你们父子俩还怄那口气干啥？你们……"

"行了。"钟恒皱眉打断他，"吃饭。"

赵则叹口气，琢磨着这吃力不讨好的事还是交给许惟吧。

钟恒吃完饭就拍屁股走人，出门前趁赵则洗碗，他大大方方地从后院顺走两盆多肉。赵则转身瞥见个影子，痛心不已，追出来："你这家伙！你偷我花干什么！"

"给许惟玩玩！"钟恒关上车门。

赵则："……"

回程的路上，钟恒去了超市。那公寓他住得少，而且以前就他一个人，日子都是随便过，家里缺很多日用品，厨房用具也不全，他这趟是大采买，除了给许惟买拖鞋、毛巾，锅碗瓢盆、油盐酱醋也没少，还得加上沐浴露、洗衣液，末了，又去生鲜蔬菜区选了些食材。

结了账，一共三大袋。把东西送到车上，他折回旁边的商场，在一楼给许惟买了手机，用自己的身份证办了张电话卡，然后上楼。

二楼都是女装店。

男人通常不会研究女装牌子，钟恒搞不清这些，他看哪家最顺眼就进哪家。

店里两个导购都是年轻的小姑娘，一见来了个帅男人还有点愣。钟恒不关注她们，兀自走到那些裙子旁边一件件看着。

导购妹子见状，过来询问："先生是买给女朋友的吗？"

钟恒"嗯"了声，对方热情地给他推荐："这件款式很新，最近卖得最好，颜色也好，显肤色，穿上显得青春靓丽。"

钟恒说："太花哨，她不喜欢。"他指着另外两件，"要这两件。"

对方立刻夸他眼光真好，说这两款低调又很有风格，夸完了问："您女朋友穿多大号的？"

多大号？

钟恒不太清楚，许惟长高了，他不确定她穿多大号。他抬起手，比到自己下巴的位置："这么高。"

导购问："那体重呢？"

体重？

她高考体检只有九十三斤，现在看着更瘦，钟恒皱了皱眉："不清楚，抱着很轻。"

导购妹子有点脸红："那给您拿 M 号好了，要是不合适可以拿来换。"

"行。"

买完裙子，钟恒又去隔壁挑了两套睡衣和浴袍。

回到公寓，屋里很安静，客厅的地板干干净净，阳台也亮堂了，懒人沙发的帆布套被拆下来洗了，正挂在阳台上。

家里没别人，这些只可能是许惟做的。她的衣服也晾在阳台上，看来连澡都洗过了。

钟恒站了一会儿，把几袋东西堆在地板上，取出两盆多肉摆上茶几，然后去了卧室。

许惟还在睡着，也不知道滚了几圈，毯子全裹在身上，人贴着床的边缘，再差一点就要掉下去了。

钟恒过去抱起她，往中间挪了挪。

许惟刚刚醒过一次，睡眠浅，这一碰就醒了，睁开眼时迷迷瞪瞪："……钟恒？"

"醒了？"

"嗯。"窗帘遮住了光，屋里暗，许惟看着他，"什么时候回来的？"

"刚刚。"他亲她脸颊，声音极轻，"我养了只田螺姑娘吗？"

"嗯？"

"你怎么把活儿都干了？"

许惟说："那会儿没睡着，也没有事情做。"

钟恒："粥没吃？"

"还没。"

"饿吗？"

"有点。"

钟恒说："行，我给你整个沙拉，和粥一块儿吃。"

许惟惊奇："我都不知道你会弄这个。"

"没事。"钟恒笑了声，还是那么懒洋洋的语气，"你慢慢就知道我有多能干了。"他手已经不老实，在她身上捏着。

许惟拍掉那只大手掌，爬起来："已经知道了，少爷。"

十九日

第十六章 /
早就是我的了

这天之后，两人水到渠成地过起同居生活。

几乎有一整周的时间，他们不怎么出门，也不联系别人，钟恒每天早上买一次菜，然后他们整天都腻在一起，其实只是一起睡觉、看电视、做家务或者挤在厨房做饭，但谁也不觉得无聊，似乎彼此有了默契，想把那么多年的分离补回来一点儿。

何砚那个电话打来时，他们正抱在一起，许惟的裙子被扯掉。她后背的痂已经脱落，恢复良好，他们难得没有顾忌地从沙发这头滚到那头。

钟恒试图无视那烦人的手机铃声，但许惟是个老实人，爬起来伸手就拿过手机递给他："接电话。"

钟恒看了眼来电人，压着烦躁接通。

那头的何砚并不知道打搅了人家的好事，一本正经道："我这边差不多妥了，证明材料也完整了，许惟的户口当时迁到了安城，你们可能得跑一趟，把后头的手续弄弄。"

钟恒看了许惟一眼，低声说："行，谢了。"

何砚说："那你们来省城了联络我。"

"好。"

电话挂掉，钟恒问："你户口迁到安城了？"

许惟点头："对。"

钟恒："你打算在那儿定居的？一辈子待那儿？"

许惟愣了下，没回答。

钟恒眼神已经变了，就那么看着她。

许惟光着身子，难免尴尬。

她弯腰捡地上的裙子，钟恒握住她的手，把她搂进怀里。

许惟低声说："就算户口不在那儿，我也得去一趟，房子都没退，还有东西在，我差点都忘了。"

钟恒应了一声："嗯，去一趟。"

出发的日期是 9 月 2 号。

钟恒提前订好机票，当天清早出发，开车到省城，见完何砚就坐上飞机，他们出安城机场的时候天还没黑。

这城市和从前一样，夏天热得难熬，钟恒打算先找个宾馆让许惟休息。

许惟看时间还早，提议道："晚上就住我那儿吧，现在过去来得及，其实也挺方便。"

钟恒看着她："你不累？"

"还好。"

"那行，"钟恒把背包挂到背上，牵她，"走吧。"

水云区在安城的东边，那里有个社区是外来人口的聚集地，许惟租的房子就在那儿。

出租车把他们送到街口，一路从桥上下去，眼前都是错乱的小巷，路是古朴的石板路，而那些旧房子几乎是一个造型，墙壁上也石灰斑驳。如果没人领路，这巷子简直无从下脚，钟恒在安城待了八年，也不知道这个地方。

绕了好一会儿，他们走到一家小卖部外头，许惟回过头说："到了。"

那是个带院墙的楼房，看得出来有些年头了，两扇木门已经发黑。许惟推门进去，院子里一个妇人正站在水池边择菜。

"谭姐。"许惟和她打招呼。

那妇人惊讶地转过头，一看到许惟就笑了："哎哟，回来了？还以为你回老家嫁人了呢，这都两个月了！"她丢下手中的青菜，小跑过来，"你回来就好了，上回我跟你提的那个男老师，我都问清楚了，是正正经经读过师范的，是个文化人，就是身体不大好，家境差了些，在乡下有两间房子，你就见见吧，我把你照片给他看了，他可喜欢了。女娃年纪大了不能耽搁，过了三十就不好找了，你一直闷头闷脑的，我看着都急。"

许惟没料到她张口就提这事，一时接不上话。身后木门"吱呀"一响，她心头突突两下，回头一看，那人倚在门边，脸色果然差得可以。

这个热情又爱操心的谭姐显然没料到后头还有个人，而且还是个陌生男人，她觉得奇怪，看了几眼，问许惟："这是……"

"哦。"许惟及时回过神，顺水推舟道，"他是我男朋友，所以谭姐你不用给我介绍了。"

"啊，你真有对象啦？"谭姐惊讶极了，禁不住上下打量钟恒。

许惟示意钟恒过来打招呼。

两人目光博弈了一会儿，他还是那副臭脸，她索性放弃了，准备应付谭姐几句就带他进屋。钟恒这时候却走了过来，如她所愿地道了声"你好"，虽然语气不甚热情，但已经足够令许惟刮目相看了。

许惟没心思与谭姐寒暄，找她要了备用钥匙就赶紧把钟恒拉进屋。

这院子一楼住着三户，除了许惟和谭姐一家人，还有个离异的张阿姨带着女儿住。许惟的屋子是最左边的一间，二十平方米。门一打开，有一股淡淡的潮味，许惟过去开了后窗，又把灯拉亮。

屋里很整洁，和屋外的风格不太一样，虽然是水泥地，但很干净，墙壁贴着米色的壁纸，屋里的几样摆设一览无余，床、衣柜、餐桌和木椅。床边有一张半旧不新的单人小沙发，床底下放着两个米色的收纳箱，餐桌旁边是个蓝色的小冰箱。

许惟拿抹布擦椅子。

钟恒在门边站了一会儿，把背包放下，拿起拖把和她一道干活，两个人花了十分钟就把小屋弄干净了。

许惟从外头水池接满一壶水，正要进屋，院门口跑进来一个男人，提着一篮鱼肉蔬菜，脸上满是惊喜："你真回来啦？我还当小刘骗我的！"

许惟一看来人，笑了笑："我才刚回来。"

"我知道，小刘说看到你走过去了！你这趟回去好久，大家都猜你不回来了！"男人三十岁模样，长相憨厚，"我那儿还剩了些菜，给你吧。"

许惟忙说："不用了。"

"你客气啥。"男人脸庞有些红，笑着说，"剩了也是浪费，你留着吃。"

怕她拒绝，他把菜放下就赶紧走了。许惟提起袋子看了看，鱼还是活的，蔬菜也新鲜，不像是剩的。她转身往屋里走，看见钟恒站在门口。

许惟愣了一下，刚要开口，他已经扭头进去了。

许惟把菜拎进屋，给水壶插上电，瞥了瞥坐在小沙发上的钟恒。刚刚干活时，他就不怎么讲话了，现在更沉默，弓着背，头低着，手里捏着个烟盒。

许惟想了想，走过去说："刚刚那是隔壁的陈老板，家里开菜店的，很热心肠，大家住得近，他一直挺照顾我。"

钟恒头也不抬地说："他喜欢你，当然照顾你。"

许惟："……"

她就知道！

他对这种事情敏感得要死，以前就没少因为别的男生跟她生闷气。十几岁时这样就算了，快三十岁了还这样！许惟往后想想头都要大了，以后七老八十了，

192

他老态龙钟、头发花白，小老头一个，还这么多小心思可怎么办？她跟别的老头多说几句话，他都要把自己憋死，这不是造孽嘛。

据说小时候养成的坏习惯最可怕，许惟有点担心是自己把他惯坏了。他以前一闹，她就哄，现在这么多年过去了，他还是这臭脾气。他年轻时有美貌，再作天作地都有人服他，等老了还这脾气，谁会理一个倔强又傲娇的作老头呢！

许惟越想越忧心，决定跟他讲讲道理。

她走近了。

钟恒不咸不淡地说："还有你那个谭姐，也是个热心肠，还给你介绍文化人。"他鼻子里哼出一声，"原来读个师范就是文化人了，身体不好还介绍给你，安的什么心。"

许惟皱眉："你阴阳怪气做什么？我又没答应跟他相亲。"

"照片不是给了？"

许惟被噎得发毛："不是我给的，谁知道她哪儿弄来的照片！"

钟恒不说话了。

许惟盯着他，平静地问道："钟恒，你是不自信吗？"

钟恒脸僵了僵，别开眼："谁不自信了？"

"那你是不信我？"

他一顿，嘴唇动了动："没有不信你。"

"那你找什么碴儿？"许惟说，"你不能总是这样，憋着气对你身体也不好。你自己想想，我去做饭了。"她决定试试忽略疗法，不给他关注度。

她拿着菜篮往外走，走到门口，屋里低低的声音拽住了她的脚步："我就是难受。"

她回过头。

钟恒站在那儿，低声道："道理我都懂。关心你、照顾你的都是别人，我没在，我没资格生气。"

许惟立刻说："我不是这个意思。"

"是我有毛病，我脾气差，你做饭吧，不用理我。"他重新坐回沙发里，"我自己待着。"

许惟站在那儿看了他一会儿，一时也不知道说什么。

时间确实不早了，还是做完饭再说吧。

屋外院墙边有个木板搭成的简易厨房，房东一共盖了三间，她们三户一户一间。许惟杀了鱼，洗好蔬菜，手脚利索，只是脑袋有点跟不上，一直走神，老想着屋里那人。

想着想着，她又有些后悔：哄他一辈子又怎么了？他除了这毛病，什么都好，他心眼儿就那么大，让他一个人瞎想，他只会把自己憋死。

心不在焉地把几个菜炒完，看到电饭锅已经跳到保温，许惟洗洗手进了屋。

钟恒还坐在那儿。

许惟走过去，在他腿边蹲下，抬头看他的眼睛："钟恒？"

"嗯。"他目光没躲，语气严肃，"我承认，我就是看不惯别人对你有想法，你不高兴，我也改不了。"

许惟一听就知道他思考的重点又错了。

行，随便他吧。

许惟说："你可以看不惯，但不要放心里堵着自己，你来问我。"

钟恒看着她。

许惟又认真地说："别人怎么想怎么做我管不到，我只清楚我自己，在我这里，没有谁比得过你，你也许不相信，但我可能比你想的更爱你。"

钟恒愣了愣，被这话砸得有点晕。他胸口怦怦乱跳，昏头昏脑地在记忆里搜寻了半天，十分确定这绝对是许惟说过的最甜言蜜语的一句。

钟恒把她拉到腿上，手心泛热："你刚说的什么？没听清。"

许惟在他腰上掐了一把："别装。"

钟恒把她搂紧，很轻地笑了出来。

许惟心里默默叹了声，男人也是听觉动物。

两人在小屋里吃了晚饭，许惟把剩下的菜放进冰箱。

这房里没有卫生间，厕所在隔壁，院子外头不远处就有公共浴室，许惟领着钟恒一道去，两人在门口分开，洗完再会合，拎着澡筐慢悠悠地往回走。路过小卖部的水果摊，许惟说："想吃西瓜吗？我买一个？"

钟恒应道："好。"

小卖部的老板也是熟人，看见许惟领着个男人，诧异地看了看："你男人哪？"

许惟一边掏钱一边应："嗯。"

老板惊叹："速度快啊，不声不响的，还真是回老家结婚了？"

许惟不想解释，顺势点头："是啊。"

钟恒拎着西瓜站在一旁，脸上被春风摸过似的，笑得风骚至极。

这晚，两人窝在许惟的小床上。他们没有做什么，只是躺着聊天。在黑暗里，他们第一次聊起各自从前的生活。

钟恒概述了他半混沌半清醒的大学时代："没太多印象了，大概就是前两年闲得胃疼，后两年忙到头昏。"他最后补了句，"嗯，大家都在谈恋爱，就我没谈。"

许惟说："没人追你？"

钟恒："你说呢。"

他也告诉了许惟他的创业经历："我那两个合伙人都是奇葩，最开始没租到地方，他们弄了一个移动板车摆在校门口，挂牌子宣传，旁边就是卖山东煎饼的阿婆，他俩天天跟阿婆唠嗑，一天能混两个免费煎饼吃。"

许惟被逗笑，问："后来呢？"

"后来我跟我姐借了笔钱，赶紧找了个地方，总不能老吃人家煎饼吧。"

"你什么时候离开的？"

"2012 年。"

许惟说："我不知道你会走。"

钟恒顿了顿，把她抱紧了，问："你呢，你在这儿做些什么？一直住在这里？"

许惟说："不是，换过房子，也换过工作。"

"做过什么工作？"

"在花店待过一阵儿，也去过物流公司，后来那家倒闭了，我学了开车，给人家送货，后来又去了一个商场，还换过一些别的。"

她没有详细说。

沉默了好一会儿，钟恒低声说："那时候，你想过来找我吗？"

"……想过。"

她没有说后来为什么没去找，钟恒也没有问，他轻轻地抱住她："回去就领证。"

"嗯。"

在安城待了两天，办完手续，许惟顺道把户口也迁了。之后，她向房东退了房，屋里有些家具和电器是自己买的，不可能带走，于是都送给了谭姐和隔壁的张阿姨，她只留了一些衣服，收拾下来刚好装满一个行李箱。

这地方小，住久了都熟悉了，一点小事也传得很快，许惟还在收拾东西的时候，大家就都知道她已经有了对象要回老家了。

消息也传到了开菜店的陈老板耳朵里，陈老板很惊讶，惊讶过后有些黯然，但他是个热心肠，还是给许惟送了水果来。

他们在院子里说话，钟恒独自在屋里拣东西。

过了几分钟，许惟走进来，跟他解释："陈老板知道我要走了，送了水果让我们车上吃。"

钟恒点了点头。

许惟观察他的脸色："你不高兴吗？"

"没有。"他撒谎了，即使心里知道应该谢谢人家，毕竟他不在的时候，也有人对许惟好。但钟恒还是不太舒服，又不想让许惟知道，只好自己忍着。

他们坐卧铺回去，火车早晨六点到了省城。

在省城停留了一天，下午钟恒去见了何砚。许惟没事做，在宾馆睡了一觉，醒来决定趁这空闲去方玥的公寓跑一趟。她给钟恒发了信息就走了。

四点钟，钟恒与何砚分别，看到信息给许惟打了个电话，问过地点，他开车过去接她。

许惟拎着纸袋走出小区。

钟恒的车停在路边，他靠着车门，见她过来，站直了身体："拿到了？"

"嗯。"

钟恒看了看她手里的纸袋，他只知道她来拿东西，并不清楚是什么。

许惟说："走吧。"

上了车，许惟整理纸袋里的东西，钟恒觉得眼熟，看两眼才认出来，那是他当年寄到首都的信件，那是他一个暑假的成果，他不记得写了多少封，大一开学时一股脑都寄过去了。

后来被分手，他就没关心过这些信的去向。

许惟转头看他："开车吧。"

钟恒点了点头。

一路上，车里安安静静的，他们没有交谈。钟恒开车，许惟在旁边看他的旧信件。

钟恒想不起有没有在信里写过什么幼稚的蠢话，如果有，他猜时间一定会让那些蠢话更蠢。

他莫名有一丝紧张。

车开到停车场，许惟刚好看完，钟恒打量着她的脸色。许惟被他看笑了："干吗这么严肃？"

钟恒说："你看完了？"

"嗯。"许惟想起他信里那些夸张的表述，忍不住又笑，"文笔不错啊少年。"

"……"

后来那些信被许惟收着，回到丰州之后，钟恒才找到机会偷看，偷看的代价令人唏嘘，二十七岁的钟少爷被十七岁的自己整出了一身鸡皮疙瘩，第一封没有读完，他就放弃了，当天的晚饭愣是没吃下去。这成了一段抹不掉的黑历史。

九月下旬，方玥的案子判下来了，有期徒刑十四年，据说会转回原籍服刑，方敏英一直在找律师准备上诉。

许惟听到这消息没什么感觉。这两个月，她没有回过宜城，以后也不打算再回去。

九月末，她和钟恒决定领证，特地赶在中秋节之前。

已经入秋，小城丰州渐渐转凉。

他们谁也没通知，大清早起床，吃早饭时两人合计了合计，三分钟就拍板了。

不过这之后的一个小时有点兵荒马乱，两人都没有经验，钟恒当场用手机查了查，确定除了身份证和户口簿不需要带别的材料。他又查了下流程，读给许惟听。

许惟说："要拍照的，那我化个妆吧。"

钟恒很赞同："化个淡的就行，不要太浓了。"

许惟点头："好。"

钟恒又问："穿什么衣服？"

"衬衫吧。"许惟说，"衬衫正式一点，你有没有衬衫？"

钟恒皱了皱眉，放下手："我去找找。"他找了一会儿，跑出来，把四件压箱底的衬衫抖给许惟看，"我穿哪个好？"

白蓝黑灰，四件颜色各不相同。

许惟也选择困难，建议："你都试一下。"

于是她化妆的时候顺便欣赏了钟少爷的变装秀。不得不说，衣服什么的都是浮云，脸和身材比较重要，他穿白色是禁欲系，穿黑色性感，换蓝色又小清新，而灰色沉稳低调。

等他都穿过一遍，许惟依然没做出决定，倒是想把他扒光了扔床上踩躏一番。

钟恒看了看时间，已经快到九点了，顿时着急起来："你快选！"

"白色吧。"许惟边涂口红边说，"我也穿白色。"

去民政局的路上，两人都莫名激动。钟恒开车比平常要快些，他还抄了近路。

也许是快要放假了，领证的人不少，排队等候期间，许惟知后觉地紧张起来，她看着前面的一对新人，拍拍钟恒："看我的脸，妆花了没？"

钟恒也没比她好到哪里去，脸庞都有些红了，但还是安抚她："没有，好看得很。"

好不容易熬到拍照，许惟已经不知道怎么摆表情了，她能想象自己的脸一定很僵硬。

摄影师是个完美主义者，一直喋喋不休地指导他们，许惟发现钟恒第一次这么好脾气，全程配合。等到照片洗出来，许惟的笑容果然不太自在，而她身边的那家伙帅得天怒人怨。

走出民政局大门时，钟恒全程懵懵然。走到停车场，许惟才发现他安静得过分。

"你想什么呢？"

钟恒摇摇头："没什么。"

许惟猜他还没回过神，她笑了笑，绕到驾驶室坐进去："我来开车吧，怕你撞树上。"

钟恒十分听话地坐上副驾驶座。

回去的路上心情已经不同于来时，钟恒看着车窗外面，忽然低头摸出手机在小群里发了一条信息。

几秒钟后，赵则的头像冒出来：我去！

紧接着，底下跟出一溜的"我去"，但很快，整齐的队形被林优破坏了：我去，我的许小妞！

钟恒对着屏幕笑得春风得意，手指慢悠悠敲出几个字：早就是我的了。

回去的这趟，许惟没有抄近道，走的都是大路。

车经过一中的老校区。

一中的校门还和从前一样，是个奇特的裤衩形，但校园里一半的教学楼已经拆了，图书馆前的那棵百年老树也被挖走，不知道移到哪儿了，很多在校生搬去了位于科教城的新校区，在这里留守的只有高三年级。

恰好是正午时分，一拨拨学生从校门口涌出来。许惟减速慢行，视线被他们身上的校服吸引，可以看出一中这些年在校服事业上进步巨大。

许惟读书那几年，不论冬夏，校服永远丑得不行，不过也有胆大的学生走在时尚前列，直接把校服裙的裙摆剪短一截，林优就是其中一个，她不仅剪了自己的，还把许惟的也剪了，美其名曰"解放自我"。结果那天早操她俩被全班围观，早操一结束，就被班主任叫到办公室劈头盖脸骂了一通。

当然，有些人的青春是不会被丑陋的校服耽误的，比如钟恒。

他披个麻袋都美。

在许惟回忆联翩的时候，钟恒还在群里被大家盘问，赵则大骂他不是兄弟，这种大事都不提前通知，钟恒好心情地回了个笑脸。

车开到路口转弯，许惟在超市附近找到地方停车，他们顺道把菜买了，回到车上，钟恒对许惟说："在这儿等我一会儿。"

他匆匆下车，没多久拿着两瓶红酒回来了。

对上许惟诧异的眼神，他十分自然地说："今天应该喝酒。"

许惟想想也是。

回去后，两人一起做饭。他们从一点半开始动手，钟恒的厨艺其实很"水"，他做得最熟练的就是上回那个沙拉，不过他最近买了食谱在练习，今天这个重要的日子，他竭力要求亲自掌勺。许惟乐得自在，把锅铲交给他，给他打下手。

钟恒炒完素菜，开始做可乐鸡翅。

这道菜他上次做坏了，因此这次有些压力。

许惟已经把自己的活儿都干完了，便悠闲自在地拿着个西红柿一边啃一边看他，觉得这家伙明明手忙脚乱，还刻意掩饰的模样十分可爱。

钟恒小心翼翼地把可乐鸡翅装进盘子，回过头，对许惟说："这个做完了，你尝尝。"他脸庞被热气熏红，一头的汗水。

许惟一看心就软了，很捧场地尝了一个。

钟恒说："怎么样？"

"好吃。"

许惟说完，钟恒就笑了，他抹了抹脸，有点小骄傲地说："我以后会做得更好。"

许惟当然相信，他不知道有多聪明。

后面几个大菜做起来顺手多了，不到三点，所有菜都上桌了。

钟恒脱了围裙在许惟对面坐下来，开了红酒。隔着一桌子的佳肴，他们第一次在家里坐得如此正经，平常吃饭都随意得很，以至于现在有些不习惯。

许惟把杯子递过去："倒酒吧。"

钟恒给她倒了半杯，许惟说："倒满，今天要多喝一点。"

"你确定？"钟恒看着她，"会醉。"

"在家里，有什么关系？"

也是。

钟恒不再顾忌。

…………

第二天早上，许惟一直睡到九点才醒，宿醉后的脑袋仍然昏昏沉沉。

昨晚窗帘没拉，阳光从窗户照进来。许惟翻个身，胳膊碰到身旁的人，她坐起身，揉揉脸，转头看了一眼，冷不丁吓了一跳。

"钟恒？"

钟恒脸庞微皱，唇抿了抿，悠悠转醒，他眼睛睁开，又被过亮的光线刺激得眯起。

"怎么了？"他抬起手摸许惟的脸庞，"醒了？"

许惟惊疑地看着他："你身上这些……我弄的？"

钟恒没太明白："嗯？"

"你身上。"许惟指指他胸口。

钟恒支起身子，低头瞥了瞥自己，看见东一块西一块的痕迹。

"你说这个？"他惺忪的眼睛微微有些肿，"当然是你干的，不然呢。"

许惟："……"酒果然坏事。

钟恒似乎对自己惨不忍睹的身体满不在乎，他神思渐渐清醒，伸手搂她："你是不是忘记了？"

"是不大记得。"

钟恒短促地笑了，用那晨起的低哑嗓音告诉她："那太可惜了。"

许惟："……"

他换了个姿势，把她抱到身上，淡淡地说："你昨晚很厉害。"

许惟瞅着他脖子上的那颗大草莓，无言以对。

这一天，钟恒没法出门，他们只好拒绝赵则和林优的邀约。趁这空闲，他们讨论了后面的计划。

"你以后想住在哪里？"钟恒问。

许惟不太明白："不是住这里？"

"你决定，你想去省城或者别的城市都可以，并不是一定要在这里。"

许惟抬头看他："你呢，你有什么打算？"

钟恒说："当初我们弄的那个公司在省城也有分部，去省城的话，我可以回头做这行。"

"电商？"

"嗯。"钟恒点头，"这只是一个选择，我们也可以留在丰州，我找工作是很容易的事，养你也轻轻松松。"

许惟说："我自己也要找工作的。"

钟恒问："那你想做什么？"

"我还没想好。"许惟思考了一会儿，"不过去哪里对我都一样，我感觉去省城好像对你好一点，要不就去省城吧。"

"也行。"钟恒停顿了一会儿，"你想不想跟我一起工作？"

许惟微微一顿，摇头："我没学过那些，学历也不够。"

钟恒看着她："我记得你高考前说过想选数学或者计算机专业？"

许惟点了下头。

钟恒早就想明白了，那时候是方玥装成许惟回他信息，骗他说是母亲逼她选传媒大学的。他都信了。

沉默了会儿，钟恒低声说："有很多遗憾我已经不能弥补你了，但你现在如果还想学什么都可以告诉我。许惟，我们还有很多时间。"

"我现在也可以学吗？"

"当然，"钟恒笑了，"你那么聪明。"

"那我再想想要学什么。"

"好。"钟恒握住她的手,"你慢慢想,不急。"

许惟又问:"那我们什么时候去省城?"

"等年后,再歇几个月。"

"好。"这事聊完,许惟又想起一件,"你是不是应该带我见一下你爸?"

钟恒没想到她会突然提到这个,明显顿了一下。许惟记得钟琳说过的话,问:"你跟你爸关系不好?"

钟恒转开脸,没应声,许惟一看他这样,便说:"你不想就算了,也不要紧。"

钟恒沉默了半分钟,脑袋转回来,低头说:"晚一点带你见他。"

这就是松口了?许惟立刻应道:"好。"

第二天,钟恒去了建材城,店里只有石耘在。一见他,石耘很惊奇:"钟哥,你来找老板?"

钟恒没应,问:"他人呢?"

"吃饭去了。"他话刚说完,往外一看,小声说,"喏,回来了。"

外头,一个瘦瘦的身影绕过门口的高架子走进来,他灰衣灰裤,穿一双老式绿球鞋,一只手背在身后。瞥见店里的人,他脚步一顿,额头上的皱纹动了动,上下扫视钟恒:"你跑这儿做什么?"

钟恒语气不善:"我不能来?"

石耘一见这又有杠起来的趋势,立刻打圆场:"叔,钟哥这不是来看看你嘛。"

这时,外头有人喊:"拿货了。"

石耘赶紧跑出去:"来了来了。"

店里只剩父子两个,钟守平也是个倔脾气,没理这个儿子,自个儿往里走。

钟恒突然说:"我结婚了。"

钟守平回过头,吃惊地看着他。

"我就是来告诉你这个。"钟恒转身往外走。

钟守平从震惊中回神,顿时气大了:"混账东西,你给我站住!"

钟恒还真的停了下来,回头说:"你有什么要骂的赶紧骂。"

钟守平嘴唇哆嗦,气得不行:"你这个臭小子!"他指着钟恒,手指抖着,除了这一句也没骂出什么,只是胸膛剧烈起伏,脸也黑沉,显示出他气得不轻。

钟恒站着没动。

"你就是故意气我。"钟守平腮帮子咬紧,深陷的眼窝微微发红,"我晓得你,你妈走了,你就怪我。你三婆婆给我讲对象,你更恨我,你就没拿我当你老子!你这臭小子!"他骂道,"你懂什么?你妈没了,我就好受?我就不后悔?但有什么用!你妈能回来?"

钟恒皱着眉，默不作声。钟守平眼睛更红，头扭过去盯着墙边的瓷砖，气得胡子直晃，又骂："臭小子！"

钟恒看着他，发现他的背影已经有些佝偻。

父子俩都沉默地站着，气氛很僵。

也不知过了多久，钟恒低声开口："我领证了，和许惟，是我很久很久以前就喜欢的女孩，我姐也知道。"停顿了下，说，"晚点我带她见你。"他说完扭头就走了。

钟守平一愣，回过头，已经看不见钟恒的身影。

"这浑小子！"他又忍不住骂道。

钟恒离开建材城，边走边接通电话："你醒了？嗯，我就快回来了……"

电话里是女人黏钟恒的声音，还不太清醒。他听完她的话，忍不住哼了声："我开个糖果店算了。"他脚步没停，往停车场走。

过了会儿，那头的人似乎又说了些什么，他安静地听着，眉眼渐渐温柔，到最后绷不住笑了："行了，给你买呗……对了，水果要不要？我买点红提，你不是爱吃吗……"

黄昏的夕阳漏过树叶，在他肩上落下跳跃的光。

尾声 /
失宠泥鳅

一场雨过后，天气更凉了。

两天后的中秋节，阳光旅馆迎来了最热闹的一天。

一大早，钟恒和许惟就过去了。赵则为迎接他们，特地备好了早餐，早饭后，钟琳带着沈平安赶回来。

可怜巴巴的泥鳅少爷终于蹭上一趟顺风车，回到自己阔别已久的小窝。只不过它没料到小窝被刷成了很娘炮的淡粉色，和它勇猛帅气的气质一点也不符。

泥鳅为此气得要哭，疯狂地作怪求关注。可惜在它第N次扑到许惟身上之后，钟恒难得的好脾气也消磨殆尽，给它一个球就算打发了。

"……"

单纯的泥鳅根本不知道它做错了什么。

除了泥鳅，平安也受到了一波冲击。她很久没见到许惟了，没想到再一次见面，称呼直接从"许姐姐"跳到了"小舅妈"。幸好她是个适应性极强的小朋友，喊了两声就顺口了，换来一份丰厚的见面礼。

钟琳早已得到消息，她把许惟拉到一旁，塞了两个大红包，说："一份是我的，一份代我爸给你的。他那守财奴还在做生意，又越老越不合群，估计要到晚上才来吃个饭，他昨天特地打电话给我，别别扭扭地说了这么个意思，你可不许退。"

许惟受宠若惊，只能好好收着。

午饭后刚好有空，赵则提议包饺子，钟恒和面、剁馅，大家一起上手，包出来的成果各不相同，许惟轻易就能分出哪些是出自钟恒之手——他捏出的饺子褶最漂亮。

收尾工作也交给了钟恒，他独自待在厨房煮饺子，勤劳得像个男版田螺。

许惟提着一串葡萄过来找他，两人蹲在灶台边吃着。

钟恒吃完，洗了手，从裤兜里摸出个小盒。

"手给我。"

"嗯？"

屋外，平安探头探脑，一手扒着墙，一手搂着泥鳅，眼见那戒指套上许惟的手指，她两眼放光，激动不已："该亲亲了呀，怎么还不亲亲？哎呀，舅舅好傻呀，快亲。"

她念叨个不停，简直操碎了心，憋着一泡尿死死盯着，又等了两分钟，总算看到厨房里那两个脑袋凑到一块儿去了。

泥鳅在她怀里瞪着一双懵懂的狗眼。

平安兴奋得使劲儿拍它的狗头："啦啦啦啦啦啦啦啦。"

"……"

泥鳅：所以我到底做错了什么？

番外一 /
我是你的

♦
♦
♦

十月末，钟恒过完了十分辛苦的一周，连续六天的出差让他归心似箭，原本订的是周六清早的机票，他等不及，周五那天推掉庆功宴提前赶了回去。

当天晚上许惟就在家门口看见了风尘仆仆的钟恒。

她惊讶得还没回过神，钟恒已经走过去将她抱住了。他穿着单薄的衬衫，从头到脚都一股深秋的冷意，但怀里却很温暖。

"去哪儿了？"一路吹风回来的，他穿得又少，嗓子已经有些喑哑。

"去超市了。"许惟手里提溜的袋子落到地上，"你不是明天回来吗？"

钟恒没答，脸庞在她肩上摩挲了会儿："还以为你在屋里洗澡呢，手机也不知道带着。"

许惟搂住他的腰："你给我打电话了？"

钟恒"嗯"了声。

"怎么穿这么少？都降温了。"许惟捏捏他的袖子，"我在你包里放了风衣，你没看见？"

"看见了。"钟恒在她脖颈边低笑了一声，抬起头，人站直了，"你往我包里都塞了些什么？"

"就衣服啊。"许惟想了想，"还有一点吃的。"

那也叫"一点"？

侧兜里有巧克力和牛奶，大包里塞着饼干和洗好包好的苹果，风衣口袋里还揣了一把糖，那糖钟恒昨天才发现。

他边笑边低头亲她："想我吗？"

见许惟点了下头，他有些忘形似的，搂着她的肩膀把人往墙边抵，嘴巴刚要凑过去，电梯的提示音就响了，是住在对门的一对老夫妇，一个抱着胖乎乎的小孙儿，一个推着婴儿车。

十
九
日

许惟及时推开了钟恒的脑袋，攥着他的手，有些赧然地和邻居打招呼。

老人家似乎对年轻人的腻歪见怪不怪，乐呵呵地瞅了瞅他俩，很体贴地省去了寒暄的步骤。

这样磨蹭了半天两人才进屋。已经过了八点半，钟恒还没吃晚饭，趁着他洗澡的时间，许惟给他做了吃的。钟恒是真饿了，一大碗肉丝面，他吃得干干净净。

人一吃饱就想干点什么。

许惟早就发现了，钟恒不能出差，偶尔出趟远门，回家时就会有些黏乎乎的。

可钟恒似乎没有意识到这一点，他自以为体贴地和她一起收拾好厨房后，抹布一丢，洗好手就把上衣脱了，漂亮的胸膛在许惟眼前一晃，不等她反应，他身上已经光了，黑色的家居长裤和白色裤衩一道扔在茶几上。

他朝她一笑，就那么不羞不臊地走过来："就沙发，行吗？"

许惟："……"

这种问题有什么问的必要吗？

一顿折腾，澡又白洗了。

许惟趴在钟恒的臂弯里休息。

记起昨天刚换的沙发套，她小声念叨："又要换了……"

钟恒闭着眼笑了声："嘟囔什么？"

"没。"许惟换了个姿势，借着墙上射灯的光看了看钟恒的侧脸，"你好像瘦了。"

"有吗？"

"嗯，脸都尖了。"她轻轻摸他的下巴，"胡子没刮干净。"

钟恒转过脸，眯着眼睛："干吗，嫌我糙了？"

"没有。"许惟碰了碰他淡红色的下唇瓣，刚刚激烈过头，这地方被她的牙磕了一下，微微肿出了一点。

"疼吗？"

"疼。"钟恒暧昧地看她，"再来一次？"

许惟朝他的脸颊拍了下，转过头，摸到茶几上的手机，说："新电脑椅我昨天选好了，你看一下？"

钟恒瞥了一眼："挺好。"

"那我下单？"

"嗯。"

他略微侧过身，把她整个搂在怀里，等她下完单，他拿过手机："我们看看日子，你想哪天结婚？"

"……"

这话题跳跃得可真诡异。

事实上，这是钟恒第三次找许惟讨论婚期了，这时候距离他们领证已经过去了一年。

从丰州到省城，钟恒回归旧行当，重新工作，而许惟重新学习。他们一起生活的第一年，忙碌而充实，偶尔也有磕绊，但那不算什么，失而复得让彼此都成了对方的宝贝，无论好坏，都要搁在怀里揣着。

这种感受难与外人道，反正，这个宝贝，许惟是怎么都舍不得不要的。

她毫无底线地拓宽对钟恒的包容度，接纳他的小肚鸡肠和声势浩大的臭脾气，甚至渐渐学会了新技能，比如现在，在钟恒翻了半天日历后，她指给他看："就这一天吧，我喜欢这个。"

12月30日，鬼都知道这是什么日子。

钟恒年近三十，仍然不像个务实平淡的已婚男人，反而和女人一样，喜欢听这些实际意义不大的好听话。

这招许惟偶尔会用。

他惊讶过后，笑得眼睛都要变成小月亮了，许惟习惯性地捧着他的脸一顿搓揉："……要不要定这天？"

钟恒一张好脸被她糟蹋得不成样儿，漂亮的五官挤到一块儿，他开心地用那变了形的嘴巴告诉她："行。"

第二日，赵则接到钟恒的电话时，他正在小屋里给泥鳅弄晚饭，一不小心激动过度，一脚踢翻了泥鳅的饭盘子，惹得泥鳅暴跳如雷，赵则飞一般地逃出门，大嗓门儿哇啦哇啦地冲着手机吼："钟恒，你是不是喜当爹啦？"

钟恒简直被他蠢死。

"别瞎脑补，谁说非要等怀孕才结婚的？"大抵是今天心情太过愉快，他回头看了一眼厨房里忙碌的许惟，轻轻摸了摸鼻尖，终于压不住喜悦地说，"我这不是要过生日了嘛。"

赵则被他史无前例的温和语气恶心得头皮发麻，大脑宕机了几秒才重新启动："……现在才十月哩。"过屁生日！

不对……

"这跟你生日有什么关系？"

今天的钟恒，耐心奇好，兀自欢喜地笑了两声，慢悠悠给他解释："我生日是好日子，就那天结婚，许惟说的。"

赵则一下就懂了，心想，许惟道行可真深，哄人都哄到了点子上，也难怪钟恒这浑蛋今天好像泡过蜂蜜花瓣澡似的，隔着电话线都冒着甜腻腻的清香。

挂掉电话，赵则马不停蹄把消息告诉了林优，两人还特地建了个小群用来讨论。

钟恒和许惟早就决定好了，婚礼还是回丰州办，赵则早前信口胡诌的"世纪大酒店一百零八桌"并没有被采纳，因为根本没有那么多宾客，钟恒家没有几个亲戚，而许惟已经和家里不再来往，只在去年年底给外婆的那张储蓄卡转了一笔钱。

两人都不是拉帮结友之人，这些年又都辗转动荡，换工作，换城市，同事朋友几乎全散了，说起来，关系最铁的也只有丰州这几个老友。

许惟觉得婚礼简单点就好，不要太铺张。钟恒愿意听她的话，但不想委屈她，琢磨了好几套方案。赵则比他们两个当事人还要亢奋，兴冲冲地帮钟恒去看各式场地，丰州口碑不错的酒店他几乎都跑过，一张张往群里传照片，可钟恒那家伙要求太高，把"吹毛求疵"做到了极致，没过几天，就对赵则失望了，准备自己跑回去安排一切。

许惟及时阻止了他。

"你还真要回去？"

"当然。"

许惟说："你知道现在是几点吗？"

落地窗外的天已经全黑了，墙壁上的挂钟清清楚楚，九点都过了，已经快到睡觉的时间了。

钟恒不管这些。

"我要去。"他似乎有些"婚前焦虑"的苗头，安稳不下来，执着得很，边说边站起身，要去房间收拾东西，走了两步又折回来搂住许惟，亲了下她的额头，"没事儿，明天我肯定能弄好，下午就回来了，你好好睡觉，别太想我。"

他自以为交代完了，匆忙去卧室收拾钱包钥匙。这时候，许惟过来按住他的手："我有个想法。"

许惟告诉他，林优愿意把酒吧借给他们做场地，那儿有现成的舞台，地方也不小，很好布置，走一场简单的仪式没有问题。

"林优上次还帮人策划过一场。"她拉钟恒坐下，"酒吧附近有个度假酒店，环境挺好，宴席可以设在那里，林优和那儿的经理很熟，说一声就行了。"

钟恒微微皱了下眉，觉得酒吧好像有点敷衍。

许惟问："你不想考虑这个？"

钟恒看了看她，没有回答，反问道："你怎么想？"

"我觉得挺好，其实婚礼不用那么复杂，可以简单一点。"她说完又习惯性地补上一句，"不过我听你的。"

"你喜欢那里？"

许惟点头。

钟恒沉默着思索了一会儿，说："那要布置得好看点。"想了想又说，"我自己弄。"

208

"行。"

到十二月下旬，一切按部就班，婚纱照早已拍好，只剩些琐碎的事。许惟的课还没有结束，钟恒先回丰州做准备，之后再接她回去。

林优的酒吧提前歇业，整个场地都空了出来，在几天之内被布置成像模像样的婚礼场地，可钟恒追求完美，磨磨蹭蹭，直到婚礼的前夜，他和赵则还在做收尾工作，两个大男人提着小篮子往地毯上撒花瓣。

这一晚，林优陪着许惟，而钟恒忙到很晚，他和赵则在夜市喝了点酒，后半夜脑子里纷纷乱乱想起很多事，可身边只有一个呼呼大睡的赵则。那些压不住的心情无人可说，他摁亮壁灯，在床头靠了许久，天快亮时，他摸到床头柜上的皮夹，从最里层取出一张旧相片。

很多年前，一中搬校区时，他从旧橱窗里把它偷来了。那时候，他和许惟分开已经两年。

借着床头昏暗的光，钟恒低下头，亲了十七岁的许惟。

"你以前有没有想过结婚是什么样子，和什么样的人结婚？"
"……"

许惟闭着嘴唇，开不了口，化妆间里只有蒋檬叽叽喳喳的声音，她似乎比新娘更兴奋，一大清早从丰州跑过来帮忙化妆。

自从去年春节重新联络上，他们这个小团体好像回到了高中时候，虽然大家都已经是三字头的年纪，不像从前那样幼稚单纯，但有些情谊依然真实。

"你想过没有啊？"蒋檬半蹲在她跟前，"张嘴。"

许惟听话地照做，蒋檬一边给她补口红一边自顾自地说："女人都有个庸俗的婚纱梦，我小学就做过这种梦，新郎是我们班最好看的小男孩，后来大学谈恋爱时，两任男朋友我都以为会结婚，谁知道最后碰到我老公了……"她后退一步，仔细地看了看许惟的妆面，"你肯定也想过。"

没错，大多数女人都憧憬过自己的婚礼，许惟也一样。

她没有什么前任，也不记得小时候班里漂亮的小男孩，她所有关于婚姻的憧憬自始至终只有一个钟恒，十几岁时想过和他一生一世。那时候，钟恒很帅，耀眼得很，许惟偶尔也会想，再过十年他会是什么样子，等到结婚时，他是不是还这样好看？

这个问题，许惟还没得到答案。钟恒顺着她的心意，婚礼简化了许多，没有安排迎亲环节，只有仪式和宴席，她昨晚住在林优那儿，今天一来就被送进化妆间，到现在还没跟他碰上面。

十九日

"别动别动，我看看你这眼妆！"蒋檬凑过来，打断了许惟的思路。

"妆一点没花，漂亮死了。"蒋檬很得意，"我的技术越来越赞了。"

许惟一贯捧场："是是是，超厉害。"

话音刚落，门口探出一个小脑袋，小声地喊："舅妈……"

许惟抬头一看就笑了，那鬼鬼祟祟的小身影除了沈平安还有谁！

这丫头今天难得不是假小子打扮，破天荒地穿上了钟恒给她买的那件嫩粉色的羽绒服，头发也梳得很齐整，还别了个小花发卡，乍一看倒是个小淑女了。然而这小淑女一张嘴就露馅了，她两条小腿飞快，像个小粉球一样滚过来，嗓门儿洪亮如钟："天呀，你要把我舅舅迷死吗！"话才说完，人已经滚到许惟怀里了，"他会晕倒的！"

旁边的蒋檬有点惊奇，早就听许惟说过钟恒有个能上房揭瓦的外甥女，没想到是这画风。

许惟则被逗笑："见到你舅舅了？"

"没有，我妈说舅舅今天忙死了，让我别烦他。我多乖啊。"平安似乎特别开心。

的确，这个时间，大家都在前头忙碌，钟恒就更不用提了，连林优也歇不了——她既是伴娘，又要忙着后勤统筹，只有许惟这个新娘反倒成了最闲的一个，幸好平安这丫头天生活泼，有她陪在这儿，时间过得很快。

快到十点的时候，蒋檬带平安出去拿点心，许惟独自坐了一会儿，然后走到门边，从边柜上的手包里摸出手机，看到钟恒十分钟前发来的一条信息：饿吗？

她刚要回复，门就被敲响了。

这敲门的方式许惟很熟悉。她有些惊讶，等到打开门，看到捧着蛋糕碟的男人，对上他的笑脸时，许惟扎扎实实怔了几秒。

钟恒走进来，身上淡淡的香水味儿很清新。

他把蛋糕递给她。

许惟回过神，意识到自己心跳过快，和多年前那个晚上一样——他盛装打扮，等在楼道里，因为太好看了，她不小心走岔了台阶，差点滚到他脚边。

"你剪头发了？"她看着钟恒的脑袋，"你没剪过这种。"

"嗯。"她不接蛋糕，钟恒顺手放到边柜上，"好看吗？"

"好看。"

钟恒笑了一下。

"你还修了眉？"许惟凑近了，仔细地盯着他，"你以前没修过。"他眉形本来就好，修完之后更精致了。

"……你见谁家大老爷们儿天天修眉？"

"不是。"许惟终于又发现了一点，她惊奇地抬手要摸他的眼睛，被钟恒一把攥住手指。

"你涂遮瑕膏了。"

钟恒含糊地咳了声："有点黑眼圈。"

许惟憋着笑："谁帮你抹的？"

"我姐。"他捏她手，"还笑？"

"行行行，不笑了。"许惟问他，"你没睡好？"

"嗯。"钟恒切了块蛋糕送到她嘴边，许惟指指嘴唇，"不吃了，有口红。"

"会饿。"钟恒抽了张纸巾低头帮她擦掉口红，"垫垫肚子。"

许惟听话了。

钟恒没时间待太久，看她吃完一块蛋糕，他搂住她，小声说："我要出去了。"

"嗯。"许惟也小声说，"你香水的味道挺好。"

钟恒轻轻笑了："等会儿见。"

"好。"

婚礼仪式在十点三十八开始，与那些繁复的风格不同，仪式的流程要简洁很多，一些乱七八糟的步骤都被省略了，没有交接仪式，也没有证婚环节，林优将许惟送到仪式亭前，钟恒自己踩着花瓣走下台阶来接她。音乐和灯光全由林优决定，走的是"温柔和煦"路线。司仪的主持词也摒弃"啰唆煽情"的弊病，往"直接真挚"的方向努力，而宾客们都是交情不错的亲戚和熟友，虽然场地并不恢宏，布置也算不上华丽，但现场的气氛足够温馨。

许惟觉得自己有些微紧张，没有多严重，仅仅是心跳不在节拍上，被钟恒牵住时，她感觉到他的手心也是湿的。他带着她走过仪式台上短短的玫瑰花毯。

也许是音乐太美好，又或是灯光太温柔，许惟略微走神，她微微偏过头看了钟恒一眼，恍惚觉得走在她身边的还是十几岁的钟恒，他们第一次见面，他抱着篮球站在教室的最后面，浑身上下都是年轻张扬的朝气，即使不太友善。

可他已经三十岁了，再不是当初那个稚嫩的男生。这一年的共同生活使许惟看得更清楚，他已经是个可以依靠的男人了。

许惟就在这种奇怪的恍惚中走完了各个环节，给钟恒戴戒指时，她的手微微颤抖，戴错了手。

司仪看到了，调侃道："新娘不要太紧张嘛。"

台下传来善意的笑声。

许惟觑了觑钟恒，他翘着嘴角，无辜地看着她，许惟低下头重新帮他戴好戒指。

这是倒数第二个环节，再下来是互相拥抱，然后就是退场了。

在司仪开口前，许惟走过去打断了他："我有话说。"

"啊……"司仪有点愣,台下的亲朋好友也惊奇。

许惟又说了一遍:"我有话对钟恒说。"她转过头,朝台下看了看,林优坐在仪式台的右边角落,这时候已经站起来给她鼓掌,其他宾客也被带动了。

司仪也是个人精,快速接上词:"下面话筒交给我们的新娘!"

台下安静下来。

许惟接了话筒。

钟恒站在那儿看着她,有些摸不清状况。

台下看戏的赵则也十分蒙,紧张兮兮:"什么鬼,许惟这是干吗,要说什么啊?"

"流程里没这一项啊。"许明辉脑洞大开,"……她不会是反悔了吧?!"

林优不想理他们:"闭嘴。"

"……谢谢大家来参加我和钟恒的婚礼。其实,今天是钟恒的生日,我没有准备礼物,就和他讲几句话。"许惟开了个头,后面的话就比较容易了,她笑了笑,微微鞠躬,"耽误大家一点时间,我们可能要晚几分钟去吃喜宴。"

"哦……"台下小小地热闹了一下,又礼貌地重归安静。

只有台上的新郎心里鼓噪不止,他莫名其妙地脸红了一下。

许惟转过头,发现他紧紧地盯着自己,她顿时又紧张起来,捏紧话筒:"钟恒,生日快乐……你今天很好看,在化妆间看到你的时候,我就想说了。"她看着钟恒的表情,发现他好像比她更紧张。

"今天大家都在,不知能不能算作见证,我说的都是真心的,不是哄你……"许惟停顿了一会儿,声音渐低,"你总以为我有很多遗憾,可我每次看见你就觉得那些都不算什么,我已经有了最好的。你不在的那么多年,我活得很寡淡,只有想起你的时候,我好像还是我自己。"

台上的光线忽然变换了一下,更加柔和。

钟恒就在这种柔光里红了眼睛。

"不管是从前还是现在,你的坏脾气好像都没改,我虽然有时候也会对你生气,但从来没有不喜欢你,也许以后你不年轻了,会变得不那么好看,可在我心里你都是最好的。"许惟静静地看着他,"钟恒,我很爱你,我一辈子都对你好。"

短短几句,她似乎用尽了今天全部的勇气。

原来表白是这种感觉。

在掌声和叫好声中,许惟低下头平复了一会儿,等她再抬头就看见钟恒别过脸庞,手掌盖住眼睛。

她走过去,钟恒微微偏了脑袋。

在这一瞬间,她瞥见钟恒一脸的眼泪。他似乎有些失控,手掌抹了几遍,脸庞还是湿漉漉的，眼底下那点遮瑕膏全洗掉了。

台下的人再瞎也看得出他在哭。

沈平安眼珠子都要蹦出来了，一个劲儿地揪着她老爸的袖子："我的妈呀。"

钟恒他多也是头一次看见自家小子这副样子，只有钟琳对前情后故最了解，一脸看热闹的欢喜脸："哎哟。"

另一个角落，蒋檬愣得半天没回过神："……还有这种操作？"

许明辉啧啧称赞："高手就是高手，这一剂真猛，是个男的都受不住！"

可许惟听不到这些，她只是被某人哭得心头难受，于是伸手抱他："妆要花了。"

台下开始起哄。

司仪适时给自己加戏："现在，新娘拥抱新郎！我们大家一起举杯，祝福这对新人！"

在嘈杂的哄闹声里，许惟听见哽咽的声音——

"许惟……"

"嗯？"

过了好半天，等来沙哑的几个字。

"我是你的。"

番外二 /
十二年前

01

很多年前，丰州一中还没有新校区，只有位于城西的初中部和城中的高中部，这座百年老校抠抠搜搜地占着城区很好的一块地皮，虽然面积不大，但已经足够令"脑筋活络"的开发商垂涎。

有人说一中要建新校区了，就在那鸟不拉屎的城东郊外。

第一次听到这传言时，许惟还是个高一新生。一转眼，她上高二了，传言依旧是传言，唯一的变化是文理正式分科了，她和林优离开了高一（4）班，从校园最南边的逸夫楼挪到了最北边破破烂烂的博爱楼。

说起来还要感谢一中的"变态"分班制度。

作为丰州最好的省重点，一中在重理轻文这事上不甘落后，每个年级前三个班都是理科重点班，文科重点班却只有一个四班，新生进校先排名次，前两百名直接分进这四个班。许惟和林优的好运气全喂了狗，三个理科班愣是没沾上，偏偏两人都一心要学理，分科后重新选班就只能在普通班之间调整，毕竟理科重点班是香饽饽，除了那些家里足够厉害的，其他人压根儿拿不到多余的名额，而随机分配的结果总是令人无语。

"这个十班简直乌烟瘴气，妖孽横行。"开学的第一晚，林优的鄙夷顺着电话线传到许惟耳里。

许惟正在吃饺子，嘴巴塞着，没有说话。

普通班和重点班差距明显，生源和师资都有区别，听说每个普通班都有一小半人是交了择校费进来的，因此混进了不少问题少年。其中十班的风评最差，班级平均成绩垫底就算了，但凡是校内有名的斗殴事件十班必在榜上。

许惟生活简单，社交狭窄，高一一整年，以座位为圆心，半径超出三米的她都接触不多，对别班的事更不关注，所有八卦来源全来自林优。今天是转班的第一天，她正式见识了十班的风采，这才刚开学，后排就缺了好几个人，中午两拨男生还打了一场，垃圾桶都给踹翻了，教室里被弄得乱七八糟，六七个大男生被叫进办公室训话。

而林优之所以这么愤怒也是有原因的。下午自习课，因为一张凳子，她和后排的两个男生发生了冲突。

说起来和许惟也有关。今天排完座位许惟发现凳子不稳，一条凳腿摇摇晃晃，班主任说后勤总务处的老师今天忙得不行，人都找不到，让她先将就一下，明天再去申请换新的。许惟勉强坐到下午，林优看她坐着别扭，就从后面空座位拿了张凳子给她换了。

谁知道后面几个男生看见，吵着要她放回去，林优向来彪悍，本来就对这个班看不顺眼，这么一激双方就杠上了，若不是许惟拦着，旁边的班长和学委又过来劝阻，林优真要撸袖子动手。

最后，凳子是拿到了，梁子也结上了，那个叫许明辉的男生直接放话："钟恒的凳子你也敢坐，你们重点班来的姑娘都这么有种？行，那就等着吧。"

林优想到这个觉得可笑至极："那个姓钟的是皇帝吗？他的凳子是'龙椅'？搁我这儿充什么大王，哪回升旗仪式批评名单里没他？人都不来报到，还有人给他护着座，简直有病！指不定是退学不来了呢。"

许惟说："你不要跟他们生气，明天我换了凳子就还过去，反正他还没来。"因为这点事跟人起冲突没必要，那个钟恒她不了解，但要是真动起手，林优毕竟是女生，就算是跆拳道黑带恐怕也要吃亏。

林优在那头不以为然地哼了声。

许惟一手握着电话手柄，一手拿筷子往嘴里塞饺子，一心二用地安抚林优。她很清楚，普通班和重点班肯定有不同，这是客观现实，适应嘛，适应就好了。

但暴躁的林姑奶奶显然不这么认为。

"劣者集中的环境，适应就是被同化，就是屈服，没种的人才会屈服。"

"……"

一个"地图炮"就把许惟轰进了没种的行列。

"他们最好别惹我。"挂电话前，林姑奶奶丢下这么一句。

九月初的天气依然炎热，虽然已经立秋，但温度不减，午后更是闷燥。

午休过后，高二（10）班的教室里渐渐嘈杂起来。这时候还不是智能机的时代，高中生也还没有成为低头族，一到课间那些精力充沛的年轻人都可劲儿地闹，嬉笑乱吼的声音穿过门窗，在走廊里回荡。

也许是昨天被老班训狠了，后排的男生有所收敛，没再继续切磋拳脚，有的在后头拍篮球，有的坐在桌上吹牛，好几个昨天没来报到的今天也陆陆续续来了，只有垃圾桶旁的那个座位仍是空荡荡的。

林优到小卖部跑了一趟，回来时往许惟桌上丢一瓶雪碧。许惟刚睡醒，迷迷糊糊瞥见一方衣角，一抬头，林优的爪子伸过来，在她脑袋上一揉："做啥春梦呢。"

许惟对这人的讲话尺度习以为常，见怪不怪地冲她笑了笑："几点了。"

林优说："二十了，我上厕所去。"

"哦。"许惟安心地闭上眼，脑袋又耷下去，半长不短的头发盖住白皙的脸庞。还能睡个十分钟的回笼觉啊。

可惜天有不测风云，几声乱叫把许惟的回笼觉吵得支离破碎。

"那个重点班的！"

"哎，穿白衣服那个！"

"美女！"

后座的女同学蒋檬好心地拍许惟的后背："他们在叫你。"

许惟不太清醒地半眯着眼，转过头时还没什么实感。

蒋檬小声地提醒她："那个……钟恒来了，你还坐着他的凳子呢。"

"……"

哦……对，凳子。

许惟往后一看，立刻就清醒了，她上午忘了去总务处领新凳子。

垃圾桶旁边站着个高个子男生，穿着夏天的校服衬衫和黑色长裤，左手抱着个篮球，右臂上挂一个皱巴巴的黑书包。

他扣子没好好扣，锁骨往下的一片都敞露着，袖口胡乱卷作一堆。

隔着四排桌子，他掀着眼皮朝许惟的方向看去。

教室里的气氛古怪起来。女生全在看热闹，男的更闲，不知是谁好整以暇地吹了声口哨。

许明辉吊儿郎当地转着笔，一双老鼠眼要笑不笑，凑到钟恒身边说："长得挺正吧，四班的，我昨天还真没狠下心，不过她那同桌很厉害，跟个男生似的，彪得很。"

赵则一肘子把他推开："滚滚滚，瞧瞧你这双色眼。"

旁边几个男生饶有兴味地笑起来。

钟恒左手一抛，篮球砸进墙角的储物格中，"砰"的一声响。他人站在原处，眼皮没动，漆黑的眉略微上挑。那副表情还真像个太子殿下，等着人麻溜地滚过去给他磕头请罪。

蒋檬有点担心地揪了揪许惟的衣角，小声给她支招："哎呀，你快把凳子给他搬过去吧，他脾气有点坏的。"

许惟回过神，点点头。她搬起凳子，穿过过道走到最后一排，放到那张空桌子旁边。

垃圾桶旁的那道身影走了过来，淡淡的汗味儿混着衣服上的肥皂香。许惟停顿了下，直起身，正对上他的视线。

近距离看，他那双眼睛更黑，好看是好看的，只是眼尾细细的，一看就像个小心眼子。

这人应该不太省事。

"我的凳子坏了，昨天没法领新的。"许惟解释了一句。

那身影没让开，白球鞋又挪近一步，堵在她身旁，肥皂香盖过了汗味儿。

"凳子坏了？"略低的声音，没什么语气。他个高，半垂着眼，有些居高临下的意味。

许惟点头："嗯。"

静了几秒，他嘴唇动了动，慢悠悠道："关老子屁事儿。"

周围爆出一阵哄笑。

许明辉兴味盎然，急着插嘴："钟恒，她那凳子该不是你弄坏的吧，人家找上你了。"

赵则也嬉皮笑脸："你啥时欺负了新同学？"

另一个男生接上茬："你欠了多少桃花债啊！这新学期才开头，就被人找上了，你还不还得起？"

"……"许惟意识到林优多么有先见之明，要适应这种环境真心不容易。

没必要跟他们在这儿耗着。她懒得解释了，低头和钟恒说了句"对不起"，匆匆出门赶去总务处拿新凳子。

戏看完了，教室里又恢复乱糟糟的状态。赵则瞥了一眼门外，后知后觉地说："我们是不是太过分啦，人家是个女生，还是新来的。"

许明辉也凑过来，撑着脑袋："还是个好看的女生。"

前座的胖子也说："她不会出去哭了吧？唉，你对女生温柔点啊。"

钟恒被他们吵得脑仁疼。

"废什么话。"他书包一扔，踢开凳子坐下，"谁心疼谁去哄回来。"

许惟一路跑过去，赶在上课前跑回来，在走廊碰到上完厕所的林优。

林优看她抱着张凳子，满头大汗，惊奇："什么情况？"这时候跑去拿凳子？

"那个男生来了。"

哪个？

哦对，那赫赫有名的浑蛋钟恒。

林优皱了皱眉："他欺负你了？"

"没有。"许惟说，"我把凳子还给他了。"

林优怀疑地看了她一眼。

她们一进教室，赵则就眼尖地看见了："啧啧啧，来了来了，原来搬救兵去了。"

钟恒往后一靠，懒洋洋地瞥了一眼。

许明辉指着他看："就那女的，短头发那个，昨天要跟我们干架！"他话音刚落，就见林优朝这方向看过来，毫不客气地冲他翻了个白眼儿。

"嘁，什么人。"许明辉打了一记清脆的响指，摇头晃脑地感叹，"明明脸也不错，可惜是个'母夜叉'，人间悲剧啊。"

赵则十分赞同："这女的太生猛了，跟她一比，卢欢都可爱多了。"

说到这里，赵则想起件事："昨天卢欢又来找你了，听严从蔓说一大早就在校门口等你了，知道你没来她好像哭了一场……"他拿手肘顶了顶钟恒，"卢欢长得也挺漂亮的，家里又有钱，人家本来要去省城读高中的，为了你还来了一中，嘿，这近水楼台的，要不你……"

钟恒看都没看他："我闲的？"

"就是！"许明辉说，"赵则你发什么神经！那是个小公主，脾气大还事儿多，巨烦。"

赵则瞥一眼钟恒的脸色，讪讪地闭了嘴。要不是因为卢欢是严从蔓的表妹，他才不会帮卢欢讲这话。

在钟恒的热血少年时光中，女生一个个都很麻烦，撒娇卖蠢耍脾气，胆小如鼠哭唧唧。

有什么意思。

上课铃响了，许明辉缩回脖子。

接连两节都是语文课。语文老师刘自量是个四十出头的中年男人，一直教隔壁九班，因为十班的语文老师回去休产假，他这学期暂时接手了语文课。

虽然是新老师，不过大家对他一点也不陌生。这位刘老师在学校里挺有名，据说身高一米四九，所以坏嘴的男生们私下给他取了绰号"刘四九"。

刘老师热爱文学热爱生活，致力于在枯燥的高中课堂上灌鸡汤，鸡汤内容多半来自报刊亭三块一本的《读者》杂志。不过幼稚的臭小子们喝不下这一口，年轻的小姑娘们也不买账，因此语文课时常尴尬收场。

这是新学期第一次课，又是一个新的班级，刘老师异常慷慨激昂，从诗词歌赋谈到人生哲学，东拉西扯了大半堂课，最后大手一挥，在黑板上写下龙飞凤舞的四个大字：

人生苦短

"同学们，人生苦短啊！"

"才不短！"许明辉坐没坐相，一边抖腿一边意味深长地贫嘴，"这四九儿真是名不虚传，太啰唆了，短的是他吧，咱们可长着呢。"

钟恒没接茬，漫不经心地笑了声。

赵则连连点头："有理！"

前后几个男生都乐了。

后头的骚动很快引起刘老师的注意。早就听说十班懒散，刘老师决心要在新学年伊始好好整顿一番。

怎么整？就从"明确人生目标，树立远大理想"开始！

"人生苦短，眨眼间几十载春秋倏忽而过，浪费就太可惜啦。"刘老师推了推眼镜，"人哪，总要有梦想有追求！"说着慢悠悠地放下粉笔，盯着讲桌左上角的座位表看了看，"我看后面的男同学笑得十分开心，想必很有感悟！这样，我们就先请这几位同学跟大家分享自己的理想。穿蓝衣服的那位同学……许明辉是吧，你先来说说。"

啥？

突然被点名，许明辉几乎震惊了，一向沉溺于课堂自嗨的四九儿居然来这么一出，这跟传说不符啊。

许明辉扔下笔，慢吞吞地站起来，瞪着眼睛左顾右盼：什么问题来着？

周围一群损友全笑嘻嘻，幸灾乐祸。

还是赵则厚道，以口型告诉他："理想！理——想！"

"理想？"许明辉张了张嘴。

刘老师说："对，你的理想是什么？说给大家听听。"

"哦，这个简单。"许明辉无所谓地耸耸肩，"我的理想嘛，就是要有很多很多钱，天天吃香的喝辣的，和兄弟们打游戏，还要有个美女做我女朋友。哦对，这个美女千万不能是处女座！"

他话音刚落，全班大笑。

有女生不满地哇哇喊："处女座怎么啦！"

与此同时，第一组第三排，处女座的林优"咔嚓"一声捏碎了橡皮："姓许的都有病。"

许惟讪讪地凑近："……我也姓许。"

林优一个眼刀横过去。

许惟乖了，一脸讨好地笑笑："行，我闭嘴。"心里多少有点惊奇：这个许明辉一再踩到林优的炸点，可能是某种缘分。

讲台上的刘老师已经黑了脸，拿起课本用力拍在讲桌上，说："安静下来，不要吵了！"

教室里的声音渐渐小了。

许明辉一脸无辜地站着，继续贫嘴："老师，我的理想怎么样，是不是很远大？"

刘老师克制住升腾的火气，一脸严肃地说道："这位同学，理想和白日梦的区别你课后搞清楚，下一个。"他看着座位表，"赵则。"

赵则懵头懵脑，站起来摸了摸鼻子，抓耳挠腮地磨蹭了一会儿，装模作样地说："我的理想是做一名光荣的人民教师，就像刘老师这样，为广大人民群众服务。"

这话瞎得没边儿了，全班没一个相信的，不约而同："嗽——"

"还不错。"刘老师说，"希望你说的是真心话，再请一位——钟恒，你来说说。"

班上瞬时安静下来，大家都转头看向钟恒。男生们心知肚明，笑嘻嘻地看戏似的，等着钟恒下老师的脸子；女生则或多或少对钟恒这样的男生有点好奇，想看看他说什么，他会有什么样的理想。

这回钟恒倒很爽快地站了起来，大高个子杵在课桌后，略佝着背，没站直。

刘老师问："这位同学，你的理想是什么？"

"打架永远我赢。"

欠嗖嗖的语气，顶着一张骄傲无比的俊俏脸。

"噢噢！"后排男生们鼓掌吹口哨。

女生也没忍住，都在笑。

教室里一阵哄闹。

刘老师胸闷气短，胡子都翘起来："胡闹！真是胡闹！都给我安静了！"

林优在草稿纸上写下两个字母，说了句："傻帽。"

许惟转头，往后看了一眼。那男生微抬着下巴，懒洋洋地站着。窗外的半片夕阳落在他的校服衬衣上，他嘴角微微翘着，从眼睛到鼻子都写着两个字——

欠揍。

磨合期总是磕磕绊绊，人和人是这样，人和群体也是这样。经过了矛盾重重的第一周，十班基本进入稳定的懒散状态，转进来的新同学也渐渐融入了这个口碑不佳的新集体。

十班一共四十八人，小团体众多，基本上分为三大拨，一拨是学习认真态度上进的好学生，一拨是马马虎虎相安无事的中间生，剩下的就是以钟恒为首的后排不安分人士。

班主任是个三十大几的男老师，本名陈光辉，《光辉岁月》因此成了十班的班歌。

陈光辉身长头小，班内同学私下对他有个反向爱称"大头"。

这位陈老师长得很瘦，脸庞终年一副营养不良的菜色，为人随和，偶尔发个脾气还挺吓人，但作为班主任，这点威严根本压不住班级后排那群叛逆的少年，尤其是钟恒和许明辉那几个，第一周他们就开始迟到早退，作业经常不做，心情好才拿别人的来抄两笔。

陈光辉拿他们没办法，常规的惩罚措施就是罚站，有时站在教室后面，有时站在外面走廊。

罚得最多的就是钟恒。

许惟三不五时看到窗外杵着个大个子，吊儿郎当的站姿，肩膀半耷着，他的背好像抻不直似的，站不了十分钟就不见人影了。

过了两周，许惟渐渐看习惯了，见怪不怪。

林优就比较毒舌了："这种人天天来学校干吗，退学当'混混'算了，他的理想不就是打架吗？"

"哎呀你们不知道，他一直这样的。"后座的蒋檬一边喝牛奶一边说，"胆子超大，什么课都敢逃，连化学老师那个灭绝师太也不放在眼里，不过，有个课他倒是从来没逃过。"

许惟问："什么课？"

蒋檬说："体育课。"

许惟："……"

体育课就是玩，根本用不着逃。

果然，周四上午两节课数学测验结束，体育课开始前，钟恒就踩点出现了。与之前不同的是，他脸上挂了彩，右边眉毛上方一块红红的新伤，像是擦破了皮，有点显眼的血迹。

赵则一看脸色就变了："你真去见六中那浑蛋了？"

"嗯。"

许明辉这时进了教室，颇为兴奋，冲过来问："单挑的？"

"怎么可能？"钟恒把书包胡乱塞进抽屉里，抬头笑了声，"一对三。"

"牛！"许明辉竖起拇指，"厉害了！"

赵则却皱眉："难怪了，你短信也不回……你这个人，也不晓得叫上我们，幸好没吃大亏。那浑蛋也真卑鄙，说是约你单挑，居然这么不讲规矩。"

钟恒不以为然："我怕他？"

"就是，咱们少爷缺什么人啊，迟早让那帮人跪着喊老大！"许明辉一脸"与有荣焉",看了看钟恒脸上的伤,他十分狗腿地表示,"我找女生要个创可贴来!"

离上课只有五分钟,教室里一大半人都去了操场,还剩一些女生在磨蹭。许明辉跑到前头,嬉皮笑脸地挨个问一遍:"有创可贴不?给钟恒用的。"

女生对长得好的男生总是宽容,虽然钟恒很浑,但班上对他感兴趣的女生还是不少。不巧的是,她们刚好都没带创可贴。

后头赵则喊:"我们先去小卖部了!"

"行,给我买可乐!"

钟恒抱着篮球,和赵则一起出去了。

许明辉瞅了瞅,第一组人都走光了,只剩许惟低着头窝在座位上收拾文具。

那个"母夜叉"不在。

许明辉对许惟的印象一直不错,首先呢,是她跟他同姓,班上就他们两个姓许的。另外嘛,他觉得这女生长得挺好看,皮肤白,脸小,干干净净,不招摇也不闹腾,模样还有点像他喜欢的女明星,他倒挺想接近的,只是林优杵在旁边,他压根儿寻不上机会。经过那次的冲突,许明辉和林优井水不犯河水,虽然后来没有再抬杠,但偶尔碰到都要互相翻白眼儿。

现在趁林优不在,许明辉赶紧跑过去示好:"嗨,许同学,还没走呢。"

许惟抬起头。

许明辉龇牙一笑,厚脸皮地说:"有没有带创可贴啊?钟……"想起钟恒上次好像欺负她了,他立刻改口,"那个啥,是我兄弟受伤了,都流血了,怪可怜的。"

许惟没有说话,似乎有些惊讶。

许明辉笑眯眯地搔搔耳朵,说:"上回是我们不对啦,我们太坏嘴了,你不会还在生气吧?"

许惟看了看他,没有接茬,佝着头在抽屉摸了一会儿,取出一个小布袋,抬头问:"你要几个?"

"一个!嘿嘿,一个就够了!"

许惟取出一个创可贴给了他。

许明辉接过一看,是个很卡通的 Hello Kitty 图案,他有点傻眼——

娘嘞,这么可爱的,钟恒肯定不乐意贴脸上吧。

"有……有没有别的?"

"没了,这个不行吗?"这还是她上次买给林优用的,是在学校对面饰品店买的,只有这种。林优嫌这个图案太幼稚,没要。

许明辉挠挠头:"行吧。"他把创可贴揣兜里,"谢啦!"转身往外窜,刚到门口又回头说,"欸,许同学,你跟你同桌说说呗,女人太凶老得快,让她别老瞪我了。"话一说完,他就笑着出去了。

许惟心道: 幸好林优不在, 不然这家伙皮都要掉一层。

体育课比较宽松, 集合几分钟, 老师讲完话布置了任务, 集体跑两圈过后就是自由活动。许明辉赶到操场, 赵则和钟恒刚好从小卖部回来了, 已经有男生帮他们占好篮球场。

许明辉偷偷把创可贴给了赵则, 示意他给钟恒贴。

赵则一看那图案差点喷了, 他忍住笑, 趁钟恒喝水的时候直接把创可贴撕好贴到钟恒脸上的伤处: "咯, 好看多了。"接着赶紧示意周围男生别笑。

钟恒无知无觉, 喝完水, 瓶子丢到水泥地上, 拍着篮球就上场了。

体育课对男生来说是运动时间, 对女生而言就是小伙伴聊天休闲互相联络感情的时候, 几棵大树下各坐了一团, 都是不同的小圈子。

许惟和其他女生交集不多, 社交范围限于座位附近, 除了林优, 只和前后座的同学相处得多一点。

今天林优体育课请假去见牙医了, 许惟无所事事, 和其他三四个女生一起坐在升旗台旁。

蒋檬作为本班"土著", 不遗余力地给她们新来的科普班内的隐秘八卦, 譬如大龄未婚的班主任陈光辉似乎中意隔壁班的英语老师, 班上的谁谁谁和谁谁谁走得近, 等等。

"对了, "蒋檬神神秘秘地说, "有一个人你们绝对想不到……"

"谁呀?"

"咱班的团支书沈茜然……"蒋檬身子凑到中间, 小声说, "别看她像书呆子似的, 对男生好像一点都不在意, 其实她也喜欢钟恒的。"

"不会吧。"另一个女生惊讶道, "她肯定喜欢学习好的吧, 她都看不起差生的。"

"是真的。"蒋檬十分笃定地说, "她好会装的, 有人看见了她在笔记本上写钟恒的名字, 写了好多。"

"还真是啊。"

"那也难怪, 你看, 他打球都有好多别班的女生来看呢。"

大家往篮球场的方向看了一眼, 那里果然站了不少女生。

八卦越聊越多, 话越讲越私密。

蒋檬说: "老实说, 我不知道为什么好多女生都喜欢他, 只是脸好看有什么意思呢, 我比较喜欢有内涵的, 比如三班的林逸凡, 人家读了很多书, 演讲辩论都好棒, 对女生也很温柔, 很绅士的。"她讲到这里, 转过头说, "许惟, 你肯定也不喜欢钟恒这种只会打架的男生吧, 他上次还那样跟你讲话。"

蒋檬这么一问, 其他人也好奇起来: "对啊许惟, 你喜欢什么样的男生?"

话题突然转到自己身上，许惟有点愣，想了想说："我还没想过这个。"

蒋檬有点惊奇地拍拍她的手："你真是好学生，肯定只顾着学习了。"

正说着话，篮球场那边传来一阵喝彩声，紧接着是女生的叫喊。

"什么情况？"蒋檬拉起许惟，"走，我们也过去看看！"

篮球场上，年轻的男孩们正挥汗如雨，有道身影十分醒目，黑 T 恤，黑裤子，红色球鞋。篮球到他手里，他跳一下，手抛上去，一道弧线过后球进了篮筐，又是一阵喝彩。

好半天，有人替上去，轮到钟恒休息。他满头大汗，脱了 T 恤走到场下，那些女生显然已经习惯他这样，红着脸，光明正大地看着。

有人递上矿泉水，钟恒没接，他找到自己那瓶，一屁股坐到水泥地上，灌进半瓶。

许惟站在几米之外，一连看了他两眼。那只连林优都嫌弃的粉色 Hello Kitty 创可贴，正贴在他眉骨上方。

说实话，有点儿搞笑。

许惟没忍住，低头笑了。再抬头时，一道目光明晃晃地朝她看过来。钟恒嘴唇上挂着水珠，手里的矿泉水瓶已经空了。

他的眼睛很黑，皱眉时，眉毛上头那只粉色"小猫咪"微微动了动。

钟恒目光在许惟脸上停了两秒，他眯着眼的样子有那么点天生的不友好。

再加上他上回的态度……

在许惟的印象中，他是个脾气挺差的人了，为免又惹恼他，她及时收住笑，转过身没有再看他。

钟恒皱了皱眉。

笑什么笑？

有人喊他，他起身扔掉空瓶子，几步跑回球场。

离下课还有五分钟的时候，体育老师又一次将大家集合起来，形式化地来了个总结就散了。

女生聊完天轻轻松松回教室，而男生们疯了一节课，大汗淋漓，一大帮人跑到水池边洗脸。

下课后，九班的男生过来上厕所，有几个和钟恒一块儿玩过的，一眼看到他脸上的 Kitty 猫，先是震惊，紧接着都笑疯了。

什么鬼嘛。

钟恒那张桀骜不驯的脸跟这软绵绵的小猫咪完全不搭轧，他脸上贴一只大灰狼会比较和谐。

"哈哈哈，这一看就是妹子贴的！"

"哈哈哈哈哈哈哈也太可爱了。"

钟恒被他们笑得莫名其妙，抬手揭下脸上的创可贴。

罪魁祸首赵则和许明辉见势不妙，连忙趁乱溜走。

钟恒看清创可贴上的图案，脸一下子黑了。

"找死啊。"

拔了老虎毛的两只胆小鬼已经飞快地蹿回教室，在座位上笑得前仰后合。许明辉捧着肚子，笑得都结巴了："他、他……待会儿不会要揍我们吧？"

"要揍也是揍你好嘛。"赵则幸灾乐祸，"那创可贴又不是我的，我顶多就是个从犯，你才是主谋！"

"喂！这都怪我头上啦？"许明辉不干了，"也不是我的。"

两人正互相推卸责任，前头胖子跑过来："哈，钟恒呢，快看，那漂亮小学妹又来了。"

赵则转头瞅了瞅，顿时糟心透了——外头穿粉色裙子的女生可不就是卢欢嘛。

赵则一点都不想再帮卢欢的忙，扭回脑袋装作没看到。

卢欢在走廊里待了好一会儿才等到钟恒回来。她把他拦在门口，各种各样的目光聚在他们身上。

教室里那些好事的男生开始吹口哨，钟恒脸一抬，往里瞥一眼，他们立刻就安静了。

"你的脸怎么了？"卢欢看到他的伤，眉头皱起来。她下意识地伸手要摸，钟恒半途截住她的手扔开。

"你这什么态度？"卢欢又气又伤心，"为什么你不接我的电话，又不回短信，你知不知道我找你好多次了？"

"干吗？"钟恒面色冷淡，没什么表情。

"你明知故问！"卢欢气势汹汹道。

教室里一双双眼睛齐刷刷地看着。

钟恒还是那副散漫的样子，有点不耐烦，说："你是我什么人？我有义务搭理你吗？"

"你——"卢欢气极，憋红了脸，"钟恒，我怎么了？我卢欢哪里配不上你？"

钟恒哼笑了声，眉峰一扬："哪儿都配不上。"

他说完这话扬长而去。

卢欢站在门口，气得心口疼。她脸上一阵红一阵白，红着眼睛吼："钟恒你个浑蛋，你给我等着！"

许惟看见卢欢跑走了，好像是哭了。

而那个把人弄哭的人呢……

他气定神闲地回到了自己的座位，仿佛事不关己。

预备铃已经打响了，许惟没再关注，拿出英语课本。

直到英语老师走进来，后排的骚动仍然没有停止。

面对钟少爷的秋后算账，许明辉梗着脖子硬撑："赵则你这讲的什么歪理啊，真要这么说，那小猫咪又不是我的，那明明是许惟的，创可贴还是她给我的！"许明辉急于脱罪，不管三七二十一，很没逻辑地把一口大锅扣到了许惟的头上。

"……许惟？"

"对对对，就那个，欸，你肯定没记人家名字。"许明辉赶紧指给钟恒看，"喏，第三排靠窗，好瘦的那个。"

钟恒皱了皱眉，不就是体育课上笑他的那个？

不止……嗯，上次还偷了他的凳子。

钟恒心眼儿是不大，也向来得理不饶人，不过没什么大问题的话，他一贯懒得跟女生计较，嫌烦。

钟恒这顿气最终还是撒在许明辉和赵则身上，放学后狠狠地宰了他们一顿，吃了烧烤还不够，又去游戏厅消磨了几个小时，快晚上十点钟才各自回家。

02

在十班待满一个月，许惟觉得自己已经彻底适应了，虽然这里没有以前的四班班风严谨，纪律也不好，不过对她没什么影响，几门课的测验成绩很稳定，都在前三，数学和英语是她的优势学科，两次都是第一，林优比她稍差点儿，但每次也能进前五。

老师总是喜欢好学生，班主任和科任老师对她俩印象都很好。

而在同学口中，她们一直都是"重点班来的学霸"，最开始没什么交集，渐渐地，也会有同学来问题目，连一向反骨的林优似乎也慢慢融入了。

最令许惟惊奇的是，她本以为林优和后排男生的敌对状态会持续下去，没想到经过一个国庆假期，他们居然神奇地握手言和了。

这事说来十分玄妙。

许惟没能亲眼见证。

假期过后，返校的第一天，她被许明辉吓了一跳。

大清早，林优刚扔下书包坐好，许明辉抱了一堆零食颠颠地奔过来，一股脑全堆在林优的桌上，笑得龇牙咧嘴："林大爷，林美女，这都是咱孝敬您的！"

林优瞥了一眼，不冷不热地夸道："乖！"说完就毫不客气地把所有零食扫进抽屉里。

许明辉嘿嘿一笑："晚上兄弟们请您吃饭唱歌，千万赏脸啊。哦对了，许同学也一道去吧。"说着朝许惟挥了挥"爪子"，"许同学要赏脸啊。"

林优一个手势，许明辉低眉顺目地走了。

许惟看得目瞪口呆。

林优拿出两袋薯片塞给她。

"这……什么情况？"许惟呆呆地问。

"你猜。"林优冲她抬抬眉毛。

许惟张了张嘴，凑过去小声问："你老实说，你是不是把他胖揍了一顿，揍到哭爹喊娘？"

林优揉她的脑袋："你怎么想的呀，我有那么暴力？"

"难道不是？"许惟皱眉，"那他怎么……"

"乖孙子一样，是吧？你猜得有点沾边，"林优有点得意地笑着，"我是揍了人，不过不是他。"

教室后头，赵则也在跟许明辉说小话："怎么样，答应没有？"

"好像是答应了。"许明辉有点兴奋，拉了凳子坐过来感叹，"我真没想到母夜……啊，呸，是咱们林同学，她居然是学跆拳道的！好像还学了散打，钟恒你是没看到，太彪了，要不是她刚好逛街逛到那儿，我们真惨了，六中那帮人太贱了，专门玩阴的，以多欺少。"

赵则点头附和："所以这顿饭肯定要请了，咱们嘛，从不欠人家的。"他拿手肘顶顶旁边的钟恒，"是吧。"

钟恒还没说话，许明辉就开始打小算盘了："当然要请，这么厉害的得赶紧收拢过来，太酷了，万一啥时能用上呢。对了，我把她同桌也叫上了，上回咱们欺负了人家，刚好趁机讲和。"

"哦，你这脑子精的。"赵则埋汰完他，问钟恒，"你说呢？"

钟恒没立刻应声，往前头瞥了眼："请呗。"

欠人情很烦。

一放学，林优就把手机递给许惟："给你外婆打电话，就说跟我一起做作业，晚上再回，我送你。"

许惟："你真要去？"

"有饭吃干吗不去？"

"你跟他们也不熟，是不是不太安全？"

"我有什么不安全？"林优挥挥拳头，"放心。"她直接拨通了号码，"你肯定要跟我一道去的，快说吧。"

吃饭的地点在步行街的一家烤肉店。

她们收拾好下楼，看见他们几个男生在教学楼前等着，姿态各异，许明辉蹲着，赵则靠着树，而钟恒单手插兜站在那儿，左肩上挂着他那黑书包。

十九日

看到她们过来，许明辉立刻起身迎上来，一张讨好的笑脸："来啦。"

"嗯，咱们打车去？"

"行行行，打车。"许明辉冲赵则喊，"你自己骑车过去呗。"

"好嘞。"

几个人出了门，到门口拦车，许明辉坐前面。林优开了后车门坐进去，许惟坐到她身旁，正要关车门，有道身影靠近，长腿一屈，坐了进来。

哦，还有钟恒。

许惟往里挤，给钟恒挪空间。他人高马大，一坐进来就有些拥挤，许惟几乎是缩在中间。她调整好坐姿，再一看，这人还真是毫不委屈自己，那两条长腿也不知道收收，大剌剌占去大片地方。

实在没有多余的空隙，他们离得很近，稍不注意就得碰上。许惟抱着书包，坐得束手束脚。

车开了，许明辉和林优讲起前天的事，钟恒懒得说话，神情松散地靠着座椅，书包搁在脚边。

许惟对他们这些事不清楚，更是安静，百无聊赖地给两条书包带子编出了几种花样。出租车开到十字路口，司机一个急转弯，专心致志的许惟连人带书包直接扑到钟恒身上，她下巴磕到他，嘴里没吃完的半颗薄荷糖差点蹦出来。

林优吓了一跳："欸，你这——"伸手要去拉。

钟恒已经捏住许惟的胳膊，把她拎了起来。

前头的司机大叔问："咋了？"

许明辉也关切地扭过脑袋："没事儿吧？"

胳膊上那只手松了，许惟坐稳，惊魂未定："没事。"就是下巴磕得有点疼。

"你小心点儿。"林优把她往身边搂了搂。

钟恒拾起许惟的书包，许惟立刻接过来："谢谢。"

钟恒没应声，在那若有若无的薄荷味中换了个姿势继续靠着，显然懒得理她。

许惟看了他一眼，转回脑袋，心想，如果钟恒那儿有一个小本，可能刚刚又给她记上一笔了。

烤肉店生意火爆。

等他们坐下来，骑车的赵则也赶到了，五个人点了不少。林优毫不客气，全挑荤的来。

赵则问："你们喝什么？给你们点饮料？"

"喝什么饮料，"林优大手一挥，"我要啤酒。"

许惟拽她的胳膊："别喝酒。"

"没事啦，许小妞，你不要操心，给你叫饮料。"林优对许明辉说，"给她来罐牛奶。"

"不要喝酒。"许惟又说了一遍。

林优也妥协了："行行行，都听你的。"她太清楚，许惟犟起来比谁都厉害，偏偏又聪明得很，没法忽悠。

这么一顿饭吃下来就算恩仇尽泯了，席间气氛不错。林优这人虽然平常有点生人勿近的气息，但只要熟起来，她能跟任何人处成兄弟，她本来就像男生一样爽快利落。而许明辉和赵则更是一对活宝，但凡有他俩在，场面总不会冷，两人跟说相声似的，一唱一和，活泼得很。

另外两个人话就少多了。许惟几乎都在埋头吃菜，而钟恒也不怎么说话，偶尔话题到他身上，他才答一句。快吃完的时候，他过去结了账。

回来时，许明辉正好举杯，吆喝着："来来来，大家碰一下，以后就是朋友了。"他特意去碰了许惟的杯子，笑嘻嘻地睁眼说瞎话，"许同学，上回我们就是跟你开个玩笑，大家都是同学，你借个凳子用当然可以了，钟恒不是故意凶你的，他是逗你玩呢，你别生气啊。"

许惟说："没生气，是我应该先问一下。"

"不用不用，你下次要什么直接来拿，嘿嘿。"许明辉用手肘推推钟恒。

钟恒没反应。

许明辉不甘心地又推了两下。钟恒被他弄得有点烦了，端起杯子往前碰了下："行了，下次不凶你。"

许惟："……"

"好！大家干一杯！"捧场王赵则适时发光发热，"来来来！"

五只玻璃杯碰到一起，响声清脆。

烤肉大餐在融洽的气氛中结束了。

原本还有一个KTV的场子，但许惟觉得时间不早了，林优拗不过她，只好算了。许明辉说要送她们，也被拒绝。

他们在街口分道扬镳。

"行了，你们仨管好自己吧，回见。"林优挥挥手，拉着许惟走了。

赵则："注意安全啊！"

那两个身影已经走远了。

"嘿，走得还挺干脆的。"许明辉吹了声口哨，回头问钟恒，"还早啊，咱们杀几局去？"

"走。"

许明辉边走边说："这两个姑娘还挺好玩的，一个彪，一个软，偏偏这个软的还能制住那个彪的。你们看出没，林优还挺听她话的。"

赵则深表同意："这个许同学挺有意思，不过她对咱们好像不大信任，有点防着我们呢。"

"还不是上次把人吓着了。"许明辉叹气，"少爷也没说几句好话哄哄人家。"

他话刚落，钟恒的书包就扔过来了："凭什么哄她？"

许明辉抱头躲开，边笑边说："行行行，你是少爷你说了算，你不哄她，等她来哄你呗。哈哈哈哈……"

这回，钟恒都懒得理他了。

经过这次之后，许明辉和赵则他们似乎把林优和许惟划到了自己的阵营，没事就送点零食过来，连带着座位附近的女生都沾光。

蒋檬她们几个女生私下里讨论，都觉得那些男生好像除了成绩差爱打架之外，也没有那么坏。许惟还因此多了一件事，后排某些男生开始托许明辉借她的作业去抄。

不过钟恒不在其中，他的作业从来都是想不做就不做。

这一周，挨罚最多的仍然是他，不过班主任陈光辉整了个新招，早读课迟到不罚站了，改罚到操场去跑八圈。

于是许惟每天早上都能看见一个大汗淋漓的钟恒，十月的天气，他依然穿单薄的汗衫，长裤松松垮垮，跑完回来背心总是被汗浸出一大片湿印。

他似乎很喜欢这种惩罚方式，一次也没有溜走。

一转眼，到了周五。

放学前，各科课代表都抱来试卷，显然又是一个凄惨的周末。不过在有些人看来，这根本不是事儿。

下课铃刚响，许明辉就一身轻松奔过来："周末去唱K怎么样？"

林优一口拒绝："不去，我档期满了，下回早点预约。"

许明辉有点儿惊奇："你们学霸的周末是怎么样的？不会只做作业吧，从早做到晚？"

林优白了许明辉一眼："学霸和书呆子不是同一种生物，这周末我跟许小姐有约会，拜拜了。"

啥？

许明辉张了张嘴：约会？

说是约会，其实林优只是想赶在天冷之前带许惟去游一次泳。除了她俩，同去的还有蒋檬。

她们周六下午在城西的老体育馆碰面。

这个馆里项目不算丰富，不过人少，这是一大优点。尤其是现在天气凉了，更没什么人游泳，她们过去时，空荡荡的游泳区只有那么五六个人。

蒋檬和林优都是熟手，许惟去年才学会，还是林优手把手教会的，连身上这套奇葩粉的少女泳衣都是林优给她买的。

许惟并不喜欢粉色，只是不忍辜负林优的心意，每回都穿这套。

中途歇息，三人坐在池边，林优又不安分了，"爪子"在许惟身上蹂躏一番："超级可爱，美妞一只。"

一旁的蒋檬都看不下去："哎，变态，你少吃许惟豆腐哟。"

"哦，那就吃你的！"

蒋檬叫着躲开。

三人正闹着玩，对面有人吹了声口哨，接着是许明辉惊奇的声音："还真是你们啊！"

许惟转头一看，不知什么时候对面来了五六个男生，除了许明辉和赵则，剩下的都是不认识的，他们都只穿着一条泳裤，一眼望过去，光溜溜的一片膀子。

林优和蒋檬也惊奇："你们怎么来了？"

"这什么缘分啊！"许明辉和赵则给旁边的人介绍，"喏，那几个都是我们十班的美女，漂亮吧！"

赵则朝这边喊："一起游呗。"

"累了，你们玩。"

她们继续坐着，看那些男生下了水。

在水里玩了一会儿，许明辉和赵则到了她们这边，坐在池边跟她们聊天。

难得看到班上女同学穿泳衣，许明辉有点不正经："美女们身材不错嘛。"

林优直接一个白眼儿："你该减减肥了。"

"我有肌肉的好吧。"

"有屁。"

许惟和蒋檬都被逗笑了。

这时，赵则挥手喊："钟恒，在这儿呢！"

女生们一抬眼，看见同样光着膀子的钟恒。

蒋檬眼睛睁大了。虽然她不像其他女生那样迷钟恒，不过这么一看，还真挺有姿色的，不算强壮，不过……腿好长啊。

钟恒脚步略微顿了下，似乎没想到她们也在。

赵则吐槽："你可总算换上泳裤了，怎么比姑娘还能磨蹭。我早就让你学了，还一直拖，我们都小学就会游了，你再拖都要冬天了，今天赶紧学完拉倒，我给你当教练！"

许明辉站起来踹开赵则："来来来，给少爷让个空子，游泳又不难，到水里泡几遭就会了。"

钟恒没看他们，盯着水面看了一会儿，身体有些僵硬，他的手微微攥紧了。

赵则说："行了，甭耽搁，你先下水！"

钟恒抿着唇，手指松开，无所谓地说："懒得学了。"他转身就要走。

赵则赶紧过去截住："我说这不像你呢，尿的，还得我来出招！"

赵则一个眼神，许明辉心领神会，两人猛地用力，一下把钟恒推进泳池，溅出一阵水花。

许惟吓了一跳，蒋檬也惊住了。

赵则和许明辉松了口气："总算迈出第一步了，咱们都是这么学的，先让他适应适应！"

林优："真没想到他是旱鸭子。"

泳池里的几个男生也上岸，坐在对面围观。

眼见着钟恒慌乱地在水里扑腾，和他平时的样子完全不同，赵则和许明辉觉得异常滑稽，边看边哈哈大笑。

许惟说："这样行吗？"

"有什么不行，"林优也看得好笑，"这地方水才一米五，他这身高还能淹死？"

蒋檬从没见过这样接地气的钟恒，一时看呆了。

对岸的男生在吹口哨："恒哥，加油啊！"

全在笑着闹着。

水里那人却在挣扎。

许惟看着看着，渐渐皱眉。她站起来："他不对劲儿！"

却没人理她。他们笃信，一米五的水深对钟恒来说屁都不算。

"你们别笑了！"许惟喊了一声，没有犹豫地跳进水里去拉钟恒。

池边的人都一愣。

"喂，许惟？"林优看出了不对，踢了许明辉一脚，"快帮忙。"

很快，钟恒被拉了上来。

"怎么回事儿？"大家都围过来。

赵则和许明辉看到钟恒的样子，大惊失色："喂……钟恒？这是咋了？"

"蒋檬，毛巾！"

"……哦！"蒋檬赶紧递了干毛巾过去。

许惟跪在地上，捏着毛巾用力钟恒脸上擦了一通，那些显眼的水珠都没了，但他脸色仍然白得吓人，浑身都在发抖。

232

许惟继续擦掉他脖子和胸口的水。

钟恒漆黑的眼睛还是湿的，泛着一点儿水光。他眼睫微微颤动，直直地望着她。

旁人多多少少都被他这模样吓到了，不太敢说话。

许惟也没有动，她身上还是湿漉漉的，脸庞和头发上的水珠不断地滴到钟恒的脸上。她用毛巾擦了好多遍，感觉钟恒终于抖得不那么厉害了。

"没事了。"她低声说，"你松开我吧。"

钟恒似乎僵了一下，紧攥的右手掌松了松，许惟抽出自己的左手。

他握得太紧，有些麻了。

许惟揉着手背，退到旁边抹掉脸上的水珠。

见钟恒情况好了点，赵则和许明辉忙凑到他面前，大概是想表示表示兄弟的关心，不过没人领情。

钟恒没再发抖。他白着一张脸，一言不发地爬起来，发软的腿脚还有点不稳，赵则要扶他，被他一把推开。

许惟抬起头，看见他就那么深一脚浅一脚地走了。

赵则赶紧追上去。

许明辉回过身朝许惟抱了抱拳，表达完"大恩不言谢"的意思，也飞快地跟出去，和他一道的那些男生也都走了。

转眼，池边只剩下她们三个女生。

蒋檬一阵唏嘘感叹。

林优也挺意外："看样子他好像很怕水，你怎么看出他不对的？他都没呼救。"

"不知道，就觉得跟我学游泳时不一样，可能有的人真的跟水不合，没法学游泳吧。"许惟说，"还好没出事。"

林优幸灾乐祸地哼了声："赵则和许明辉要惨了，两个缺心眼儿，估计得挨顿揍。"

蒋檬说："他们是太损了，看钟恒的样子一定很生气。他这样的人都很要面子，今天丢了这么大的脸，而且还被咱们看到了，说不定连我们仨都被他记上一笔了。"

"那倒不至于。"林优笑着看许惟，"咱们许小姐好歹是他的救命恩人，按我的经验，这种小心眼儿一贯恩仇分明，什么都记得门儿清，这么大的人情，他能忘？"

蒋檬："真的？"

林优挑着眉"嗯"了声，显然对自己的判断很是自信，还趁机捏了捏许惟的脸颊："就等着人家少爷给你报恩吧，到时候你就翻身农奴把歌唱了。"

许惟无语地捉住林优的手："能正经点不？"

"不能。"

"我鄙视你。"

"你可以鄙视我，但你不能鄙视我对你的爱。"

"……"

论说浑话，十个许惟都敌不上林优。

许惟算是服了，逃开魔掌："我游泳去了。"

她下了水。

蒋檬偷偷跟林优咬耳朵："许惟身材挺好的啊。"

"那是。"林优顿时感到与有荣焉，"我的许小妞，腰细腿长有曲线。"

"噗！"

蒋檬咯咯笑："你这人……你就好好珍惜吧，等以后人家交了男朋友，可就不是你的了。"

林优不以为然："谁有那本事，我服他。"

"我也服。"蒋檬点头。

林优望着泳池里的小粉身影："这小妞，没开窍呢。"

没想到，没开窍的许同学周一大清早就收到一封"情书"。

说起来还是林优最先发现的，林优来得早，往许惟抽屉里塞薯片，瞥见这么一个信封。林优十分淡定地拿起来瞅了瞅封面，一点儿也不惊奇。这不是第一回，高一就有男生这么干过，不过没有好结局。这种含蓄矜持的方式，遇上许惟这家伙，没用，那些信有时直接被压在抽屉里，也不知道看了没有。

不出意料，这一封也是同样下场。

许惟来得晚，跟班主任是前后脚，一放下书包早读课的铃声就打响了，她顺手把信塞到桌子里头。

这天的早读课，钟恒又迟到了，离下课只剩五分钟，他才提溜着书包进来。陈光辉连话都懒得说了，手往外一指，钟恒扔下书包，踢开凳子就出去了。

许明辉踹了赵则一脚，拿书挡着脸，两人在陈光辉眼皮底下小声交流。

"少爷这是气没消吗？"

"不会吧，昨天不是哄好了嘛，打了一天篮球啊，我一球没进，还故意让他踹了两脚，他这气怎么都泄出来了吧！"

"他脸色不对呀。"

"是不是又跟他老头吵了？"

"很有可能。"

七点二十分，早读结束。到了吃早饭的时间，很多人涌向食堂或校门口，教室里还坐着一小部分同学，有人已经吃过了，正在发奋背单词，也有人带了早饭过来，教室里飘着各种各样的香味。林优和蒋檬出去吃炸酱面了。

许惟没跟她们去。她一边啃面包一边翻着林优带来的杂志，吃完才去上厕所。

这栋破楼最大的不方便就是上厕所要跑到一楼。

离十班最近的侧面楼梯人少安静，离厕所近，许惟走到转弯处就发现楼梯口往里的那方小空间里有几个男生聚在那里。

许惟认出其中一个。他在最边上，靠着墙，头低着，似乎有红光在他嘴边一隐一亮。

"不良学生"该做的事这人好像一样都没漏掉。

许惟走完剩下的台阶。

另外几个男生看到了她，有人轻佻地吹了声口哨。这是他们的习惯，看到好看的女生，就算不认识，也会用这种方式调戏一下，大概是为了维持他们混社会的少年人设。

许惟没回头，往厕所走去。

眼见着那身影转过走廊，瞧不见了，男生们收回视线。

有人问："那女的哪班的，没怎么见过。"

"有点眼熟？"另一个想了想，转头，"好像……你们班的吧，钟恒？"

钟恒"嗯"了声："四班来的。"

"学霸啊。"一声坏笑，后头半句来了，"真漂亮，也不知道以后会和谁在一起。"

其他人心领神会地笑了几声。

钟恒眉头微不可察地拧了拧。隔两秒，他直起身："走了。"

许惟上完厕所出来，那里已经没人。

她去了小卖部，买了一袋咖啡，又给林优拿一瓶可乐，上楼时走到拐弯处，脚步微微一顿。

刚刚还在底下的人，这会儿正靠在栏杆边。不知道他站在这做什么。

虽然一道吃过饭，那天又有体育馆的一出，但其实一点都不熟。这种情况在许惟的社交习惯中是不需要打招呼的。

她径自从他身边走过，跨上两级台阶，脚步更快了。

身后忽然传来低低的一声："哎。"

楼下楼上都有嘈杂的人声。在这略安静的楼道，那声音有些懒洋洋地飘忽，听起来很像是叹了一口气。许惟的反射弧是很快的，稍微想了两秒就确定那应该不是叹气，是在叫她。

她停下脚步，回身看了一眼。

钟恒不知什么时候已经站直了，手揣在兜里。他头抬着，目光晃悠悠地融到她的视线里。

十九日

许惟等着他说话，但他从那"哎"一声后就没话了。

两人就这么诡异地互相看了一会儿。

钟恒忽然扭过脸，头低了低暗骂了一句。

卡壳了。

许惟本来就有些莫名其妙，突然听见这么一声，更是一头雾水，她又怎么得罪他了？

这个人太难相处了。幸好，她也没什么必须的理由一定要跟他打交道。

正要走，楼道里传来说笑声。

许惟听出是林优和蒋檬。

钟恒看见她扒着栏杆，探头往下看。

"林优。"她喊了一声。

钟恒走过去，话也不说了，从兜里摸了样东西塞到她手里。

林优和蒋檬刚好走到转弯的地方，一眼看到这一幕，还没反应过来，钟恒已经若无其事地走了。

他腿长，一下跨两级台阶，几步就上了楼。

"什么情况？"

林优和蒋檬走过来，看到许惟手中的巧克力，不大不小的一袋。

蒋檬惊奇："这……钟恒给你的？"

"……"

钟恒这巧克力送得没头没脑，许惟也没搞清状况。她回想一下，他刚刚那架势不像塞巧克力，倒像塞了个炸药包给她，生怕火烧屁股似的，甩手就撤了。

林优倒一点不奇怪，她拿着巧克力瞅了两眼，不大满意地"啧"了声："这人是不是小气了点，这么一袋就想打发了？"

救命之恩呢！怎么也得一顿大餐啊。

03

周一的大课间照例要举行升旗仪式。

站队时，以钟恒为首的三人小队和以往一样杵在队伍的末尾，他们站姿从来都不端正，校服拉链都没拉齐整过，班干部管不了他们。

台上的学生代表发言时，他们不听，总是自顾自地聊天。

许明辉一边抖脚一边对钟恒说："那个卢欢……你打算怎么办呢，刚刚下课又来找你，幸好被我撞上了，我给糊弄走了，看这架势，不会善罢甘休啊。"

"可不是嘛。"赵则看了眼升旗台，小声说，"我昨天碰见严从蔓了，她说卢欢根本没对你死心。也是够烦人了，早知道当初就不该出手帮她，怎么跟牛皮糖似的黏上了还甩不掉了。"

钟恒漫不经心地听着，也不说话。

"要真想甩也行。"许明辉忽然摸了摸鼻子，出馊主意，"你让自己名草有主呗，她慢慢不就死心了嘛。"

赵则赞同："大实话。"

许明辉看着钟恒："这办法非常实用，又不是所有女生都跟卢大小姐那么烦人？也有安安静静很乖的，不说别的，就说我们班吧，都有好几个了……"他看着旁边的女生队伍，"比如那个张静，人如其名，平常连句话都没听她说过，她后面那个穿蓝裤子的，郑小茹，小家碧玉型，含羞带怯的，还有孙敏、苏琳……"

许明辉从前往后数，赵则在一旁附议，两人一唱一和。

很吵。

有个名字从中间溜过去。

钟恒顿了下，抬起眼，往前面看去。

许明辉注意到他的视线，心领神会地笑了："被我说动啦？怎样，看上了哪个？我帮你探探口风，说不定人家正好喜欢你呢。"

钟恒没领情："有你什么事儿。"

"嘿，你这家伙。"许明辉被扎了心，"我这还不是关心兄弟嘛。"

"操心你自己吧。"

"……"

赵则和许明辉面面相觑：所以到底是谁？

男人的八卦之心一旦烧起来，就犹如熊熊烈火，丝毫不输给女人。赵则和许明辉没有在明面上追问，但他们暗地里同仇敌忾，试图撬开钟少爷的嘴，从中挖出一点秘辛，可惜努力了大半天依然没有套出话。

放学时，林优和许惟值日。

许明辉打球回来拿书包，她们还没走。

"嗨。"许明辉抹了把汗，跑过去搭话，"我们要去吃烧烤，一道去呗。"

林优没抬头，提着垃圾往外走："问许小姐，我做不了主。"

"这样啊，"许明辉立刻去找许惟，嬉皮笑脸道，"许同学。"

许惟说："我得早点回去。"

"不耽误，那个店很近，就几步路，你吃完再回家啊。林优不是很喜欢吃烧烤吗，你就当满足满足她呗。"

他这么一说，许惟就没话讲了，林优确实喜欢吃这些。

"那好吧。"

林优扔完垃圾回来，他们一起去学校对面的烧烤店，钟恒和赵则已经坐在那里。

许明辉跑进去，把他们的书包扔到桌上，说："我把林优和许惟也叫来了。"话刚落，他口中的那两人进了门。

"还真来了！"赵则给她们拿凳子。

许明辉对林优说："咱们再多点一些肉。"

"行。"

烧烤摊在外面，他们两个出去点菜，赵则拿来几瓶饮料，也出去了，就剩许惟和钟恒。他们隔着一张桌子。

许惟倒了一杯白水，低头喝着，对面忽然来了一句："巧克力你吃了吗？"

许惟抬起头，与钟恒的目光碰上。

他仍是一贯的表情，和早上在楼道里一样，眼尾也还是那样细细的，看不出多余的热情。

许惟还没回答，林优就过来了，赵则和许明辉跟在他们身后。

没有机会再说这个。

烧烤吃到五点半，林优和许惟就提前走了，她俩不同路，各自去坐公交车。

烧烤店里，许明辉说："今晚去哪儿玩呢？"

"我都行。"赵则无所谓地说，"最近我爸都不在家，我多晚回去都行，我妈才不管呢。"

许明辉说："行，要不再叫几个人出来？"

"也好，一起玩热闹，钟恒你说呢。"

"随便。"钟恒拎起书包，"先走了。"

许明辉一愣。

赵则疑惑："哎，去哪儿啊，一道啊。"

"别跟来。"钟恒丢下一句，径自出了门。

6 路公交车不好等，已经错过了放学时的那一班，许惟等了七八分钟。

她前面有三四个人，等她上车后，后排还剩下几个空位，她过去坐下。

车开了。

外面天色还没黑，一点霞光透过车窗落进来。许惟盯着窗外看了一会儿，转回脑袋，视线倏地停住。

几米之外，钟恒靠着扶杆，正看着她。见她望过来，他嘴角弯了弯，破天荒地给了她一个笑，漆黑的眉眼瞬间变得柔和。

这距离不远，中间没有任何障碍物阻隔视线。

那身怎么都穿不齐整的校服，还有那皱巴巴的书包……可不就是钟恒嘛。

许惟看得十分清楚，一时瞠目。

气质这种东西她没有研究过，也说不清，但她直觉一个人的气质应该是相对稳定的，不至于因为一点表情的变化而有太大的翻覆。

然而，好皮相似乎是天生的福利，有的家伙不过是翘了翘嘴角，弯眉一笑，就能从高傲刻薄讨人厌的野猫变身为暖粉色 Hello Kitty。

实话讲，有点儿惊悚。

当事人显然没有意识到这一点。他还靠在那儿，很散漫的站姿，挂在胳膊上的书包随着车的颠簸有一下没一下地晃着。许惟看着他的时候，他也没有转开脑袋，就那么迎着她的目光。

"……"

许惟后知后觉地意识到，他可能是在表示友好。

为什么呢？

只可能是因为那天游泳的事。

这么一想，早上那个炸药包似的巧克力也能解释通了。

林优是开了天眼吗？全被她说中。

许惟没处理过这种状况。她猜钟恒大概在还人情这件事上也没什么经验，所以把事情整到了奇怪的方向上，送巧克力什么的……有点一言难尽。

薄荷糖在许惟的舌头上翻了几遍，她想着要怎么跟他说。

车一路行了四站，没人下，上车的人倒不少，都挤在扶杆旁，有个胖胖的中年男人往那儿一杵，把钟恒整个都挡住了。

到了区医院站，一下子下了半车人，许惟旁边的座位空了出来。

钟恒靠在那儿看了一会儿，车快要到下一站时他直起身，提着书包走过去。

他坐下了，看见许惟正看着他。

这距离不到半米，她抬着脸庞，窗外的风将她的头发丝吹得一起一落。

"巧克力我吃了。"她突然开口，钟恒闻到了一丝薄荷味儿。

"很好吃，谢谢。"

她讲话时一本正经，跟上课回答老师问题似的，认认真真，一副好学生做派。

乖得很。

钟恒瞥着那张还没他巴掌大的脸，不知怎的，他低头哼笑了一声，眼尾微微挑着，莫名就好像带了点嘲讽的意味。

"……"

许惟被他弄得很蒙，笑什么？

她没有再问他，抱着书包站起身。

车到站了，她要在这一站下。

"喂。"

身后的声音她也没理。

车停下，许惟下了车，沿着路牙往前走。

走过斑马线，许惟站定了，回过头说："你跟着我干什么？"

几米外，那人朝她走。

"钟恒。"许惟第一次喊了他的名字。

钟恒停下脚步。

过了几秒，他又走过来，长手长脚，高高的个子，杵在许惟面前很有几分气势。

他垂眸，声音被傍晚的风吹着——

"对不住啊，那时候不该欺负你。要不，给你打两下？"

他低着头，把脸送过来。

"……"

看着这张帅气的脸，许惟哭笑不得。

这回看明白了。

这男生混账脾气火暴，看似骄傲得像长了条孔雀尾巴，但扒了这层皮，也不过是个别别扭扭的十几岁少年，从学校跟了五站路坐到这里，挤出这么一句半开玩笑似的道歉，估计是磨蹭一路也没给自己找着台阶。这么要面子还来道歉，看来是真把那什么瞎猫碰上死耗子的"救命之恩"放心上了。

只是这姿势……

不像是给人家扇巴掌的，倒像在等着别人亲他的脸蛋。

难怪赵则他们总喊他"少爷"。

跟小心眼儿的钟恒一比，许惟理智豁达得多了，她也没学会顺竿子往上爬，不至于真甩他两巴掌。他这张脸打坏了她还赔不起。

"快回去吧。"许惟笑了笑，很大度地放弃了扇巴掌的权利。

钟恒眉一挑，黑漆漆的眼睛觑着她。

天都快要黑了，路边卖麻饼的开始收摊。

"我要走了，你路上小心点。"许惟绕过路边的点心摊，很快拐进了狭窄的小巷。

钟恒拎着书包闲庭信步地往前走了两步，那瘦瘦细细的身影已经看不见了。

第一次被女生嘱咐"路上小心"。

这感觉……

啧。

许惟好像大神仙看穿了妖怪的原身似的，对钟恒的认识多了一层。以前其实是被林优带着，她大多时候是在迁就林优，说直白点，就是不放心林优单独跟那几个男生出去玩。那天之后，许惟几乎放下了戒备心。

他们这个小圈子有所扩大，蒋檬也被林优拉了过来，她们还是偶尔和钟恒他们仨一起吃吃喝喝。

最初，班上同学都很惊奇，后来就习惯了，林优的男孩子性格大家有目共睹，她跟男生处得都好。但不免有女生私里聊八卦讲些酸唧唧的话，说这些好学生手段厉害，不仅学习好，还会勾男生。

这些当然只是在小圈子里传，没谁敢正大光明地散布，但女生之间总是口舌多，某天一吵架，就把对方的底揭了。

最终这话还是到了林优的耳朵里。

许惟安抚半天，林优才没在自习课上当众发作，但这口气差点把她憋伤。

"我要是知道是谁说的，一定把她揍扁，扁成土豆饼！"林优压着嗓子，恶狠狠地敲了敲桌子，"什么事儿搁她们眼里都能给玷污得不行，能给编出一摞爱恨情仇，什么我跟许明辉是一对，多么纯洁的酒肉朋友，被她们说成啥了。"

"不要理她们就好了，"许惟劝道，"小心气坏自己。"

"我就是受不了这种女生，以为谁都跟她们一样花痴，整天聊的都是这些男生，她们的人生就没有一点别的追求？大好时光，吃吃喝喝啊。"

"行了，"许惟被她逗笑，"人家没你有追求。"

"哼。"

"好了，你消消气。"许惟想了想，问，"那这周你还要去跟许明辉他们唱歌吗？"

"去啊，为什么不去？"林优爽快道，"该吃吃，该玩玩。"

果然，这就是林优，骂完了照旧我行我素。这就是许惟最喜欢她的地方。

女生之间的恩怨很少能传到神经大条的男生那边，他们有自己的小八卦。许明辉和赵则这两天很忙，几乎利用所有空余时间交头接耳交换各自观察得到的信息，到周五下午，趁钟恒上厕所，他们又偷偷摸摸讨论了一会儿。

许明辉十分兴奋地下了判断："他肯定喜欢上许惟了。"

赵则："……平常也没见他跟人家讲几句话啊。"

"你蠢不蠢，谁会天天上课不睡觉，没事儿就瞥着那个方向？"许明辉下巴往前点了点。

赵则张了张嘴巴："他是玩暗恋呢？"

"我看是。"许明辉压着声音，"少爷什么人啊，他摇摇尾巴笑两下，跟朵花似的，从来都是女孩主动凑过来，你见他什么时候追过人？估计不知道从哪儿下手。"

"那咋办？咱们要帮忙不？"

"帮肯定是要帮，但不能让他知道。这事不能当面戳破，要不咱俩惨了。"

"那怎么帮？"

"巧了，"许明辉贼笑着，"我这刚好有一剂猛药。"

铃声响了。

这是最后一节课，数学老师发下批改完的测验卷。讲试卷之前，他老生常谈，照例要讲一下考试的情况，说到最高分，报出来的仍然是许惟的名字。她来十班，数学考了四次，每次都是第一。

许明辉听见前座的胖子嘘叹："唉，一个女孩子聪明成这样……"

数学老师继续抑扬顿挫地唠叨着："另外，这次我们班的王旭让同学这学期进步很大，已经跑进了前五名，不容易啊，你们其他男生多学习学习，别一天到晚的不学好。"

说到这里，数学老师视线往后一扫。

正在转笔的许明辉一个激灵，坐直了，装出一副正襟危坐样。等老师的视线挪开，他押着脖子说："欸，跟你们说个秘密，王旭让喜欢许惟。"

"你怎么知道？"赵则装作浑然不知，"真的假的？"

"蒋檬说的，王旭让经常趁着中午的时候去问许惟题目，大家都知道，就咱们中午不在，都没见过。"许明辉一边说一边偷瞟钟恒，果然发现他的视线转了过来。

赵则适时添火，碰碰钟恒的胳膊："哎，这事儿你信吗？"

"有什么不信的，"许明辉没给钟恒机会，继续爆料，"蒋檬还说他写了好几封情书！"

赵则："厉害啊，这小子眼光好。"

"可不是，野心还挺大。"许明辉顺着竿子走，小声问钟恒，"你说许惟会答应不？"

本以为钟恒死要面子，肯定会端着，八成会扔来一句倨傲的"关我什么事儿"，但等了好一会儿，都没听见钟恒接话，好像懒得理他们似的。

赵则偷偷瞅了一眼，接下话头："钟恒哪知道这个，咱们管他呢，让他追呗，看他能不能追到。"

许明辉呵呵傻笑了下。

两人使个眼色——目标达成，OK，闭嘴。

放学后，林优被体育委员拉过去和几个班干一道讨论下个月初的运动会。许惟答应外婆帮她买菜带回去，所以早早就走了。

林优离开时已经五点半，在校门口碰到许明辉。

"明天下午唱歌别忘了！"

"没忘。"林优挥挥手走了。

许明辉回了一趟家，应付完他爹，八点钟溜出门赶到游戏厅，在台球室那边找到钟恒和赵则。

赵则在玩球，钟恒坐在角落的破沙发上。许明辉问他："晚上怎么打算？"

钟恒没答话。

许明辉："去不去网吧？"

"不去。"钟恒起身，"我走了。"

他捡起外套拿着书包独自出了门。

钟恒没回家，而是去了他家开的阳光旅馆。

他去了房间，冲完澡就蒙着被子睡觉。这一觉却不安生，后半夜做了梦，一会儿是乡下的小池塘，一会儿是他母亲泡得白肿的脸，到最后是深不见底的水池，他沉下去，直到被一只小手拽起来。

他看到那张湿漉漉的脸庞，眼睫都挂着水珠。

她说"没事了"。

这个梦已经做了好几遍，从体育馆回去那天就开始。

钟恒醒来时浑身都是汗，他踢了被子就那么躺着。

"我是疯了吗？"

这样睁着眼到天亮，钟恒什么都不想了，摸到手机打通了许明辉的电话。

许明辉可怜巴巴，浪到半夜才睡觉，这会儿硬生生被吵醒，迷糊着接通，那头的声音让他一个激灵彻底醒了。

"我要许惟的号码，你找林优要来。"

惊醒后的许明辉瞠目结舌三秒，揉揉眼瞪着手机屏幕上钟恒的名字，发出了兴奋的猪叫："哈哈哈哈哈哈……我就知道！"

钟恒："……"

许明辉："憋不住了吧你！"

又是一阵大笑。

"笑够了没？"钟恒已经有点儿暴躁，"笑够了打电话。"

"够了够了，马上打，一分钟。"

挂了电话，没一会儿，短消息就来了，许明辉发来了号码。

是个本地的座机号。

许明辉的电话随之而至，他告诉钟恒许惟没有手机，这是她家里的电话。

"不过现在还太早了，人家还在睡觉呢。"许明辉说，"我刚刚都被林优骂了一顿，大早上的扰人清梦，你晚点再打吧，反正下午唱歌林优肯定会把她带来的。我睡觉去了，那个啥……"

他意味深长地嘿嘿两声："你加把劲儿啊！对了，还有，你……"

屁话真多。

钟恒挂了电话。

屋里顿时安静了。

他看了眼时间，六点刚过。他扔了手机，百无聊赖地在床上躺了会儿，最后爬起来，进卫生间从头到脚冲了一遍，顶着湿漉漉的头发走出来。

小窗外已经有一缕霞光。

钟恒懒得擦头发，穿着人字拖就下楼了。

大清早，人们都在睡梦中，旅馆很安静。前台值班的毛叔耷拉着脑袋，正在打瞌睡，一只灰白的大猫蹲在旅馆的门槛上，比打瞌睡的毛叔还要慵懒。

门口的巷子还没热闹起来，对门小卖部刚刚开门，光头老板正点着炉子烧早茶。

这个周末的早晨，好像只有一个钟恒最抖擞。蛰伏的荷尔蒙在他身体里上蹿下涌，他热乎乎的胸口有充沛的感情，这滋味陌生又奇特。他搞不太明白，但又绝不愿把这心情告诉赵则许明辉那群家伙，索性抱起门槛上的大猫，出门遛弯去了。

好不容易等到七点，钟恒是怎么都憋不住了。

他丢了大猫，靠在巷尾的青砖墙边拨通了已经背熟的号码。

铃声响了三下，钟恒换了左手拿手机，靠墙蹲下来，又把那懒猫拉回来，一边给它撸毛，一边等着人家接电话。

过了几秒，电话接通了。

那头的声音问："喂，是谁啊？"

"……"

钟恒撸猫的手顿了下。

不是许惟。

另一边，许惟喝完了粥，一边擦桌子一边看着外婆的背影。她以为是母亲或者姐姐打来的电话，并不想去接。

"……怎么不讲话呢，打错了啊。"外婆嘟囔一句，把电话挂了，回过身来说，"不知道哪个打错了。小惟，粥多喝点，等下要饿的。"

"吃饱了。"许惟擦完了桌子，"我去做作业了。"

许惟效率很高，一上午就都写完了。吃完午饭，林优打来电话催她出门。

许惟赶到百和路时，林优和蒋檬都刚刚到，许明辉和赵则已经开好包厢进去了，班上其他几个男生也来了。大家买了零食饮料，茶几上摆得满满当当。

林优抢了点歌机旁的位置，蒋檬也挤过去，许惟不怎么唱歌，就近坐在门边的沙发上。

作为一个麦霸，林优喜欢音乐，喜欢唱歌，她毫不客气地给自己点了十几首，还特地挑了几首男女对唱的，要跟许惟一起唱。

许明辉冲赵则喊："钟恒怎么还没到？我都给他发过短信了，你打个电话。"

他话刚落，林优已经扯开嗓子，是一首他们学渣听不懂的英文歌。

赵则夸张地捂住耳朵，钟恒就在这时推门进了包厢。

"你可来了！"赵则咋呼道。

许惟闻声转过头，钟恒已经关上门。十月末的天，外头风还不小，他却只穿一件松垮的长袖 T，搭配着黑色的休闲长裤，脚上是帆布鞋。

不冷吗？

许惟刚这么一想，包厢里突然暗了。不知是谁关了灯，大屏幕上红红绿绿的光照着包厢里的一群人。

许惟收回视线，看着屏幕上的歌词。林优的声音堪称完美，她如果不想读书，完全可以去学音乐。

在许惟听得正陶醉的时候，一道阴影挡住了她的视线。钟恒站在她前面狭窄的过道里，接过赵则丢来的两罐饮料，挪了两步，在她身边坐了下来。

"可乐。"他递来一罐。

许惟伸手要接。

他的手却往后躲了下。

"……"

许惟抬头看他，半明半暗中，他勾着拉环打开了可乐罐递给她。

"谢谢。"

许惟接过来，低头喝了一口。

林优切到下一首歌，许明辉抢了另一个话筒和她一起唱，声音很大，包厢里吵吵闹闹。

钟恒说了一句话，许惟没听清。她稍微靠近了："你说什么？没听见。"

钟恒歪着头，嘴唇靠近她耳边，温热的气息送出几个字："晚上带你看电影，去不去？"

他问到"去不去"时，许明辉鬼吼似的飙出了破碎的高音。

林优扑过去夺了话筒，大喊："许惟！"

"来了。"许惟从钟恒那半句话里回过神，脑子有点混沌，她把可乐放下，从空隙里挪过去，接过话筒，和林优挤在一块儿坐着。

一首歌，两个人合唱得很圆满。结束后，林优出去上厕所，两个话筒都传给了男生。

钟恒边喝边看着。那人坐在点歌机旁，丝毫没有要坐回来的意思。

茶几上还放着她喝了一口的可乐。

林优上厕所回来，许惟还坐在那里，她没再唱歌，就帮大家点歌。到后半场，几乎都是林优一个人唱，男生们都在吃零食。

许明辉趁空过去关心钟恒："进展怎样？早上打电话了吧，刚刚你俩坐这儿说什么呢？"

钟恒皱眉："你烦不烦。"

许明辉凑过来，笑着说："透露下呗。"

钟恒没讲话，眼见着许惟站起来从另一头绕出去了，他推开许明辉的脑袋，站起身也出去了。

许惟上完厕所往回走，从休闲区转个弯，看见钟恒靠在墙边。

她顿了两秒，又往前走。

钟恒长腿往前迈两步就挡住了路："你躲我干什么？"

"没有。"

"那你干吗不坐我边上？"

"林优喊我过去。"

"行。"钟恒笑哼了声，往前移了一步，垂眸看着她，"看电影，去吗？"

"不去。"许惟说，"我晚上得回家。"

"……我票都买了。"

"你可以叫别人去。"

静了两秒，钟恒脸有些冷了："我只想叫你去。"

他脾气说来就来，这句话跟个手榴弹似的，炸完还飘了点显而易见的硝烟，好像下一句再不合他的意就要把她一举歼灭了。

认识这么久，许惟自认对他了解有所加深，但还没到一句话就能摸清他炸点的程度。他和林优的火暴脾气不是同一类，许惟那点经验不够用，但她也不会傻到去跟他硬碰硬，口舌之争更是没必要。

见他这架势，她就闭上嘴不说话了，明显是息事宁人的意思。

而钟恒呢，他从初中开始十里八乡混着，身边来来往往都是粗里粗气的男生，钟恒不喜欢图嘴上痛快，他奉承的原则一向是"能动手时不动口"，他火气一冒头，对方再浇点油，他就要挥拳头了，这样耐着性子和一个女孩沟通是头一遭，比揍人难多了。

钟恒直勾勾地看她，过了好一会儿也没等到回应，他心里扑腾腾地发堵，有气撒不出来，索性扭过脸看向一边，自个缓了半天，说："行，你晚上不想去就算了，那明天……"

"明天我有事。"

"……"钟恒差点拂袖而去。

"有什么事？"他表情倨傲地看着她，大有一种"你说不出个正当理由就完了"的意味。

许惟随口掐了句："要去书店。"

"行，我陪你去，去完了再看电影。你喜欢看什么，我晚上再去买票。"

"钟恒。"许惟觉得这事是委婉不下去了，他显然和别的同龄男生不一样，大概横冲直撞惯了，迂回忽略政策对他没用。

　　许惟不喜欢给别人难堪，但也不想配合谁的一时兴起。她只会迁就林优，其他人不在这个范围内。

　　"我没想跟你出去。"

　　她做好准备，打算忍他一顿怒气，但出乎意料的是，钟恒很安静，他低头默默咀嚼完这一句，轻轻地哼了一声："说实话了？"

　　许惟："……"

　　钟恒吊着眼梢看她。他瞧出味儿来了，她那么聪明，不可能不知道他什么意思，可她还是这样平平静静、不恼不怒，连脸都没红一下，还可以分出精力找借口推三阻四，和卢欢那些闹腾的女生完全不一样。

　　真厉害，太会装了。

　　钟恒讲了那句话就沉默了，许惟看不出他是个什么意思。

　　"我先进去了。"她抬脚绕开他要走，手上忽然一热，是钟恒拉住了她。他轻轻握了握就松开了，许惟甚至来不及反应。

　　"你讨厌我啊？"他冷不丁地问。

　　许惟摇头："没有。"

　　不讨厌就行。

　　钟恒头点了点，脸上没什么表情，他抬手往前一挥："想走就走吧，我又不会欺负你。"

　　许惟有点意外地看着他。

　　钟恒垂着眼，嘴角翘起来，慢悠悠地："不舍得。"

　　"……"许惟扭头就走了。

04

　　许惟本以为钟恒的邀请只是闹她玩玩，哪知道根本没这么简单，钟恒这家伙也不知道哪条筋搭错了，周一大清早破天荒地没有迟到，早读课铃声打响的前一秒，他风尘仆仆地冲了进来，将一束红玫瑰拍到许惟的桌上："老子送你的。"

　　"哦！"教室里炸开锅。

　　在全班的起哄和口哨声中，钟恒扬着眉毛冲她一笑，潇洒地跑回自己的座位。

　　林优瞠目结舌，瞥见班主任夹着书进来了，她迅速回魂，眼疾手快地拿下那束玫瑰："这浑蛋要害死你吗，快收起来。"

　　许惟赶紧接过来塞进抽屉。

　　陈光辉小碎步晃到这边，闻到浓浓的玫瑰香，怀疑地瞥了一眼："什么味儿？"

　　"老师，是我的香水，今天洒多了。"林优撒谎不眨眼。

陈光辉看了看她，似乎不大相信班上的优等生也整这些。不过他还是和颜悦色道："你们女生爱美，我也晓得，但是你们这个年纪还用不着喷香水嘛。"

林优连连点头："是是是，您说得对，以后再也不喷了。"

陈光辉满意地踱过去了。

许惟竖起大拇指，林优猛拍她的大腿："你给我老实交代。"

许惟三言两语就说完经过。

林优莫名窝火："好家伙，真够贼的，闷不吭声就惦记上我的许小姐，简直辜负了兄弟道义，不知道你是我的人吗？"

许惟无语："求求你。"

林优哼了声，正经了："放心，你要是喜欢他我肯定拦不了，你要是不喜欢也不用怕，反正他不仁我不义，这浑蛋敢来强的我抽不死他。"

果然什么事儿到了林优这里都很简单，嘴巴解决不了就用拳头。

许惟好笑地说："你别老想着暴力解决问题，我没怕他，你也不用动手，这都是小事。"

下课后，班上全在窃窃私语地讨论这个八卦。这下好了，经过这一出，大家看许惟的目光都变了。

林优瞥了一圈，低头说："恭喜你就此成为大众情敌。"

"幸灾乐祸有意思吗？"许惟拿出抽屉里的玫瑰花。

林优问："你干吗？"

"还给他。"

"有什么好还的？钟恒那狗脾气，他能乖乖收回去才怪，你俩到时站在那儿扯皮不清的，刚好满足围观群众的看热闹需求。"林优说，"等放学吧，你直接塞他桌子里。"

许惟想想也是。

等到放学，见钟恒他们都走了，许惟把花拿过去，正要往里塞，发现钟恒的抽屉里根本没有空隙。他大概是把两个学期的课本、辅导书和练习册全都堆在里面了，根本没有整理过，摆得乱七八糟。

许惟理了好一会儿才弄整齐，总算有点空位。她把花塞进去，一身轻松地走了。

许惟不知道后来那束花钟恒怎么处理了，反正第二天一早他们不小心在门口直直地碰上一面，钟恒冷冷地看了她一眼，有些苦大仇深的意思。

许惟不敢招惹他，擦肩而过。

这天之后，钟恒似乎调整了方案，他不送花了，改成每天买些零食，由总管大太监许明辉送过来。"许总管"尽职尽责，天天早读后准时送到，还附带圣旨一道：

"我们少爷说了，不吃就丢垃圾桶，你要敢还回去就等着吧。"

林优一个巴掌把他拍走，招呼大家三下五除二瓜分了零食："不吃白不吃。"

许惟："……"

吃人嘴软，这欠的债谁还？

这是其中一桩，许惟头疼的还有另一桩。

钟恒脑子里的那根筋越搭越不对了，从前他放学不是和许明辉他们打球，就是出去瞎混，偶尔因为某些鸡毛蒜皮的过节和外校的男生一较高下。现在呢，他好像暂时放下了"江湖老大"的身份，玩起了隐退，许惟每天一放学就能在校门口看见一个木桩似的身影。她在前面走，他就在后头跟着，不远不近，保持着恰当的不让人厌恶的距离。

上了公交车，他就站在几尺之外。许惟一旦看过去，他就卖弄那张脸，笑得"妖娆妩媚"。

许惟找他沟通过一次，结果这人短短一周脸皮显著增厚。他十分无辜："我就爱散散步，不行吗？"

"……"

这话还真反驳不了，路又不是她家的。

这样诡异地过了两周，许惟似乎习惯了路上有这样一道独特的风景，她几乎不受影响。

本以为钟恒只有这些套路，没想到这人不负众望，一再刷新底线，整出了新的幺蛾子。

事情其实早就有苗头，但许惟没有关注过。周五一大早，她刚到校就听到消息——钟恒带人把王旭让给堵了，还狠狠教训了一顿。

王旭让就是那个给许惟写情书并且三不五时来问她数学题的男生，这人脾气温和，白白净净，还有些瘦弱。不用想，他被钟恒堵了，吃苦头的肯定是他。

蒋檬绘声绘色地把经过情形和许惟描述了一遍："我听说啊，钟恒狠狠地教训了他，还叫他离你远一点，还说下次他再找你，要打断他的腿。"

许惟皱了眉："……你确定？"

"当然确定，可能是最近王旭让老找你问问题，被钟恒看到了，你知道嘛，他这个人很小心眼儿的，怎么可能对情敌手下留情？"蒋檬表示很理解，"他做出这种事一点也不奇怪，他一直都是这样，只不过最近他好像乖了一点点。"正说着，瞥见王旭让背着书包进来了，蒋檬立刻拍拍她。

许惟抬起头，王旭让朝她看了一眼，笑了笑，很快就转过头走回自己的座位。

许惟清楚地看到他额头上青了一块。

蒋檬小声说："他脸上……是钟恒打的吧？"

/ 249

许惟没有说话，她头一次觉得生气，也头一次发现钟恒居然这么恶劣，因为这种无厘头的原因，就去欺负别人？实在太过分。

受到这件事影响，许惟早读课有些敷衍。

"我要找他问清楚。"她对林优说。

林优扭过头，拿书挡住脸："要不要我替你揍他？"

怎么一个个都这样？许惟十分无奈："不劳烦你。"

早读课上到一半，钟恒来了，他连门都没进就照例被班主任罚跑。老样子，还是八圈，跑完已经下课，大家都去买早饭了。

钟恒一边抹汗一边往教室走，在走廊看到许惟，糟糕的心情立刻阴转晴。

"你站这干什么？"他走过去开玩笑道，"等我？"

"嗯。"

钟恒惊讶地愣了愣。

"我有话跟你说，"许惟说，"我们去那边吧。"她往楼道走。

钟恒亦步亦趋地跟过去。

楼道里僻静，这个时间无人来往。钟恒看着许惟，发觉她的脸色有些不对，正想开口，许惟劈头问了一句："你欺负王旭让了？"

淡淡的语气让钟恒愣住，他抹汗的手顿了顿，抬起眼，眼珠漆黑。

许惟笔直地看着他，语气平静："是不是啊？"

钟恒没有说话，沉默了好一会儿。

许惟："为什么不说话？你心虚吗？"

钟恒抿了抿唇，垂眸笑了下，漫不经心地说："谁告诉你的啊，王旭让？"

"你管谁告诉我的。"

"不就是那个尿货？"

"钟恒。"许惟声音抬高。

"吼我？"钟恒歪着头，一副毫不知错的模样，笑得有些嘲讽，"原来兴师问罪来了，真没想到你还挺护着那小子。"

许惟："所以你确实动手了？"

"对，我动手了，怎么了？"钟恒趾高气扬，一瞬间全回了那小痞子模样，他整张脸都是冷的。

"你没觉得你有错？欺负同学很有成就感吧，可你凭什么？"

"就凭我看不惯他！"这一句扔出来，他气血上头，眼睛已经有点红了，"他天天搁你面前瞎凑，我看不惯。"

很明显，他丝毫不觉得自己不对。

许惟被激到了："你这个人简直不讲道理，他找我关你什么事，轮得到你打人？

250

我不喜欢你，你是不是也要揍我？"

争执声太大，教室里有人听到了，探头探脑地张望，没敢过来。

钟恒站着没动，短短几秒，他整双眼睛都红了，汗一直流。他死死地盯着许惟，看仇人似的。

"你喜欢成绩好的？"他扯了扯嘴角，声音闷沉，最后一句吼了出来，"王旭让那样的？"

许惟没讲话，似乎被他的眼睛吓到。

钟恒胸口起伏，已然气极，只觉鼻头一热，鲜红的血已经流了下来。

许惟吓了一跳："你……"

钟恒抬手抹了抹，满手红。

"钟恒？"

他没有应声，拿那双气得通红的眼睛冷冷地剜了她一下，就那么拖着两管鼻血跑了。

那身影拐过楼梯转角，看不见了，地上那几滴血还很显眼。许惟没有傻站下去，她拔足跟下楼。

教室门口几个同学伸头看着，一个个瞪大眼——许同学这是把钟恒怎么了？

七点五十分，吃早饭的同学陆陆续续回到教室，林优和蒋檬也回来了，教室里乱糟糟，热闹得很。

许惟的座位是空的。

林优"咦"了声："她人呢？"

蒋檬刚要问别人，隔壁组的同学主动过来给她们讲刚刚发生的事。

蒋檬惊诧："什么，许惟打了钟恒？"

"是啊，一巴掌朝脸上招呼的，鼻血都打出来了！"

林优和蒋檬面面相觑：不大可能吧……

一楼西侧，许惟站在男厕外面，还不知道教室里已经在传谣言了。不时有男生进出，都拿奇怪的眼光看她。

门口地上有两滴血迹，现在已经干了，可钟恒还没出来。

许惟皱着眉，想了一会儿，转身往回走，上了楼，刚好在走廊碰到打打闹闹的赵则和许明辉。赵则手里还拎着五个包子，那是给钟恒带的早饭。

许惟没犹豫，过去说："你们去厕所看看钟恒，行吗？"

"？"两个男生一头雾水。

许惟说："他流鼻血，进去很久了。"

"啊，"赵则一惊，"怎么流鼻血了？"

"走走走，去看看去！"许明辉推他。

赵则把包子丢给许惟，两人飞快地下了楼。

许惟进了教室，把包子放到钟恒桌上。周围议论纷纷的同学突然降低了声音，但隐约还能听见他们说到钟恒。

许惟心不在焉地回到座位，林优和蒋檬凑过来问："听说你把钟恒揍了？！"

许惟摇头："我没打他。"

"那他怎么流着血走了？"

"不知道，"许惟停顿了半秒，"我其实就讲了几句话……"

她低头沉默了一会儿，眉头无意识地皱紧。是那些话说重了吗？

他明明上一秒还很大声地吼她，也不知道怎么转眼就流血了。还有他那眼睛，红成那个样子，好像快要气哭似的。

许惟没料到会弄成这样。

她没想把他怎么样的，只是……问问清楚讲讲道理罢了。

"你到底跟他讲什么了，有这么大威力？"蒋檬惊奇地问。

许惟摇摇头："他不是打了王旭让嘛，所以我……"

话没说完，林优就拍了拍她的大腿。

许惟抬头，是那个被打的王旭让走过来了。他刚刚吃早饭回来，急着来给许惟还作业本。这样看上去，他额头上那块伤更明显了。

走到林优桌边，王旭让冲许惟笑了下，把作业本放她桌上："谢谢。"

林优和蒋檬淡定地看着热闹。

"不用。"许惟看了看他的额头，"对不起啊，我早上才知道钟恒打你的事。"

王旭让怔了一下，摇头："没有啊，他没打我。"

"啊？"林优震惊。

许惟也顿了顿。

"他不是找人堵你吗，怎么没打你？"蒋檬抢着说，"你不要不好意思，是他欺负人嘛，你这头上还有伤呢。"

王旭让摸了摸头："哦，这是我昨晚不小心磕了一下。"

"不是吧。"林优一脸不相信，眼神里明显透出"孩子你这编得有点假"的意思。

"真的。钟恒是找过我，不过我们没打架，他就是……就是让我离许惟远点儿，别老去烦她。"说到这里，王旭让白净的脸庞微微泛红，他不着痕迹地看了看许惟。其实钟恒还说了些狠话，不过他不想告诉许惟，这会儿显得他在告状似的。

"……"

林优无语地挥挥手："行了，你走吧，我们跟许惟还要聊天呢。"

王旭让很知趣，点点头就走了。

林优摇摇头，看着王旭让的背影，像看大傻子似的——多好的机会啊，也不知道利用，活该不是钟恒的对手。

"这人可真实诚。"

"是啊，太老实了。"蒋檬也说。她刚说完，就瞅见了许惟的表情。

"呃……钟恒是没打人，但他确实堵了人家，这也是欺负人吧。"蒋檬吐了吐舌头，"我也是听别人说的嘛，不是故意造谣啊。"

林优哼了声："这个我信，就你那胆子，还敢造钟恒的谣？"

蒋檬缩缩脑袋："可不是嘛。"

许惟没讲话，林优伸手把她搂过来，勾肩搭背地问："怎么，内疚啦？"

"……也不是。"

林优摸许惟的脑袋："行了，他也不冤枉，是该有点教训，你就算骂狠了也没关系。"

正说着，上课铃响了。

老师进来后，许惟回头看了眼，后排那几张座还是空的。

许惟从抽屉里摸出试卷袋，找到物理试卷。

题目讲到一半，门口一声"报告"，是赵则，他旁边还有两个人。因为早上的事情，全班同学全盯着他们，像看着马戏团的猴子似的。

这几人什么德行各科老师都清楚，物理老师瞥了一眼，问都懒得问，不耐烦道："进来，进来！"

钟恒当先进了教室。

许惟看见他脸上的水珠没擦干净，额发也是湿的，外套里头的 T 恤领口一片湿印，还有两块血迹。

应该是洗过脸了。

他从过道里往后走，一眼也没看许惟，倒是许明辉经过时冲她们龇牙笑了笑。

后半堂课过得更加缓慢。一大清早，已经有人昏昏欲睡，后排趴下一小片。好不容易挨到下课，他们又生龙活虎了。

钟恒不在时，大家还敢讨论，他一来，就没谁敢明目张胆地再说什么，都装作没看见早上那鼻血直流的一幕。

许惟回头，看见钟恒趴在桌上，不知是不是睡着了。

那袋包子还在他桌上，他没吃。

我看他干什么。

许惟扭过脑袋，心想：蒋檬说得不错，他确实欺负了人，只是轻重的问题，性质是一样的。

她没有再管他，拿出英语练习卷写了起来。

这一整天，钟恒都没再找许惟，甚至没在她眼前晃一下，他很反常地没什么动静，大部分时间都在座位上趴着，弄得许明辉和赵则都认为他鼻血流多了体虚。等后来从别人口中听说了早上的事，又跑去问过林优，两人才惊了一惊：少爷这是心里受伤了？

放学的铃声一响，钟恒拎起书包就走了。赵则没敢喊他，和许明辉嘀咕："他都不等许惟了。"

许明辉："……要放弃许同学了？"

"不晓得啊。"

这天回家的路上，许惟没再看到那个木桩似的身影，她独自上了公交车，一样的五站地，下车后也没了熟悉的口哨声，一切好像恢复了最初的样子。

许惟低头站了一会儿，快步走进巷子。

两天的周末假期过得飞快，新的一周即便令人憎恨，但它还是来了。

下过雨，天已经很凉，许惟穿上了毛衣，临走时外婆递给她一个苹果："留着中午吃，在食堂里要多吃点饭，太瘦了难看。"

"嗯。"许惟把苹果装进包里，拿着伞就走了。

今天路上堵，公交车到站后，许惟就剩五分钟，天上飘着毛毛细雨，她顾不上撑伞，一路小跑进了校园，头发上沾了一层细细密密的雨珠。

出乎意料地，她在一楼大厅里碰到常年迟到的钟恒。他走在前头，书包挂在背上。他今天也穿了件毛衣，黑色的，不太厚。

许惟看着他的背影，很惊奇：他居然来这么早。

这时，身后有人喊："许惟！"

许惟回过头，王旭让收了伞小跑过来："早啊。"

"早。"她笑了笑，往前走。

钟恒站在楼梯拐角的地方，一言不发地看着她。

许惟视线一顿，脚步也停了。等她上了两级台阶，他已经扭过头走了。

一天下来，班上就有人发现钟恒不对劲儿。他不只是早读没迟到，连其他的课也没逃。除此之外，他没在课上睡觉。自从钟恒进了十班的大门，这是史无前例的。

后面的一大片男生眼珠子都快掉下来。而许明辉和赵则发现了更夸张的——少爷居然开始做笔记了！

下午大课间，趁钟恒去厕所，许明辉偷偷摸摸溜过来，敲敲许惟的桌子："许同学，你老实说，你给我们少爷吃什么药了？"

许惟没说话。

林优一把推开他："你懂什么啊。"

"我是不懂，这太可怕了，好好学习什么的……是他干的事吗！"许明辉直拍大腿，又压低声音问许惟，"许同学你就好心透露一下呗，你俩怎么回事啊，你把我们少爷怎么了？"

"我没把他怎么样。"许惟说完这句就沉默了。她记起来，那天他问她喜欢什么样的，是不是成绩好的，王旭让那样的。

那时候，他的眼睛红得让人难受。

过了好一会儿，许惟揉了揉手指，抬起头："我可能说话太重了，我去给他道个歉吧。"

这句话说出来时，许惟心口莫名松了松。

明明很清楚本来就是钟恒做错，但他那天闹了一场，今天又这副反常模样，没来由地就让人生出负罪感。大家都来问她把他怎么了，问到最后甚至连她自己也会有错觉，好像真欺负了他似的。

真没道理。

而许明辉听她这么说，立刻点头附和："啊对，你给他道个歉，说几句好话哄哄他，再陪他吃个饭看个电影，跟他散散步，让他心里舒坦了，那口气就能撒出来，人也就正常了。"

"你想得美！"林优鄙夷道，"他是公主吗？还让我们许小姐哄着陪吃陪玩？"

蒋檬也说："就是啊。"

"不能这么说啊。""许总管"关键时候很能护短，"是谁害我们少爷流血又伤心的？你都不知道，那天他都难得吃不下饭。"

"你又知道了？"

"没骗你们。"许明辉瞥了瞥后面，小声说，"他姐你们知道吧，就之前来找过他的那个，是他亲姐，上星期五打电话问我了，说钟恒怎么突然早早就回家了，而且他没吃晚饭就把自己锁进屋了，幸好我反应快，死活没把许同学招出来。"

这话无疑加深了许惟那诡异的负罪感。

林优冷哼："那谢谢您了。"

许明辉嘿嘿笑两声，问许惟："你什么时候去道歉啊？"

许惟说："放学我找他吧。"

许惟心里记着这件事，一放学就很快收好书包。眼看钟恒出了门，她和林优打过招呼，抱着书包跟了出去。

走廊楼道里都是一堆人。许惟一边跟着人潮走，一边瞅着前面的高个子。

下了楼，走出大厅，空气总算流通了。

钟恒已经走到老树旁的小花坛，许惟紧走几步，喊："钟恒。"

那身影顿了一下。

许惟走过去。

钟恒站着不动，也没有回头，那极有特色的皱乎乎的黑书包还是老样子挂在他肩上，唯一不同的是，书包不再是瘪的，里头装了好几本书。

傍晚有风，他的裤管微微鼓起。这样看，许惟才发现他其实很瘦，只是个高，骨架撑在那儿。

能不瘦嘛，生个气就不好好吃饭了，哪有这样的？

"钟恒，"许惟绕到他面前，"王旭让告诉我了，你没有打他，对不起，是我没弄清楚。"

说完这句话，她自认声音语气都还可以，足以显示道歉态度的真诚，然而她抬头瞥一眼，就见钟恒用一种难以言喻的眼神觑着她。他眼底还透着没休息好的青黑色。

不够吗？

可能……还得说点什么。

许惟迟疑了两秒，试着往后补上一句："那天我说话不好听，你别放在心上。"

钟恒面沉似水，轻轻地动了动嘴皮，终于跟她说了几天以来的第一句话："可我放在心上了，怎么办？"

"……"许惟顿时有点头疼：怎么办，还能怎么办？

她的脑袋飞快转着，甚至把许明辉那些馊主意都想了一遍，也没磨蹭出有用的东西。

不可能陪他吃饭看电影散步什么的。

许惟略惆怅地思考这些，第一瞬间竟然没有去想钟恒这句话是多么得理不饶人。

钟恒默不作声地站了半天，一句想听的话都没等到，他心里那簇小火苗扑腾了两下就熄了，才刚刚热了一丁点的胸口眨眼间又冷回之前的温度。

他扯扯嘴角，抬脚就走了。

许惟叹了口气：我这图的什么，他都钻牛角尖里头去了，道歉也白费。

她站了会儿，把书包背好，很快走出了校门，没想到拐个弯，远远就看见那个熟悉的身影杵在公交站台。

许惟惊讶，他没走啊。

等她过去，那人照样站在那儿。上车后，她坐前面，他就坐在最后一排看着窗外，好像和她是陌生人似的。

到站后，她下车，他也下来了，和之前一样，只是现在和她隔了老长一段距离，昭示天下：我还没消气。

许惟很识相地保持沉默，她进了巷子往前走一段再回头，钟恒已经原路返回了。

在所有人都觉得钟恒的"浪子回头"只是三分钟热度时，他已经回过头把高一的教材和辅导书都找了出来。

钟恒在读书这事上也不是一开始就这么"渣",小学时他是老师眼中有点调皮但很有灵气的小男孩,那时候他不算勤奋,但也不浑,随便学学成绩就能保持在前几。他是上初中之后才慢慢"歪"了,确切地说,是初二开始,他彻底把学习丢下了,中考成绩惨不忍睹,进一中是他爸花了一大笔择校费给硬塞进来的,进校成绩在十班属于吊车尾的。

现在要从头开始,不是一件容易的事。

好在,钟恒有一个优点,他从来光明正大、万众瞩目,现在学习也是大大方方,丝毫没有因为"自觉羞耻"这类莫须有的原因而藏着掖着,也不会做那些"白天疯玩,晚上偷偷用功"的事。

许明辉和赵则观察了几天,发现他们可能想错了——钟恒这架势,不像弄着玩玩的。

比如,他放学后已经没有时间和他们东游西荡,连最有用武之地的运动会他都没有参加,整整两天都待在教室。

大家自然而然把这些变化归到许惟身上。很快,这事就在校内传开了,版本多样,概括起来就一句话——钟恒为了一个好学生居然开始好好学习了。

而钟恒呢,他不管这些,似乎一门心思投入学习,社交圈显著缩小,除了赵则和许明辉,大概也就只剩下一个许惟。

05

那天之后,他们谁也没有主动跟对方讲话,唯一的交集似乎只剩每天傍晚的一趟6路公交车,就像现在。

许惟一手握着扶杆,低头摸出兜里的电子表:五点二十六分。

还有三站。

今天走得晚了些,车上人多,已经没有座位,许惟被挤到车厢后头,她找了个空处站着。

而钟恒站在前头,在司机师傅旁边。

最近一直如此,都是这么一前一后。

车拐了个弯,许惟微微晃了一下,拽着扶手站稳,突然感觉身后的人靠了过来。

她回头看了一眼,是个皮肤很黑的男人,三十多岁模样,长相有点凶。

许惟往旁边缩了缩。

上了新修的长风中路,公交车速度稍微快了起来。

许惟腰臀又被人撞了一下。她意识到不对,回头瞪了那人一眼,松开扶手,换到旁边的另一个空处。

没站一会儿,那男人不知怎么也挪过来了,他佯装晃了一下,一把抓住扶手,

/ 257

刚好碰到许惟的手。

"你干什么？"许惟猛地缩回手。

那男人笑了一下："这车晃……"

话没说完，一个黑书包砸他脸上去了。

钟恒几乎是冲了过来，揪着他的衣领兜头送上一拳："你想死啊！"

这一幕太突然，周围乘客惊叫。

恰好车到站，司机猛地把车停下："干什么！干什么！"

有乘客帮着回答："这人欺负小姑娘！"

司机吼着："怎么回事，先别打！别动手！"

"神经病啊。"被打的人摔在地上，吐着唾沫骂了一声。

钟恒还要上脚，旁边人把他拉住了。

车门已经开了，那男人见势不好，连滚带爬地蹿下车，临走前还甩了句狠话："你个小崽子——"

有乘客上车，堵住了路。钟恒气得要疯，使劲儿往外挤，要追出去，却被人拉住了，那只手小小的、软软的，一下攥住了他。

"钟恒……"

钟恒被她这么一拉，冲头的热血落回一半，"哗"一下全都涌到被她抓着的那只手上。

钟恒不大自然地回过头，看见许惟紧紧地盯着他，眼睛里有明显的焦急和担忧。在周围那些高高胖胖的人中，她瘦瘦小小一只，怀里还抱着他的大书包。

沉默地僵站了两秒，钟恒一把拿过自己的书包，拉着她到窗边的空处，他往那儿一站就隔开了人群，许惟被他护在里头。

她试着抽了抽手，钟恒低头瞥一眼，松开了她。

车又重新开了。

有乘客还在小声谈论刚刚的事情：

"真是……什么人都有，还往人家小女孩身上贴，人家躲开，他还跟着，啧。"

"胆子大呢，肯定不是第一回……"

"可不是。"

声音隐隐约约传到钟恒耳里，他想起那一幕，怒气不知不觉地聚回来。

钟恒兀自在心里把那浑蛋以各种花式揍了一万遍，可仍然消不了气。

许惟在窗边靠了一会儿，心绪渐渐平静。她抬头去看钟恒，见他佝着脑袋垂眸站着，额边冒了点青筋，那两排睫毛整整齐齐，时不时地微微动一下，他的嘴唇抿得很紧，似乎还恶狠狠地咬了一下，下嘴唇泛着明显的红色。

他在想什么？

还在生气吗？

许惟盯了好一会儿，晃了晃神，视线转开了，隔了半分钟，又转回来，绕到他的脸上。如此重复几回，许惟有点茫然：我在干吗呢？

还没想个明白，面前的人冷不丁抬起头，眼皮也掀起来，乌沉沉的目光直直地与她碰上。

许惟发现他眼角有点儿红了。

"……以前碰到过？"钟恒皱着眉问。

许惟愣了一下，反应过来他在说刚刚的事。她摇头："没有，今天谢谢你。"

钟恒看了她一会儿，说："你刚才不该拉着我。"

"我……"许惟张了张嘴，一时不知道该解释还是该道歉。

钟恒转开脸看向一边，隔了几秒说出一句："我要气死了……"

这一句声音极低，几乎是舌头上的一句嘟囔。

但许惟听到了。在车上乱七八糟的噪声里，这含混不清的几个字让她莫名有点无措。

他说要气死了。她不可避免地想到了那天他鼻血直流的画面，可别又来一次啊。

"……钟恒，"许惟脱口叫出他的名字，有点紧张地瞅着他，"你别气。"

钟恒眉尖抬了抬，轻哼了声。

许惟没哄过男生，除了小时候逗弄过邻居家赌气的小男孩，她没有别的经验，如果弄巧成拙会更糟糕。吸取了上次的教训，许惟没有再乱讲话，以免一言不合又像上次那样刺激到他。

两人沉默地站过了两站路，下车后也是一前一后地走着。

过了马路，许惟转过身。

钟恒停在几步之外，眉头还是那样皱着。

"再见。"许惟走进小巷，拐弯时回头看了一眼。钟恒还站在那里，拿脚踢着地上的石头，一连踢了几块，越踢越用力。

他踢完了路边的石子，扔下书包，一屁股坐到巷口的大石头上。

许惟一直看着。

天都快黑了，他好像没有要回去的意思，低着头坐在那儿，也不知是干什么。

许惟站了一会儿，加快脚步往回走。

傍晚的小巷不安静，干活的人都回来了，骑着车经过巷口，也有小学生背着书包走过去。没过几分钟，有道身影从巷子里跑出来，停在巷口。

"钟恒，我请你吃东西吧。"

许惟喘着气，第一次在钟恒脸上看到了近似呆愣的表情。她走过来，拾起他的书包拍了拍灰土："不过我们这边没什么好吃的，就那里有一个卖炸串的，东

十九日

西种类挺多，我吃过，还不错，就是不知道合不合你的口味。我带林优吃过，她也说挺好吃的，你要不要尝尝？"

她一口气讲了这些，语速快于平常，竟然没有磕巴。最后一句问完，她就抱着他的书包站在那儿不动了。

旁边打打闹闹的小学生看着他们，收摊的小贩坐上三轮车，临走前也投来一眼。

这一小片地方却安静得很，好像连空气都暂时停止了流动。

过了不知几秒，钟恒低头笑了一声，拍拍屁股站起："行啊。"

这两个字透出愉悦，那些什么气啊恼啊全跑天边去了。

卖炸串的店不远，走个五十米就到了。店面有些小，没有正经的招牌，只有一张纸板写的"张元小吃"，门口棚子里，夫妻俩在灶前忙着。

店里头，坐了两桌人，有一桌是几个学生，另一桌的是在附近工地上干活的工人。许惟拿了托盘，对钟恒说："你过来选吧。"

门口长桌上放着很多食材，用盆子分类装着。钟恒没客气，挑了不少，许惟又添了一些，拿到前面给老板娘："辣椒不要太多。"

"好嘞。"

钟恒已经到店里坐下了。许惟过去问："你要喝什么？"

钟恒："你喝什么？"

"汽水。"许惟指给他看，"那种荔枝味道的，还可以，你要不要试试？"

"行啊。"

他突然变得格外好说话，许惟惊讶地看了看他。

钟恒抬眼："怎么了？"

"没事。"许惟起身拿了两瓶汽水过来。

很快，热气腾腾的炸串送上来了。

钟恒气消了，肚子就饿了，他吃得并不矜持，速度有点快。这家店的辣椒酱是老板自制的，辣劲儿过大，虽然放得不多，味道还是挺重。

许惟问："是不是很辣？"

"没觉得。"钟恒无所谓地舔了舔嘴唇，抽纸巾抹了把汗。

许惟看了眼他那红嘴唇，猜到他应该没说实话。

钟恒把汽水喝完了，许惟又给他拿了一瓶。

两人把一盘子都解决了，外面的天也彻底黑了，许惟结了账。

走出门，他照样跟她到巷口。许惟说："你快回去吧。"

钟恒"嗯"了声，脚却不动。

"你走啊。"

钟恒借着路灯的光线瞥了瞥她，不说话了。

许惟问："怎么了？"

"没怎么。"他幽幽地看了她一会儿，把书包甩到背上，"问你个问题。"

"嗯？"

"你怎么对我这么好了？"

这就叫好了？

许惟说："只是请你吃炸串。"

"你请别人吃过？"他挑了挑眉。

"我请过林优。"

"除了她。"

"那没有了。"

钟恒嘴角勾了勾："那不就得了。"

"……"

许惟理了理，这个逻辑好像也有点道理……

行吧，随便他吧，气消了就行，没弄到上次那血流不止的地步。

她没讲话，钟恒自然当她默认了，他心情更是愉快。他愉快起来偶尔会忘形，比如现在。

他就那样好好地站了几秒，也没个铺垫，眨眼间就给她来了个颠倒众生的笑，眉毛眼睛都像会说话似的，全是光彩，而那被辣椒荼毒过的嘴唇还留了点显眼的红，在夜晚的路灯底下更多了种说不出的意味。

即使许惟已经见识过，他突然这么来一下，也受不了。

这回跟之前还有点不同，她的脸莫名发热。

钟恒却是得寸进尺。他收了点笑："许惟。"

"嗯。"

"我帅吗？"

"……"

没人回答，他自个笑了声，眼睛里荡着光。过几秒，他垂眸细细地看她，低着声说："……你真没有一点儿喜欢我？"

"……"

路灯的白光不明不暗，缥缈得有些暧昧的意思。

钟恒往前半步，地上两道影子几乎贴到一块儿。他低着头轻轻地问："不好意思啊？那你点个头呗。"

许惟没闪躲，眼睛看了他一会儿："嗯，你挺帅的。"

"……然后呢？"

"没了。"许惟说，"你快点回家，我走了。"不等他应声，她转身就跑进了巷子。

路灯下，钟恒站了一会儿，独自晃了两步，转身吹着口哨走了。

经过几周的努力，钟恒在学习上取得了明显的成效。

他上一次的数学考试是 15 分，而最新一次的测验他考了 57 分。纵向来看，和从前相比，这是不小的进步，虽然 150 分的试卷考 57 分刚刚过三分之一，但在后排一众男生当中已经是傲视群雄的分数，数学老师还特地在课堂上表扬他进步快。

下课后，一圈男生回头冲钟恒竖拇指打趣："恒哥威武！"

钟恒手一挥："滚滚滚。"

赵则和许明辉兴奋地拍他肩膀："别不好意思啊，这还是你进一中以来第一次受到表扬，怎么样，这滋味还不错吧，晚上是不是该请客？"

钟恒捏着满是红叉的试卷："请屁啊。"

"别小气啊，这一顿可逃不掉啊。"许明辉嬉皮笑脸地揶揄。

钟恒没搭理。

赵则心细，凑过去观察了一下他的脸色，给许明辉比口型："好像不大高兴。"

"怎么就不高兴了？这不进步很大吗？"许明辉奇怪。

赵则一摊："我哪知道？"

…………

两人隔着钟恒的脑袋挤眉弄眼地交流半天。

许明辉亲自上阵，试探地问："少爷，这个分数您不满意啊？这都过 50 分了，差 33 分就能及格了，这个成绩我想都不敢想，您这……"

钟恒抬头，一个眼刀无情扫射："能闭嘴不？"

许明辉缩缩脑袋：行行行，不说不说。

钟恒三两下把卷子揉成一团，扭头就要往垃圾桶扔，手伸出去，僵了两秒，又收回来，整团塞进抽屉里。

赵则和许明辉面面相觑，没敢张嘴。

钟恒踢开凳子，起身出去了。

许明辉和赵则立刻凑到一处讨论起来。

"怎么回事？这怎么又不高兴了？"

"谁知道呢。"赵则寻思着，"哎，你记得刚刚上课老师报了许惟多少分来着。"

"好像……147 分。"许明辉一拍额头，"不会吧，少爷这野心是不是有点大啊，他跟许惟比什么呢，人家那是第一名啊，比他多了足足 90 分啊，他还想超过？"

赵则说："超过……估计也没这么想，不过他肯定想差距缩小点儿吧……对了，那个王旭让多少分？"

"王旭让？"许明辉皱眉，"老师是报了，不过我没注意听。"他朝前头喊，"胖子，王旭让多少分？"

"130分。"

赵则和许明辉对视一眼，敲了敲桌子："明白了？源头在这里，情敌都比自己厉害，谁受得了？"

许明辉："这是自找苦吃，他这样的，跟人比脸稳赢，可他偏要想不通，非跟人比成绩，啧。"

"谁让他看上的是个学霸。"

"学霸怎么了？"许明辉不以为然，"就说上学期三班那个，大路上来要电话号码，少爷正眼瞧过吗？"

赵则："以前他是不喜欢，这回不一样。"

"有什么不一样？要我说，许同学迟早也要陷进来的。"

"得了吧你，又不是每个女生都一样，你别拦着少爷上进。"

"谁拦着了，我这不是想帮忙吗？"

赵则一愣："怎么帮？"

许明辉瞥一眼前头，抖抖眉毛："等着，我到许同学那儿晃一趟去。"

"去去去。"

许明辉一溜小跑，几秒就蹿到前头。

林优去上厕所了，许明辉一屁股坐到她位置上："嗨，许同学！"

许惟吓了一跳："……你干吗呢？"

"没干吗。"许明辉搔搔头，笑得纯良无辜，"这不刚考试嘛，跟学霸交流交流。"

"说实话吧，装得不太像。"许惟低头，继续写试卷。

许明辉嘿嘿笑了几声："我没说假话，不过我是来替我们少爷向你请教。"

笔尖顿了一下，许惟抿了抿唇："请教什么？"

"是这样的，啊，我慢慢说哈。"许明辉一边抖腿一边煽情，"你也知道，我们少爷以前成绩很差，没怎么学习，成绩也就跟我不相上下，始终徘徊在个位数，不过他这段时间改邪归正了，每天都认真看书，上课也不睡觉，作业认真做，晚上也不跟我们瞎混了，别提多努力，就说这次数学考试吧，他熬夜复习啊，茶不思饭不想的，那两个黑眼圈跟熊猫眼似的，我听说他晚上头悬梁锥刺股啊……"

许惟放下笔："说重点。"

"咳，好好好。"许明辉强行拉回思路，"就是这次考试嘛，他是有进步，但离及格还有一大截。少爷多好强的人哪，打架从来不认输的，他刚才把试卷都揉烂了，肯定心里难受。我就想问问你啊，数学怎么这么难，到底要怎么学才能学好？"

许惟说："他基础太差了，没那么快。"

"这我知道。"许明辉满面忧愁，"可是这家伙真的已经很努力了，要不许同学你给他点拨点拨？"

"……怎么点？"

"就给他讲讲题、补补课呗。"

许惟没应声，他多骄傲啊，怎么会听她讲题。

"答不答应啊？"许明辉打量她的神色。

"你不要乱操心了。"许惟提醒道，"会惹他生气的。"

许明辉有点无奈，退而求其次，脱口说："那你能别给王旭让讲题了吗？"

"……为什么？"

"你不知道，王旭让每次往你这儿一站，钟恒要气上大半天，你离得远，辐射不到，我们可就遭殃了，他的毛怎么都捋不顺，逮谁扎谁。"许明辉拱拱手，"许大神，许大仙，求您了。"

他说完话，眼角余光瞅着钟恒从窗外走过，赶紧一溜烟回了座位。

放学等车时，许惟注意着钟恒的脸色，发现他的确有点憔悴，虽然没有许明辉说得那么夸张，但黑眼圈很明显。他的头发长了一点，被风吹得东倒西歪。

已经是十一月末，今天又是阴雨天，其实挺冷。他这副样子，身上又穿得单薄，一眼望过去很招人疼。

许惟看了一会儿，走过去说："别送我，你早点回家。"

钟恒没理，执拗地跟上了车，他全程沉默地靠在窗边，明显情绪不高。许惟不自觉想起许明辉的话。

难道他还在想数学考试吗？

下车时，天上又飘了小雨。

许惟边走边从包里拿出伞，走到巷口时回过头，才发现钟恒没撑伞，小雨兜头淋着。

"你没带伞吗？"

钟恒"嗯"了声："我走了。"

"我伞给你。"

"用不着，你自个拿着。"他转身跑远。

雨淅淅沥沥一晚上，第二天清晨才停，路面很湿，温度明显又降了。

出门前，许惟裹了一条薄围巾。

这种天气人的心情也容易不好，一上午许惟都很昏沉，幸好午饭是个盼头。林优说中午去吃米粉。

铃声一打响，她们几个立刻精神了。蒋檬边收小组作业边对她们吼："你们别急，等等我，我还得送到老师办公室！"

"知道了，你嚷什么？"

林优不慌不忙地写着试卷上的最后一道大题。

许惟说："那我去上个厕所。"她从林优背后挤出去，往外跑，在楼道里碰到许明辉和赵则。

"许同学也去吃饭？"赵则和她打招呼。

许惟说："上厕所。"

许明辉灵机一动，把她拉到一旁："你上完厕所能做做好事不？"

"怎么了？"

"你去给钟恒送点温暖行不，顺便劝劝他。"

许惟微微一怔："他怎么了？"

赵明辉把赵则推到前头："你来说。"

赵则叹了口气："感冒了，还有点发烧，他一感冒扁桃体就发炎，嗓子都哑了，就吃颗药在那死撑，还在磨昨天那张卷子，午饭也不要吃，说没胃口，我们劝都没用，他乱开火。"

许明辉："可不是，生病了脾气还大，你劝劝。"

许惟点头："……好。"

她上完厕所回到教室，班里就剩两个人，林优还在写试卷，最后一排只有钟恒坐在那儿。

林优做完试卷，快速收拾书本："蒋檬怎么还没来，你快点，我们去找她。"没听到回应，她转头看了一眼，发现许惟正看着后面，有点入神。

林优顺着她的视线望了一眼。

"许惟？"

"嗯？"

"你干吗呢？"

许惟没吭声，脸转回来，呆坐了两秒。

林优何等聪明，一下看出苗头。她很直接，凑过去问："……你不会真的喜欢上他了吧？"

许惟抬头跟她对视了下，又挪开视线。

"……这什么意思啊？"林优挑了挑眉，笑了，"承认了？"

许惟不讲话，盯着书桌一角，过几秒，又回头看那个人。

林优无语："你这太明显了啊。"

"林优……"许惟踟蹰地顿了下，"我晚点跟你说。"她低头从书包里摸出一袋面包，问，"你还有牛奶吗？"

"有啊。"

"给我一瓶。"

林优摸出一瓶牛奶递给许惟。许惟站起身，拿着面包和牛奶走到最后一排。

钟恒被一张皱巴巴的数学试卷弄成一头困兽。"从前打架潇洒呼朋引伴，如今学习形单影只"，死党如赵则、许明辉之流也不可能坐下来陪他做试卷。以往只用来睡觉的课桌现在乱七八糟地摊着几本数学书，高一、高二的都在，他写一题要翻好几处找出零碎的知识点再对照着慢慢磨。

学习这东西丢掉了再捡很难，绝非一身蛮力横冲直撞就能行，钟恒不是那么有耐心的男生，却也在这个过程中磕磕绊绊地学会忍耐，然而磨蹭十分钟也没法顺畅地解出一道5分的选择题，这境况多少有点儿凄凉。

隔着一点距离，许惟看见他那张加宽加长的"奢华版"草稿纸上画满了各种正方体，每个都被他打了叉。他换一块地方又画，重新算，一张大白纸被他用得颇浪费。

他写得入神，列出几个式子又划掉。

许惟走近，把牛奶和面包放他桌角："这里，做一条辅助线。"细白的手指点在歪歪扭扭的线条上。

钟恒握笔的手蓦地一顿。他头昏脑涨，反射弧是平常的几倍长，抬头看到许惟时很蒙。因为低烧的缘故，他脸和唇都有些明显的红，眼睛还是黑漆漆，许惟看了一眼，脑中不合时宜地冒出一句"彼其之子，美无度"。

然后，面前这张漂亮的脸皱了皱，许惟回过神。她挪开凳子，在赵则的位置上坐下，拿过钟恒手中的笔，重新画了个正方体，标上 ABCD、A1B1C1D1，做好辅助线，列式子。

林优在前头看戏，起先津津有味，而后醋意横生，蒋檬一个电话打来，林优一心二用地接了，朝后头喊："我去找蒋檬了，咱们楼下见！"

"好。"许惟头也没抬。

林优心口中了一刀，一脸悲凉地走了。

许惟写完答案，放下笔问钟恒："能看懂吗？"

她写一手好字，连字母数字都很好看，清清楚楚，条理分明，和那乱糟糟的草稿纸完全不搭。钟恒从头到尾看了两遍，眉头渐渐皱起来——就这么简单？

猪脑袋！

他在心里骂了自己一声，像被踩到尾巴似的，有点恼羞成怒的趋势，然而闷了几秒最终也没在她面前发作。

"懂了。"两个音飘飘忽忽，明显是哑的。

他拿起笔要往试卷上写，许惟忽然轻轻扣住他的手腕："休息一下。"她说完就收回了手。

腕上残留的一点温度让钟恒愣了愣，混沌的脑袋总算后知后觉地意识到了不对劲儿，他蓦地侧过头，用异样的目光看着许惟。

许惟把桌角的面包和牛奶推过去，站起身要走，刚挪两步，校服外套的衣角被牵住了。

许惟回过头，钟恒的眼神明晃晃告诉她：你敢走试试？

磨蹭到这会儿，钟恒脑子烧得再糊涂也不迟钝了，想问她这样跑过来招他一下是什么意思，又想等她主动说，反正无论如何也不甘心就这么放她走了。

许惟无奈："……怎么生病了还有这力气。"

钟恒看她一会儿，喉头动了动，问："你怎么知道我生病？"

"赵则和许明辉说的，他俩挺关心你。"

钟恒头点了下，目光在她脸上睃着，大大方方地试探："你呢，你也关心我？"

许惟想了一两秒的时间，发现没法问心无愧地告诉他"不是"。她点了点头，避重就轻地说："我吃饭回来给你讲后面的题吧，你先吃东西。"说完往后退，"松手行吗？"

钟恒松开了她的衣角，在她转身时，他突然起身攞住她，轻轻地把人拉到身边。

"你这人……"微哑的声音带着笑，他的好心情遮不住。

许惟被他笑得脸都红了。

钟恒靠过去，低着声，依靠想象琢磨出一种自以为是的温柔语气："去吧，吃饱点。"

许惟听得一个激灵，耳朵一瞬间起了鸡皮疙瘩。

"我走了。"她搓了搓手背，匆匆出门。

吃饭时，林优和蒋檬唱双簧似的，左一句右一句地问。

许惟埋头大吃，辣出一鼻尖的汗，林优抽了张纸给她："擦擦。"

许惟不客气地接过："这么乖了？"

林优筷子一放，边喝饮料边说："好了，磨蹭够久了，大小姐快交代吧，你跟那位钟姓少爷怎么回事哈？"

"对对对，快说！"蒋檬看热闹不嫌事儿大，一脸兴奋，"欸，还是先让我猜猜，是不是他死缠烂打，你就日久生情，所以两情相悦了？"

林优惊叹："你这总结能力，现代文阅读能拿满分吧。"

"所以，我猜对了吗？"蒋檬笑嘻嘻，"许惟，你真喜欢他啊，可你喜欢他什么呢？"

"可能也不是喜欢……"

许惟试图更准确地描述她对钟恒的感觉，可琢磨了好一会儿都没找到恰当的表达。她放弃讲这些，想了想，低头笑了："我觉得他有点可爱。"

"你确定没用错词？"蒋檬瞠目，"我敢说钟恒听到这个要揍你。"

"通常情人之间才会看到对方身上隐藏的可爱之处，旁人是看不到的。"林优伤心地摸摸许惟的脑袋，"那家伙是走了什么狗屎运啊，能让我家许小妞夸他可爱。"

许惟不想搭理她。

蒋檬"呵呵"两声："恕我眼拙。"

往回走的路上，林优和蒋檬去文具店，许惟在门口树下等她们。她不由自主地回想刚刚的问题。

钟恒在她心里是什么形象？

很难说清。

在许惟接触过的为数不多的男生中，大部分人给她的印象是单一的、模糊不清的，而钟恒很生动，也很真实。他高兴不高兴都很清晰，生气暴躁也有迹可循，笑的时候好看，发怒也可怕，有时候懒洋洋，认真起来又像模像样，他执拗地以最直接的方式接近她，看上去强势霸道，其实从来没有一回勉强过她。

所以她喜欢钟恒吗？

许惟踱了两步，一脚踩上树底下的一片大叶子。

午休之前还剩二十分钟的时间，许惟过去给钟恒讲题。

班上同学吃完饭回到教室，看见他们两个坐在一块儿，都吃了一惊，几拨女生窃窃私语，后排男生忍不住吹哨起哄。

钟恒没抬头，摸了一本书扔过去，他们立刻都乖了。

许明辉和赵则打球回来，看到这一幕又惊又喜，拼命忍住八卦之心，体贴地转个身又出去玩了。

晚上许明辉请客。他上周就已经大张旗鼓地发出通知：生日那天要请大家好吃好玩。

放学后蒋檬值日，许惟和林优去取蛋糕，其他人陆陆续续去了聚餐地点。

许明辉交友广泛，生日聚会分为好几拨，这次请的都是班上玩得不错的同学，男生女生凑成两大桌，胡吃海喝之后，一群人带着蛋糕去了KTV。

许明辉订的是一个大包厢。有几个心细的女生准备了气球布置包间，等许明辉吹了蜡烛许完愿大家就开始撒丫子疯玩，唱歌的、瞎吹的、玩游戏的都有。

钟恒勉强跟他们玩了会儿，他的感冒似乎更严重了，整个脑袋都昏得不行。赵则趁着别人瞎侃的时候把他送到角落的沙发上："别逞强了，你躺这睡会儿……我瞅瞅啊，找个人来照顾你。"

眼见着许惟上厕所回来，赵则赶紧跑过去，在一片嘈杂中把她拉来："他感冒难受了，估计要睡着了，你就在边上照看一下，不然什么时候发起烧了他自个都不知道。"

话说完，他就被许明辉喊过去了。

许惟转头看了看，那个生病的家伙正歪着脑袋窝在沙发里，光线昏暗，他的轮廓朦朦胧胧，脸色一点也瞧不清。

许惟走过，拉过凳子坐到沙发旁边，过了一会儿，她抬起手贴到他额头上。

钟恒睁开眼，迷迷糊糊看了看，认出她。

"许惟……"他紧皱的眉舒展开，忽然弯着眼睛朝她笑了，大手掌"啪"一下盖在她的手背上，紧紧地扣住了。

许惟问："你是不是难受？"

他摇头。

"骗我的吧？"

他又摇头，眼睛望了她一会儿。

她被他看得心跳明显失序，她僵了几秒："……你睡一会儿。"

06

第二天早读课钟恒迟到了，幸好因为感冒他逃过惩罚，不用再跑八圈。他往抽屉里放书包时，赵则问："你怎么不请个假？"

"用不着。"钟恒反问赵则，"你有钱吗？"

赵则一愣："你没钱了？"

"不够。"

"你要干吗呢？"

"干大事儿。"

赵则微惊："什么情况？"

钟恒摸出英语书丢到桌上，低头说："憋不住了。"

啥、啥就憋不住了？赵则一头雾水。

"我要去跟许惟说清楚，就今天。"

"啊？说啥？"

钟恒："你别管。"

"……"

虽然钟恒让赵则别管，但他为全兄弟情义，还是把压箱底的钱都翻出来了。许明辉知道后大呼小叫一番，也慷慨解囊。

到傍晚，钟恒这笔资金筹够了。他知道许惟今天放学不回去，她和林优约好要上晚自习对试卷的答案。

放学铃声一响，钟恒拎起书包就跑了，赵则和许明辉一溜烟跟出去。

两节晚自习结束，三份试卷全解决掉，林优先回家，许惟留在教室写数学作业，第三节晚自习很短，只有半个小时，可上可不上，走读生陆陆续续走了，下课铃声一响，几个住校生也撤了。

许惟收好书包，关上灯，把教室门扣上。楼道里亮着白炽灯，她刚跨了一级台阶，脚就顿住了。

楼梯拐角那儿站着一个人。

这如果放在电影里，无疑是恐怖片的布景，乍然出现的人不是鬼就是装神弄鬼的坏人，女主人公必然要一声尖叫然后晕过去，然而许惟并没有尖叫，也没有晕过去，她只是晃了个神，脚走岔了，差点从楼梯上滚下来。

但她掩饰得很好，看上去十分镇定，她扶着栏杆站稳，慢慢走下去。

那个人站在拐角的墙边，穿着一身她没有见过的长裤、衬衫，外头是一件休闲的毛衣开衫。他剪短了头发，不知道喷了什么，有明显的香味。

许惟怔怔地看了好几秒，不大坚决地移开视线，努力构思着开场白，谁知道对方简单粗暴地打断了她的思路。

"你要不要跟我一块儿回去？"他顶着那头帅气的新发型走过来，不知是灯光的问题还是别的什么原因，他眉毛眼睛都漂亮得很，然后这人毫无铺垫、张狂桀骜地抛出后半句，"就站这儿考虑。"

他讲完也不回避，就直直地望着她，那张脸白天还有些苍白，这会儿露出一丝可疑的红。

许惟："……"

他这是脸红还是发烧啊？

默不作声地看了一会儿，许惟的心口越跳越急躁，她很诡异地记起前一天蒋檬问"你喜欢他什么呢"。

我喜欢他什么呢。

…………

算了。

人免不了要庸俗一回。

钟恒低头瞥了瞥手表，眉皱了起来，他抬头要讲话，许惟走近一步，一下就抓住了他的手。

　　僻静的楼道里一点儿声音都没有，许惟的举动有些突然，钟恒僵住了，一分钟前他还豪气放话，这会儿被人拉了手，他却傻了似的。

　　许惟则被他身上的香味儿冲得鼻子直痒痒。靠得这么近，她闻出来这已经不只是他头发上的味道，她觉得他喷了香水，而且还喷过头了。

　　许惟额角抽了抽，忍了几秒，想打打喷嚏。她赶紧松开了他，退开两步。

　　钟恒刚刚才晃过神，心口还突突地跳得激烈，欢喜好像慢慢涨大的气球，刚涨到最大，她忽然这么一松手，那球"啪"一下就炸了。

　　钟恒："……你什么意思啊？"

　　许惟遮着鼻子缓了缓，抬头看他："你的手好凉，穿太少了。"

　　"……"

　　钟恒顿了顿，泛红的脸憋了一会儿，更红了："你就只看到了这个？"

　　当然不是。

　　许惟老实地说："头发剪得很好。"

　　钟恒觑着她。

　　许惟低头舔了舔唇，又说："新衣服好看。"

　　这回他挑了挑眉。

　　"你喷了香水吧？"许惟口不对心地夸了一句，"还挺香的。"

　　…………

　　钟恒那点耐心都快消磨光了，他把她往身边带了带："夸我帅就那么难啊？"

　　许惟哑口。

　　"看我干吗？"钟恒哼了声，别开脸，他心口一下一下，感觉有东西暴躁得要从胸膛撞出来。强自忍耐一会儿，他的脸又转回来，目光悠悠晃晃地勾着她，声音低低的，"……你就没话讲了？"

　　许惟："要讲什么？"

　　钟恒的眼睛更黑了，视线长久地停留在她脸上："是你来牵我的。"

　　"哦，"许惟的耳朵微不可察地红了，"我是想看看你手凉不凉。"

　　楼道的灯光昏昏黄黄。

　　钟恒默不作声地望着她，渐渐地弯了唇，眼睛里就差冒出一朵花了。他没忍住，扭开脸，轻轻地笑了几声。

　　许惟说："很晚了，我要回家了。"

　　钟恒看一眼表："我要是不来，你怎么回去啊？这么晚。"

　　"打车。"

　　钟恒皱眉："你胆子真大。"这个时间，一个女生打车回去能有多安全，那些司机差不多都是男的。

许惟说："公交车没有了。"

钟恒："你家里没人接你？"他知道，班上那些女生下自习都有家长接。

许惟说："我跟外婆住，她没法接我。"她下了一级台阶，"我再不回去，她要担心了。走吧。"

钟恒跟着她下楼，边走边说：自行车敢坐不？"

许惟惊讶："自行车？"

钟恒说："赵则的，我晚上才借来。"

许惟问："你会骑吗？"

"当然。"钟恒有点不满，停顿了下，说，"你要是害怕坐那个，我就陪你打车。"

许惟说："不害怕，自行车有什么好怕的。"

这个时间路上车少人少，除了在外玩乐的，就只有下自习回家的学生或是加班到深夜的年轻人。钟恒将自行车骑得很稳，和许惟想的不一样，她以为他骑车肯定很快很冲，就和他这个人一样。显然，她没有领会钟恒的意思，也没有感受到他尚在沸腾的心。

此刻钟恒心里还七荡八飘的，竭力想在这深夜多蹭一点时间和她在一块儿，所以这一路骑得抠抠搜搜，一丁点儿也不舍得快。

可惜路还是走完了。

钟恒将自行车停在巷口，陪许惟走进巷子再拐弯。到了院子外头，许惟停下："我到了。"

钟恒"嗯"了声。

"你快点回家，骑车小心。"

他照样应："嗯。"

过两秒，他那样站着。天太黑了，巷子里的灯不够亮，许惟看不清他的表情。

"你怎么不走？"

钟恒佝着头，脚尖蹭着石砖地："等你进去呗。"

许惟也没有仔细琢磨，顺着话应了声："噢，那再见。"她推开木门进了院子。

钟恒站了两秒，低低地哼了一声。

他脚尖一下用力，使劲儿踢到石板上。

"也不知道表示一下……"

在之后的一个多月，许惟和钟恒磕磕绊绊地相处，大部分时间都在教室，许惟会给钟恒讲题，而钟恒依然每晚送她，他们每天一起吃午饭。但这段过程并非一帆风顺，总会有矛盾出现。

钟恒在班级里一向张狂又自我，他做事习惯于随心所欲，想找许惟就来找，想送什么就送，不会顾忌周围有什么人在，也不关注别人怎么看。

后来，连其他班的人也知道了，总有女生慕名来教室门口看许惟长什么样，在校园里看到她也会指指点点。比较麻烦的是，卢欢也知道了。

这消息直接让卢欢"炸"了，她先是在十班走廊里拦住钟恒质问了一通，钟恒没买账，她气不过跑到厕所等许惟，不正面交锋，偏偏阴阳怪气、指桑骂槐地说话。

许惟当作没听见，洗完手就走了。

同行的蒋檬却很气愤："都是钟恒的错。这些他跟你解释过吗？"

"没有。"

"那有点过分了，你看刚刚卢欢说得多难听，好像说你抢走了钟恒似的。"蒋檬想了想，提醒道，"你听我一次，卢欢的事你问问他，看他怎么说。"

许惟笑了："好，我问。"

已经是午休时间，很多人睡觉，班上偏安静。刚走到教室门口，许惟就看见钟恒坐在她的座位上，而林优很自觉地坐到后面去了。

许惟走过去，钟恒在写习题。她没打扰，坐在林优的座位上翻杂志，见他顿在那里没动，她提笔在草稿纸上写："不会做？"

钟恒用笔尖指给她看。

这题考奇偶函数，不难。

许惟解题步骤写到纸上，钟恒一看就懂了，低头把步骤重写了一遍，写完就搁了笔，从口袋摸出薄荷糖递给许惟。

许惟剥开一颗给他，自己也吃一颗。过了会儿，她低头在草稿纸上写句话推过去给他——卢欢是你以前喜欢过的女生吗？

许惟继续翻杂志，等他写了回答她。过了一分钟左右，那草稿本"啪"地盖到她面前的杂志上，上头两个大字直挺挺的——不是！

感叹号又大又显眼，全然显示了执笔人的惊怒。

许惟愣了愣，转过头一看见钟恒的目光，心里就"咯噔"了下：坏了。

教室里大半同学在午睡，小半在看书。钟恒黑着脸，唇动了动，话还没出口，许惟就眼疾手快地捂住了他的嘴。

这几乎是她下意识的举动，钟恒全然没料到，直接就把他喉咙里那不好听的话给堵回去了。

"别大声，吵着别人。"许惟瞅着他的眼睛，"我只是问一下，你别生气啊，不想讲也可以。"她靠得近，小声说完就松了手。

钟恒微微怔着，看她两眼，抬手摸了摸嘴唇，过了会儿眉头又皱起来，他一

十九日

把拿过纸，捏起笔"唰唰唰"给她写了一串：是她老凑过来，我没理过她，谁跟你乱说的，我揍死他！

笔尖停顿了下，他抬眼瞅她一回，继续埋头写：我喜欢的人只有一个。

然后他重重地画了句号，把本子推给她。

见许惟没反应，钟恒脸色更不好看了，他低声问："不信我？"

许惟摇头："没有不信。"只是有些惊讶。

许惟说："我没弄清楚就来问你了，对不起。"

她道歉速度极快，态度良好。钟恒见状，自个憋了憋也就没了火气，再说他那气原本就不在她身上，只是恼怒谁在她面前瞎说话污蔑他。

他若有若无地轻哼了声，小声而大度地说："没事儿。"

许惟说："那你睡会儿吧，下午还有考试。"

钟恒"嗯"了声，很熟练地从抽屉里拿出她的校服外套垫在桌上，趴在上头睡了。

下午的物理考试占去两堂课，卷子很难，题量也大，许惟做完最后一题只剩十分钟，她草草检查了选择题，其他就没再管。

下课铃响，交了卷，一堆憋尿的同学冲去上厕所，林优也是其中之一。许惟揉揉眼睛，习惯性地回头看了眼，钟恒的座位空的。

他大概也去上厕所了。

这一个月，钟恒的数学进步喜人，虽然花了很多时间在补高一的内容，但新课也没丢，上周测验他考了88分，差2分就及格了，而且英语和语文背诵也很认真，古诗词和单词储备量都在明显增加，但理综那三门课进展偏慢，尤其是物理，一方面是因为要补的太多，时间几乎分不过来，另一方面是他高一时因为迟到频繁跟这个物理老师有过节。当时闹得挺大，他差点就转班走人，以钟恒记仇的性子，他一看到物理老师就习惯性反感，自然影响听课和学习的热情。

这是许明辉透露的，钟恒自己没提，他在许惟面前表现得很正常，也会让她讲物理题。许惟知道后寻了个机会和他聊了聊，她说得很委婉，大体意思是让他换位思考一下，站在老师的立场想想他自己当初是不是也有错，钟恒别别扭扭没吭声。许惟以为他在反省，然而钟恒想的却是：我再考这么难看就太丢许惟的脸了。

这之后，他态度就端正了。

但这次的考试确实难，许惟觉得钟恒肯定没有做完。

前后座同学都在讨论刚刚的考试题目，互相对答案。许惟在桌上趴着，趁这时间休息，周围杂音不断入耳。

"选择题最后一题我选 C，你呢？"

"啊，我也是！"

"我不是，那我错啦？"

"当然是 C，那是练习册上的原题！"

…………

许惟盯着桌角的杯子，脑袋放空，眼睛有些失焦。视野里来了个身影，没一会儿就到她身边。

"发呆啊。"钟恒敲了敲桌子。

许惟回过神，抬起头。

钟恒问："累了？"

"嗯。"许惟看了看他，"噗"地笑出来，"你字都写脸上啦？"

"嗯？"

"脸脏了。"许惟笑着说，"有笔迹，黑的。"

钟恒抬手蹭了蹭脸颊，许惟说："右边，等会儿。"

她从口袋抽出纸巾递过去，钟恒却不接。他歪着头，忽然就笑了，毫不含糊地把脸送过来："帮我擦呗。"

唇红齿白，眉清目秀，右脸颊那道弯曲的黑线也因为他的笑变成好看的弧度。

好漂亮。

许惟定定地看了几秒，慢慢帮他擦脸上的污迹。

钟恒十分配合，保持着那个姿势动也不动，等她说"好了"，他才直起身子摸摸脸颊，似乎很满意，扭头又冲她一笑。

许惟真想说：别笑了，受不了。

钟恒听不到她的腹诽。他靠过来，脸上的笑不知不觉收了大半："我又考烂了，很多都不会做……"

低低沉沉的一句，许惟听得一顿。

"没关系，不要紧。"她有点急切地说，"那试卷很难。"

钟恒瞥了她一眼，慢悠悠地说："许惟，你干吗啊？"

许惟被他看得耳根发热，视线略微移开："不是安慰你，试卷真的不容易，我也有不会做的题。"

"行了，用不着解释。"

放学钟恒值日，钟恒和赵则、许明辉还有胖子一组，以前这种事在他这里是被自动忽略的，许明辉会找女生帮他们值日，这个月才有了改变，他们几个开始自己做这些事。

许惟在走廊等钟恒。

赵则倒垃圾回来，往教室里看了一眼，见钟恒在摆椅子，他趁此机会对许惟说："星期天是钟恒生日，你知道不？"

许惟愣了："这个星期天？"

"对，就后天。"

"他没有跟我说。"

赵则小声说："我就知道他不会告诉你，他应该也没打算过生日。"

"……为什么？"

"不知道啊，反正他这几年都没过，可是还是有很多女生给他塞东西。"赵则摸摸鼻子，"所以我才跟你说一声，你要是想送他东西也得赶快准备起来了。"

看见钟恒出来了，赵则假咳了一声，装作无事发生的模样。

许惟和钟恒一道下楼，她心里想着赵则的话。后天，12 月 30 日，钟恒生日。原来钟恒比她小七个月啊，真没想到。

许惟看着他的后脑勺，兀自笑了一下。

晚上九点钟，许惟做完了两张试卷。外婆已经在隔壁睡着，她溜出卧室，没开客厅的灯，借着房门口漏出的光给林优打电话，她才刚讲了两句，电话那头的林优就叹了口气。

许惟莫名其妙："怎么啦？"

林优哀怨地说："那家伙可真是好命。"想当年在四班，全班四十六个同学，许惟只会记得她的生日，也只会给她准备礼物，如今倒好，她宛如进了冷宫的嫔妃，真是风水轮流转，长江后浪推前浪。

"哎，我说你也不用费心，"林优往床上一躺，懒懒地道，"赵则说他不过生日，那就是说不会请客，也不会告诉我们，估计对生日礼物什么也没啥期待。再说，只要是你送的，就算是一根鸡毛他也不介意。这样，你就给他送块糖吧，肯定能甜死他了，就大白兔的，甜得我都想吐的那个。"

许惟顿时头疼："……你认真的？"

"不然呢。"如果许惟在面前，林优就要摊手给她看了，"我哪摸得透他们喜欢什么，尤其是钟少，那句话怎么说来着……少爷的心思你别猜。"

许惟被她逗笑："我拜托你啊，正经起来。"

"行，正经了，你先说你有什么想法呗。"

许惟说："我想买双鞋给他，运动鞋。"

"买鞋？"林优皱眉，"你知道他穿多大？"

"应该知道。"

林优："应该？"

"嗯，我目测过。"

"……厉害啊。"林优醋意又来了，"你这是早有预谋？"

"对。"许惟坦荡承认，"他老给我带早饭，吃午饭也总抢在我前头给钱，我如果硬塞给他他肯定要不高兴的，我不想他不高兴，又不想这样花他的钱，本来就想送他东西，现在刚好碰上生日。"

"服了你，哪用得着跟他计较这个。"林优说，"星期天是吧，我叫上蒋檬陪你一道去选，你准备什么时候给他？"

"买好就送。"许惟说，"后天我和外婆包饺子吃，给你们带一些，刚好也给他一盒，留到周一就不新鲜了。"

难怪了。

林优说："哎，我怎么觉得你对那家伙越来越好了。"

"有吗？"

"太明显了。"林优一点也不含蓄地问，"他有这么讨人喜欢？"

这一句话把许惟问住了，她握着话筒答不上来，想到钟恒，脸和耳朵慢慢就升了温度。

林优还在那头嘟囔着："我怎么没发现呢。"

挂了电话，许惟回到卧室，从抽屉里摸出钱包，数了一遍。这钱已经存了好久，给他买双鞋应该是够的。

周日是阴天，温度又降了，外头很冷。许惟出了门才发现风比她想的还要大，她裹紧围巾，飞快地走到公交站台坐车到了商场，和林优她们碰上面。

许惟从书包里摸出一盒饺子，还是热乎的。林优和蒋檬吃了个大饱。

她们仨先把商场逛了一遭，又去步行街，只要是鞋店都进去。蒋檬有个哥哥，所以她对男生的喜好有些了解，全程都积极地给意见。

运动鞋的款式虽然大同小异，但观感还是各有不同，许惟看得眼花缭乱，导购阿姨也热情地过来帮忙选："小姑娘给谁买鞋啊，我给你推荐推荐。"

蒋檬说："哦，是给她……"

"我弟弟。"许惟及时打断了她，"给我弟弟买的，他十六岁，比较喜欢黑白色，不过他也穿过红色的鞋……"

蒋檬先是一怔，紧接着就反应过来。

林优好整以暇地附和道："对，就是她弟弟！"

蒋檬憋不住，噗地笑了，许惟回头警告地瞪了她们一眼，一本正经地继续挑选。

"十六岁啊。"导购阿姨还真信了，拿了一双黑红色的运动鞋过来，"这么大的男孩都喜欢这款，这礼拜卖了好多双了，这个里头厚实，现在天冷了也好穿的。"

蒋檬说："这个挺酷啊，钟恒不是老爱穿那件夹克外套嘛，跟这鞋挺配。"

许惟拿过来看了看，确实挺酷。

十九日

"就要这个吧。"

"行，那要多大码？"导购问。

许惟看了看手上这双，是 41 码的。

"要比这个大点儿。"

导购拿来了 42 码的，许惟一看就确定了："就这双。"

蒋檬在一旁惊叹："她这目测能准？"

林优说："当然，许小姐什么人啊，她那记忆力什么水平的，过目不忘。"

两人"咬耳朵"的工夫，许惟已经去结账了。等她拎着袋子过来，三人一道出了门，林优问："没有折扣？"

许惟说："没有。"

"那你花了不少啊。"

"也没多少。"

林优瞥了她一眼，没再说。虽然不太了解对许惟的家境，但一年的相处也足够看出许惟不是花钱大手大脚的女生，真要说起来，还有点节俭，这样眼不眨地花上大几百给钟恒买礼物也是够用心了。

三人在小吃街吃了点东西，天已经不早，风也更大了。林优发条短信找许明辉要来了钟恒家的地址。

接到电话时，钟恒刚睡醒不久，他洗过脸，跷着脚靠在沙发上背英语。笔记本上是许惟的字迹，她把高一两学期的词汇、短语、句型全都整理下来了，分门别类，清清楚楚。

钟恒正背到"be angry with……"，手机就响了。

他起先没理，闭着眼继续往脑子里记，他姐姐钟琳从厨房探出头，喊："电话响着呢！"

"我没聋！"钟恒有点不耐烦地丢下本子，赤脚走进卧室，看了眼来电，接通，"喂，林优？"

电话里有风声，过几秒混了个细细的声音："钟恒。"

钟恒怔了下。

"是我。"她的声音有些模糊。

居然是许惟！

钟恒一下就乐了："怎么是你呢。"

"嗯。你在家吗？"

"在啊。"钟恒一屁股坐到床上，轻轻笑了一声，"怎么了？"他心情甚好，很悠闲地躺到床上。

那头又是一阵风声。

钟恒皱了皱眉："你跟林优在一块儿吧，你们在哪儿？"

"我在你们小区外面。"

电话里没了声音，许惟说："……钟恒？"

"不会吧……"钟恒心口"怦怦"跳，翻身坐起，"你、你来了？"

"嗯，你现在能下来吗？"

"你等着！"太过愉悦，他话语说得都有点不对，"许惟，我马上来。"

通话一下断了。许惟把手机揣进兜里，搓了搓冰冷的手。

钟恒动作飞快地套上毛衣，到卫生间对着镜子在头上抓了两把，可惜中间那撮毛还是翘着，他接了一捧水粗暴地拍上去，往下使劲儿压了压。

也顾不上穿袜子，他光脚套上鞋，胡乱拿了件外套就出门了。钟琳被巨大的关门声惊到，出来一看，人影都没了。

外头冷得厉害。

钟恒到了小区门口，一眼看见路灯柱旁的身影，细瘦单薄的一小只，背着书包，脚边放着个蓝色袋子。

他跑过去。

许惟似有所感地抬起头，朝他笑了。她提起袋子走过来，到了近前，两个人都停下脚步，许惟把袋子放下。

钟恒头上那撮毛不知什么时候又翘了起来。

许惟笑起来："你连头发都不梳吗？"

钟恒没讲话，目光落在她脸上。

风大了，温度也低，许惟只不过站了一会儿，脸颊和鼻尖都冻红了，她讲话时露着笑，眼睛微微弯着。

钟恒一步上前。

"冷吗？"他低声问她。

"还好。"

许惟刚说完这句，手被钟恒攥住了，软软凉凉。

"就你这水平还骗我。"

许惟："……"

钟恒轻哼了声，帮她焐着。

"好了，暖和了。"许惟笑了笑，"松开吧，我拿东西给你。"

"什么东西？"

许惟抽回手，从书包里拿出装好的一盒饺子给他："是我做的饺子，不太好看，给你尝尝，还有……"她低头提起袋子递到他手里，"这个也给你。"

"……这是什么？"

"给你的礼物。"

钟恒愣了几秒，黑漆漆的眼珠好像定住了。许惟帮他把饺子放到袋子里："饺子已经凉了，你回去热了再吃。"她低着头，及肩的头发被风吹乱了。

钟恒喉咙微动。

"我得走了，我答应外婆要早点回去，林优和蒋檬还在等我。"许惟笑了笑，"你也快点回去，外面太冷了。"

她嘴唇也是红的。

钟恒不想再问她为什么送他礼物，他有意把此刻蓬勃的感情和难以言喻的心绪全都付诸到行动上——

他把手里的袋子一放，想要去抱她。突然许惟踮着脚，轻轻地贴近他的耳侧，薄荷糖的甜香氤氲开来。

"生日快乐，钟恒。"

钟恒的电话打过来时，许惟刚买好三杯奶茶，她们一人捧了一杯。林优把手机递来："喏，钟少爷。"

许惟接了："喂？"

短暂的安静过后，那头很低地"嗯"了一声。许惟想起刚刚的情景，不太自在，沉默着等他讲话，过了一会儿，听见轻轻的笑声。

"你好厉害啊。"钟恒低缓的语气有淡淡的暧昧，"撩了我就跑？"

"没有跑。"许惟低声说。

只是趁他愣在那里，她很快就走了而已。

许惟也不知道钟恒听没听见这句，反正她听见他在那边又笑了起来，这回像是开心得不行。

许惟被他笑得心里都软了，她几乎想象得到他此刻的模样。

"别笑了。"

"嗯？"钟恒收敛了点。

许惟生硬地转移话题："你还在外面？"

"嗯。"钟恒低声问，"你们到哪儿了？"

"到公交站了。"许惟说，"你快回家吧，别冻到。还有啊，你试试鞋，不合适就告诉我，我……"

"许惟。"钟恒打断了她。

"嗯？"

"你好甜。"

"……"

听到开门声，钟琳还在厨房煮汤。等她把汤盛起来，探头往外看了看，就见钟恒坐在客厅的沙发上，他不知在想什么，时不时摸下右脸颊，接着就起身拎着袋子钻回了卧室。

什么情况？

钟琳捏着锅铲轻手轻脚地走到房门外，侧耳听了一会儿，十分无语地推开门："傻笑什么呢？"

钟恒霍地坐起，一头乱发在被褥里捂得更乱了。

他脸泛着红晕，似乎恼羞成怒又故作正经地说："你管太多了吧。"

钟琳眼尖，一下就注意到地板上那双崭新的运动鞋。她走过去仔细瞥了几眼，问道："新鞋啊，别人送的？"

钟恒没回答，三两下把鞋装回盒子里，摆在床头的小柜子上。钟琳心下明白了几分，好整以暇地说："是给你补功课那小姑娘？"

钟恒这回倒是"嗯"了一声，上扬的嘴角隐约暴露了一点雀跃的心情。

钟琳又瞥见了书桌上那盒饺子："饺子也是她给的？"

"嗯。"钟恒显然心情好了，"她自己做的，厉害吧。"

钟琳好笑地看着，看把他骄傲的，尾巴都要翘起来了，还真是一物降一物啊。

钟琳心想那小女孩挺有意思，下回找个由头去瞥一眼。

钟恒这个生日过得低调而愉悦。

等他周一到校，抽屉里和往年一样塞满了各种小东西，花花绿绿，从贺卡到零食，种类丰富。总有一些别班的女生乐意沉浸在自己的欢喜里，把他的生日记得格外清楚，默默表达心意。

钟恒每年都将这一抽屉的小礼物全交给大总管许明辉处理，今年也是一样。

许大总管没检查完就忙着抱起一堆零食去了林优那儿，全散给她们，中间夹了个彩纸折成的小心心。

林优眼疾手快地拆开："呵。"

许明辉想抢，没得逞。许惟靠近看了一眼，一下就明白了，那是别人写给钟恒的。她从头看了一段，没吭声。

许明辉连忙澄清："我做证啊，这些东西他绝对没看过。"说完就赶紧溜了。

"什么德行。"林优翻了个白眼儿，压着声音问，"别怪我八卦，你问过没，那家伙以前有没有喜欢过其他人？"

"他说没有。"

"那个卢欢呢？"

"也没有吧。"

林优皱了皱眉："怎么听着不大可信的样子。"

林优还打算再八卦一下，钟恒就来了，她识相地收了话："行吧，又到了给少爷让座的时候，我到小卖部晃一圈去。"

钟恒毫不客气地坐下，往许惟手心塞了一把牛奶糖。

桌上那张写满字的彩纸还在。

"这什么？"

钟恒瞥了瞥，眼角一抽，默默把那纸揉进口袋里。

许惟也有点尴尬："我不是故意看的，是许明辉刚刚落在这儿了。"

"他有病。"

许惟说："是不是收到了好多啊？"

钟恒觑着她："没。"

许惟懒得跟他争，低头剥了一颗奶糖吃。

太甜了。

她无意识地舔了舔淡红的嘴唇。

钟恒目光顿了顿，挪开了视线。

07

元旦过后，期末考试就在不远的前方，班里的气氛不知不觉地紧张起来。一方面，各科老师都还在上新课，没有哪科会停下来复习；另一方面，班主任又不断地强调期末考试的重要性，涉及评优评先等等。

越到期末，时间似乎过得越快。很快就到了十六号、十七号，考试科目按高考的科目来安排，语数英加理综，刚好两天时间，下午英语考完就结束了，但寒假并没有就此开始，一中去年就开始实施寒假补课制度，高一、高二要补到腊月二十，高三更可怜，一直到小年夜才放假。

在补课期间，各科老师不仅上新课，还讲完了试卷，布置了寒假作业。

放假的前一天上午，期末考试的成绩和排名都出来了，班主任拿着成绩表站在讲台上长篇大论地进行总结。

许惟发挥正常，总分是班级第一，林优考了第四，蒋檬这次进了前十五。

钟恒的进步令人瞩目，他总分上了440，除去物理差了一些，其他科目都过了及格线，明显比期中考试提高一大截。

班主任大吃一惊，虽然表面上夸了他一句，心里却不由怀疑他是作弊得来这个成绩，只是没有证据，只好先压在心里，打算下学期再看。

22号下午终于放假，天上的小雪飘成了大雪。

一群小伙伴如同小鸟出笼，欢快地胡吃海喝了一顿，一直到八点钟钟恒才送许惟回去。下了公交车，外头几乎是白茫一片，过了马路，巷口积雪更厚，路灯照上去，地上透亮。

许惟转过身，脑袋从帽子里探出来，看着后面的人。

钟恒没戴帽子，也没撑伞，雪花纷纷落到他头发里，一下就看不见了。

许惟说："快回去吧。"

钟恒两步到她面前："送你到门口。"

"不用了，你鞋都湿了，早点回去换。"

钟恒没动，问："明天真要走？"

"嗯，票都买了。"

"……你们那个宜城好像还挺远的啊。"

许惟："是有点远，我只是寒暑假才回家。"

钟恒默默看她一会儿："你什么时候回来？"

"还不知道。"

"……能打电话吗？"

许惟摇头："可能不太方便，家里有人，会被别人接到。"

停顿了下，她说："不过我可以去外面用公共电话打给你。"

钟恒低头抹掉脸上的雪水，没应声。

许惟搓了搓手，拉他到屋檐下："你不高兴了？"

钟恒没回答她，他从兜里摸出手机递给她："你带着。"

许惟一愣，摇头："不用，我不需要手机的。"

钟恒没多讲，直接塞她口袋里："没办法等你打电话。"

"……"

钟恒打开书包，找出充电器也塞她口袋里。

许惟不说话了。钟恒站了会儿，略微弯腰，脸靠近她："那，再见了。"

按理说，寒假应该是尽情潇洒的大好时光，但这个假期许明辉和赵则都感到有点儿无聊，除了约一群男生打打游戏玩玩台球就没有别的了。以往假期他们都是跟着钟恒混，吃喝玩乐，顺带解决江湖恩怨，丰富得很，现在好了，人家钟少改邪归正，和大家闺秀似的，大门不出，二门不迈，想请他一趟真不容易，幸好年前的几天过得飞快，晃荡晃荡，到了除夕的前一天，总算是被少爷翻了牌子。

林优和蒋檬正约着逛街买衣服，许明辉一个电话把她们叫过去。

地点在一中附近，是学生常去的休闲餐厅，他们要了个小包房，嗑瓜子喝茶打牌，仿佛提前步入了老年人的退休生活。

钟恒玩了两局就撂挑子，把座换给蒋檬，他自个窝到茶几旁的小沙发上睡觉。

赵则边洗牌边说："许惟不在，钟恒魂都是飘着的。"

许明辉"啧啧"感叹："许同学给他搞了个什么寒假学习计划，他可听话了，一天天的可有事干了，哪像咱们这么闲，搞不好晚上还熬夜奋斗什么的。"

"有这么夸张？"蒋檬惊奇，"他期末不是进步好大了吗，还这么拼？"

"有啥办法呢，许同学腾云驾雾仙气飘飘的，随便飞一飞甩他两百多分，他肯定想考更好来让许同学高兴咯！"

"少壮不努力，老大徒伤悲，"林优喝了口茶，话锋一转，"当然说'亡羊补牢，为时不晚'也行，至少态度值得表扬，他如果就满足那四百来分，真配不上许小姐。"

"嘿……"许明辉一瞪眼，"你这话我就不爱听了，就说少爷那样的，我可告诉你，他就算没跟许同学在一块儿，也是一票女生抢的，就前天……前天卢欢还跑来求我们帮她约少爷出来呢，我说你们学习好的是不是打心眼儿里都看不起我们学习差的啊。"

"我可没这么说。"林优的表情略微认真了一些，语气仍是淡淡的，"不是读书才有饭吃，学习这回事都是自己选择，你们不爱读书也没什么，不过钟恒想要跟许惟在一起，就得跟她走到一条道上，这一点他恐怕已经想到了，人家比你聪明，你还真以为他好好学习纯粹是哄许惟开心啊？笨。"

"我……"许明辉憋了一口气，"行，我笨，你聪明。"

蒋檬插嘴："所以钟恒这么拼是想跟许惟考到一块儿？上一个大学啊？"

"怎么可能！"赵则一边发牌一边说，"那也太难了。"

"我也觉得。"蒋檬说，"考到一个城市还差不多，是吧？"

"谁知道呢，"林优笑了笑，"看他自己喽。"

…………

几局玩下来，林优和蒋檬先走了，晚上许明辉又约来一群同学，他们一道去隔壁吃火锅，刚好坐满一桌。店里气氛很好，大家吃到兴起就开始玩游戏。

这个时候还流行着"真心话大冒险"。

他们玩的是抽牌，由发牌人报数，谁抽到就由发牌人指明惩罚措施。

前三局，两个女生喝了胡椒水，一个男生被迫真心话，详细讲述了自己跟高一年级的某某学妹认识的过程。到第四局，抽完牌，许明辉报了个数："红桃十！"

恰好在钟恒手上。

有男生起哄："这个绝对要真心话！有料问啊！"

许明辉笑呵呵："那我就顺应民意，这回就真心话？"

"同意！"

"双手同意！"

"双脚同意！"

…………

屋里暖气足，钟恒脸都闷红了，这乱糟糟的，他听得烦，手抬了抬，男生们很熟练地闭上嘴。

钟恒也没耍赖："问呗。"

几个嘴巴快的抢着开口——

"跟许美女在一起时什么感觉？"

"两个人在一起都做什么了？"

…………

一桌目光齐齐看着。

许明辉和赵则也十分激动，竖着耳朵。对于这类私事，只要钟恒不主动讲，他们都不怎么敢问，就算问也问不出来啥。毕竟是兄弟，他们清楚钟恒不像某些爱吹牛的男生，他不爱拿自己跟女生之间的事来炫。

钟恒："就答第一个。"

"第一个？"

许明辉还没反应过来，就见钟恒嘴角翘了翘，声音泄露了愉悦："很好。"说完将牌扔到桌上，起身走了。

赵则："哎，你干吗去！"

"透个气。"

直到他出了包厢，许明辉脑子里才回放出第一个问题——

跟许美女在一起时什么感觉？

钟恒的答案是：很好。

一出门，冷风迎面扑来，钟恒沿着路牙往前走了一小段。路边小店铺已经关门。他靠在人家屋檐下，摸出手机打电话，"嘟"了几声，那头就挂了。

钟恒看了眼时间，已经过了九点。他独自靠了一会儿，过了三四分钟，手机仍然没有动静。

他发了条短信过去：不能接吗？

等了一会儿，没有回信。钟恒正准备往回走，许惟的电话就打来了，钟恒看到来电，摁了接听键。

"钟恒？"那头的声音有些急促，伴着微重的喘息。

钟恒微微顿了一下："你在哪儿呢？"

"在外面。"许惟说，"楼下。"

"跑下去的？"

"……嗯。"

许惟绕着小花坛随意走了两步，呼吸渐渐平稳。

电话里传出轻轻的笑声，他还是一贯的那种语气，有点懒，有点骄傲："这么急着见我？"

这个不用回答，直接跳过。

许惟说："你怎么打电话了？"这几天一直是短信联系着，每天都要聊一会儿，她都快习惯了。

"没怎么。"钟恒懒洋洋地说，"想打就打了，你那儿冷吗？"

许惟："还好，我穿得很厚，就跟熊一样。"

钟恒嗤笑一声："熊有你那么瘦的？你就是只兔子，还是最小的那只。"

"……"

谁是兔子啊。

许惟不接这话了，停顿了会儿，她听到电话里的声音，问："你不在家吧，我听到汽车的声音了。"

"耳朵挺好啊。"钟恒实话告诉她，"还在外面，刚跟赵则他们一道吃饭，今天玩了一天了。"

许惟又绕了小花坛一圈，走到鹅卵石道上，轻轻地问："玩什么？"

钟恒说："就打牌吃饭呗，下午那时候林优和蒋檬也在。"

许惟笑了："她们也来了，你们玩得开心吧？"

电话里静了。

许惟没听到回应："钟恒？"

"嗯。"

"怎么不讲话了？"

钟恒慢慢挪了两步，低头看着乌漆墨黑的地面，低声说："少了你，都没啥意思。"

他的声音不高，语气也是往常那样随意。

许惟踩着卵石道，慢慢走了几步，然后停下脚步，看了看南边的天空，乌漆墨黑。

"我……"许惟打着腹稿。

"嗯？"

他这么一"嗯"，许惟手心就热了。她换了只手拿手机，搜肠刮肚琢磨出的几句话被推翻了，沉默了一会儿，并拢脚从卵石道往下一跳，轻松地落到台阶下的平地上。

"钟恒，"她十分正经地说，"我也挺想你……和大家的。"

说完这一句，许惟就发现讲好听的话并不难，这项技能在遇到钟恒之后得到了锻炼，脸皮也随之增厚。

电话那头的某少爷果然被哄得眉开眼笑。他一笑，整个气氛都轻松了。

"你这人……"他边讲边笑，一直到最后，一句话也没讲完全，留了这么半截话头搁在冷风里飘走了。

我这人怎么了？

许惟想了想，也没有问，反正他笑了就好。

两人磨磨蹭蹭又讲了一会儿才挂了电话。许惟的手和脚都要冻僵了，她把手机塞进兜里，很快上了楼。

这一年的除夕在许惟印象里依然很普通，热闹只是一时的，年夜饭过后便是然无味。许惟没留在客厅和家人一起看春晚，她拿上没喝完的半瓶可乐回了房间，小窗外焰火棒飞上天，炸出一片亮闪闪的花。

和从前的新年一样，她坐在窗边的小书桌上欣赏了大半天，再把剩下的可乐灌进肚，从床底下的纸盒里摸出一本半旧不新的推理小说，窝在床上慢慢看。

和平常没什么区别，唯一特别的大概就是钟恒发来的"新年快乐"。以前没用手机，除夕也没人能联系上她，今年是头一回收到新年祝福，独一无二。

大抵青春期的情愫就是这样，其实就那么四个字，平平常常，只因为上头的发信人是特别的那个，一切就会变得与众不同，连寡淡的新年都似乎多了些滋味。

许惟想给他打电话，可是外面鞭炮震天响，压根儿没法听见，她只好原模原样回了一条。

没过半分钟，来了一条新信息：在干吗，看电视？

许惟：没，就躺着。

钟恒打字速度快，一下就回了：巧了，我也是。太吵了，不然给你打电话，全是放鞭炮的，我耳朵快要聋掉。

许惟想象着他皱眉摁出这句话的模样。

她回复道：那就这样聊天吧。

…………

至于后来是怎么结束聊天以及怎么睡着的，许惟不大清楚了，早上醒来一看，快一百条短信记录，最新的那条是凌晨两点多，钟恒发来的：快睡！

简单粗暴。

还真是他的风格，换了旁人大概会软绵绵来句"晚安好梦"，到他这里没这细腻的待遇。许惟一条条往前翻看，发现昨晚她说的话特别多，有几条短信都是一大段的。

这么看来，遇到喜欢的人的确会让人变成话痨，早睡早起的人也会因为想和

/ 287

对方多讲两句就变成夜猫子，凌晨两点仍然不舍得道再见。

更严重的是，这种情况会有后遗症。从这天开始，他们的短信量持续走高。

这种日子持续了快半个月。

许惟正月十四带着外婆回丰州，恰好是阳历 2 月 14 日，情人节，不过她们傍晚才到，风尘仆仆，晚上忙着收拾屋子大扫除，许惟还要整理书本，因为一中很“变态”地把开学报到的日期定在团团圆圆的元宵节。

钟恒因此放弃了人生的首个情人节计划，退而求其次，他启用一周前想好的二套方案，大晚上跑去重新买了电影票和元宵灯展门票。

九点多，他揣着四张票骑车往回赶，热乎乎的脑袋被风吹得格外舒适，也不知道哪根筋搭错了，他脑子里很诡异地蹦出一句“小别胜新婚”。

好像哪里不对……

钟恒琢磨了会儿，眉头一挑——

管他呢。

开学第一天总是极其混乱的，报到、领教材、开班会，一套流程下来半天就过去了。

一中的“变态”程度只增不减，这回连下午的半天假都不给放了，直接开始新学期的课程。但年轻的学生没那么快收心，一整天都躁动非常，风风火火，聊天的聊天，补作业的补作业，教室里闹哄哄。到了晚上，除了几个住校生，其他同学全溜了，几乎没人留下来上自习。

许明辉吆喝着吃顿晚饭聚聚，于是一伙人就近找了个餐厅。

饭吃完，走出餐厅，林优兴致勃勃地提议：“不如我们去三青公园玩玩，好像今晚有活动啊！”

“对对对，肯定很热闹！”许明辉第一时间表示赞同。

蒋檬说：“我也想去！”

“许惟你呢？”林优撺掇她，“一起去喽，今天过节，不用那么早回去看书吧，就当放松放松，你打电话跟你外婆说一下。”

许惟说：“已经跟外婆说过了，但是……”她朝钟恒看了一眼，本以为他会接口解释，哪知道他老人家闲闲地插兜站在一边，与她对视时眼神颇有兴味。许惟明白了，他是故意看戏，就想让她自己来说。

幼稚鬼。

但是又很可爱。

认输的自然是她，许惟也不找瞎话，很直接地对林优说：“你们去玩吧，我得跟钟恒去看电影，他票已经买了不好退掉。”

话一落，其他几人立刻就懂了。许明辉和赵则拖长音调"哦"了一声，心领神会地看了钟恒一眼。

蒋檬笑着说："看电影啊？林优，那咱们别耽误人家了。"

"这我还能拦着吗？"林优一把揽过许惟，凑到耳边调侃道，"重色轻友，我记住了。"话说完，不等许惟回话就松开她，带着蒋檬走了。

许明辉和赵则见状也不想讨人嫌，凑过去拍拍钟恒的肩膀，火速撤退。

"林优！"许惟还想澄清一下"重色轻友"的问题，可是林大爷头也没回，举起一只手挥了挥。

钟恒走过来，歪着头看她一会儿，笑着把手递过来："喏。"

赤裸裸一副少爷做派。

这是他们第一次一起看电影。那个时候，去电影院看电影还不是那么频繁普遍的事，这一天之前，许惟只去过一次电影院，那是初中的时候学校组织的，当时是去看教育片，全班一起，热闹得很。这回全然不同了，坐在她身边的只有一个钟恒。

放映厅里人不多，还有小半的位置空着，他们这一排只坐了几个人。

至于电影是什么内容，其实许惟没有看得很仔细，她只是觉得这样不说话地坐在黝暗的放映厅里，好像有一种神奇的亲密感。她扭头看钟恒，他靠在座椅上，目不斜视地望着前面，在大银幕投来的光线下，他侧脸的轮廓很温柔。

许惟看了几秒默默收回视线，换了个坐姿。钟恒这时却靠过来，拍了拍肩膀示意她可以靠着。

他们保持这个姿势坐到电影结束，两个人的手心都热得冒出细汗。

离开电影院，两人往清澜河走，大约十分钟就到了。

今晚赶上元宵灯展，清澜河一下子多了很多游客，水上长廊挂满了各式各样的彩灯，照得水面波光粼粼，长廊上人头攒动，乍一看好像连站脚的地方都没有了。

钟恒皱了皱眉："哪儿来这么多人？"

"今天比较特别吧。"许惟指着前面，"我们先进去里面吧，也不用着急，晚点再绕回来走长廊。"

钟恒点头："听说里头有戏台。"

"是吗？"许惟惊奇，"也许会有人唱戏，我听说里面还有个迷宫是新修的，不知道真假。"

钟恒："看看就知道了。"

小道两旁摆满彩灯，动物形象居多，也有些神话人物，和真人等高，好大一只放在路边，被很多小朋友围着。

钟恒拉着许惟一路往里走，戏台是倒有一个，但是戏已经唱完了。两人把园子逛了个遍，找到了所谓的迷宫，只是有些简陋，青砖砌出来的一块正方形露天区域，地方倒不大，但墙有一人高，里头弯弯绕绕。

入口处几个小孩子犹犹豫豫不敢进去。

许惟对这种探险似的地方格外有兴趣，站到入口就有些兴奋了。她看了看刚刚钻出来的两个人，转头就去拉钟恒，小声说："你想玩这个吗？"

钟恒借着树头悬着的彩灯瞅了瞅她的脸，轻轻笑道："你敢进？"

"当然。"许惟也笑了，"我们比一比，你敢吗？"

"我有什么不敢？"钟恒颇为自信。

许惟拉他进了迷宫："一人一条道，看谁先走到出口。"

"输了要罚。"

"行。"许惟捏了下他的手掌，"待会儿见。"

她挑右边那条走了进去。

迷宫里的照明全靠周围的彩灯，细窄的小道半明半暗，方向很容易混乱，但这些难不倒许惟，她一路顺畅，几乎没走回头路就到了出口。她在长凳上坐了好一会儿，仍然不见钟恒出来。

迷路了吗？

许惟起身到出口等着，又过了五分钟，还是没个人影，她没再站下去，匆匆进了迷宫，边走边小声喊他的名字。走了小半截，终于听到回应。

许惟抬高声音："你别动，等我过来。"她凭着记忆往他声音的方向走，绕了一会儿，总算在狭窄的小道里看到人。

钟恒靠着墙，似乎十分听话地等她来。

许惟走过去。

光线差，他的脸庞在暗处，不太清晰。

"你迷路了吧？"许惟说。

钟恒"嗯"了声。

"我带你出去。"她从他身边走过。

钟恒拉住她，轻轻地往前一步。在这条昏暗不明的小道里，他垂着眼仔细看她："你不罚我吗？"

"嗯？"

"我输了。"

"……不着急。"

不远处传来了说话声，有人来了。

许惟说："出去吧，去长廊上。"

钟恒直起身，跟在她身后走出了迷宫。

已经快到九点，水上长廊的游客少了很多，只有两个亭子里还有一些人。许惟走到中间，贴着栏杆看水面："我好像看到鱼了！"

钟恒走过来："哪儿呢？"

"刚刚跳了一下……"许惟直勾勾地盯着水面，"不见了。"

她继续往前走，从口袋摸出薄荷糖吃了一颗，回头递一颗给钟恒。等他们走完长廊，亭子里也空了，许惟走过去说："我们坐一会儿吧。"

远处灯景还是一样漂亮。

许惟默默看着。

钟恒问："今天高兴吗？"

"嗯。"她转过头说，"这里很好看啊。"

许惟讲话时眼睛弯了弯，彩灯的暖光落在脸上，她眉眼全都柔得不像话。

舌尖上的薄荷糖化掉了，钟恒喉咙动了动。

热血从耳朵冲上脸，将他整个脑袋都烫了一遍。

两人脸对着脸，呼吸可闻，空气中好像飘着淡淡的薄荷甜。

有游客从长廊走过，经过他们身边，谁都没有再说话。

回去时已经不早，钟恒将许惟送到巷口，气氛静谧得有些诡异。

许惟抿了抿嘴唇，钟恒瞥了她一会儿："许惟……"

"嗯？"

钟恒走近一步，他眼尾细长，嘴角越翘越好看："薄荷糖很甜。"

"……"

许惟打算无视他，可惜这位少爷不按常理出牌，他在摇曳的灯光下骄傲而欠揍地问："我呢，我甜吗？"

许惟额角顿时一抽。

"快回去，我走了。"许惟轻轻推他一把，转身就走了。

身后一串欠嗖嗖的笑声。

许惟脸热得能蒸鸡蛋。

…………

行行行，你最甜，你是山东红富士海南甜荔枝。

08

许惟明显地感觉到，新学期比上学期更紧张了。这种气氛从开学的第一天就开始发酵，班主任三不五时就声嘶力竭地告诫同学们要抓紧时间，或是一句三叹地提醒大家高中只剩下二分之一。

一中向来有个传统，到高二下学期，高中所有课程都必须结束，剩下的一年全用来进行魔鬼式复习、巩固和训练，所以这学期老师们都开始焦急地赶新课，试卷和练习题也日渐增多，原本用来休闲放松的体育课经常被各科老师抢去讲试卷，高二年级的体育老师这学期异常清闲。

许惟几乎不需要过渡就适应了这种气氛。

而钟恒却几乎焦头烂额，他前期基础不牢，全靠这几个月死补，这样大容量快节奏的上课模式让他很难消化，同样的一张试卷许惟一小时就做完了，他要磨蹭三小时，许惟几乎所有的课余时间都用来给他讲题。钟恒仍然把之前的手机放在许惟那儿，有时候晚上在家里做题，搞不明白也会打电话问她。

虽然这个过程磕磕绊绊，但效果也是明显的。到四月初，钟恒各科测验都能保持及格以上，数学偶尔还能上到一百。老师们都看出他确实是在努力，班主任陈光辉也对他改观，打消了最初的怀疑。

但另一件事却让陈光辉有些头疼。

他虽然是个粗心的中年男人，但眼不瞎，耳不聋，已经做过好几年班主任，有些事情瞒不过他。对于班上某些男女同学拉拉扯扯的那点青春期小事，陈光辉心里都清楚，只要不太过分，他的处理措施都是很温和的。

可许惟不同。

最初发现许惟和钟恒走得很近时，陈光辉大吃一惊，难以相信。不过转念想想也就理解了，青春期嘛，交朋友跟成绩好坏没太大关系。

作为班主任，陈光辉对许惟抱有很大期望，他觉得这小姑娘聪明，心态也好，只要不退步，她高考起码能进前十所，普通班能考出几个好的实在不容易。讲句难听的，陈光辉生怕许惟这好苗子被钟恒那小子带坏了。

陈光辉琢磨了大半天，觉得这事还得具体分析，他决定还是先等期中考试过了，看看许惟的成绩再说。

眼下，他要安排一下春游的事。

说起春游，这是一中做得比较人性化的一点，高一、高二年级每到四月都会安排一次春游活动，虽然严格规定春游地点不能出丰州市，但对学生来说已经是件大好事，不出市也能玩嘛。

经过班会课的讨论和举手表决，十班的春游活动最终定为下乡一日游，活动主要内容为田间看花和山头野炊，主要目的是感受美好春光，沟通同学感情，可自带零食，也可自带玩具，比如风筝。当然，要提前准备好野炊用具和食材。

班委经过讨论，将任务安排给各小组，需要带锅、桌布、食材、调料和快餐盒由班委统一购买。

周六早饭后，各班同学在校门口集合，乘坐大巴奔赴春游地点。

十班的带队老师是班主任陈光辉和语文老师刘自量，这两个中年大男人一上车就坐在前面自顾自地聊天，所以后面的学生就自由了，坐在最后几排的男生不怕死地摸出了扑克牌，全程压着嗓子讲话，还愣是玩得不亦乐乎。

许明辉不时地往前偷瞄一眼，一心二用地边打牌边放哨。

钟恒玩了两局，觉得没意思就把位置让给别人，他靠在过道里瞥着前面，许惟坐在窗边，跟他隔了三排。

她在跟林优讲话，不知道说起了什么，笑得眼睛都弯了。林优伸手捏她的脸颊，她往后躲闪，歪着头的时候，长发滑下来，遮住了脸。

钟恒看了一会儿，见林优还在闹她，忍不住皱了眉：老捏她脸干什么，我都没捏过！

他行动比想法快，直接就走了过去。林优正在兴头上，已经把许惟圈在窗边，压根儿没看见钟恒。

坐在后面的蒋檬使劲儿咳了一声："林优！"

"干吗？"林优一抬头，就见钟少爷大刺刺站在那儿，浑身都写着"不高兴"。

得，有人来巡查了。

林优满足地松了手："借你坐一会儿，半个小时，不能多了。"

她起身去了后面。

钟恒一坐下来，长腿缩在那点空间里，颇有些委屈。许惟往里挪了挪，说："这里没后面宽敞，你坐得不舒服吧。"

"没事儿。"钟恒仔细看她的脸颊，总觉得有点红了，不满地说，"她怎么老捏你？"

许惟说："闹着玩的。"

"不疼？"

许惟摇头："她下手又不重，你不是在打牌吗，怎么过来了？"

"不好玩，他们说话好像太监，不痛快。"钟恒摸出两小盒薄荷糖，"昨晚看见的，这种没吃过吧？"

"没吃过。"

"那留着吃。"钟恒把糖塞到她口袋里。

一个半小时车程，十点多就到了。车停在大堤上，大家坐农人的渡船过了窄窄的河，对面是山，满山的绿色夹着星星点点的映山红，山脚斜坡有小片的油菜花，再远些，有一大片紫云英花海。

大家一上山，仿佛鸟出笼，连日里被习题试卷压着，这会儿心情一下子开阔了。

第一件事是准备午饭。

选好地方，男生们听从老师的指挥，开始挖坑搭起锅灶，女生陆续把食材取出来，掌勺的掌勺，打下手的打下手。许明辉和赵则死皮赖脸地要和许惟她们挤

十九日

在一组，抢着要炒菜，结果全帮倒忙，青菜没炒熟，鱼烤焦了。

蒋檬瞅了瞅蹲在一旁铺桌布的钟恒，一把拉住许惟："求求你去跟少爷请个旨，把许总管和赵公公流放了行吗？"

许惟说："可是他们还挺积极帮忙的。"

"再这么帮下去，林优要把他们踢下山，你信不信？"

"信信信。"许惟赶紧起身，"我去请旨了。"

许惟麻溜地跑到钟恒身边，坐到草地上夸奖："少爷，桌布铺得真漂亮。"

钟恒抬头古怪地看了她一眼。她向来乖得很，讲话也一本正经，只是不知道什么时候跟林优学了这套，一旦称呼换成"少爷"，再莫名其妙地讲好话夸他，十有八九后面都挖了个坑。

"有事？"钟恒哼了声，"别耍花招。"

"没有。"许惟小声说，"其实是柴不够了，你能不能去捡一些？"

"行。"钟恒爽快地答应了。

许惟说："让他们跟你一起去吧，多捡一些。"

钟恒顺着她指的方向望了一眼，慢慢笑了。他歪着头，凑到许惟耳边："找什么借口呢，是那两傻子招人烦了？"

许惟默默点头。

钟恒："懂了。"

他站起身，走了两步，又回过头，不可置信地挑了挑眉，以口型问她："我也招人烦了？！"

"噗！"

许惟一下笑了出来：这逻辑真棒。

日光落进她弯弯的眼睛里。她只是笑着，没讲话。过了两秒，她抬起右手放到唇边，学着他之前那样，给了他一个手势。

怎么会呢，你多可爱啊。

猝不及防被喂了一嘴糖，钟少爷死心塌地领着俩傻子捡了一堆柴回来。

虽然做饭的过程状况不断、笑料百出，但毕竟是大家亲手做的，又有大好风光陪衬，午饭吃得欢欢乐乐，平常互不搭理的小团体今天也异常和谐，主动分享自己小组的菜肴。陈光辉感到十分欣慰，没想到这群兔崽子动手能力还不错。

饭后是自由活动时间，大家以小组为单位分散玩耍，只要保证不落单，山上山下可以随便跑，三点前回来在山脚集合就行。

很多同学拿着风筝跑到山坡上放。蒋檬也带来一只，林优帮她一起放，许惟坐在草地上看着，钟恒从书包里摸出准备好的东西，鼓捣了一会儿，走过去，递给她一只风筝。

是只大鹰。

许惟被它的个头惊到了，瞠目结舌。

赵则和许明辉过来一看，齐齐瞪眼："我的妈呀，这是巨无霸啊！"

"……这哪儿来的？"许惟抬头望着钟恒。

"我做的。"他眉尖上扬，"漂亮吧？"

许惟低头看了那"大鹰"，红脑袋、黄眼睛、绿嘴巴，还张着巨大的黑翅膀，色彩惊人。她再抬头看了看少爷那一脸"我很厉害吧"的表情，立刻点头："漂亮！"

钟恒满意地笑了："送给你的。"

"……谢谢。"

"我帮你放起来。"

"好啊。"

钟恒把线塞到许惟手里，很快就把"大鹰"送上了天。天上那些燕子、蝴蝶中间突然闯入了一只五颜六色的巨无霸大鹰，分分钟下了几个档次。

围观群众目瞪口呆——某少爷真是走在时尚的最前沿！

赵则叹道："他什么时候有这手艺了？"

许明辉："不会是买来的吧，假装是自己做的，拿来哄许同学开心？"

"你确定这种造型的能买到？"

"……"

能买到才怪，就这鹰的个头，应该离成精不远了。

许惟牵着线往前小跑了一段，回头朝钟恒笑："它飞得好高了！"

"别摔着。"钟恒脱了外套铺在坡上，人躺下来，两手枕在脑后，一直看她。

好像比上学期高了一点儿，头发已经长过肩。风大，她的长裤被吹得贴在腿上，看上去特别瘦。

许惟跑了一段，又拉住线跑回来，在他身边坐下："你困了吗？"

钟恒摇头，问她："好玩吗？"

"好玩啊。"许惟笑着说，"就是太大了，你怎么会做这个？"

"学的呗，我小时候就会了。"

"那你以后教我做。"

"你学这个干吗，我给你做不就行了。"

"也是，你这么厉害。"许惟说，"没有什么能难到我们少爷。"

钟恒笑成一朵艳丽的芭蕉花。

"高兴啦？"许惟手撑着草地，笑吟吟地看他。她眼睫漆黑，光洁的脸庞在日光底下白得不见瑕疵。

十九日

春游的快乐宛如昙花一现，短暂的一天很快就过去了，同学们好不容易放松的身心转眼就被避无可避的期中考试"蹂躏"得一干二净。

　　这学期老师们的阅卷效率更加恐怖，周六下午才考完，周一早上成绩和排名就都出来了，十班的整体成绩在普通班里排在中间段，和上一次相比前进了两名。

　　陈光辉的脸色不好不坏，在做总结时仍然声色俱厉，以批评为主。

　　许惟这次考了班级第二，和第一名只有1分之差，但是在年级的排名中后退了三位。

　　陈光辉思来想去还是把她叫到办公室拐弯抹角地敲打了一番，虽然他态度依然和善，甚至自始至终没有提钟恒，但话外之意也很明显。

　　许惟一听就懂了。她虽然在班上一直低调，但她给钟恒讲题全班都会看到，老师知道也很正常，只是……

　　陈光辉显然是把她成绩退步的原因归咎到钟恒头上了。

　　"陈老师，"许惟解释了一句，"其实这次是我自己粗心，下次会注意。"

　　"好，你自己清楚就好。"陈光辉也没有多说。

　　按照惯例，期中考试后要重新调整座位，坐在墙边的同学和中间的调换，在此基础上班主任再进行个别调整。

　　周五中午，陈光辉就把新的座位表给了班长，午休前的时间用来排座位。许惟和林优被换到中间的大组，第二排，三人连座。许惟坐中间，她左边是林优，右边是王旭让，而钟恒依然在最后一排，只是从中间换到墙边。

　　钟恒收拾好东西，坐定后往前一看，一下就炸了——

　　王旭让居然成了许惟的同桌！

　　赵则第一个注意到钟恒的不对劲儿，顺着视线往前看去，也吃了一惊——这座位怎么安排的？

　　这时候，午休的铃声响了，忙碌的同学陆陆续续坐定，有人睡觉，有人做题，教室里渐渐安静。钟恒面无表情地看着前面，桌上摊开的物理练习卷还剩一半没做，他低头写了一题，心浮气躁，又抬头看。

　　过了会儿，他丢了笔，趴到桌上，拿校服外套盖住脑袋。

　　赵则伸长手臂越过走道敲敲许明辉的桌子，两人靠夸张的表情和口型交流半天，没想出对策。

　　下课后，许惟和林优跑去上了趟厕所，回到座位，许惟正想把自己做好的物理练习卷拿给钟恒，却有同学过来问她题目，等她讲完铃声又打响了。

　　连续的两节课用来测验，中间没有休息时间，交了卷才有大课间。许惟气都没喘上一口，赶紧拿着练习卷跑去钟恒那儿。

　　赵则把座位让给她，拉着许明辉去小卖部，临走前他朝许惟挤眉弄眼，可惜许惟没时间多看，她坐下来说："试卷做完了吧，来，我们先对下答案。"

钟恒的试卷就夹在桌角的课本里，许惟拿出来一看，发现后面一半都是空白。

"这么多没做？"她疑惑，"都不会吗？"

钟恒没吭声，许惟转头看他，这才发觉他抿着嘴，表情有些不对。

"……怎么了？"许惟顿了顿，猜测着，"是刚刚考试做得不好吗？"

他还是沉默。

许惟有点担心了，凑到他身边小声喊他："钟恒？"

"我难受。"

"……怎么就难受了？"

钟恒气得撇过脸，没过两秒，又气不过似的撇回来："你真不知道还是故意逗我？王旭让都成你同桌了。"

许惟愣了愣，明白了："你为这个不高兴？"

钟恒不说话。

许惟解释："只是换了位置，恰好坐到一排。"

"我不喜欢他。"

"……"

这一茬怎么就过不去了？许惟有些无奈地说："你怎么还记着这个啊。"

"这不是一回事。"

"怎么不是了？"许惟轻声哄他，"你瞎想什么呢，座位是老师安排的，最多也就半个学期，下学期就会换。我们来对下试卷吧，后面的等你做完再说，待会儿要上课了。"

安抚起到短暂的作用，钟恒的脸色缓了缓。

对完答案，许惟把钟恒做错的题给他讲了一遍，又把自己的试卷留给他。

钟恒压着心里的疙瘩，就这么不舒服地熬到放学，把许惟送回家。往回走时，他一个人胡思乱想，越想越不痛快。

两天的周末假期，钟恒耿耿于怀，学习效率比平时更低，他心烦意躁，偏偏他爸还把相亲对象带回家吃饭。

冲突无可避免。

周日清早，在钟琳出去买菜的时候，父子俩都忍无可忍，大吵了一架，钟恒口不择言地放狠话，结果挨了一巴掌，他气得离开家，跑去老街的小旅馆住着。

糟糕的情绪延续到周一。

一整天下来，在钟恒第四次看到王旭让凑过去跟许惟讲话时，他心里东摇西晃的醋缸彻底翻了个底朝天。

根本不可能忍到期末。

放学时，许惟照常在教室多留了一刻钟，给钟恒讲完他今天的错题。

"好了，你帮我拿下书包，我去上个厕所，你等我一下。"

等许惟回来，连值日生都走了，教室里只有钟恒，他已经收好东西，提着书包站在她的座位旁，不知道在想什么。

许惟跑过去："发呆呢？"

钟恒抬头看她。

许惟说："怎么了？"

钟恒低声说："你能不能不跟王旭让坐一块儿？"

"你怎么又说这个了？那天不是……"

钟恒打断了她："明天我去找陈光辉说，我要跟你坐。"

"不行。"许惟说，"你这么高，坐前面会挡住别人，老师不会答应的。"而且陈老师已经敲打过她，怎么可能让他们坐一起？

"那你去说，你不想跟王旭让坐一起。"

许惟还是摇头："陈老师已经安排好座位，我又没有特殊原因，怎么能去要求他换座位，我要怎么跟他说？没有理由啊。"

钟恒脸冷了："我去揍王旭让，让他自己走。"

许惟皱眉："你怎么又这样？他又没做错什么，不要欺负人家。"

"是你又护着他！"钟恒面色铁青。

"我没有。你是不是有点幼稚？不可能什么事都是你想怎样就怎样。"

"我难受你也不管吗？"他吼出这一句，眼睛一下就红了，"我就这一个要求，为什么就是不行？我什么都可以为你改，我也能好好学习，就这一件，你就是不能答应我？"

"钟恒，"许惟忍不住纠正他，"你不是在为我学习，你是为你自己，那是你自己的前途，你心里根本就没有想清楚是吗？如果以后我们分开了，你是不是就不要学习了？"

钟恒忽然就顿住了："你什么意思？"

"我……"

"我的前途跟你没关系？"钟恒不可置信地看着她，"为什么要分开？"

许惟愣住，转瞬意识到他又钻进牛角尖了。他比她想象中的更执拗，只是许惟没料到自己会被他带偏，只是一点小事，怎么会吵起来。

"我是说如果。"她小声解释。

"有什么区别？"钟恒仿佛受到了很大的打击，他闭上嘴，再也不讲话，眼睛又红到上次那模样。

"我只是……"打个比方啊。

许惟不敢乱说话了。这情形似曾相识，她说错一句恐怕又要气到他，她反复斟酌，试探着说："我不是这个意思，我只是觉得有些事你好像想偏了，比如学习……学习本来就是自己的事情，还有王旭让，我觉得你好像在管着我……"

"啪！"

她的书包被扔到桌上。

钟恒转身走了。

走到后排，他一脚踢翻了墙边的垃圾桶，头也不回地出了门。

那天之后，大家很快就发觉钟恒和许惟之间出了问题，因为他们突然互相不讲话了，在走廊碰到，也是目不斜视地擦肩而过，中午没有一起吃饭，晚上也没有一道走。

许明辉和赵则在低气压的笼罩下艰难度日，不敢多言。到周四，林优忍不下去这种诡谲的气氛，问许惟："你们到底还要不要和好？"

许惟说："他生我的气。"

"这我知道，他心胸一向不宽广。"林优说，"我是说，你就不打算采取什么措施？"

许惟低着头沉默了会儿，说："我都有阴影了，如果又说错，他更生气怎么办？"

"真造孽。"林优叹了口气，"这样吧，下午我跟许明辉商量下，给你们创造个机会，给少爷铺个台阶让他走下来。"

"怎么铺？"

"你等着吧。"

下午放学，许明辉和赵则把钟恒拖住，林优拉着许惟走过去："少爷，晚上一起吃饭呗，我请客！"

"对对对，去吧去吧。"许明辉和赵则推波助澜，"好久没有一道吃饭了，今天吃烤肉呗。"

钟恒说："你们去吧，我走了。"他片刻都没停留。

剩下几人面面相觑。

林优无语："论小肚鸡肠，无人能出其右。"她揽住许惟，"走吧，白瞎了我一番好心。"

两人一道下楼，许惟一直没说话。

林优问："你想什么？"

"我觉得我跟钟恒的相处确实有问题。"许惟慢慢说，"他太固执了，比我

十九日

想的还要严重。”

“什么固执啊，就是小气，说那么洋气干吗。”林优说，“你现在才觉得你们不适合了？”

许惟摇头："没有什么适不适合，我这两天想过了，虽然他是这样的人，可我还是不想放弃他。"

“那你打算怎么办？他以后三天两头闹一场，你受得了，不嫌烦？”

“我没想好。”许惟说，“不过我现在知道了，不能跟他硬碰硬，最不应该的是拿不好听的话戳他，他会当真的。”

林优："我怎么觉得你真累啊，你这是养了只'小王子'呢。"

许惟没回答，走了两步，轻轻说："林优，我仔细想过了。"

“嗯？”

“我那天好像伤到他了。”

“啊？”

“就那句……我说那是他自己的前途。”

“这话没错啊，是事实。”

许惟摇了摇头："不应该那么说。"

许惟没想错，钟恒确实还在生气，并且这一次是气大发了。在许惟反思经验总结教训的时候，他独自地在牛角尖里越走越远，执拗地把冷战进行到底。

作为年级里广受关注的一对，很快就有小道消息疯传，八卦者的想象力格外充沛，关于许惟和钟恒闹掰的事三天之内出了四个版本，每一版都绘声绘色，头尾完整，前因后果、来龙去脉清楚明了，生动得仿佛是目击者亲眼所见。

新的一周，传言愈演愈烈。许明辉和赵则虽然对事情真相略知一二，但并不知道具体的细节经过，听到那些传言差点就信了。

“说得还真有画面感！”许明辉发自内心地赞叹。

赵则却是连连摇头："说许惟打了钟恒一巴掌？这也太假了！"

“假不假先不说，我怎么觉得那天……就周一那天，少爷的脸好像真有一块是红的！”

“瞎说什么，我不信许惟会动手，她对少爷多好。”

“也是。”许明辉"啧"了声，"八成还是少爷自己作的，换位置又不是许惟乐意的，他跟许惟闹什么？就说那天，林优说吃饭，许同学都走过来了，你看少爷那脸子甩的，一点没客气。"

赵则表示赞同："连卢欢都知道这事了，那丫头昨天又来套我话。"

两人正吐槽得欢快，见钟恒提着书包来了，立刻训练有素地及时闭嘴，换个笑脸："少爷，晚饭吃啥！"

"随便。"钟恒头也不回地出了校门。

许明辉和赵则对视一眼，赶紧跟上去。

三人最终还是在学校对面炒了几个菜，把晚饭解决了。到了路口，钟恒当先走了，赵则看了看，说："这路不是去他家的啊，这家伙还住旅馆？"虽然以前钟恒跟他爸吵架也会去住旅馆，但没住这么久。

看来这回一定吵得很厉害。

周二中午，许惟在厕所门口被卢欢拦住。

"学姐。"卢欢笑吟吟地喊她。

无事献殷勤，非奸即盗。许惟问："有事？"

"没事啊，就问候一下。"

"那让开吧。"

"急什么？"卢欢凑近了，"怕我打你啊。"

一股香水味儿，许惟皱了皱鼻子："卢欢，你有话直说。"

"哦，那我直说咯，听说学姐你跟钟恒闹崩啦？"

许惟想也没想："没崩。"

"你们快点崩了吧。"卢欢说，"我忍很久了，这回不跟你客气了，我要抢回来了。"

许惟说："钟恒不是你的。"

"我初一就认识他。"卢欢冷了脸，"要追他的都打不过我，我赢了。"

这什么逻辑？许惟都要被她逗笑了："所以你靠打架决定钟恒的所有权？"

"怎么了，"卢欢昂着下巴，"学姐也想试试？"

许惟揉了揉额，心说：我闲得慌吗？

她拔腿就走："要上课了，我先走。"

"喂！"卢欢气急败坏，"缩头乌龟。"

下午大课间，赵则跑过来："许惟，我们想了一个办法，等会儿放学我跟许明辉把钟恒拉去吃烤串，就学校对面那家，你晚一会儿再跟林优过来，到时候再找机会跟钟恒和好！"

许惟："……"

"怎么样？"赵则瞟了瞟后面，"他上厕所去了，就快回来，咱们赶紧商量。"

"你俩也挺操心的，"许惟说，"他要是不高兴，还是会走掉，万一更生气怎么办？"

赵则瞪目："可是办法也要一个个尝试啊，不然怎么知道哪种对他管用？"

"难道要试一百零八种吗？"许惟说，"你们不用担心，周末吧，周末我会去找他。"

十九日

/ 301

"那好！"赵则想起了什么，"哦对，钟恒最近不回家，住在他家里开的旅馆，待会儿我把地址写给你。"

"行。"

09

许惟有自己的一套计划，她前后思考过很多遍，想好了要说的话，甚至演练过钟恒可能有的反应。

但没有等到周末，另一件事就打乱了她的计划。那个心智停留在初一水平的小学妹卢欢好死不死地整出了幺蛾子。

周五早上，钟恒进教室时脸上挂了彩，很显眼，他从走道里走过，许惟刚好抬头，一下就看到了。他额头上有伤，眼尾红肿。

他以前每学期打架带伤很常见，但和许惟在一起后，已经不再打架，这样的伤很久没有出现了。

早读课下课，钟恒走出去，在走廊里被许惟拦住。许惟仔细看他的脸，发现远不止那两处伤，他脸颊有青紫，嘴角和耳朵还破了皮。

钟恒绕开她就走。

许惟往前跟了几步，在他身后问："你又跟人打架了？"

钟恒停住脚，转过身瞥了她一眼，不冷不淡地说："对。"

许惟皱着眉，没再问。

"怎么了？现在觉得我更不好了？"钟恒似笑非笑地看了她几秒，眼神渐渐更冷了，"我一直就是这副样子，学习差，爱打架，还幼稚，你不喜欢为什么要搭理我？"

许惟怔住。

钟恒抿着唇看了她一会儿，没等到任何回应，他转头就走了。

事情的经过是赵则告诉许惟的。

课间操后，赵则让许明辉先随钟恒回教室，他假意要上厕所，跑到女厕那边等着，等林优和许惟一出来，他就赶紧把人拉到一边，将卢欢找人堵钟恒的事仔细交代了一遍。

林优听完骂道："这女的神经病啊。"

"我也吓了一跳，问了半天才问出来。"赵则急匆匆地说，"许明辉打电话确认过了，有几个二中的小崽子我们认识，是卢欢初中同学，就昨天放学后的事，卢欢肯定是被钟恒拒绝了才给他颜色看！"

林优瞥了瞥许惟，给赵则使眼色。

赵则没有领会到，继续说："我们刚刚还打算找人把那些动手的浑蛋都揪出

302

来，可钟恒不让我们管……"他叹口气，"你说这怎么办？就这么让人欺负了？"

"咳。"林优说，"好了，说不定钟恒自己教训过他们了，他不是很厉害吗，要你们瞎操心，我们赶紧先回去吧。"

回到教室，许惟很久没说话，林优揣摩半天也猜不透她怎么想，只好亲身试探："你这脸色很不好啊，没事吧？"

许惟摇头："没事。"

林优停顿了会儿，问："我猜你在想钟恒的事。"

许惟没回答，沉默了一会儿，她低下头盯着课本。这时上课铃响了，她们没继续交流，直到过了大半节课，许惟在草稿本上写了字推过去。

林优低头看了下，差点笑了。

六个字——

林优，我想揍她。

显然，林优把这当成许惟的一句气话，她们相识已久，林优自认十分了解许惟的性格和处事方式，她打死也没料到这回一切突然都不按逻辑顺序来发展——当天下午，许惟就去亲身实践了。

林优甚至不知道事情是怎么发生的，她以为许惟和往常一样，只是课间去上个厕所，谁知道后面一节自习课她都没回来。放学时，消息从别的班传过来，大家都惊呆了。

教室里几乎炸开锅。

蒋檬在门口听到一半，冲进来吼："我的天哪！许惟跟卢欢打架了，现在还在教务处！"

林优顾不上震惊，转身就往后走，还没走过去，就看见钟恒已经跑出门。

赵则拎着他的书包追上去。

许明辉稀里糊涂、一脸兴奋地问林优："真的假的！许同学这么厉害！"

林优一巴掌呼他脑袋上："滚你的，这都什么时候了，钟恒这浑蛋真是祸国殃民，许惟要有什么事我跟他没完！"

"是是是，你着什么急？"许明辉边走边说，"许同学是好学生，老师肯定不会处分她的。"

"你知道个屁。"

眼见他们都跑走了，蒋檬后知后觉地回过神，把许惟和林优的书包都收好背在身上，急匆匆地往办公楼跑。

教务处办公室，训斥声还未停止。

许惟和卢欢各站一处。一个安安静静的，不讲话；一个气势汹汹的，再三顶嘴。

高一（5）班班主任宋晓玲和高二（10）班班主任陈光辉就在旁边，办公桌上放着一张纸，那是许惟写的事情经过。

教务处李主任已经训得口干舌燥，喝了口茶："陈老师、宋老师，你们说这事怎么处理？两个女生，众目睽睽之下就在学校里打起来，这影响多坏？"

卢欢再次顶嘴："是她来打我！我有什么错？"

"卢欢！"宋晓玲训道，"老师说话你插什么嘴？事情不好好交代，还有理了，你三天两头惹事，跟班上同学闹矛盾还少吗？今天为什么打架，这中间原因你说清楚没有？让你写事情经过也不写！"

"她不是写了！"卢欢气冲冲，"我什么都没做，她无缘无故跑过来就打我了，她应该被处分！"

宋晓玲气得不行："你说人家打你，你看看你这脸上一点伤没有，你再看看人家，脸都被你抓破了。"

许惟默默站着，略微低着头，左脸颊那道被抓破的红印子十分明显。

卢欢瞪着她，哼了声。

放学的铃声打响了。

陈光辉打圆场："宋老师，现在的情况嘛，两个孩子就是打了一架，看上去你们班这位同学好像也没什么伤，我们班许惟同学是脸上伤了，也没有很严重。咱们问了这么久，两个孩子都不肯交代打架原因，现在都放学了，咱们这么耗下去不行。"

"那陈老师的意思是？"

陈光辉看了许惟一眼，抬头说："李主任、宋老师，不是我护短，许惟同学平常在班上表现一直很好，各方面都很优秀，这一次也是让我大吃一惊，这事不好仓促处理，毕竟原因咱们还不清楚，我有个提议，不如让她们先自己反思一下，我们也各自了解一下情况，或者跟家长联系一下，明天再到这来看看怎么处理。"

李主任点头："行，那你们就先把两个同学领回去，先把情况搞清楚，这个打架事情影响太坏了……"

许惟跟在陈光辉身后下楼，刚走到大厅，一个身影就冲进来。他跑得太快，进门时绊了一下，差点摔倒。看到他们，他一下就站住了。

四目相对，许惟愣了一下，钟恒定定地看着她。

陈光辉一看到他，气不打一处来："乱跑什么？！"

钟恒不讲话，他一直盯着许惟脸上的伤。

门外又跑来几个人，瞅见这局面，一个个全站在大厅外，只有林优跑进来，一眼看到许惟脸颊的伤口。

"许惟！"

陈光辉脸色更难看："都跑来干什么？放学都不用回家！许惟，到办公室来。"说完就甩手走了。

"我先过去。"许惟对林优说了句，抬脚往外走。

经过钟恒身边，她停顿了下，小声说："我没事。"

办公室的门开着，其他老师都去吃饭了。许惟站在办公桌前。

陈光辉问："还不愿意说？"

许惟沉默着。

"你一直是个很聪明的学生，也很懂事，这回怎么这么鲁莽，你好好地跑去跟人打架，说出去能有人信？"陈光辉铁青着脸，平复了一下怒气，"我看跟钟恒有关吧。"

许惟说："不是。"

陈光辉叹气："脾气还挺倔，看来是真问不出来了，这不是小事，被处分也不在意？"

"报告！"门口一道声音。

许惟心头一跳，转过头，钟恒站在那儿。

陈光辉皱了皱眉，又莫名觉得有些新奇，两年来第一次听这小子喊"报告"，哪次迟到这家伙不是大摇大摆就进教室了？

陈光辉当然猜到他这么乖是为什么。

这事情可真棘手。

"今天算啦。"陈光辉缓了口气，对许惟说，"你先回去想想。你的情况我也清楚，通知家长也不方便，那些话我是讲给李主任听的，事情没严重到那一步，你是个优秀的学生，希望明天你能诚实地给老师一个交代。"

"谢谢老师。"

许惟出了门，发现不仅钟恒没走，其他几人也都站在走廊里。见她出来，他们都奔过来："怎么样？"

"没事。"

"你这伤卢欢弄的？"林优问。

许惟说："不严重，你们快回去吧。"

"你……"

蒋檬把书包递给许惟，拉了拉林优，给她使眼色："走吧。"

许明辉刚要开口，也被赵则拉开，赵则把书包递给钟恒："我们走了。"

出了校门。

许惟脚步渐快，钟恒始终跟在她身后。走到公交站，许惟靠着宣传牌，转头看了钟恒一眼："你怎么不说话？"

十九日

钟恒默不作声地盯着她看了一会儿，脸色越来越糟糕："你还有哪里有伤？"

"没有了。"许惟摸了摸脸颊，"这是我故意的。"

"什么？"

"我把她打趴下了，就给她抓一下，老师会觉得我比较吃亏。"许惟狡黠地笑了下，"所以我不打她脸。"

钟恒："……"

"我赢了她了，"许惟低下头，"所以以后她不能再碰你。"

路上车辆呼啸而过，旁边几位挎着菜篮子的大妈正聊着家长里短的事，周遭嘈杂不已，许惟没听到钟恒讲话。她抬头看他，不由自主地愣了一下。

钟恒那张被人打过的脸已经红得不行了。他低着头的时候，眼睫微微垂着，眼角仍然红肿，没有以往那么完美，甚至还有点儿可怜。

他心里狂跳半天，努力地维持了一会儿淡定的表象，被她这么看着，他整个就绷不住了。

"你……"他激动地笑了笑，觉得好像太明显了，又咳了咳，克制地抿住嘴。

许惟将他的表情都看进眼里，觉得好玩，又有一丝酸涩。原来，这么一点好听话就能让他这样高兴。

钟恒舔了一下嘴唇："许惟。"两个字蹦出来，明显是很开心，却没讲后面的话，他停了几秒，用力地抱了许惟一下，很快就松手。

他似乎不知道怎么表达，只好把热烈的心意放在这个拥抱里。上午的时候，他分明还在走廊里对她横眉竖目，怨念丛生地问"你不喜欢为什么要搭理我"。而一转眼，他成了这样一个乖乖的钟恒，全然没了吵架时张牙舞爪的德行。

再张扬再跋扈，他也只是个少年，一点一滴的心思都赤忱而直白。

许惟从来也没真生他的气，这会儿心更软了。她小声问："卢欢她找了几个人打你？"

"没几个。"钟恒也小声地说，他目光落回她脸颊的伤，脸色又变了变。

许惟敏锐地感觉到他情绪的变化，立刻说："我这不要紧，过两天会好的，你不用担心我。"

钟恒没说话，默默点了头。

这时候公交车来了。

许惟上了车，已经没有座位，她找了窗边的位置，钟恒跟着走过去。车上人多嘈杂，许惟没有讲话，只是在有人挤过来时把钟恒往里拉了拉。

钟恒一路低着头，时而抬眼看看许惟，不知在想些什么。

过了三站路，钟恒准备下车，许惟说："等会儿，再坐一站。"

钟恒不明所以，疑惑地看着她。

"前面有个小公园，我们去那儿走走吧。"

钟恒愣了下，然后点点头。

下车后，许惟走在前面。

小公园傍晚没什么人，只有附近几个大爷大妈在散步。他们绕过前头的雕塑，走到后面的斜坡。

"坐一会儿吧。"许惟在草地上坐下，抬头一看，钟恒也不知道是在走神还是在干吗，他站在那儿没动，只是垂着头，视线直直地看着她。

"钟恒，"许惟拍拍干软的草地，"坐这儿。"

钟恒把书包丢到一旁，顺从地坐到她身边，低声问："你怎么想来这里了？"

"想跟你聊会儿天。"许惟转头看他，"说说那天我们吵架的事。"

她这句话说得平平静静，钟恒心里却陡然磕了一下，他僵了两秒，蓦地想起那天吵架时他态度好差，口不择言，对她乱吼乱叫……

还有什么？

哦，还捧了她的书包，踢翻了垃圾桶。

钟恒破天荒地从牛角尖里爬了出来，后知后觉地反省了下：太浑蛋了是不是？

意识到这一点，他顿时像被人打了一巴掌似的，脸都变了。他从前和别人结仇结怨，和他爹吵架怒吼，从没意识到自己错，因此理所当然地发泄脾气，该吼该骂，分毫不让。也许是被许惟今天的那句甜言蜜语喂饱了肚子，钟恒头一次明察秋毫，觉得自己那天好像太坏了。

我不能凶她，她是许惟，不是别人。

他脑子里有根筋兜兜转转半天，也不知道究竟理出了何种逻辑关系，莫名其妙就有了这个认知。

许惟见他长久没抬头，以为他情绪又回到那天。

"钟恒，别不讲话。"

钟恒冷不丁地张口就来："对不起。"

许惟十分意外，微微愣了。钟恒自己也有些尴尬，他没怎么正经给人道过歉，或许也说过"对不起"，但肯定是不过心的，要么是敷衍讽刺，要么是开谁的玩笑。

这回不一样。

这三字说完他略微顿了顿，就没有别的话了，他别开脸，手指慢慢揪着脚边一棵草。

许惟看了他一会儿，轻声问："你为什么道歉？"

"我凶你了。"他说。

许惟点点头，赞同地说："是有点凶。"

钟恒揪草的手顿了一下。

"那天你发了火，很生气地就走了，有好几天都不跟我讲话。"许惟轻轻地说，"如果没有今天的事……钟恒，你是不是就要一直不理我了？"

"不是！"这一句钟恒倒是答得迅速又坚决。

"那是怎样？"

怎样？

钟恒也说不出来。他那时就是又气又难受。

许惟从他的表情里琢磨出一点线索，问："王旭让的事让你特别难受吗？还是，因为我不小心说了个分开的假设？"

钟恒盯着她看了一会儿。眼见他眼睛又有要红的趋势，许惟心里"咯噔"了下，立刻说："我知道了，这两件都有。"她拍拍他的腿，笑了，"听我说，行吗？"

钟恒点了点头。

许惟放慢语速："王旭让的事，虽然我觉得没什么，但你不开心，所以我现在想过了，让陈老师重新调座位不太好，但我可以跟林优换一下……"

"那还是在一排。"钟恒脱口而出，对上许惟的目光，他生硬地缓和了口气，"行呗。"

许惟松了口气。

钟恒瞥着她："还有。"

还有，我知道啊，你急啥。

许惟低声道："分开那句话，我真不知道你会那么难受。如果我知道，我就不说了。"

"……没了？"

"还有。"许惟咳了一声，靠近了点，"钟恒，我们考到一个城市去吧。"她脸微红小声地说，"我想以后我们不分开。"

这句话几乎是在承诺。许惟指望它能平复某人所有的耿耿于怀。

可惜，钟少爷被这块硬实的大糖糕砸得有点昏头，顿了一会儿才有些恍惚地开口："以后是多久？你讲清楚。"

"……"

果然是他问的问题，货真价实的死心眼儿。

从理智上看，许惟十分清楚，任何时候都不应该把话说满，人怎么可能在十几岁的时候就决定一生？但眼前这个人执拗地等着她答案，他年轻而单薄，幼稚又炽烈，臂膀稚嫩，眉眼干净。他脸上有红肿伤痕，但依然漂亮得很。

没有理由。

许惟就想纵容他一切的愿望和期待。

"你想多久？"

"我说了算？"

许惟点头。

"你讲话作数？"

她还是点头。

钟恒手摁着草地，突然靠近许惟，他半跪着一条腿，直起上身，眼睛盯着她："你敢反悔，我一辈子都不理你。"

许惟把少爷哄好之后，就觉得大事已了。

至于打架的风波，卢欢虽然幼稚，但偶尔也有不蠢的时候，她知道自己有错在先，最终两人在双方班主任和教导主任的见证下互相道歉了事。

自我检讨肯定是少不了的。许惟按照陈光辉的要求，在班会课上读完了一千字的检讨书。

这件事之后，陈光辉不方便联系许惟家长，便从钟恒这边下手。

隔周的周一中午，许惟毫无预兆地在办公室见到了钟恒的姐姐。

这时候的钟琳也不过二十多岁，但她是以钟恒家长的身份来的，许惟当然有些紧张。

还是头一回经历这种状况。

她默默站在一旁，听着陈光辉委婉地向钟琳讲述她和钟恒的问题。不得不说，陈老师平常看起来温吞和蔼，和家长讲起道理却是一套一套，颇有几分"洗脑"功效。

眼见着陈老师已经在拐弯抹角地劝钟琳对弟弟多加管束，许惟觉得钟恒在劫难逃，八成会迎来一顿劈头盖脸的怒骂。

她偷偷地瞥了一眼钟恒，恰巧他也看过来，视线碰到一块儿，他悠闲地冲她翘起嘴角。

他居然还笑得出来，这种不分场合的乐观主义精神值得敬佩。

许惟默默收回视线，想着如何应对接下来的状况，哪想到这位钟姐姐和她弟弟一个样，全然不按常理行事，她大大方方地向陈光辉表述了钟恒最近以来的良好表现，大意是她乐见其成，巴不得他俩以后的交情能更上一层楼。

出了办公室，钟琳十分友好地冲许惟笑了，说："这臭小子要是欺负你，你告诉我哟，我揍不死他。"

许惟微窘，答不上话。她扭头去看钟恒，那家伙冲她眨了眨眼睛，笑得不知道有多欠揍。

这事之后，钟恒履行承诺，按照钟琳的要求，从小旅馆搬回了家。

十九日

五月"兵荒马乱"，大大小小的测验全挤成一团，离月底越近，作业量就越多。

许惟的生日恰好在最繁忙的29号，那天晚自习大半同学都留下写试卷，钟恒昏头昏脑地改了一天错题，却仍仔细记着这事。礼物是他之前就买好的，傍晚他匆匆忙忙买了蛋糕，一直等到晚自习结束，大家才一起跑到学校对面的烧烤店，给许惟过了生日。

散伙之后，钟恒送许惟回家，分别前，他从书包里摸出一只毛茸茸的玩意儿塞到她怀里："送你的。"

许惟低头对着路灯辨认了半天，发现是一只绿油油的大青蛙。

她立刻就笑了。果然，他这么可爱的人，选个毛绒玩具都比别人有特色。

"怎么送我这个？"

"这个软乎，你抱着睡觉。"钟恒抬手挠了挠青蛙的大肚皮，十分自得地说："我都摸过了，这个最软。"

"谢谢。"许惟学着他挠了挠青蛙的肚皮，"好舒服。"

钟恒哼笑了声，低头默默看她，半天也没挪脚。

许惟问他："最近累吗？"

"累啊。"

"晚上不要熬夜。"

"……可我做不完题。"

"那也不行。"

"没关系。"

即使有做不尽的习题，考不完的试，有老师的唠叨和日复一日的疲倦，那也都没关系。

"我喜欢这样累着。"他舔舔嘴唇，"我走了。"

这一年夏天，天气从六月热到八月。

送走高三生，结束了期末考，终于迎来暑假。许惟的假期被一分为二，前一半在家乡宜城，后一半才回来。

七月末的时候，她一个人回了丰州，外婆留在宜城。

市里的老图书馆经过修缮，重新开放，因为空调充足，成为高中生的学习和避暑胜地。

每天早上，许惟等在巷口，七点半会看到钟恒骑着自行车从大路上拐过来，他的车筐里放着土豆饼、茶叶蛋，还有两杯豆浆。他们在图书馆待上一整天，傍晚时一人咬一只冰棍慢慢往回走，一路都是蝉鸣。

钟恒的笔记日益增厚，错题本渐渐变薄。在他终于能将一张物理练习卷做到

80 分的时候，这个夏天也快过完了。

许明辉在他的东北舅舅家"浪"了一个暑假，终于赶在开学的前两天回到丰州，屁股还没坐热就打电话组局，想抓着假期的尾巴和小伙伴们聚一聚。

许惟和钟恒自然都在邀请之列。

所谓的"聚一聚"还是那老一套，吃饭、玩游戏、唱歌。

许明辉找的 KTV 可以包通宵，那几个男生肆无忌惮地就说不回去了，要玩一整晚。

女生们熬不住，基本到十点多就陆续走了。

许惟靠在沙发上昏昏欲睡。

钟恒牌打了一半，把位置让给别人，过来找她："困了？"

许惟揉揉眼睛，点头。

"帮我拿颗糖吧。"

"又吃？"

"想吃。"

钟恒起身从书包里摸出一颗，走回来。许惟笑得一脸讨好："谢谢少爷。"

钟恒边剥糖纸边说："问你句话呗。"

"问啊。"

"你是薄荷精投胎的不？"

"……"

10

升入高三，整栋楼的气氛似乎在开学第一天就变了。用陈光辉每天挂在嘴边的话来说，"高中就剩下最后的三分之一"，发奋的同学更加发奋，每天的生活都有种昏天黑地的意味，从早读课到晚上下自习，中间只有三顿饭的时间和一个短暂的午休可以用来喘口气，课间的十分钟经常被占用，体育课名存实亡。

如果说高三的生活与之前有什么不同，在钟恒这里，最大的变化大概是他不能再每天送许惟回家了。

由于晚自习的缘故，许惟这一年选择住宿，每周日下午进校门，到下个周六下午再回去，一周仅有一天假。

不过也有一件让钟恒高兴的事。

陈光辉别出心裁，向隔壁班的班主任学习，采取了赤裸裸的"成绩至上"原则，每次月考之后都重新排一次座位，按考试名次由每个同学自己选择，也就是说，全班四十八个座位，第一名最先选，可以选择任何一个。

第一次月考，许惟征得林优同意后选了倒数第二排，林优仍然和她同桌，而最后一排是钟恒的专属座位，没别人敢去跟他抢。许惟理所当然地坐到了钟恒的前面，一回头就可以给他讲题。

这件事让钟恒开心了很久。他变着花样给许惟带早餐，大清早骑车去红枫街给她买一碗热腾腾的豆腐脑，有一回骑到半路，塑料袋子在自行车的手把上晃断了，好好的一碗全洒了，他又回头跑了一趟，第二天就学聪明了，让钟琳给他备了个保温饭盒，早上就带着饭盒去。

到第二次月考，钟恒所有该补的基础知识都已经过了一遍，不出意外地考进了班级前二十名。

虽然是第十九名，但已经很不错，一中毕竟是省重点，就算十班是最糟糕的理科班，前二十也绝对不算差，何况他只学了高二一年。

可钟恒自己似乎不这么想。许惟发现，自从班会课上老师报了名次，他就有些低落，吃晚饭时赵则和许明辉叽叽喳喳，他却不怎么讲话，晚自习也一直在闷头做题。

自习结束已经十点半，和以往一样，两人一起走出教学楼，在门口分别，许惟回宿舍，钟恒去取自行车。

往回走了一小段，许惟想了想，又跑去小车库。

钟恒果然还没走，他刚推了自行车出来，看到许惟，他愣了一下："你怎么跑来了？"

许惟说："我们去操场待一会儿吧。"

这个时间操场昏昏暗暗，只有升旗台有盏大灯照着，跑道上有一些散步的同学。

他们就坐在升旗台下的石阶上，下头就是跑道。

许惟说："钟恒，你有点不开心。"不是问句，是肯定句。

钟恒顿了顿，嘴硬道："没有啊。"

"你今天很少说话，晚自习一只青蛙也没有画。"平常他做题累了都会有些小动作，比如偶尔会摸她头发闹她一下，或者写个小纸条扔过来，上头画只丑巴巴的青蛙，再写几句不知道从哪里来的冷笑话，可今天什么都没有，乖得不正常。

许惟看着他的侧脸。

钟恒低头笑了下，声音被夜晚的秋风吹得飘飘荡荡："你喜欢我画的青蛙嘛，那明天给你画呗。"

"钟恒……"许惟没有被他带偏话题，继续说，"因为考试不开心吗，十九名已经很好。"

"好个屁。"钟恒自嘲地哼了声，"连王旭让都没超过。"

许惟："……"

"我作文写了一个小时，得了28分！"钟恒愤懑地盯着黑乎乎的跑道，"没及格。"

"那是因为偏题了。"许惟想起他那作文，不自觉就想笑，"其实你写得挺可爱的，有些词语和句子还挺生动，比如那句'好运气就是出门不踩狗屎，吃饭不吃石子，买瓶可乐还送包瓜子'，你看，多贴近生活啊，还很押韵。"

"你还笑！"

"好好好，我不笑了。"许惟轻轻拉住他放在膝盖上的右手，"下次仔细审题就行，再说了，你古诗词做得很好啊，一分都没丢。"

"古诗词才几分啊，"钟恒不屑地说，"还不够我错两个选择题的！"

"可是也没有多少人能做全对啊，连林优都错了一个。"

见他不讲话，许惟想了想，靠过去揉他头发："你脑袋瓜好聪明的，我们都学了两年，你一年就赶上来了，哪有你这么聪明的？"

钟恒半信半疑地瞅着她，慢慢笑了："你逗我呢？"

"真心话，我发誓。"

钟恒有点开心了："那你喜欢我聪明，还是喜欢我帅？"

"都喜欢。"

钟恒这回心情彻底好了，说："我下次会考更好。"

许惟点头："我知道。"

停顿了一会儿，钟恒又小声说："我肯定能跟你考到一起，我保证。"

就这一句，许惟察觉到了他隐秘的不安，这才是他今天不开心的真正原因——他怕不能考到一起。

许惟其实想告诉他，你考得好不好都不影响那个约定。

但最终，她只是点点头："嗯，信你。"

他这么努力，凭什么不信？

月考过后，迎来了十一月的另一件大事——一年一度的秋季运动会又要举行了，提前两周各班就开始报名。历年来，高三年级对这种活动的参与度最低，除了一些体育生，其他同学几乎都不愿意再花时间和精力在这上面，他们宁愿在教室里多做两套题，所以运动会的动员工作困难重重。

一周过去了，径赛类还有很多项目压根儿没人报，体育委员急得团团转，只好不怕死地把主意打到钟恒身上。她清楚地记得，高一那年运动会，钟恒一战成名，径赛类他就报了三项，结果全是冠军，其中800米还破了校纪录。

但是去年钟恒没参加，今年看样子也没什么兴趣。

体委托许明辉问了一句，果然被拒绝。

一直挨到截止日期前一天，许明辉偷偷给她出了个注意："曲线救国呗。"

"啥意思？"

许明辉指指许惟。

"懂了！"

当天中午，许惟就被体委大人偷偷摸摸拉到了走廊……

听完缘由，她很惊讶："他有这么厉害？"

"当然了，去年钟少没参加，咱班径赛全军覆没，这回实在没办法，人太少了。"

"可是如果他不想参加……"

"那也没关系，你就开口问问。"

午休时，钟恒扔了纸条过来，许惟打开，果然是只青蛙，嘴巴里吐出个超大气泡，气泡里写了几个字：干吗不睡觉？

许惟想了想，回了一句：我在想，要不要报名做运动会的志愿广播员，就是在台上读加油稿的那种，你觉得我声音可以报吗？

她小心地把纸条放到他桌角。

很快，纸条丢回来：报吧，特好听。

许惟提笔写：那你会参加吗？我可以给你加油。

过了好一会儿，那张纸蹦回来，他回了一个字：行！

旁边还有一个眯眼笑的大圆脸。

当天下午，体委高兴地拿着报名表跑过来，还带了罐牛奶给许惟："太感谢了！"

林优啧啧："你厉害啊，脑筋动到许小妞头上。"

"这不是走投无路吗，这下好了，咱班有希望了。"

"这么有信心？我看看他报了哪些，"林优顺手拿过报名表，翻了翻，几秒后，眼睛一下瞪圆，"哇！少爷这是要评劳模啊。"

许惟凑近一看，也惊到了——从100米到3000米所有径赛，他全报了。

许惟觉得钟恒这不是评劳模，这是不要命。

林优："难道今年没有项目限制？"

体委说："有是有，还是跟以前一样，个人项目限报四项，集体项目每班一支队伍，不算在里头，不过今年报的人太少了，我正要去问问像钟恒这种报满的行不行，要是不行，拿过去让老师再删掉几个好了。"

"肯定得删，按他这报法，这中间压根儿不带喘气的。"林优转头看许惟，"你数数，这都多少了，钟恒那家伙明显也不是稀罕这种荣誉的，摆明了要在你面前出风头，幼稚。"

"他有时候是有点幼稚。"许惟拿起笔，从头往后划掉了不少项目，对体委说，"就100米和长跑3000米吧，这样已经很累了。"

"那怎么行？"体委急了，"钟恒可是主力，这是他强项，怎么的也得把200米带上。这样吧，就再加个接力赛，这两个都算短跑，一共三个单项，一个集体。"

许惟："那就四项了。"

"他绝对没问题，"体委拍着胸脯保证，"你就相信我吧，以钟恒的实力，他跑下来最多就是多喘几口气，我们班同学早就见识过了，论耐力和速度谁都比不过他，要不然那时候早读迟到罚跑步，他能那么听话？"

林优想想也是，对许惟说："你给他个显摆的机会，之前罚跑不都跑八圈嘛，他厉害着。"

运动会定在 11 月 13 日、14 日，一共两天。

志愿广播员的招选在周三出了结果，高三年级一共就三个人报名，许惟稳稳当当通过。

13 号这天是周四。

作为世界几大未解之谜之一，一旦举办运动会，就会"天有不测风云"，今年依然不出所料地来了一阵小雨，不过清早就停了，太阳慢吞吞冒出头，不冷不热，算一个好天气。

开幕式结束，等领导讲完话，主席台前头一排桌子就归广播员了。

对钟恒来说，这的确是个显摆的大好机会。他在跑道上，许惟能看得很清楚。

径赛都在第一天。

校园里一扫往日死气沉沉的气氛，难得的一派热闹景象，比赛的比赛，观赛的观赛，还有很多同学趁着不用上课的机会买了瓜子零食，坐在看台上吃得不亦乐乎。

广播的声音在校园里回荡："高二（3）班来稿，金秋是一个收获的季节，三班的体育健儿们，我们看到了你们矫健的身影……"

虽然各班都有自己的观赛场地，但操场和往年一样乱糟糟，大家一激动起来就四处乱窜，跑道两旁挤满了人，尤其是到最后冲刺的时候，大家更是兴奋，连续不断地加油喝彩。

高一、高二年级组男子一百米预赛结束，就到高三组了，各班运动员都已就位。

蒋檬匆匆拿着十班的广播稿，直奔主席台，找到许惟的位置，她跑过去把一摞便笺拍在桌上，再给许惟一瓶可乐，小声说："许妞儿，多播点咱班的，接下来到高三组了。"

"知道啦。"许惟推她，"快去做你的后勤工作。"

跑道上的第一组已经跑完，马上轮到钟恒上场。

许惟翻了翻稿子，觉得都写得太长了，铺垫半天才说到重点。她好不容易挑了个简洁版的，清了清嗓子："高三（10）班来稿，我们最帅的钟恒同学即将参加男子一百米预赛，加油，你是我们的骄傲。"

刚播完，发令枪就响了，跑道上几个身影如箭离弦，瞬时冲出去，周围一片"加油"声。

十九日

许惟盯着第三跑道的那道身影，还来不及紧张和激动，100 米已经从他脚下过去了。钟恒第一个到达终点，男生的叫好和女生的尖叫淹没一切。

在接下来的决赛和 200 米比赛中，许惟更加体会到体委那天说的话不是在帮钟恒吹牛，他的确很厉害。不得不说，看这种比赛容易让人热血，再冷静的人也会被带进去，集体荣誉感容易让人激动。

而许惟除此之外还有些别的感受，难以形容。钟恒于她不是一个普通的同班同学，而是特别的存在。这感觉，好像看着自己珍藏的宝贝在众人面前光彩夺目。

许惟没忍住，播了好几条夸他。

上午的两项比赛，钟恒毫无悬念地拿了第一名，然后就没他什么事了。剩下的两个项目，一个 3000 米在下午，还有一个接力赛在明天。

钟恒满头大汗地坐在台阶上。

赵则和许明辉一左一右地服侍他，许明辉拿着硬纸板给他扇扇子，赵则打开矿泉水，陡然想起件事，匆匆去十班后勤区取了许惟的杯子来："差点忘了，许惟刚刚拿来给我的，她不让你喝凉的，这里头是温开水！"

钟恒接过粉蓝色的保温杯。

许明辉咂嘴："这待遇！许小妞可真好，我也想……"话没说完，就被钟恒瞪了一眼。

"行行行，我嘴贱。"许明辉嬉皮笑脸，"我是说以后就得找这样的，温柔体贴，聪明漂亮，一个字：完美！"

赵则插嘴："这明明是两个字。"

钟恒不想听他们叽叽喳喳，喝完水捧着杯子去了主席台。

许惟刚报完女子二百米的预赛成绩，正在整理桌上的便笺，钟恒走过去，弯腰小声叫她："哎。"

许惟吓了一跳："你怎么来了？"

钟恒冲她弯了弯眼睛："我不能来啊。"

几个高一、高二的广播员妹妹已经朝这边看过来，那些目光许惟太熟悉了。有个家伙，长得太好还不知道低调，跑这儿招摇来了。

"坐吧。"她无奈地指指旁边闲置的凳子，"我还得待一会儿。"正说着，跳高跳远的成绩都送来了。

许惟忙完一波，发现钟恒乖巧地坐在那儿，正扒拉着一沓废弃的广播稿玩。他额头上有滴汗珠慢慢地顺着脸滑到了下巴。

许惟摸出纸巾给他擦了一把。

"在这儿不无聊吗？林优她们买了零食，大家都在那儿嗑瓜子呢，你不过去玩会儿？"

"懒得去。"

许惟说："累吗？跑那么快。"

"那么点路，"钟恒不以为意地笑了下，"你都给我加油了，我累什么。"

"那下午呢，3000米不好跑。"

"是不好跑。"钟恒光明正大地撩她一下，"你在终点等着。我累瘫了，你就抱我呗。"

"……我抱不动你。"

钟恒哼笑了声："傻不傻。"

许惟："……"

"我这么厉害，3000米也一样。"

"……"

事实证明，少爷敢夸下海口不是没有道理的。在下午3000米的赛道上，他依然所向披靡，跑出了"新高度"，几圈下来就远远把第二名甩在身后。

十班男女生散布在赛道各处，一路给他加油，许明辉和赵则顶着"好兄弟同甘共苦"的名义，跟在旁边陪跑，结果没坚持多久就被甩下。林优和蒋檬写了N多条广播稿，源源不断地往广播台送，许惟一边忙碌紧张地念稿，一边关注着跑道上的人。

3000米不同于100米、200米，即使钟恒速度和耐力都好，到后头他也稍微慢了下来，背心已经湿透，脸上汗水淋漓。

前头跑道空空，没人在他前头。

跑过主席台时，钟恒下意识扭头看了一眼，广播里恰好是最熟悉的声音："高三（10）班的钟恒同学，加油。"

他嘴角扬起，开始加速。

许惟读完剩下的几张稿子，跟学妹比了个手势：我上厕所。

她从主席台上溜下来，提着水杯从人群中跑过，到了终点线。十班的同学早就聚在那儿，林优和蒋檬准备好了湿纸巾，赵则和许明辉做好迎接的准备，打算等钟恒一撞线就过去接人。

现在许惟一来，他们全都知趣地自动让位。

钟恒到达的时候，许惟一下就扶住了他，钟恒毫不客气地将身体倚在她身上，手臂勾着她的肩膀。

许惟扶他慢慢走了几步，退到人少的地方，钟恒的下巴搁在她头顶，他喘着气，夹着飘忽的几个字："你还真来了……"

许惟感觉到他身上又湿又热，小声问："累坏了？"

"没。"钟恒缓了缓，笑了声，"高兴的，都不想动了。"

"喝水吗？"

"不。"

"擦个汗？"钟恒小声说，"我累瘫了……"

许惟后来想起来，那场运动会也是十分搞笑了，她为了诓钟恒报名才跑去当什么广播员，而钟恒不出所料地成为咬钩的小鱼，风头出尽，四个项目全是第一，十班因此还拿了优秀组织奖，钟恒又一次在高一、高二学妹中间刷了一波热度。

短暂的两天终归是忙里偷闲，渐渐成为记忆里小小的一隅。

高三最不缺的是试卷、习题和月考。

天气渐冷，球场旁的那株大树终于彻底秃了，第一场雪洋洋洒洒从年尾飘到了新一年的年头，钟恒度过了一个生日，元旦过完，迎来期末，第一轮复习已经全部结束，期末的检测极具意义，决定了很多高三生能不能过个好年，也是这次的期末考刷新了钟恒高中生涯的成绩纪录，他考进班级前十，和王旭让并列第九。

半个学期从十九冲到第九，连陈光辉都夸他是一匹黑马。

许惟注意到，钟恒自己也挺高兴。虽然他没说，但许惟知道他一直暗暗拿王旭让当对手，这次不仅进步了，还赶上王旭让，难怪心情好，晚自习时开心地给她画小画儿。这回不只是一只小青蛙，他还画了荷叶、小鱼、蝌蚪……加点水就是一片小池塘了。

许惟忍着笑把那张画收好。

以前刚认识，不熟，他成天一副酷拽模样，如今在一起久了，越发见识到他种种孩子气的表现，许惟觉得钟恒那时候大概是瞎撑出来的一张老虎脸，其实他心里头住着一只小花猫，柔软又干净，高兴了就趴在你肚子上，不高兴就挠你一爪子，没什么威胁性，无非就是娇气了点。

至于娇气这个毛病嘛，以后总会好的。

补完课就放假，春节就在眼前。

高三党假期压缩，连头带尾不过两周。许惟只是回家过了个年，就不小心弄感冒了，没来得及把病养好就赶回丰州，因为初七报到，初八上课。

报到那天许惟起床晚了，洗漱完提上书包匆匆跑出门，远远看见巷口的身影。

她冲钟恒挥手，跑得太快，冷风灌进嘴里，嗓子直痒，没等她跑到边上钟恒就迎上去。

许惟一边推他一边捂着嘴巴咳嗽："感冒没好，别靠近我……"

"你不是跟我说已经好了吗？"钟恒皱着眉，"骗我的？"

"你一天问三次，我能不骗你吗？"

"说谎还有理了？"钟恒偏偏把脸故意凑近她。

许惟还是十分理智地躲开："我现在呼出来的空气都是细菌，就不祸害你了。"

钟恒倨傲地来一句："不嫌弃。"

许惟："……闹。"

钟恒眼眸一垂，不说话了。

许惟受不住那目光，说："我给你带了糖。"她有心哄他，打开书包抓了一把塞他上衣口袋里，又剥好一颗递到他嘴边，"专门给你带的，你尝尝。"

这一招屡试不爽。

钟恒舔了舔嘴唇，把糖叼走了。他扶起靠在路灯柱上的自行车，坐上去，也不回头看她，只说："上来啊。"

许惟熟练地坐上后座，搂住他的腰："谢谢少爷。"

头顶一轮朝阳露出脑袋，矜持地在天边泼了一片柔光。

钟恒踩着脚踏，把车骑上了大路。

开学后的日子过得飞快，明明是完整的一个学期，却感觉像缩减了一半似的，几次月考一过，黑板边缘赫然多了几个大字：距离高考还有 100 天。

班长特地选的红色粉笔，醒目扎眼，有种冷冰冰的残酷。

第二天，那数字变成了"99"，再之后"98"……

倒计时就这样开始，快得让人措手不及。

长跑到了冲刺阶段，只有加速。一次次的模拟考，桌上的练习卷越堆越厚。

时间似乎总是不够用，钟恒和许惟不再出去吃晚饭，几乎都在食堂解决，所有的消遣娱乐活动也都绝缘，连一周仅有的一天假期也是在图书馆度过，偶尔晚自习结束，钟恒会骑车载许惟去桥上待一会儿，这几乎是唯一的放松时间。

许惟有时做完一张试卷，休息时抬头看一眼，看着黑板上那一天一变的数字，会觉得恍惚，好像昨天才刚进校门。

可一转眼，高考就这么来了。

许惟回宜城考试，她户籍在老家，之前报名也是回去报的，幸好都在省内，手续上没什么麻烦。

外婆已经在上周先去了宜城。

5 号清早，钟恒送许惟到车站，两人约好 9 号见。至于未来两天的考试，他们彼此都清楚，其实不需要多说什么，但在许惟要进站时，钟恒还是忍不住喊了她。

许惟停住脚。

"我会好好考的。"他小声说。

"嗯，"许惟也小声说，"不要忘记带准考证、铅笔啊这些。"

"瞎操心，我又不是傻子。"钟恒挥挥手，"等我电话。"

十九日

紧张都是在考试之前，等真正上了考场，反倒没什么感觉。虽然考场是陌生的，但整个过程和之前的模拟考没太大区别，语文、数学、理综、英语……某些科目的难度甚至还比不上模拟考，许惟像平常考试一样过完了这两天。

走出考场时，天正在下暴雨，考场外挤满了等候的家长。

许惟独自站了一会儿，用文具袋遮住脑袋跑进旁边的小超市，买了把伞。她没立刻走，站在屋檐下摸出手机，刚开机，钟恒的电话就打进来。

周围嘈杂，两边的声音都不清晰，但他们还是说了好几句，直到许惟这边的雨声越来越大。

钟恒在那头大声说："快点回家，我明天接你！"

这天晚上钟恒彻底放飞，乖了太久，他都快忘了怎么"浪"，一朝解放如同猛虎出笼，许明辉吆五喝六，一群男生响应，集体钻进网吧，游戏打了半宿。

在网吧耗到天亮，钟恒没回家，就近去自家旅馆洗澡，换了一身干净衣服，然后蒙着被子呼呼大睡，一直到下午被闹钟叫醒，他洗漱完赶去火车站接许惟，再陪她去宿舍收拾东西。

十班的散伙饭定在傍晚六点半，银河酒楼。

全班同学都参加，各科老师全部出席，气氛出奇地好。

即将到来的分离让大家都宽容起来，平常过于严厉的老师难得露了笑意，同学之间更是友善，曾经的矛盾、诋毁、争斗好像全被粉饰干净，饭桌上其乐融融。

饭局九点多散场，大家没尽兴，转到KTV继续，最后顺理成章地包夜，大包厢的沙发上横七竖八地躺着几个男生。

半夜，林优另外开了小包厢，带着许惟和蒋檬过去睡了一觉。

直到早上，大家才各自散了。

离开前，许惟去上厕所，钟恒靠在沙发上等她，许明辉半梦半醒地跑过来，傻笑着："少爷，兄弟一场，别说我不够朋友啊，是时候送你个毕业大礼了……"

"你这没睡醒吧。"

"谁说的，我脑子清楚得很。"许明辉嘿嘿笑了声，摸到自己的书包，拿出一个小盒塞到钟恒手里，"自家兄弟，不用谢。"

"什么东西？"

包厢里昏昏暗暗，钟恒低头看了看，瞥到上头字样，一下就愣了。

他怔了半天，骂出一句脏话，还来不及把东西扔给许明挥，许惟就进来了，喊他："钟恒……"

钟恒心头直跳，一把将东西揣进裤兜："来了。"

许惟在丰州留了一周，但真正和钟恒独处的时间并不多。

高考完是大解放，小圈子聚会没完没了，许惟要陪林优游泳，又陪蒋檬逛街，最初几天他们分成男女小团体各自玩耍，后来一起去短途旅行。许明辉的大表哥在十栗县的小牛谷景区工作，刚好拿到了免费的票，能玩漂流，还有农家乐，可以住两天避避暑。

13号下午出发，一个半小时的车程。

大表哥热情好客，提前在朋友那替他们几个小孩安排好住处，是个山庄式家庭旅馆，一共留了三间房。到了地方，许明辉一秒钟分配妥当："我跟赵则住，林优和蒋檬，少爷和许同学。"

其他人都没意见，唯独林优翻了个白眼儿，警告钟恒："不许欺负我的许姐。"

"不是你的。"钟恒针锋相对地回了嘴，牵起许惟就走了。

林优正要撂狠话，许惟回头冲她笑了下："别生气。"

许明辉拍拍她："我说林大爷，这几天许同学都陪着你俩，少爷可怜巴巴的，我好不容易给他找个机会，你就别瞎搅和了。"

林优哼了声："天生狗腿啊。"说完云淡风轻地提着背包走去房间。

蒋檬边笑边跟上去。

许明辉面红耳赤："喂，我也是有尊严的！"

赵则推了他一把："得了，你跟'姑奶奶'计较什么，走走走。"

各自在房间安顿好，傍晚一道出门在附近景区逛了逛，当地的自然风光比较原生态，景区气温也比市区低，很舒适，大家在附近买了食材回到旅馆借公用厨房，打算自给自足做一顿晚饭。三个女生是主力，许明辉和赵则被嫌弃之后，一气之下回房间看电视了。

钟恒买酱油回来，看见许惟一个人在厨房切土豆。

"他们人呢？"

许惟说："林优在杀鱼，蒋檬在洗菜，都在后门呢，另外两个在房间吧。"

钟恒"哦"了声，把酱油放下，不舍得走似的，在她身后转了一圈："要我帮忙不？"

"你会啊？"许惟看他一眼，"切菜？"

钟恒睁眼说大话："会啊。"

"那你把土豆切完，我去看看林优鱼杀得怎么样了。"

"行。"

许惟去后门水池边看了一眼，林优已经在刮鱼鳞了，看样子技术还不赖。许惟放心地拿走一篮洗好的娃娃菜。

厨房里，钟恒低着头，专心致志地干活，圆不溜秋的小土豆被他摁在砧板上。

许惟过去时他也没抬头，等到全部切完，他长舒了口气，得意地冲许惟一笑："土豆丝儿不好看，我就改切块了，聪明不？"

"聪明，"许惟踮起脚，不客气地在他脸颊揉了一把，"但是太骄傲了。"

钟恒被捏成了肉团脸，居然还开心得很。

准备工作结束，蒋檬掌勺，许惟给她打下手，其他人悠闲等吃。晚饭后大家都没出去，窝在一起打牌到深夜，困得不行才各自回屋睡觉。

小牛谷不大，第二天上午全部逛完，下午去玩漂流。

景区里的漂流项目是依靠山涧设计的，全长两千米，从头漂到尾要半个多小时。

许惟第一次玩这个，坐上皮艇还挺兴奋，没注意到钟恒的异样，漂流的过程中惊险刺激，皮艇沿着水流急行，每个人身上都湿透，谁也顾不上别人。

上岸进了休息站，许惟才察觉钟恒不对劲儿，大家都拎着防水袋冲进浴室，只有他坐在墙根儿没动。

许惟喊他："钟恒？"

没回应，他脑袋低着。她愣了下，两步走回去，在他跟前蹲下来："你怎么了？"这么近的距离，才发现他手脚轻微地哆嗦，脸庞白得厉害。

许惟皱眉："你……"

"没事儿，"钟恒抹了把脸，"你去洗澡。"声音是哑的，有些颤。

水珠沿他衣角慢慢落到地面，蜿蜒出一小片湿印，许惟蓦地想到高二时在游泳池那次……那时候，他也是这样。

她忽然就明白了，根本就不是会不会游泳的问题。

"……你是不是怕水？"

钟恒一顿，立刻摇头，脸却不知不觉更白了些。

许惟伸手搂住他的脑袋，小声说："为什么会怕？你小时候是不是掉过水里？"

没有等到回答，只感觉到他轻轻颤了一下。

应该就是这原因了。

"你应该告诉我的，我们可以不去玩那个。"许惟安慰道，"没事了，你都长大了，不会再掉下去……就算你掉下去，我也会救你的，我会游泳啊你记得吧。"

她没猜对原因，可安慰得很有效果。

钟恒没有说话，却亲了亲她的耳朵。

许惟说："洗澡去吧？你身上太冷了。"

"嗯。"

洗完澡换了衣服，钟恒情绪恢复了大半。回到住处，许明辉的大表哥刚好赶过来接他们到附近野餐饭店吃晚饭，许惟一直注意钟恒，吃饭时偷偷瞧了几回，总算看见他笑了。

大家讨论了一番，决定明天上午回市区。

晚上，钟恒洗完澡出来，许惟已经躺在床上。

电视在播放广告。

钟恒瞥了一眼："你是懒得换台？"

"对。"许惟支起半边身体看着他笑，"就等你换。"

"服了你。"钟恒坐到她身边，拿起遥控器撂了一遍，停在本地频道，播放的是一部很老的电影。

"看这个？"

"好啊。"

许惟看电视时，钟恒擦完了头发，坐在床尾收拾自己的东西。男孩子粗枝大叶惯了，日常生活都不计较，钟恒也一样，他不爱叠衣服，借着电视机昏暗的光线把上衣裤子卷在一起就往背包里塞。

许惟看见了，爬出被窝："我帮你吧。"

"不用，你看电视呗。"

"帮你一下。"许惟三两下就帮他重新折好长裤和 T 恤，又将两只袜子卷到一起，最后从背包里摸出皱巴巴的一小团。

钟恒："……这个真不用了。"

"这什么？"

抖开一看——哦，是钟恒的小黑内裤……

许惟默不作声地放回去，钟恒低垂着眼，嘴角的笑掩不住："我说了吧，你非不听。"

许惟不接他的话头，犹豫了会儿，说："有事跟你说。"

"嗯，说啊。"

"……我后天要回家了。"

钟恒愣住："回哪儿？"

"宜城。"

钟恒笑不出来了："为什么？这才刚放假。"

"我已经在这儿待了一个礼拜，是得回去了，我外婆也在那边。"

"那又怎样，我在这儿啊，我可以照顾你。"钟恒误会了她的意思，"我家旅馆很多空房间，很干净，你搬过来，住哪间都行，或者……"他语气有些急切，"或者跟我住也行。"

"不是因为这个。"许惟说，"我妈给我找了暑期工，我想锻炼一下，所以要快点回去，人家已经定好时间。"

"什么暑期工？"钟恒皱眉，"是不是很累的？"

"不累，在书店里。"

"那我过去找你，跟你一起。"

"不行。"许惟说，"不方便，我现在还不想让家里人知道你。"

钟恒的火气一下就上头了："我怎么了？我见不得人吗？"

"不是。"许惟不知怎么解释，家里那些破事她并不想告诉钟恒。

沉默到最后，许惟只说："我家里管得严，我们开学见吧，等我上大学就好了。"

钟恒盯着她看了一会儿，有点明白了："你早就决定好了，现在就是告诉我一下。"他自嘲地扯了扯嘴唇，"行，我知道了。"他挪到床头，背着身躺下，不说话了。

许惟独自坐了一会儿，挪到他身边，俯身亲了他，小声说："别生气。"

"生气了。"

"对不起。"

"哪儿对不起了？"

钟恒伸手拉了她一把，翻个身，居高临下地看着她："……一点时间都不给我，说要走就要走，还两三个月都不能见，你有没有良心啊，是不是哪天你要分手也这样，通知我一声就完了？"

许惟立刻摇头："不会。"

"哼。"

"不会分手。"许惟又说一遍。

钟恒不吭声。

许惟眼睛红了："钟恒，我不会的。"

屋里安静下来。

四目相对了好一会儿，钟恒舔了舔唇，横冲直撞在她唇齿间扫荡一番，扫荡到最后就温柔了，他轻轻地吻她，从嘴唇到耳朵，最后落在脖颈。

T恤的领口被他弄得乱掉，许惟右肩全露出来。

许惟喉咙紧涩："钟恒，你想吗？"

想啊，我背包里还塞着"作案"工具呢。

他没有回应，脸颊在她肩上蹭了下："我不欺负你。"说完躺到一旁，把她搂到怀里，"说句好听的，我就不跟你生气了。"

屋里再一次安静下来，过了一两分钟，怀里一道小小的声音："钟恒，我们试试吧。"

…………

番外三 /
第一天

12月31日，这一年的最后一天。

也是钟恒和许惟正式的婚后第一天，一切从一个懒惰的清晨开始。

刚刚经历完既特别又充实的婚礼，收获亲朋的真诚祝福，两个人疲倦地在酒店睡到日上三竿。分明都已经醒了，却谁也不想离开被窝，睁着迷蒙的眼对视一会儿，同时露出真实的不太清醒的笑。

没有任何言语的交流，许惟的身体被钟恒的手臂一把捞到怀里，脸颊贴到他赤裸的胸膛。无论什么年纪，他的身体似乎永远都这样滚热，南方冬天的被窝，这是令人熨帖的天然火炉。

安静地趴了好一会儿，睡意渐渐退去，许惟抬起脑袋看身旁男人的睡颜。

不得不承认，三十岁的钟恒也依然是极好看的。

她忍不住拿手指去拂那墨黑色的眼睫，沿高挺的鼻梁弧线描摹而下，指腹触碰他软软的唇瓣，然后看到那漂亮的脸皱了皱，眉心蹙在一起又舒展开。他抽出手来捉住她，眼都懒得睁，半梦半醒中涩哑的声音："干吗闹我？"

许惟不摸了，感觉到没动静，他却又自己掀眼看过来，那双眼里仍然带了些明显的红血丝。

是哭过的痕迹。

她想起昨天站在台上，他通红到让人难受的眼睛，他这么骄傲要面子的一个人，在所有宾客的注视下不顾形象地哭得满脸湿漉，害她抱他时肩膀全是连着眼泪一起被蹭下来的遮瑕膏。

谁见过那场面？

果然晚上小群里就有赵则发来的绝密现场视频，某人的狼狈瞬间被完整地记录下来，许惟那会儿刚歇，卸了妆，就看到钟恒在群里放话威胁赵则："你等着。"

于是怕他窘迫，她昨晚半句没提。

十
九
日

到此刻，是在这晨间轻松的氛围里，在彼此粘连的目光里，她才轻声开口："眼睛还是红的，你昨天哭得太厉害。"

钟恒自然有一丝别扭，无表情地"嗯"了声，也不讲别的话，翻个身将她压到身下。

许惟感受到他身体上的变化："你就不累吗？"

昨晚已经折腾到深夜。

"是你惹我的。"他将责任全赖她头上，"我睡得好好的，你偏要来弄我。"

许惟只好笑："我错了。"

"晚了。"

他已经不打算放过她。

在床上荒废了小半天时光，到中午，才懒懒起来洗澡。许惟刷牙时，钟恒裹着浴巾走出来，令人瞩目的胸腹线条，透过镜子，许惟被他的眼神抓到。

钟恒抬眉，同样透过镜子朝她笑了一下，黑色眸子里有十足的愉悦。重逢至今，从头至尾算一算，这是一起度过的第十八个月，除了必要的出差，他们几乎朝夕相处，然而仍旧互相看不够。

从许惟背后走过时，他脚步停下片刻，佝着头凑过去亲吻她的耳后，许惟没回身，单手推他一把，眼神在镜中交叠。

许惟接水漱掉嘴巴里的牙膏沫，回身拉他，将他推至梳理台边。

"你干什么啊，还出不出门了。"

钟恒摸摸被咬痛的嘴唇，望着那走出去的身影，止不住的一串笑声，提步跟了上去。心里想一天不出去也好啊，反正又不愁没事做。

在酒店吃过早饭，开车回丰州市区。

一路上，车里弥漫着甜腻腻的气息，令许惟有种度蜜月的感觉，因某人颊边时不时的一点笑。显然，钟恒心情大好，从昨天的婚礼开始，一直好到现在，许惟那几句表白，他大约能搁在心里"反刍"一辈子。等到最后一刻，说不定人生的走马灯也要定格在那一幕。

许惟感觉到他开车很稳，但这回速度却不快，似乎与她同样珍惜这样好的时刻。

他们准备在丰州小住几天。

车子开回公寓，下午空闲，两人一起去逛超市，路上钟恒说起来："我爸叫我们明天回去吃饭，我姐他们也去。"

他心里其实知道老头子什么意思，按老式作风，婚后还有个回门酒，许惟就在这边一家人吃个饭。

许惟自然没有意见。

从超市出来，钟恒去地下车库取车，许惟在商场的路面出口等他。

丰州实在是个小城，就这么短暂的时间，碰上了熟人。

对方先认出的许惟，脚步走到前头又退回来，犹疑不定："……许惟？你是许惟吗？"

她抬头看过去，隐隐有些面熟，想了想记忆逐渐清晰："王旭让？"

"是我是我！"王旭让笑起来，有了点从前的腼腆样子，声音明显激动，"太巧了，我这刚好回来一趟，居然就碰上你……"

王旭让的个子和高中差不多，不太胖，但脸比以前圆，看起来有点儿"幸福肥"。

他性格比以前开朗，当年和许惟说话总是脸红，现在自然多了。

"我在蒋檬朋友圈看见你和钟恒结婚了，真好啊，你们还在一块儿。"这话是真心的。

许惟笑着问起他的近况，两个老同学就这么站在路边聊了会儿。

忽然就听到车喇叭的声音，转头一看，钟恒把车开来了，正从车窗里看着他们。

王旭让和许惟一道过去，热情地向车内人打招呼："钟恒！"

他们自从毕业后没什么来往，只在这小城里碰见过一回，班里组织的几次同学会钟恒从来不去。

钟恒从读书时就看王旭让不顺眼，没什么别的原因，纯粹因为彼此是对手，他曾经因为这个人和许惟吵架冷战，如今十几年过去了，也依然没法成熟地对待。

许惟一看那黑漆漆的眼睛就知道他什么想法，给他使眼色暗示他友好点。

钟恒这才不情不愿扯出一个干巴巴的笑，回应昔日情敌："这么巧，你不在省城吗？"

"才回来的，明天元旦，幸好今天回来了，不然还碰不到你们。"

王旭让没钟恒那么小心眼儿，当年那点小矛盾早抛到脑后，如今只有同学重逢的喜悦。

"怎么样，你们留几天，挑个日子大家聚聚？"王旭让看着许惟。

钟恒截住了话头："我们晚上就走，看来不方便了。"

许惟："……"

她也不好现场打钟恒的脸，便说："下次吧。"

"行行行。"王旭让立刻道，"那加个微信吧，方便联系。"

同学见面的正常社交举动。

许惟当然不好拒绝。

钟恒脸都黑了，抬着下巴盯着王旭让，后者浑然不觉，正拿着手机输许惟的微信号，查找，添加。

终于互相挥手道别，许惟坐进车里。

　　"王旭让变化不大，也就稍微胖了一点儿。"许惟扣上安全带，这样说了一句，却没听见左边那人讲话，侧头一瞧，果然，他嘴唇抿得微紧，手搭在方向盘上，整个人呈现一种"我不高兴"的气息。

　　"你干吗？"许惟无语地笑，"你跟他没联络过吗，人家二胎都生了，你在吃什么陈年老醋啊。"

　　"谁吃醋了。"钟恒唇间丢出一句，并不看她。

　　许惟无奈摇头，伸手过去拉他搁在旁边的右手："好了，三十岁了钟小恒，拜托成熟点。"

　　钟恒："我要是不来，你们能聊半小时吧。"

　　"只是好多年没见了。"许惟揉捏他的手，"那么多年，你们应该有同学会的吧，我都没能去过。"

　　就这么一句，钟恒心就软了，默不作声地反握住她的手。

　　片刻之后，他低声一句："我也没去过。"

　　"为什么？"许惟转头看他峻挺的侧脸。

　　钟恒目视前方，平静地回答："没有你。"

　　车里静默无声，唯有温热的手指紧紧勾缠在一起。

　　傍晚，他们带了喜糖过去宾馆那边玩，给左右街坊派发一通。赵则已经回去看店，求着钟恒包饺子，说肉都给他买好了，宾馆新请的做饭阿姨包的都没他弄的好吃。这一年他在省城，大家最想念的不是他，是他的饺子。

　　许惟已经吃过几回，也认同这评价，帮着赵则一起捣掇。

　　在钟恒去厨房忙碌时，她在泥鳅的粉色小窝外一边给它顺毛，一边与赵则聊天。

　　赵则感叹："这一年，钟恒整个人的精气神真是不一样了。"

　　过去那些年，赵则都是和钟恒走得最近的，眼见着他一年一年怎样过，在大学里那头几年，寒暑假回隼州，很难在他脸上见到一个笑。

　　"那时候，大家从来都不敢提你，有时候不小心漏了嘴，他那眼睛都要红起来……后来也不是没人追他，他就是谁都不搭理，我倒是劝过，他那死鸭子嘴硬的，总说跟你没关系，早忘了你了，我们谁还不清楚他呢，总觉得时间久点，再晚几年也该带个女朋友回来了，谁知道他真的就是年年一个人……"

　　许惟沉默听着，思绪万千。

　　"想想你们也是万里挑一的缘分，要换了别人，总归有一个结婚生子娃娃满地跑了，哪还有这后半程的事儿？"赵则难得正经的口吻，"许惟，他是个货真价实的死心眼儿，执拗到骨子里了，认了谁就一辈子认了，往后他有什么犯糊涂讨人厌的时候，你多担待点儿，你俩就好好地过吧。"

许惟点点头："嗯，我知道。"

钟恒湿着手走来，见许惟眼睛泛红，赵则一脸严肃，觉得莫名其妙："聊什么呢你俩？"

"正说你坏话呢。"赵则问，"包好了？"

"下锅蒸着了。"

"行，那你歇会儿。"

赵则起身走了，钟恒拉着小凳子坐近，看许惟的脸："你怎么一副要哭的样子。"

许惟摇头。

钟恒擦干手，指腹来蹭她的眼："赵则那浑蛋跟你说什么了，总不会无事生非编排我什么了吧？"

许惟露出笑："他说你以前想我想到哭。"

"……"

钟恒皱眉咒骂一声："我等会儿去揍他。"

许惟："你干吗不承认？"

"这有什么好承认的，"钟恒不大自在地垂眼，手掌在泥鳅肚子上挠了一把，"挺丢脸的。"

"你丢脸的又不止这个。"许惟笑得更灿烂，"你那沓情书忘了吗？"

"行了，别老提这茬。"

"好好好，不提。"许惟收了笑，认真看向他，"钟恒，你想有个孩子吗？"

很突兀的转折。

钟恒似乎没有想过这个问题，浓眉微蹙，同样认真地回看她："你要听真话吗？"

"嗯？"

"我不想，我还没跟你待够，我不想现在多个孩子出来。"他说完思索了下，"你呢，你想吗？"

许惟一笑："我也不想，我现在只想好好爱你一个人。"

钟恒凑过来亲她。

"嗯，那我们这次把泥鳅带回去吧。"许惟贴着他的唇问。

"……你故意的吧，能不能不带？"

"不能。"

"好吧。"

泥鳅："汪。"

终于不是留守小狗。

十
九
日

附一封小钟的情书

许惟：

下雨了，我爸不听我的话，出门淋成了落汤鸡。

今天赵则来找我玩，我没跟他去，我要看店，因为我爸按前台的八折付我工资，这是我第一回自己挣钱，下回我送你礼物，就用我自己挣的钱买，我想想就很高兴。

这几天帮我爸看店，发生了很多事，原来看店这么不容易，一会儿客人说热水坏了，一会儿又嫌空调不凉快，骂早餐难吃，弄得我一肚子火，这些人真难伺候。有个男的走的时候竟然把卷纸全都带走了，就缺这点纸擦屁股吗？我不懂。

不过也有好一点儿的事。

隔壁的阿婆送了两块麻糕给我，是亲戚带来的江苏特产，看着一副不好吃的样子，但味道还不错，很想让你尝一块。

还有，昨天，隔壁的大黑生了一窝，我姐说要弄一只养养，我已经挑好了，它的毛是全黑的，没有一点杂色，特别酷。我姐说它像我，看着就不好养。

我真的不好养吗？许惟。

钟恒